Patricia Amber

Schwarze Rose der Nacht

Erotischer Roman

Plaisir d'Amour Verlag

PATRICIA AMBER
SCHWARZE ROSE DER NACHT
EROTISCHER ROMAN

© 2010 Plaisir d'Amour Verlag, Lautertal
Plaisir d'Amour Verlag
Postfach 11 68
D-64684 Lautertal
www.plaisirdamourbooks.com
info@plaisirdamourbooks.com
© Coverfoto: Sabine Schönberger (www.sabine-schoenberger.de)
© Foto Rückumschlag: CURAphotography/Fotolia
ISBN 978-3-938281-56-7

Violet starrte auf eine verstaubte Alabastervase, die auf dem Klavier leise zitterte und versuchte mit aller Kraft, ihre Gesichtszüge zu beherrschen. Großer Gott – wie konnte man eine solch wundervolle Musik nur so seelenlos herunterhacken? Ihr Klavierschüler, der 12jährige Jamie, schwitzte vor Anstrengung und schlug die Tasten mit solch wütender Entschlossenheit, als kröche darauf eine Anzahl Küchenschaben herum, die er außer Gefecht setzen musste. Kleine Tiere zu töten war eine der merkwürdigen Leidenschaften dieses dicklichen, blasshäutigen Knaben – vor zwei Wochen hatte er seiner hübschen Klavierlehrerin verstohlen eine tote Ratte gezeigt und stolz erzählt, er habe „das Biest" mit einer Schaufel im Hof erwischt. Als Violet vor Entsetzen laut aufschrie, hatten seine breiten Lippen sich zu einem seltsamen Grinsen verzogen, das hämische Befriedigung ausdrückte.

Warum sein Vater wohl so viel Wert darauf legte, dass Jamie Klavierstunden bekam? Der Junge war weder musikalisch noch machte es ihm Freude. Violet hatte manchmal sogar das Gefühl, ihr Schüler genösse es, ihre Ohren mit falschen Tönen zu malträtieren.

„War es so gut, Miss Burke?"

Er hatte den Schlussakkord gründlich verpatzt und lehnte sich jetzt schnaufend vor Anstrengung zurück. Violet hätte ihm am liebsten die Noten um die Ohren und den Deckel der Tastatur auf die dicken Finger gehauen. Aber sie brauchte die fünf Pence, die sie für jede Klavierstunde bekam und daher zwang sie sich zu einem Lächeln.

„Das war schon viel besser, Jamie. Bitte denk daran, nicht so laut zu spielen und achte auf die Phrasierung."

Jamie spitzte die Lippen und pfiff einen Gassenhauer vor sich hin, während seine kleinen Augen mit unverhohlenem Interesse über Violets Kleid wanderten. Er war frühreif, dieser dickliche Knabe, und er hatte leider keinerlei Respekt vor Violet. Während sie sich vorbeugte, um einige Fingersätze in die Noten zu schreiben, spürte sie deutlich, wie seine Hand suchend ihren Rock berührte und nach ihrem Knie tastete. Sie fuhr zurück und sah in seinen Augen wieder jenen hämischen Triumph, den er immer dann zeigte, wenn es ihm gelungen war, sie zu verunsichern.

„Du übst dieses Stück bis nächsten Freitag fehlerfrei", sagte sie energisch und bedachte ihn mit einem kühlen Blick. „Außerdem die Fingerübungen."

„Fingerübungen. Aber gern doch, Miss Burke!"

Sie zwang sich, sein zweideutiges Grinsen zu ignorieren und sah auf die Uhr. Gottlob, es war schon fast sieben, gleich war sie erlöst und konnte den Heimweg antreten.

In der Tat öffnete sich die Tür zum Nebenraum, wo Mr. Spyker, der Vater dieses ungeratenen Knaben, eine Art Büro eingerichtet hatte, in dem er sogar noch um diese Zeit arbeitete. Samuel Spyker handelte mit allen möglichen Dingen, Violet hatte sich einmal in den Hof des Hauses verirrt und dort Stapel von Kisten und Warenballen gesehen, die Spyker an- und verkaufte. Er hatte es zu einigem Wohlstand gebracht und ein altes Haus in der Fisherstreet, nahe dem Britischen Museum erworben, das er mit Möbeln, Stoffen und Kunstgegenständen jeglicher Art so vollgestopft hatte, dass Violet jedes Mal, wenn sie über die Schwelle trat, das Gefühl hatte, ersticken zu müssen. Eine Mrs. Spyker schien es nicht mehr zu geben, denn außer einem verschüchterten Dienstmädchen war Violet in dem Haus noch nie einer Frau begegnet.

„Nun, meine Liebe", sagte Mr. Spyker gönnerhaft und trat auf Violet zu, die sich von ihrem Stuhl erhob. „Wie sind Sie heute mit Ihrem Schüler zufrieden?"

Mr. Spyker hatte genau wie sein Sohn blassrotes, welliges Haar und kleine, blaue Augen, die Violet stets mit lauerndem Glänzen betrachteten. Auch seine Lippen glichen denen seines Sprösslings, sie waren voll und hatten einen eindeutig sinnlichen Zug. Im Gegensatz zu seinem Söhnchen war er jedoch hager, und wenn er stand, hatte sein Körper die Form eines hastig dahingeworfenen Fragezeichens.

„Er macht Fortschritte", gab Violet zurück und lächelte höflich.

„Ja, ich glaube Jamie ist bei Ihnen in guten Händen", versicherte Mr. Spyker und trat wie immer so dicht an Violet heran, dass sie den muffigen Geruch seines braunen Hausmantels riechen konnte. Sie wagte nicht, einen Schritt rückwärts zu machen, um sich aus diesem unangenehmen Dunstkreis zu retten, denn das hätte ihr möglicherweise die Gunst ihres Kunden entzogen. So harrte sie tapfer aus, versuchte, das Atmen auf das Notwendigste zu beschränken und fuhr fort zu lächeln.

Mr. Spyker liebte es, die nun fällige Zeremonie ganz nach seinem Gefallen auszudehnen. Ohne Violet aus den Augen zu lassen, suchte er in der Tasche seines Hausmantels umständlich herum, klimperte mit den Geldstücken und zog endlich einen Penny nach dem anderen hervor, um sie Violet in die Hand zu zählen, wobei er darauf achtete, sie mit seinen kalten Fingern zu berühren. Gelegentlich erlaubte er sich dabei einen kleinen Scherz, über den besonders Jamie immer wieder herzlich lachen musste.

„… drei … vier … Na, da haben wir es ja."

Violet stand unbeweglich und hasste sich selbst dafür, dass sie immer noch lächelte. Zwar reichlich starr, aber sie lächelte.

„Nun? Noch nicht zufrieden?", fragte er grinsend.

„Nein", sagte sie kurz und hörte, wie Jamie neben ihr blökende Töne wie ein junger Hammel von sich gab.

Mr. Spyker verzog das Gesicht zu einem breiten Grinsen und ähnelte jetzt einem Wasserspeier, den sie einmal an einem Brunnen in der Nähe von St. Paul gesehen hatte.

„Richtig – da ist ja noch ein Penny. Hat sich verkrochen, der Lümmel."

Er legte das letzte Geldstück besonders langsam zu den anderen vier und strich dabei mit dem Mittelfinger einen Kreis auf Violets Handinnenfläche, der ihr eine Gänsehaut verursachte. Sie schloss hastig die Hand um die sauer verdienten Pennys und wandte sich zur Seite, um ihre Noten zusammen zu suchen.

Doch Mr. Spyker war für heute noch nicht zufrieden. Sie fuhr zusammen, als sie plötzlich seine harten, kühlen Finger auf ihrem Arm spürte.

„Bevor Sie gehen, Miss Burke, hätte ich noch etwas mit Ihnen zu bereden", sagte er in vertraulichem Ton.

Sie raffte schnell ihre Noten an sich, hielt sie vor der Brust wie einen Schutzschild und wandte sich zu ihm um. Durch die rasche Bewegung war er gezwungen, ihren Arm loszulassen.

„Ja bitte?", sagte sie in geschäftsmäßigem Ton.

Er wollte ihr doch nicht etwa kündigen? Sie war weiß Gott nicht glücklich darüber, jeden Freitag dieses kleine Monster unterrichten zu müssen – aber sie hatte beschlossen, sich auf anständige Weise durchs Leben zu bringen und sie brauchte das Geld.

Sein Blick glitt wohlwollend über ihr seidiges, dunkelbraunes Haar, berührte ihr Gesicht und streifte über ihr Kleid bis zum Boden. Dann wanderte sein Blick zur Seite und lag einen Moment auf einem antiken Gemälde, das eine Anzahl badender Nymphen zeigte, die von einem bocksfüßigen Faun beobachtet wurden. Ohne Zweifel hatte er es günstig in irgendeiner Auktion erworben, genau wie auch alle anderen Einrichtungsgegenstände, die er lieblos und ohne Geschmack nebeneinander aufgereiht hatte.

„Nun – ich habe mein ganzes Leben lang hart gearbeitet, Miss Burke", sagte er und zog die Augenbrauen in die Höhe. „Ich bin der Meinung, dass ein Mann in meinen Jahren sich auch etwas gönnen sollte."

„Gewiss."

Hatte er am Ende einen kleinen Landsitz erworben und plante, aus London fortzuziehen? Wollte er ihr deshalb kündigen?

„Deshalb habe ich beschlossen, meinem Sohn gewissermaßen Konkurrenz zu machen. Sie verstehen mich?"

Er lachte, als sei dies ein außerordentlich guter Witz, und Violet konnte seine breite Zunge zwischen den gelblichen Zahnreihen sehen.

„Sie möchten … das Klavierspiel erlernen?", stammelte sie verwirrt.

„Sie haben eine rasche Auffassungsgabe, Miss Burke", lobte er sie. „Ich denke, wir werden uns auf acht Penny für beide einigen – schließlich sparen Sie ja bei zwei Schülern am gleichen Ort Zeit und Kosten für die Anfahrt."

Violet schluckte. Acht Penny waren acht Penny – und dennoch war das Angebot eine Unverschämtheit. Dieser elende Geizkragen hatte drüben in seinem Büro einen Safe, in dem er ohne Zweifel Tausende von Schillingen aufbewahrte, und sie wollte er um zwei Pennys betrügen.

Sie straffte sich.

„Tut mir leid, Sir. Aber der Preis für Erwachsene beträgt sieben Pence. Ich hätte in diesem Fall zwölf Pence von Ihnen zu bekommen."

Er riss die Augen auf und trat vor Überraschung einen Schritt zurück, denn er hatte nicht erwartet, dass sie handeln würde. Ein kleines Feuer glomm in seinen glanzlosen, blauen Augen auf – ihr Widerstand schien ihm Spaß zu machen.

Jetzt zog er die Nase hoch und gab seinem Gesicht einen grämlichen Ausdruck, der ohne Zweifel zu seiner gewohnten Verhandlungstaktik gehörte.

„Um solch große Dinge wie Musik und Kunst sollte man nicht feilschen, junge Dame" meinte er in vorwurfsvollem Ton. „Nun – damit Sie sehen, dass ich gutmütig bin – neun Pence."

Sie hätte einschlagen müssen, denn sie riskierte alles damit. Wenn er zornig auf sie wurde, konnte er sie entlassen. Es liefen genügend Musiklehrer herum, die bereit waren, sich für wenig Geld beleidigen und herunterputzen zu lassen.

„Zwölf Pence, Mr. Spyker", sagte sie und hob den Kopf, um seinem Blick zu begegnen. „Sie können es sich ja bis nächsten Freitag überlegen. Ich muss jetzt leider gehen, es ist spät geworden."

Sie stopfte die Noten und das Geld in den mitgebrachten Beutel und war schon fast an der Tür, als er die Sprache wieder fand.

„Wir werden uns schon einig werden, Miss Burke", hörte sie ihn sagen. Es klang honigsüß, fast schmeichelnd und jagte ihr einen Schauder über den Rücken. Ihr Sieg war nur vorläufig gewesen – dieser Mensch war ein Händler und mit allen Wassern gewaschen, sie würde sich nächsten Freitag wappnen müssen.

„Gute Nacht, Mr. Spyker. Gute Nacht Jamie."

„Nehmen Sie besser einen Hansom, Miss Burke", rief der Knabe ihr nach. „Wenn Sie zu Fuß ins Eastend laufen, könnte es sein, dass der Mörder Sie erwischt. Er hat schon vier Frauen abgestochen."

„Aber Jamie!", ermahnte Mr. Spyker, leicht amüsiert.

Violet hatte schon die Tür geöffnet und sie war entschlossen, nicht hinzuhören. Natürlich wusste sie von den Mordfällen, alle Zeitungen waren voll davon. Aber wer sein Geld verdienen musste, konnte es sich nicht leisten, im sicheren Häuschen zu sitzen und die Tür hinter sich zu verriegeln. Und ein Wagen würde mindestens Sixpence kosten, mehr als sie heute verdient hatte.

„Lassen Sie sich nur nicht von dem dummen Gerede einschüchtern", sagte Mr. Spyker. „Der Mörder hat bisher immer am Wochenende zugeschlagen und alle seine Opfer waren dunkelhaarig und sehr hübsch."

Violet gab keine Antwort und zog die Tür hinter sich zu. Doch sie konnte nicht umhin, Jamies boshaften Satz zu vernehmen.

„Er zieht sie aus und zerfetzt ihre Kleider. Auch die Unterwäsche. Die Polizei hat alle Frauen ganz nackt gefunden."

„Jamie! Es reicht!"

Violet hörte voller Befriedigung, wie eine kräftige Ohrfeige auf die feiste Backe des Knaben klatschte, woraufhin Jamie jämmerlich zu heulen begann und gleich darauf das unschuldige Klavier mit den Fäusten traktierte.

Violet lief hastig durch das Vorzimmer, schreckte das Dienstmädchen auf, das auf einem Sessel eingenickt war, und konnte nicht rasch genug in ihren Mantel schlüpfen, um endlich auf die Straße gelangen.

Oh, wie sie diese Leute hasste. Wie gern würde sie ihrem widerlichen Schüler gegen das Schienbein treten und seinem Geizkragen von Vater die gottverdammten Pennys vor die Füße werfen!

Das Geld, immer nur das Geld. Man musste buckeln dafür, sich beleidigen und verhöhnen lassen und sich am Ende noch für ein paar lumpige Pennys bedanken. Vielleicht hatte Grace ja doch recht. Sie, Violet, war einfach nur dumm und packte das Leben von der falschen Seite an. Grace hatte gut Lachen – sie verdiente genug, um sich eine schöne Wohnung und allerlei Luxus leisten zu können.

Der Weg hinüber nach Whitechapel dauerte fast eine Stunde, wenn man gemächlich ging. Violet hastete jedoch eilig voran, denn sie hatte wenig Lust, noch spät am Abend durch die Gegend von Aldgate zu laufen. Grace' Wohnung war nur einen Katzensprung von der Kirche St. Botolph entfernt, einem düsteren Ort, der in der Nacht von Prostituierten förmlich umlagert war. Es trieben sich dort allerlei Kerle herum, denen Violet im Dunkeln nur ungern begegnete. Nicht mal im Hellen. Auch waren alle drei Morde in jener Gegend passiert.

Stell dich nicht so an, versuchte sie sich selbst zu beruhigen, denn sie spürte, wie ihr Atem flog. Immerhin waren diese grauenhaften Morde alle erst um Mitternacht geschehen und jetzt konnte es noch nicht einmal acht Uhr sein.

Es war längst dunkel, dazu fiel ein dünner Nieselregen, der sich ohne Zweifel bald in Nebel verwandeln würde, vom Himmel. Violet schloss fröstelnd die Haken des weiten, hellgrünen Mantels, den Grace ihr geschenkt hatte und der eigentlich viel zu elegant für sie war. Das Pflaster unter ihren Füßen war nass, hin und wieder musste sie aufpassen, dass sie auf dem feuchten Herbstlaub nicht ausglitt oder unversehens in einige Pferdeäpfel trat, die im Regen matschig aufgedunsen waren. Die Gaslaternen warfen spärliche gelbe Lichtkegel, in denen man die grauen Streifen des Regens sah, dazu eilig vorüberhastende Menschen, aufgespannte Regenschirme, tief ins Gesicht gezogene, steife Hüte, schmutzig verbeulte Mützen oder verwegen gebundene und vom Regen durchweichte Kopftücher.

Violet beschloss, die südliche Route zu nehmen, denn sie erhoffte sich, in Fleetstreet und Ludgate Hill mehr abendliche Passanten anzutreffen als auf den breiten Avenues, wo meist Droschken und Karossen vorüberrauschten. Obgleich die Menschenmenge, die sich um diese Zeit dort drängte, nicht gerade hilfreich war, wenn man es eilig hatte, so fühlte sie sich inmitten der vielen Leute doch sicher. Wenn man einmal davon absah, dass es betrunkene Rüpel gab, die Frauen gezielt anrempelten und Taschendiebe, die auf gut gefüllte Börsen aus waren.

Sie hatte die schwer verdienten fünf Pence in die Innentasche ihres Mantels gesteckt und presste den Beutel mit ihren Noten fest an sich. So kämpfte sie sich durch die schiebende, stoßende Menge, starrte hin und wieder in die erleuchteten Fenster der Straßencafés, wo gut gekleidete Männer und Frauen bei einem anregenden Getränk saßen und das Gewimmel auf den Straßen wie ein spannendes Schauspiel betrachteten. Ein Mann im schwarzen Gehrock drängte sich an sie und sie spürte, wie seine Hände tastend über ihren Mantel glitten und dann durch den Kleiderstoff hindurch versuchten, ihre Oberschenkel zu umfassen. Doch in diesem Augenblick tauchte die dunkle Silhouette eines Polizisten im Schein der Laterne auf und ihr unheimlicher Begleiter blieb in der Menge zurück.

„Vorsicht Miss", rief ihr der Polizist zu, dem der Regen vom Helm in den Nacken rieselte. „Diese verdammten Pickpockets versuchen es immer wieder."

Sie war noch zu erschrocken, um ihm zu danken, gleich darauf hatte der Strom der Menschen sie schon wieder mit sich fortgezogen. Gesprächsfetzen aller Lautstärken und Tonarten, das Gerassel der Wagen, das Getrappel der Pferdehufe und die Rufe der Zeitungsjungen mischten sich zu einer vielstimmigen, auf- und abebbenden Großstadtmelodie. Sie überließ sich der langsam voranstrebenden Menschenflut und ihre Gedanken kehrten allmählich zurück zu den alltäglichen Problemen.

Grace hatte sich noch am Vormittag, als sie ihr Frühstück einnahmen, so penetrant über sie lustig gemacht, dass Violet ernstlich böse auf sie gewesen war.

„Weißt du, was dein größter Fehler ist, Violet", hatte Grace provozierend gefragt, während sie sich eine Portion Eier mit Schinken einverleibte. „Du weißt nicht, was du wert bist. Wenn du so weitermachst, wirst du als verschrumpelte Blumenfrau enden, die nachts durch die Kneipen zieht, um ein paar Veilchen oder halb verwelkte Rosen zu verscherbeln."

„Vielen Dank!", hatte Violet mit Ironie geantwortet und dabei auf ihren Teller gestarrt. Das Service gehörte Grace, ebenso wie alle Möbel, die Vorhänge und Teppiche - ja, sogar die Mahlzeit, die sie gerade zu sich nahmen, hatte Grace bezahlt. Gar nicht zu reden von der schönen Wohnung, in der sie Violet ein geräumiges, möbliertes Zimmer zugewiesen hatte, für das sie nur einen winzigen Mietanteil bezahlen konnte.

Grace war eine selbstlose Freundin, die es gut mit ihr meinte. Sie waren früher Nachbarskinder gewesen, hatten schon im Sandkasten miteinander gespielt, später war Grace von Devonshire fortgegangen und es hatte böse Gerüchte darüber gegeben, was aus ihr geworden war. Doch als Violet vor einem halben Jahr durch einen tragischen Eisenbahnunfall beide Eltern verlor, war Grace urplötzlich wieder aufgetaucht. Sie hatte Violet unterstützt, als der kleine Buchladen ihres Vaters und die Wohnung darüber geräumt werden mussten und Violet nach Abzug der Unkosten so gut wie keine Mittel mehr blieben. Grace war für Violet da, tröstete sie, kümmerte sich um sie und bot ihr schließlich an, bei ihr in der Culumstreet einzuziehen. Dort hatte Violet bald begriffen, auf welche Weise die üppige, blonde Grace ihr Geld verdiente. Im zweiten Stock des Hauses hatte sie ein weiteres Zimmer gemietet, das sie Violet gleich bei ihrem Einzug stolz präsentierte. Einige reichlich geschmacklose Möbelstücke befanden sich dort, dunkelrote, goldgefasste Samtportieren und an den Wänden hingen Gemälde von der Art, wie sie auch Mr. Spyker besaß. Die Mitte des Raumes wurde von einem geradezu überdimensional breiten Himmelbett aus dunklem Mahagoniholz eingenommen, von blauen Samtvorhängen umhüllt und mit kleinen Kissen bestreut.

„Sei unbesorgt", hatte Grace die entsetzte Violet beruhigt. „Meine Kunden sind alles ruhige, verlässliche Leute. Sie schätzen eine gepflegte Atmosphäre und angeregte Gespräche – du wirst es nicht glauben, aber einige von ihnen wollen tatsächlich nur ein wenig plaudern."

„Plaudern?"

„Nun ja", brüstete sich Grace. „Ich bin für sie so etwas wie eine Beichtmutter. Sie kommen voller Sorgen zu mir und gehen erleichtert wieder davon. Man könnte wirklich behaupten, dass ich eine soziale Aufgabe erfülle."

„Du kannst mir viel erzählen, Grace! Die Wahrheit ist, dass du dir ganz andere Dienste bezahlen lässt, und ich bin sicher, dass diejenigen Kunden, die – wie du behauptest – nur plaudern wollen, in der Minderzahl sind."

„Zugestanden. Sonst wäre es ja auch recht langweilig."

„Das ist schrecklich, Grace", hatte Violet aufgestöhnt. „Ich werde mir so schnell wie möglich eine andere Bleibe suchen."

Grace hatte mit den Schultern gezuckt und Violet daran erinnert, dass Wohnungen teuer seien, es sei denn, sie habe Lust, sich mit acht Leuten ein Zimmer zu teilen, wie es in einigen Vierteln des Eastends üblich sei.

„Es sind wirklich sehr nette Jungens, Violet. Du wirst sie bald kennenlernen."

Tatsächlich konnte Violet nicht umhin, mit Grace' Kunden zusammenzu- treffen, denn sie tauchten vor oder nach ihrem Gang in den zweiten Stock regelmäßig unten im Salon auf, in dem auch das Klavier stand. Grace hatte Violet ermuntert, das Instrument so oft sie nur wollte zu benutzen, und schon nach wenigen Tagen stand die arme Violet vor einem gewissen Paul Parker, einem gut gekleideten, drahtigen Herrn mit dunklem Backenbart und goldener Uhrkette über dem Bauch, der sie jovial und herzlich begrüßte, als sei sie eine vertraute Freundin. Andere Kunden folgten in den nächsten Tagen, die meisten waren ältere Semester, schienen angesehene Geschäftsleute, Advokaten oder Büroangestellte zu sein, auch ein paar Seeleute waren darunter, jedoch keine einfachen Matrosen. Alle behandelten die zierliche, dunkelhaarige Violet wie ein kostbares Porzellanpüppchen und Grace' strenge Augen wachten darüber, dass keiner sich ihrer Freundin gegenüber eine Freiheit herausnahm.

Diese Männer erschienen Violet wie eine Menagerie von Raubtieren, die hier unten im Salon auf Samtpfoten gingen, während sie oben in Grace' Zimmer ihre wahre Natur offenbarten. Nicht selten drangen von dort Geräusche an ihre Ohren, die selbst ihr Klavierspiel übertönten und sie in den Nächten zitternd im Bett hochfahren ließen. Schreie, unheimliches Röcheln und Stöhnen und da- zwischen immer wieder das Knallen einer Lederpeitsche. Dann zitterte Violet, und ihre Fantasie ließ grauenhafte Szenen vor ihren Augen aufsteigen, sodass sie oft selbst vor der eigenen Vorstellungskraft erschrak.

Mitten auf der Fleetstreet geriet die Menge ins Stocken und Violet wurde aus ihren Gedanken gerissen. Ärgerliche Rufe waren zu hören, Menschen drängelten gegeneinander, Fäuste wurden gehoben, Stöcke geschwungen. Dann machte die Nachricht die Runde, ein Pferd sei gestürzt und der umgekippte Wagen verbarrikadiere den Durchgang. Violet stand auf der Stelle, ihr Bündel fest an sich gepresst und wehrte sich dagegen, im Gedränge gegen eine Hauswand gedrückt zu werden, denn das hätte ihren Mantel ruiniert. Wertvolle Zeit verging, einige Polizisten schoben sich mit rüden Bewegungen durch die Menge, eine alte Frau, die mit einem Bauchladen unterwegs war, wurde zu Boden gerissen und Violet griff rasch zu, um ihr wieder auf die Füße zu helfen.

„Vergelt's Gott, junge Lady", krächzte die Alte und versuchte sich den Schmutz aus dem zerschlissenen, braunen Rock zu wischen. „Es wird immer schlimmer mit der Menschheit. Der Mörder, der in Whitechapel umgeht, soll sie alle abstechen. Sie haben's nicht besser verdient, diese geilen Weiber, die sich für Geld verkaufen."

„Was reden Sie da?", sagte Violet entsetzt.

Ein intensiver Brandyduft schlug Violet entgegen, dass ihr fast schlecht wurde. Sie wollte zurückweichen, doch die Alte hatte ihre Notentasche mit dürren, schmutzigen Fingern umkrallt und hielt sich an ihr fest.

„Er wird wieder zuschlagen, junge Lady. Noch in dieser Nacht wird er sich sein Opfer holen."

In den hellen, fast durchsichtigen Augen der Alten spiegelte sich Irrsinn, und Violet wich erschrocken zurück, als der lippenlose Mund sie angrinste.

„Im Nebel auf dem Pflaster - schwarz und weiß und rot", stieß die Alte hervor und lachte dann laut auf. Der Brandygestank hüllte Violet ein wie eine dichte Wolke, ein Entkommen war unmöglich, denn sie waren zwischen den Menschen eingeklemmt.

„Schwarz das Haar, weiß die Haut und rot das Blut, das über das Pflaster läuft", krähte die Alte mit heiserer, sich überschlagender Stimme, bis ein junger Kerl mit einer Matrosenmütze ihr einen Schubs gab, sodass sie zur Seite taumelte und Violets Tasche fahren lassen musste.

„Lass die Lady in Ruhe und halt dein besoffenes Maul, alte Krähe!"

Violet nutzte den Augenblick, um sich zwischen den Menschen hindurch ein wenig weiter nach vorn zu schieben. Im diffusen Licht einer Straßenlaterne konnte sie erkennen, wie einige Männer sich bemühten, den gestürzten Wagen wieder aufzustellen, während der Kutscher das aufgeregte Pferd am Halfter hielt. Jetzt endlich geriet die Menge wieder in Fluss, die Polizisten trieben die Gaffer beiseite und sorgten dafür, dass sich der Stau auflöste.

Violet eilte so rasch ihre Füße sie trugen voran und bemerkte bald, dass ihre Ahnung zur Wahrheit geworden war. Nebel stiegen auf, ließen die Vorübergehenden zu dunklen Silhouetten werden und bald waren sogar die Lichter an den Schaufenstern und die Straßenlaternen nichts weiter als gelbliche Flecken im grauen Dunst.

Sie hatte noch mehr als die halbe Strecke vor sich und sie bereute jetzt ihre Entscheidung, die südliche Route genommen zu haben, denn nun würde sie über den Friedhof von St. Paul gehen müssen.

Die Geräusche um sie herum wurden dumpfer und leiser, schienen vom Nebel aufgesogen zu werden. Hier und da tauchte eine Gestalt vor oder neben ihr auf, nur als dunkler Umriss zu erkennen und ebenso wie sie mit eiligen Schritten voranstrebend. Als sie den Friedhof erreichte, konnte sie den Weg unter ihren Füßen kaum sehen, spürte nur das glitschige Laub, das hier reichlich verstreut lag und sie versuchte, so dicht wie möglich an der Mauer entlang zu laufen, um sich nicht im Nebel zwischen den Bäumen und alten Grabsteinen zu verirren. Schweigen des Todes umgab sie, nur ihr eigener, überlauter Herzschlag schlug den Takt zu ihren Schritten, und die düsteren Steine der Friedhofsmauer wiesen ihr den Weg. Als sie endlich wieder den schwachen Schein einer Straßenlaterne erblickte, wäre sie vor Erleichterung fast darauf zu gerannt. Gelbliche Dunstschwaden bewegten sich in ihrem matten Licht wie schwebende, einander umfließende Geister.

Jetzt ist es nicht mehr weit, dachte sie. Nur noch die Cannonstreet entlang und dann links hoch in die King Williamstreet. Dann bin ich fast da. Meine Güte – Grace wird ganz sicher Tee für uns beide gemacht haben und schon ungeduldig auf mich warten.

Wie spät mochte es sein? Gewiss schon fast zehn, der dumme Unfall hatte sie eine gute Weile aufgehalten. Sie schwor sich, niemals wieder am Abend diesen Weg zu laufen und eilte auf den Lichtschein zu. Dann, plötzlich, ohne dass auch nur das kleinste Geräusch sie gewarnt hätte, spürte sie, wie jemand ihre Arme von hinten fasste und sie festhielt.

Sie schrie gellend auf und versuchte, sich loszureißen, doch gleich darauf wand sich ein kräftiger Arm um ihre Taille und sie fühlte einen kleinen Stich im Rücken dicht unter dem linken Schulterblatt.

„Nein!", keuchte sie verzweifelt und wand sich unter dem harten Griff. Es war zwecklos, der Angreifer war stärker als sie und hielt sie mit eiserner Kraft an sich gepresst.

„Still", flüsterte eine Stimme dicht an ihrem Ohr. „Wenn du dich bewegst, dringt das Messer dir ins Herz."

Sie spürte keine Panik, dazu war die Gefahr zu unmittelbar. Glasklar lag die Erkenntnis vor ihr, dass sie sterben würde. Der Mann würde sie entweder sofort töten, oder sie zuerst eine Weile quälen, so wie er es mit den anderen Frauen getan hatte.

Ein inneres Zittern befiel sie, während sie jetzt unbeweglich stand und darauf wartete, was er tun würde. Vielleicht hatte sie ja noch eine Chance, mit dem Leben davon zu kommen. Vielleicht würde er unachtsam sein, einen Fehler begehen. Vielleicht kam jemand vorbei, der ihr helfen würde.

Das Messer in ihrem Rücken verharrte an Ort und Stelle, drang nicht tiefer ein, wurde aber auch nicht zurückgenommen. Seine Spitze hatte sich durch Mantel,

Kleid und Korsett gebohrt und ihre Haut geritzt, gerade so tief, dass sie es spüren konnte. Doch es bedurfte nur eines kleinen, festen Stoßes um sie zu töten.

Sie konnte den heißen Atem des Mannes in ihrem Nacken spüren. Er atmete hastig, sein Mund war so dicht an ihrem Hals, dass sie fast seine warmen Lippen zu fühlen glaubte. Jetzt löste er den Griff um ihre Taille und seine Hand suchte die Haken, die ihren weiten Mantel verschlossen. Sachte, ohne sich zu beeilen, löste er einen Haken nach dem anderen. Er tat es geschickt und mit Sorgfalt, als wolle er das Kleidungsstück auf keinen Fall beschädigen.

Als seine Hand unter den Mantel fuhr und Violets Kleid berührte, zuckte sie zusammen. Sogleich spürte sie, wie das Messer sich ein wenig tiefer in ihre Haut schob und sie erstarrte.

„Nicht bewegen – sonst dringt es dir ins Herz", hauchte er dicht an ihrem Nacken.

Seine Lippen waren heiß und trocken und sein lautloses Flüstern hatte etwas von einem Menschen, der sich in Trance befindet. Schaudernd ließ Violet geschehen, dass seine Finger mit den Knöpfen ihres Kleides spielten, sie drehten und zwirbelten und endlich über ihre Brust zu dem kleinen Kragen wanderten, um die Häkchen zu öffnen.

Ein leichter Wind bauschte ihren weiten Mantel und ließ die Enden flattern wie die schweren Flügel eines Nachtvogels. Nebelschwaden umzogen sie, legten sich mit feuchter Kühle auf ihre Haut, als der Mann jetzt das Oberteil des Kleides auseinanderzog.

Tastend glitten seine Finger über ihr entblößtes Dekolleté, suchten die kleine Senke ihrer Halsgrube und wanderten langsam ihren Hals aufwärts bis zum Kinn. Sie bog den Kopf zurück und fühlte erbebend, wie seine Hand sachte wieder hinabglitt, über ihren Kehlkopf strich, einen Augenblick dort verharrte und sich dann weiter nach unten bewegte.

„Nein!"

„Still!"

Das Messer stach tiefer in ihren Rücken und es tat weh. Er hakte ihr Korsett unter dem Hemd auf, arbeitete rasch und sicher, so als vollführte er diese Bewegungen täglich, glitt mit einer langsamen Bewegung über ihre bloße Haut und legte seine Hand für einen kleinen Moment unter ihre linke Brust.

Er atmete jetzt stoßweise und so heftig, dass sie meinte, er würde sie verbrennen. Ihr Herz hämmerte und sie wusste, dass er es nur allzu deutlich fühlen konnte. Warum tat er das mit ihr? Warum dachte er sich solch verrückte Dinge aus? Oh Gott – was mochte er noch alles mit ihr vorhaben, bevor er ihr endlich das Leben auslöschte?

Plötzlich war sie frei. Ungläubig stand sie im Nebel, spürte ihren Peiniger nicht mehr, fühlte nur die Kälte, die ihre bloße Haut berührte – doch das Messer in ihrem Rücken war verschwunden.

Sie wandte sich um – doch die Dunkelheit hinter ihr war undurchdringlich. War das ein hinterhältiges Spiel, das er mit ihr treiben wollte? Würde er Vergnügen dabei empfinden, ihrer verzweifelten Flucht zuzusehen, um sie dann doch wieder einzuholen und endgültig in seine Gewalt zu bringen?

Zögernd ging sie einige Schritte – dann überfiel sie eine wilde Panik und sie begann zu laufen. Sie raffte ihre Röcke, rannte mit offenem Kleid und flatterndem Mantel auf das gelbliche Laternenlicht zu und hörte das Klappern ihrer Absätze auf dem Straßenpflaster.

Es ist doch genau das, was er will, schalt sie sich. Bleib stehen, versuche in der Dunkelheit unterzutauchen.

Doch die Angst war übermächtig. Wie eine Besessene lief sie durch die dunkle, dunstverhangene Straße, rang schon bald nach Luft und blieb dennoch nicht stehen, denn sie hielt das knatternde Geräusch, das ihr flatternder Mantel erzeugte, für die Schritte ihres Verfolgers.

Erst als ihre Kräfte endgültig zu schwinden drohten und sie nur noch gleißende Fünkchen vor den Augen sah, verlangsamte sie die Schritte und lehnte sich schließlich vollkommen erschöpft gegen die hölzerne Wand eines Gebäudes. Um sie herum dröhnte das Hämmern ihres eigenen Herzens. Dann erblickte sie schwankende, dunkle Gestalten vor sich im Nebel und hörte Stimmen, die ein wohlbekanntes Lied grölten.

„Oh my darling Clementine …"

Eine Gruppe betrunkener Seeleute wankte durch die Straße, auf der Suche nach der nächsten Kneipe. Es war nicht die beste Gesellschaft, normalerweise wäre sie diesen Leuten vorsichtig ausgewichen, doch jetzt raffte sie hastig den Mantel um sich und eilte auf die Männer zu, als seien diese eine rettende Insel.

„He Süße! Kommst ja aus dem Nebel wie ein Gespenst!"

Lachende Gesichter wandten sich ihr zu, sie atmete den Geruch von Brandy und Bier vermischt mit stinkendem Kautabak. Einer der Kerle umfasste ihre Taille und wollte sie an sich ziehen, ein anderer stieß ihn beiseite.

„He Mann! Das is' 'ne feine Dame. Da musst du dich benehmen, du Walross!"

„Die ist ja ganz blass, die Kleine. Hast wohl 'nen Geist im Nebel gesehen, was?"

„Oder den Mörder, der hinter den hübschen Dunkelhaarigen her ist. Pass gut auf, Kleine. Bist genau sein Typ! Komm lieber mit uns, da hast du jede Menge Spaß."

Sie nutzte den Umstand, dass die Burschen nicht mehr ganz standfest waren, und entwischte ihnen. Es war nicht mehr weit, sie hatte es fast geschafft. Wenige Minuten später riss sie an dem Haus, in dem Grace wohnte, fast die Glocke ab. Als das erschrockene Mädchen öffnete, stürzte sie wie besinnungslos in den Flur.

Grace stand oben an der Treppe, aufgeputzt und gepudert, ihr apfelgrünes Samtkleid schimmerte im Licht der Wandlüster. Sie sah erschrocken auf die vollkommen verstörte Violet hinunter.

„Violet - um Gottes willen. Was ist geschehen? Weshalb kommst du so spät? Wie siehst du nur aus?"

Violett war nahe daran, in Tränen auszubrechen, doch dann erblickte sie neben Grace einen seltsamen Menschen, den sie hier noch nie zuvor gesehen hatte und sie nahm sich unwillkürlich zusammen.

Der Mann war hochgewachsen und trug einen schwarzen Gehrock, dazu einen Hut mit schmaler Krempe. Sein Gesicht wirkte blass, die Nase scharf und in dem durchdringenden Blick, mit dem er sie musterte, lag unverhohlene Spottlust. Es war ohne Zweifel dieser Ausdruck in seinen Zügen, der Violet veranlasste, ihre Gefühle zu unterdrücken. Vor diesem Menschen würde sie ganz gewiss nicht wie eine hysterische Person anfangen zu heulen.

Der neue Kunde stieg gemächlich die Treppe nach unten, warf Grace einen kurzen Abschiedsgruß zu und zog seine Handschuhe aus feinem, schwarzem Leder an. Er ging schweigend an Violet vorbei und verließ das Haus, ohne sie weiter zu beachten.

„Ein Verrückter", sagte Grace tröstend. „Du glaubst gar nicht, wie viele skurrile Figuren es gibt. Männer kommen mitunter auf die merkwürdigsten Ideen."

Sie hatte Violet – ohne Rücksicht auf die ungeduldig wartenden Kunden – in ihr Zimmer begleitet und sich neben die Freundin aufs Bett gesetzt.

„Es war so schrecklich, Grace", schluchzte Violet. „Ich glaubte, jeden Augenblick sterben zu müssen. Und er hat mich mit seinen Händen unter dem Kleid berührt."

Grace schlang den Arm um sie und drückte sie an sich.

„Ein perverser Dreckskerl. Ich wünschte, ich wäre in der Nähe gewesen – mit mir hätte er diese Spielchen nicht gemacht. Und dennoch hast du Glück gehabt, Violet."

Sie schwieg, aber Violet hatte sehr gut verstanden, was sie sagen wollte.

„Du meinst, es hätte auch der Mörder sein können?"

Grace streichelte ihren Arm und nickte.

„Ich war fest davon überzeugt, dass er es war, Grace. Und ich frage mich jetzt noch, ob ich ihm nur durch einen glücklichen Umstand entkommen bin."

„Unsinn", gab Grace zurück. „Wenn es tatsächlich dieser verdammte Kerl gewesen wäre, dann hätte er gleich richtig zugestochen und du säßest jetzt nicht hier. Es war ein Spinner, einer dieser Typen, die zuhause unter dem Pantoffel stehen und sich hin und wieder mal Luft machen müssen. Glaub mir, ich kenne genügend solcher Leute. Und jeder hat seine eigene Macke."

Sie schob Violet sanft von sich weg, glättete einige zerdrückte Stellen an ihrem grünen Samtkleid und strich der Freundin dann zart mit dem Handrücken über die feuchte Wange.

„Wisch dir die Tränen ab, Mädel. Außer dem Schrecken und einem kleinen Ritz im Rücken ist ja nichts passiert. Ruh dich ein wenig aus, und wenn du Lust hast, dann komm später in den Salon und spiele uns vor, ja? Sie haben schon nach dir gefragt."

Violet runzelte die Stirn. Sie fühlte sie entsetzlich und zitterte immer noch am ganzen Körper. Wie konnte Grace nur glauben, dass sie in diesem Zustand Klavier spielen würde?

„Wer hat nach mir gefragt? Dieser neue Kunde etwa?"

Grace verzog den Mund zu einem vielsagenden Lächeln.

„Mr. Marlow? Oh nein, der nicht. Interessierst du dich etwa für ihn?"

„Keineswegs", gab Violet entrüstet zurück. „Ich frage nur deshalb, weil er mich so durchdringend angesehen hat."

„Oh, er ist ein ganz ausgefuchster Kerl, vor dem man sich in acht nehmen muss, meine Kleine. Kein Kostverächter – er hat die ganze Reihe meiner Freundinnen durch, und nun scheint er seine Zelte bei mir aufschlagen zu wollen. Nun – mir soll's recht sein, er zahlt gut, weiß was er will und ist außerdem sehr amüsant."

„Und ein boshafter Spötter dazu."

Grace erhob sich jetzt und ordnete mit einer Hand ihr hochgestecktes Haar, in das sie zarte grüne Seidenblüten eingeflochten hatte.

„Hör zu, Violet", sagte sie streng. „Was auch immer du von meinen Kunden halten magst – ich erwarte, dass du dich ihnen gegenüber höflich und liebenswürdig verhältst, wenn du ihnen im Salon begegnest."

„Das brauchst du nicht extra zu betonen, Grace. Ich weiß sehr wohl, was ich dir schuldig bin."

Grace entnahm Violets kühlem Ton, dass sie einen Schritt zu weit gegangen war. Deshalb bemühte sie sich um einen versöhnlichen Satz.

„Sie lieben dich alle, meine kleine Violet. Sie sind ganz verrückt nach dir."

Am Morgen wurde Violet von den warmen Strahlen der Herbstsonne geweckt, die sich durch die Ritzen der Vorhänge stahlen. Ein flimmerndes Lichtband lag quer über ihrer Bettdecke, zeichnete Sonnenpünktchen auf ihren bloßen Arm und stieg wie ein zarter, goldener Pinselstrich an der blauen Tapete empor.

Sie streckte sich im Bett und stellte fest, dass sie sich ruhig und ausgeglichen fühlte. Die Ereignisse des gestrigen Abends hatten im hellen Tageslicht viel von ihrem Schrecken verloren, ja sie fragte sich jetzt allen Ernstes, warum sie solch lächerliche Furcht gehabt hatte. Grace hatte vollkommen recht: Sie hätte mutiger sein müssen. Hätte sie sich verteidigt, laut geschrien oder um sich geschlagen – der Mann hätte vermutlich sofort von ihr abgelassen und wäre davongelaufen.

Das Schlafzimmer lag zum Hof hin, man hörte das ärgerliche Schelten der Nachbarin, irgendein Topf oder Teller zerschellte an der Wand und gleich darauf erklang das Fauchen eines Katers. Violet lächelte – da hatte Kater John wieder einmal Diebesbeute gemacht.

Sie stand auf und kleidete sich an. Dann schob sie die Vorhänge beiseite und öffnete das Fenster, um auf den Hof zu sehen. Unten hockte der grau getigerte Kater bei den Resten einer Fischmahlzeit, die er genüsslich und ohne jegliches schlechte Gewissen in seinen Magen beförderte. Drüben im Erdgeschoss des Nachbargebäudes war das zornrote Gesicht der Nachbarin zu sehen, von einer weißen Nachthaube umrahmt. Zwei dick eingemummelte Kinder spielten auf dem Pflaster mit Peitsche und Kreisel und lachten laut, als der Kater nach dem Kreisel sprang. Über allem lag die helle Morgensonne, trocknete die Wäsche an der Leine und ließ die Scheiben an den Fenstern fröhlich aufblitzen.

Nein, es war wirklich nichts mehr übrig von den Schrecknissen der Nacht.

Sie hatte erwartet, als Erste im Salon zu sein, denn Grace pflegte einen ausgiebigen Morgenschlummer zu halten. Doch als Violet leise die Tür öffnete, saß Grace bereits im roséfarbigen Morgenkleid am gedeckten Frühstückstisch und vertrieb sich die Zeit damit, die Times zu lesen. Es duftete nach frisch aufgebrühtem Tee, nach Rührei mit Schinken und knusprigem Röstbrot, sodass Violet das Wasser im Mund zusammen lief.

„Schon ausgeschlafen?", fragte Grace lächelnd und legte die Zeitung beiseite. „Dann lass uns frühstücken."

Violet hatte nichts dagegen. Unbekümmert ließ sie sich Grace gegenüber nieder und wippte mit ihrem Stuhl während Grace den Tee eingoss.

„Geht es dir gut?"

„Könnte nicht besser sein."

Grace nickte zufrieden. Sie hatte sich schon Sorgen gemacht, weil Violet gestern Abend nicht mehr im Salon erschienen war. Aber sie wusste auch, dass die kleine Violet trotz ihrer Zartheit nicht so leicht unterzukriegen war.

„Wie sehen deine Pläne für heute aus?", wollte sie wissen.

„Heute Abend werde ich im Green Palace Hotel spielen", verkündete Violet zwischen zwei Schlucken Tee. „Für einen Schilling die Stunde!"

Es war Mr. Barney, einer von Grace' Kunden, der ihr diesen Job vermittelt hatte. Er war mit dem Pianisten befreundet, der normalerweise dort spielte, aber seit einigen Tagen erkrankt war. Es wurde eine Aushilfe gesucht und Barney hatte Violet empfohlen. Sie würde mindestens fünf Schilling an einem einzigen Abend verdienen. Das war fast soviel, wie sie sonst im ganzen Monat erhielt.

„Ein Schilling die Stunde", meinte Grace abschätzig und rührte auf ihrem Teller herum. „Dafür spielst du dir die Finger wund und musst bis in die City laufen. Und natürlich auch wieder zurück - und das ziemlich spät am Abend."

Violet spülte die leise wieder aufsteigenden Ängste mit einem kräftigen Schluck Tee hinunter und widmete sich dann entschlossen dem leckeren Rührei. Der Green Palace war ein angesehenes Hotel, in dem nur wohlhabende Gäste abstiegen, darunter viele Ausländer, und man schätzte im Restaurant leise Klaviermusik.

„Und wie schaut dein Tag aus, liebe Grace?", entgegnete sie spitz.

Grace rekelte sich ein wenig in ihrem Stuhl und bewegte dabei ihre vollen Brüste, die zu dieser Zeit noch nicht in ein Korsett eingeschnürt waren.

„Nun – gleich habe ich einen Kunden, der für ein Stündchen vorbeischaut und heute Abend werden Mr. Parker und Mr. Barney anwesend sein."

Violet wusste inzwischen, dass die Herren nur selten ihren wirklichen Namen angaben. Mr. Parker war vermutlich verheiratet und erzählte seiner Frau, dass er den Abend im Klub verbringe. Mr. Barney war Schriftsteller und arbeitete an einem Roman, aus dem er Violet schon wiederholt vorgelesen hatte. Ein abstruses Machwerk, in dem es von unglücklichen Liebesgeschichten nur so wimmelte und das vermutlich niemals beendet werden würde, denn Mr. Barneys Fantasie in dieser Hinsicht schien nahezu unerschöpflich. Violet wollte nach der Zeitung greifen, um Grace ihre Missbilligung zu verbergen, doch Grace hielt sie am Arm fest.

„Hör zu, Violet", sagte sie energisch. „Du warst immer das wohlbehütete Töchterlein, das sorgsam für eine Ehe mit einem wohlhabenden und natürlich gutherzigen Mann vorbereitet wurde. Aber daraus ist nun einmal nichts geworden. Ein Mädchen, das kein Vermögen hat und allein in der Welt steht, wird von keinem dieser gutherzigen Geldsäcke geheiratet werden. Warum nutzt du nicht das Kapital, das du besitzt, um dir ein angenehmes Leben zu verschaffen?"

Ärgerlich schob Violet den Teller von sich. Warum musste Grace ihr diesen Morgen so verderben?

„Ich besitze kein Kapital, liebe Grace. Genau das hast du ja eben festgestellt", sagte sie unfreundlich.

Grace tat einen tiefen Seufzer. Sie mochte die kleine Violet wirklich gern, mehr als gern sogar – aber leicht machte sie es ihr nicht.

„Dein Kapital ist deine Schönheit, mein Schäfchen. Schau dich doch an. Dein Körper ist vollkommen, liebe Violet. Ich wünschte, ich hätte solch eine schlanke Taille und dabei so volle Brüste. Und dieses üppige, dunkle Haar, diese unschuldigen braunen Augen."

Violet zerknüllte die Stoffserviette und warf sie auf den Tisch.

„Hör bitte auf, Grace", rief sie zornig. „Oder ich gehe auf der Stelle in mein Zimmer."

„Schon gut, schon gut. Aber du solltest dir deine Empfindlichkeiten abgewöhnen. Meine Komplimente sind ernst gemeint, und ich denke, du hast allen Grund, sie anzunehmen. Ich meine es gut mit dir, Violet."

„Auf deine Art schon. Aber wir sind grundverschieden, Grace. Ich würde lieber sterben, als meinen Körper an einen Mann zu verkaufen."

Grace zerbröselte ein Stück Toast auf ihrem Teller und lächelte dabei schelmisch.

„Hör zu, Violet", sagte sie und malte mit dem Finger Kringelmuster in die Krümel. „Warum heiraten die meisten Mädchen? Nun – du weißt es selbst: Ein Häuschen, ein wenig Geld, ein sicheres Leben – für diesen Komfort verkaufen sich junge Mädchen tagtäglich und überall an irgendeinen Kerl, den sie überhaupt nicht lieben. Was glaubst du, geschieht in der Hochzeitsnacht? Und in allen Nächten danach?"

Violet wurde rot, denn sie hatte darüber bisher nur wenige, allerdings haarsträubende Dinge gehört.

„Nun meine Kleine", fuhr Grace fort. „Es geschieht dort nichts Anderes, als das, was dort oben in meinem Zimmer passiert. Und jetzt benutze bitte einmal deinen Verstand: Im Grunde ist es völlig gleich, ob du diese Dienste einem Ehemann oder einem zahlenden Kunden leistest. Der Unterschied besteht nur darin, dass du als Ehefrau ganz und gar dem Willen deines Mannes unterworfen bist. Unverheiratet und frei jedoch, kannst du mit deinem Verdienst tun und lassen, was du willst."

Violet starrte sie mit großen Augen an. Grace hatte eine Art, die Welt zu erklären, die Violet zwar entsetzlich unmoralisch vorkam, die aber dennoch nicht ganz falsch zu sein schien. Zumindest auf den ersten Blick.

„Ich würde niemals im Leben einen Mann nur um seines Geldes willen heiraten", wandte sie energisch ein.

„Mein armes Schäfchen!", stöhnte Grace auf. „Du wartest doch nicht etwa auf die große Liebe? Lass dir von einer erfahrenen Veteranin sagen, dass solche Gefühlsduseleien immer nur Unglück nach sich ziehen. Behalte einen kühlen Kopf, Mädchen – so manches hübsche Ding ist schon an einer dummen Liebesgeschichte zerbrochen und niemand konnte ihr mehr helfen."

Violet wusste nichts darauf zu sagen, denn Grace hatte zweifelsfrei recht. Viele der armen Mädchen, die hier in Whitechapel herumliefen und sich für einige Pennys verkauften, hatten sich einst in einen Kerl verliebt, der sie zuerst ausgenutzt und dann wie einen alten Kleiderfetzen weggeworfen hatte.

Grace betupfte sich den Mund mit der Serviette und erhob sich dann von ihrem Stuhl, um dem Mädchen zu läuten. Als sie den Arm zum Klingelzug hob, öffnete sich ihr Morgenmantel ein kleines Stück und Violet konnte sehen, dass sie darunter völlig nackt war. Violet errötete. Ihre Eltern hatte sie dazu erzogen, dass eine Frau niemals ihren bloßen Körper zeigen durfte. Sogar wenn man ein Bad nahm, trug man ein Hemd, anders wäre es schamlos gewesen.

„Du solltest über meine Worte nachdenken", sagte Grace leichthin und zog den Morgenmantel um den Körper, als das Mädchen den Salon betrat. Mary war ein schmales, blassgesichtiges Wesen, eines der Mädchen, die überall vorüberhuschen können, ohne dass man sie bemerkt. Doch sie führte jede Anweisung zur Zufriedenheit ihrer Herrin aus, und ihre Anhänglichkeit war rührend.

„Es gibt gewisse Dinge, die ich niemals tun werde", gab Violet mit Entschiedenheit zurück.

„Jede, wie sie mag", konterte Grace. „Ich werde gleich 20 Schilling verdienen und heute Abend noch einmal die doppelte Summe. Vielleicht auch mehr. Spiel inzwischen hübsch Klavier, um diese blasierten Gipsfiguren im Green Palace zu amüsieren!"

Damit ging sie aus dem Salon, wobei sie sich bemühte, ihren Körper leicht hin- und herzuwiegen, um ihre Hüften unter dem Morgenrock zur Geltung zu bringen. Violet blieb reglos auf ihrem Stuhl sitzen und starrte hinter der Freundin her, jedoch ohne sie recht wahrzunehmen.

Über sechzig Schilling. An einem einzigen Tag verdiente Grace mehr als sie selbst in einem halben Jahr. Violets Glaube an das Gute in der Welt geriet stark ins Wanken. Wie konnte es sein, dass die Menschen für solch verabscheuungs- würdige Lasterhaftigkeit mehr Geld bezahlten, als für einen guten Musikunter- richt? Warum gelang es einem Mädchen mit Erziehung und festen moralischen Grundsätzen nicht, in dieser Welt ihren gerechten Lohn zu erhalten? War denn alles falsch gewesen, was ihre Eltern ihr beigebracht hatten?

Sie spürte, wie ihr plötzlich die Tränen in die Augen schossen. Ach, Grace hatte ja nur zu recht. Ihre Mädchenträume von einer großen, romantischen Liebe, von einem zärtlichen Ehemann, der sie in sein Haus aufnehmen, sie mit allem versorgen und restlos glücklich machen würde – sie waren längst zer- stoben. Aber es musste doch immerhin möglich sein, sich auf anständige Weise durchs Leben zu bringen.

Die Hausglocke läutete und Mary ließ das halbgefüllte Tablett stehen, um die Tür zu öffnen. Aha – der Kunde war gekommen. Vermutlich einer jener Herren, die es sich leisten konnten, am Samstagvormittag ihrem Vergnügen nachzugehen, anstatt im Büro oder Geschäft zu sitzen. Hoffentlich ging er gleich zu Grace hinauf und erschien nicht zuerst hier im Salon, um mit ihr dummes Zeug zu schwatzen.

Doch ihre Hoffnung schien sich nicht zu erfüllen, denn gleich darauf öffnete Mary die Tür, um einen Mann einzulassen.

„Guten Morgen, Miss!"

Violet hatte die Teekanne gefasst, um sie aufs Tablett zu stellen, doch beim Anblick des Eintretenden wäre das Geschirr ihr beinahe aus der Hand gerutscht. Vor ihr stand jener seltsame Mann, der sie gestern Abend mit seinen spöttischen Blicken durchbohrt hatte.

„Guten Morgen, Sir."

Sie bemerkte, dass ihre Stimme dünn und zittrig klang, und sie ärgerte sich über sich selbst. Was war los mit ihr? Er war ein Kunde wie alle anderen auch. Es war nichts Besonderes an ihm.

Er hatte Mantel und Hut im Flur abgelegt und trug einen dunklen Anzug aus gutem Stoff, der allerdings nicht mehr der neuesten Mode entsprach. Dennoch machte er eine hervorragende Figur darin, denn das Kleidungsstück war ganz und gar auf seine schlanken, hochgewachsenen Körperbau zugeschnitten. Sein Haar war dunkel und glatt nach hinten gekämmt, wodurch die starken, schön geschwungenen Augenbrauen zur Geltung kamen. Seine Augen lagen ein wenig tief, doch sie hatten einen durchdringenden Blick, der sein Gegenüber aufmerk- sam zu erkunden schien.

Vielleicht war es dieser Blick, der ihr unheimlich war? Wenn er jemanden länger betrachtete, so wie er es jetzt mit ihr tat, bekam man den Eindruck, er sähe durch die Kleider hindurch und entdecke weitaus mehr an ihr, als sie bereit war, von sich preiszugeben. Sie versuchte, sich zu wappnen.

„Falls Sie Grace suchen – die ist bereits oben", sagte sie in höflichem Ton, so als wolle sie ihm einen Gefallen erweisen. In Wirklichkeit hoffte sie inständig, in damit rasch loszuwerden.

„Ich weiß, Violet", gab er ebenso höflich zurück. „Ich komme aber nicht, um mich mit Grace zu treffen."

Sie empfand es als unangenehm, dass er sie einfach mit ihrem Vornamen anredete. Woher wusste er ihn überhaupt? Hatte er mit Grace etwa doch über sie gesprochen?

„Ach so", stammelte sie und versuchte, ihre Gedanken zu sortieren. „Weswegen sind Sie dann hier?"

Ein flüchtiges Grinsen zog über sein Gesicht. Scheinbar fand er die Frage reichlich einfältig, aber aus seiner Miene konnte sie schließen, dass er nicht viel Anderes von ihr erwartet hatte.

„Ich komme, um mit Ihnen zu sprechen, Violet. Darf ich mich setzen?"

Sie war zu verblüfft, um zu antworten. Er wartete jedoch keineswegs auf ihre Erlaubnis, sondern ergriff einfach Besitz von einem der Sessel und wies mit einer lässigen Bewegung der linken Hand auf eine Sitzgelegenheit in seiner Nähe. Sie folgte dem Wink, unfähig zu widersprechen, und ließ sich langsam auf dem Stuhl nieder.

„Zuerst möchte ich mich vorstellen: Mein Name ist Nicholas Marlow, ich bin Rechtsanwalt und Notar und betreibe eine Kanzlei in der City."

Sie schwieg. Es war ungewöhnlich, dass ein Kunde seinen Beruf nannte. Vermutlich stimmte er ebenso wenig wie Name und Wohngegend. Warum er sich wohl so viel Mühe machte, diese Dinge zu erfinden?

„Mein Name ist Violet Burke", sagte sie, wobei sie den Nachnamen betonte.

Er begriff sofort, und wieder huschte ein ironisches Grinsen über sein Gesicht, für das sie ihn gern geohrfeigt hätte. Leider brachte sie den Mut dazu nicht auf.

„Miss Burke", nahm er das Gespräch wieder auf. „Ich hatte gestern Abend das Vergnügen, Ihnen zu begegnen. Sie waren zwar sehr aufgeregt in diesem Augenblick, aber vielleicht gelingt es Ihnen dennoch, sich an mich zu erinnern?"

Sie war mehr als aufgeregt gewesen und dazu noch zerzaust, mit Straßendreck bespritzt und den Tränen nahe. Vermutlich hatte er einen ziemlich desolaten Eindruck von ihr gehabt.

Sie bemühte sich, mit ruhiger Stimme zu antworten, um ihm keinen Grund zu einem weiteren abschätzenden Grinsen zu geben.

„Natürlich, Mr. Marlow. Sie standen in Hut und Mantel oben an der Treppe und verließen gleich darauf das Haus."

Er fuhr fort, sie intensiv zu betrachten und wieder hatte sie das schreckliche Gefühl, er könne durch ihr Kleid hindurch auf ihre bloße Haut sehen und sie taxieren, wie eine Stute auf dem Pferdemarkt.

„Nun – ich gestehe, dass dieses erste Zusammentreffen etwas flüchtig und unter ungünstigen Umständen geschah", meinte er und beugte sich ein wenig im Sessel vor. „Dennoch muss ich gestehen, dass Sie mich beeindruckt haben, Miss Burke. Ich habe lange nach einer Person wie Ihnen Ausschau gehalten."

Sie spürte, wie dieses seltsame und aufdringliche Kompliment sie erschreckte und sie bemühte sich, ihre zitternden Hände unter Kontrolle zu halten.

„Darf ich erfahren, was Sie von mir wünschen?", sagte sie so kühl und abweisend wie möglich.

Er lehnte sich bequem zurück und schlug die Beine übereinander wie ein Vorgesetzter, der jovial mit einem Untergebenen plaudert.

„Ich möchte Ihnen eine Stellung anbieten, Miss Burke."

Sie hatte Schlimmeres erwartet, dennoch steigerte sich ihre Unruhe und sie wäre gern hinauf zu Grace gelaufen, um nicht mit diesem Menschen allein im Zimmer sein zu müssen.

„Eine Stellung? Suchen Sie vielleicht eine Musiklehrerin?", sagte sie rasch, damit er sich gar nicht erst falsche Vorstellungen von ihr machte.

Jetzt war es an ihm, verblüfft zu sein. Seine Augen weiteten sich einen Moment lang und sie erkannte, dass ihre Farbe nicht braun oder schwarz war, sondern ein dunkles Grau.

„Eine … Musiklehrerin? Nun, ich hatte eher an die Position einer … Hausdame gedacht. Sehen Sie, ich bin finanziell unabhängig, lebe allein in einem ziemlich großen Anwesen und halte mir eine Köchin, einen Hausdiener und ein Mädchen. Sie hätten also genügend Personal zur Verfügung und brauchten sich nur um Ihre wesentlichen Aufgaben zu kümmern."

Es schien ihr etwas Lauerndes in seinem Blick zu liegen, aber vielleicht war er einfach nur erwartungsvoll auf sie gerichtet. Dennoch glaubte Violet, dieses seltsame Angebot zu durchschauen. Eine Hausdame war üblicherweise eine Frau in gesetztem Alter, die sich in der Führung des Haushaltes bestens auskannte und jahrelange Erfahrung mitbrachte. Einem unbekannten, jungen Mädchen solch eine Stelle anzubieten war völliger Unsinn und konnte auf keinen Fall ernst gemeint sein. Es war nur allzu klar, dass er ganz andere Absichten mit ihr hatte.

„Ich fühle mich sehr geehrt von diesem Angebot", sagte sie mit Höflichkeit, und spürte, wie sich ihr Rücken vor innerer Abwehr versteifte. „Aber ich kann es leider nicht annehmen."

Er schien enttäuscht, runzelte ärgerlich die Stirn und schnippte mit dem Finger.

„Nun kommen Sie schon, Miss Burke! Solch eine Chance bekommen Sie nie wieder in Ihrem Leben. Ich zahle Ihnen hundert Pfund im Jahr."

Hundert Pfund! Sie glaubte, sich verhört zu haben. Einen Augenblick lang geriet ihre Abwehrhaltung ins Wanken. Vielleicht suchte er ja wirklich eine Hausdame? Vielleicht hatte er ihr ja seinen wahren Namen genannt? Ach, wenn doch Grace jetzt neben ihr säße, sie wüsste ganz sicher, wie mit einem solchen Angebot umzugehen war.

„Könnte sich nicht auch für meine Freundin, Miss Dolloby, ein Posten bei Ihnen finden?", fragte sie zögernd.

Mr. Marlow schien dieses Ansinnen zu erheitern, denn ein kurzes Grinsen zuckte über sein Gesicht, so als habe jemand einen altbekannten Scherz gemacht.

„Für Grace? Wohl kaum. Es geht um Sie, Miss Burke. Um Sie allein!"

Das Wort „allein" brachte sie wieder zu sich. Allein mit diesem Menschen in einem großen Haus! Nein, sie würde sich auf so etwas nicht einlassen. Nicht für Tausend Pfund und auch nicht für eine Million. Hatte sie nicht gerade eben noch Grace gegenüber stolz erklärt, sich niemals an einen Mann zu verkaufen?

„Es tut mir sehr leid, Mr. Marlow. Aber ich verstehe nicht das Geringste von der Führung eines Haushalts. Ich verdiene meinen Unterhalt als Klavierlehrerin."

Erstaunen breitete sich über seine Züge, dann begann er zu lachen. Es war ein lautes, hämisches Gelächter, bei dem es Violet eiskalt über den Rücken lief.

„Als Klavierlehrerin?", rief er belustigt. „Und davon können Sie leben?"

„Das sehen Sie ja", gab Violet beleidigt zurück. „Ich weiß nicht, was es da zu lachen gibt, Mr. Marlow."

Er war sofort wieder ernst und sah aus, als habe er nie in seinem Leben gelacht. Stattdessen schnaubte er durch die Nase und blitzte sie mit dunklen, schmalen Augen an.

„Humbug!", knurrte er. „Denken Sie, ich nehme Ihnen diese Geschichte ab? Alle Klavierlehrerinnen, die ich kannte, waren jenseits der Fünfzig, ältliche Damen mit Ringellöckchen und verhärmten Gesichtern. Sie sind eine junge, sehr attraktive Person, Miss Marlow. Sogar dann noch, wenn Sie völlig verwahrlost und dreckig in ein Haus stürzen, und Miene machen, im nächsten Augenblick in Tränen auszubrechen!"

Das war zu viel – Violet war mit ihren Nerven am Ende. Sie fuhr vom Stuhl auf, wagte sogar, einen Schritt näher an ihn heranzutreten, und ihre Stimme schnappte über, so zornig war sie.

„Ich lasse mich nicht länger von Ihnen beleidigen, Mr. Marlow oder wie Sie sonst auch heißen mögen. Verlassen Sie auf der Stelle diesen Raum!"

Er zog langsam die Beine an und erhob sich. Als er vor ihr stand, überragte er sie um fast zwei Köpfe, sodass sie vor dem eigenen Mut erschrak.

„Schau an, junge Lady. Sie können ja richtig zornig werden. Dennoch sollten Sie sich mein Angebot noch einmal in Ruhe überlegen."

„Hinaus!"

Er zuckte die Schultern, wandte sich um und ging tatsächlich. Sie hörte, wie er im Flur Hut und Mantel von Mary forderte, dann schlug die Haustür hinter ihm zu und Violet atmete erleichtert auf.

Sie verschwieg Grace dieses Gespräch und verbrachte den frühen Nachmittag in ihrem Schlafzimmer unter dem Vorwand, ein wenig ausruhen zu wollen, da es am Abend gewiss spät werden würde. Gegen halb vier zog sie ihr bestes Kleid an, ein cremefarbiges Sommerkleid mit leichtem Dekolleté, weit gebauschten Ärmeln und Spitzen an den Manschetten, steckte das Haar hoch und setzte den kleinen, aus grünem Samt gearbeiteten Hut auf, der einst ihrer Mutter gehörte. Er passte recht gut zu dem Umhang, den Grace ihr geschenkt hatte.

Die Notentasche war am gestrigen Abend verloren gegangen – ein schmerzhafter Verlust. Nicht wegen der leicht verschlissenen Ledertasche, sondern wegen des Sonatenbands, den sie momentan auf keinen Fall ersetzen konnte. Auch wenn sie die meisten Werke auswendig konnte, so war es doch schlimm, die Noten, die ihr Vater damals für sie gekauft hatte, nicht mehr zu besitzen.

Als sie jetzt suchend mit der Hand in die Manteltasche fuhr, stellte sie zu allem Unglück noch dazu fest, dass die fünf Pence, ihr mühsam verdienter Lohn, nicht mehr vorhanden waren. Hatte sie das Geld bei ihrer hastigen Flucht verloren? Oder hatte etwa die Alte, die sich in der Menge so fest an sie geklammert hatte, ihr die Manteltasche geleert? Konnte sie dieses gruselige Zeug über den Mörder von Whitechapel nur ein Ablenkungsmanöver gewesen sein, um sie leichter bestehlen zu können?

Seufzend suchte Violet einen alten Beutel hervor, packte einen Stapel Noten hinein und brach auf. Wenig später drängte sie sich durch die vielen Heuwagen, die wie jeden Samstag in Whitechapel unterwegs zum Markt waren, und atmete auf, als sie St. Paul erreichte. Sie konnte sich Zeit lassen – ihre Arbeit begann erst gegen sechs Uhr am Abend.

Das „Green Palace Hotel" lag in der Northumberland Avenue und war schon von Weitem an der überdimensional großen Schrift zu erkennen, die im obersten Stockwerk an den Außenwänden prangte. Es war ein dunkelgraues, sechsstöckiges Gebäude mit hohen, schmalen Fenstern und einem rechteckigen Säulenvorbau, zu dem einige Stufen hinaufführten. Vor dem Eingang hatte ein Zweispänner gehalten, in dem eine Dame im silberfarbigen Pelz saß. Jetzt eilte ein feister Hotelangestellter auf das Gefährt zu, öffnete den Kutschenschlag und ließ die Lady unter tiefen Verbeugungen aussteigen. Diener in Livree sprangen herbei, um Koffer und Hutschachteln abzuladen und ins Hotel zu tragen. Violet sah dem Schauspiel eine Weile zu, ehe sie den schmalen Eingang für die Bediensteten suchte, wo sie mit Herzklopfen den engen Flur betrat.

Intensiver Küchengeruch schlug ihr entgegen, Fleisch wurde angebraten, fremde Gewürze und Gemüse dufteten, ärgerliches Schelten drang an ihr Ohr. Ein grauhaariger Herr im eleganten, dunklen Anzug lief mit eiligen, ein wenig steifen Schritten über den Flur und stutzte, als er sie erblickte.

„Was haben Sie hier zu suchen? Wer sind Sie?", fuhr er sie an.

Seine Miene war so einschüchternd, dass sie große Lust hatte, kehrt zu machen und wieder davon zu laufen, doch sie nahm sich zusammen.

„Ich bin Violet Burke, Sir", sagte sie leise. „Ich soll heute Abend im Speisesaal Klavier spielen."

Seine kühlen Augen maßen sie abschätzend, dann trat er dicht an sie heran und forderte:

„Legen Sie den Mantel bitte ab, Miss Burke."

Verwirrt tat sie, was er verlangte und spürte, wie er sie genaustens von oben bis unten musterte. Seine Hand berührte sacht die Knöpfe des Kleides, dann glitt sie bis zu ihrer Taille und legte sich leicht auf ihre Hüfte. Violet erzitterte und spürte, wie ihr Körper sich vor Abwehr versteifte.

„Ein hübsches Kleidchen", sagte er. „Sie tragen eine Korsage darunter, nicht wahr?"

Sie wurde tiefrot.

„Wie soll ich diese Frage verstehen?"

Er setzte eine geschäftsmäßige Miene auf.

„Ich trage Sorge dafür, dass Sie unserem Haus keine Schande machen, Miss Burke. Würden Sie sich bitte einmal umdrehen?"

Sie wäre am liebsten davongelaufen, aber sie dachte an das Geld und gehorchte.

Sie spürte, wie seine Hand über ihren Rockbund fuhr und sich schwer in den Stoff ihrer Röcke legte. Als sie erschreckt zusammenzuckte, umfasste er rasch ihre Taille, drängte ihren Körper dicht zu sich heran und fuhr mit einer Hand zwischen ihre Beine, wobei er den Daumen nach oben reckte.

Sie schrie auf, und er ließ sie rasch los.

„Nun schön", sagte er. „Gehen Sie geradeaus, dann zweimal links und durch den Seiteneingang in den Speisesaal. Das Klavier steht neben dem Kamin an der Schmalseite des Raumes. Gehen Sie auf keinen Fall durch die Halle. Und lassen Sie Hut und Mantel im Personaltrakt."

Violet hörte kaum zu. Mit hämmerndem Herzen eilte sie durch den Flur, war einen Augenblick lang fest entschlossen, das Hotel auf dem schnellsten Weg zu verlassen – dann fiel ihr wieder das Geld ein. Nein – sie würde es durchstehen.

Es war kurz vor sechs und im Inneren des großen Hotels schien ein unsichtbarer Bienenschwarm zu summen. In jedem der Räume, an denen sie vorüberging, herrschte hektische Betriebsamkeit. Kurze, harte Befehle wurden ausgeteilt, junge Kellner in eng sitzenden Jacken trugen Tabletts voller blitzender Kristallgläser oder bunter Köstlichkeiten, sowie silberne Kübel mit Eisstückchen darin. Violet schob sich eng an die Seite, um ja nicht mit einem dieser eiligen Pinguine zusammenzustoßen und am Ende gar für den Verlust einiger kostbarer Gläser oder Schüsseln verantwortlich gemacht zu werden.

Der Speisesaal war ein lang gestreckter hoher Raum, der von drei Kaminen beheizt wurde. Zwischen der dunklen Holztäfelung hatte man die Wände mit roter Tapete bespannt und verschiedene Gemälde oder gerahmte Stiche aufgehängt, schwere Brokatgardinen umrahmten die hohen Fenster. Die Tische waren mit weißen Damasttüchern bedeckt, Gläser funkelten darauf, goldverzierte Salzstreuer und Gestecke aus Seidenblumen. Alles wirkte auf Violet dumpf und schwer, sie blickte besorgt auf die vielen Teppiche, die den Boden bedeckten, und ihr war klar, dass von ihrem Klavierspiel vermutlich nicht viel zu hören sein würde.

Das Instrument war ein hoher, brauner Kasten, mit schönen Schnitzereien verziert, die Pedale glänzten goldfarbig, waren jedoch ziemlich abgeschliffen. Gleich neben dem Instrument befand sich ein Kübel, in dem eine Palme gedieh, die ihre Zweige sehnsüchtig zur Decke reckte, als suche sie dort oben Sonne und Licht.

Violet klappte den Deckel auf, rückte sich den Schemel zurecht und schlug einige Töne an. Es klang grauenhaft.

„Sie sollen nicht klimpern, sondern Klavier spielen, Miss", sagte jemand. „Es sind bereits Gäste eingetroffen."

Ein blonder Kellner stand neben ihr, das Haar sorgfältig mit Frisiercreme nach hinten gekämmt, die hochgezogenen Augenbrauen drückten Geringschätzung aus.

„Ich habe nur einige Akkorde zur Probe gespielt", sagte Violet, die jetzt ihren Mut wiederfand. „Das Instrument ist verstimmt."

„Ach ja?", näselte er. „Dann spielen Sie eben so, dass es nicht auffällt. Fangen Sie endlich an."

„Es fällt in jedem Fall auf", gab sie verärgert zurück. „Wenn die Heizperiode beginnt, sollte man immer damit rechnen, dass ein Instrument die Stimmung nicht hält. Ein musikalischer Mensch hört die unreinen Töne sofort."

Er glotzte sie an, offensichtlich war ihm solche Unverfrorenheit noch nie vorgekommen. Dieses Mädchen wagte es, an dem Klavier, das dem Hotel gehörte, herumzunörgeln, anstatt froh und dankbar dafür zu sein, dass man ihr erlaubte, darauf zu spielen.

„Falls der berühmte Mr. Paderewski einmal bei uns vorbeikommen sollte, um ein Konzert zu geben, werden wir das Instrument gewiss vorher stimmen lassen", sagte er hochnäsig. „Für Sie, Miss, muss es auch so ausreichen!"

Er warf ihr einen verachtungsvollen Blick zu und bewegte sich dann in Richtung der Fenster, wo die bereits eingetroffenen Gäste Platz genommen hatten. Violet sah zu, wie er dienstfertig Aufstellung bezog, die Nase in die Luft reckte, während er die Bestellung aufnahm und sich dann in tadelloser Haltung völlig geräuschlos entfernte, als sei er eine Pappfigur auf Rädern.

Es half nichts, sie würde auf diesem grauenhaften Instrument spielen müssen, schließlich ging es um eine Menge Geld. Sie suchte sich einige Noten heraus, stellte sie auf und begann ihre Arbeit zu tun. Es klang fürchterlich, innerlich leistete sie jedem einzelnen Komponisten, den sie spielte, reuevolle Abbitte, doch letztlich tröstete sie sich damit, dass der Klang des Instruments durch die vielen Stoffe und Teppiche im Raum kaum hörbar war.

Der Speisesaal füllte sich, und der Geräuschpegel stieg an, Gläser klirrten, Menschen lachten und redeten, Geschirr klapperte. Hin und wieder wagte sie es, einen Blick über die Schulter zu werfen und die Gäste neugierig zu betrachten. Damen in schönen Roben, nach der neuesten Mode geschnitten, saßen mit geraden Rücken auf den Stühlen, denn ihre Korsagen waren so eng geschnürt, dass sie sich kaum bewegen konnten. Ältere Herren mit gepflegten Backenbärten sprachen eifrig den Getränken zu, die Gesichter gerötet, die Jacken halb geöffnet. Wenn sie lachten, tanzten die goldenen Uhrketten auf ihren Westen. Hin und wieder entdeckte sie auch Kinder, wie kostbare Püppchen gekleidet saßen sie wohlerzogen auf ihren Plätzen und handhabten Messer und Gabel wie Erwachsene.

Sie stellte sich die Noten einer Diabelli-Sonate zurecht und wollte gerade mit dem Spiel beginnen, als sie glaubte, eine bekannte Stimme zu vernehmen. Erschrocken blickte sie nach links und stellte fest, dass gleich neben dem Kamin zwei Herren Platz genommen hatten. Einer von ihnen saß mit dem Rücken zu ihr, sodass sie sein Gesicht nicht sehen konnte, doch sie war fast sicher, dass es sich um Nicholas Marlow handelte. Der andere war ein wenig kleiner, von breiter Statur, Haar und Schnurrbart schon leicht ergraut, doch es war noch zu erkennen, dass sie früher einmal feuerrot gewesen sein mussten.

Der Gedanke, dass Nicholas Marlow sie gesehen haben könnte, gefiel ihr wenig, und sie hoffte inständig, dass sie sich täuschte. Während ihre Finger über die Tasten glitten, schielte sie immer wieder nach links hinüber, und als der Mann, der mit dem Rücken zu ihr saß, sich dem Kellner zuwandte, erkannte sie beklommen Marlows scharfes Profil.

Nun – wenigstens konnte er sie nicht beobachten. Und überhaupt konnte es ihr gleichgültig sein – er sollte ruhig wissen, dass sie in der Lage war, sich ihren Lebensunterhalt auf anständige Weise zu verdienen.

Die Zeit verging – die Gäste wechselten, man ging hinüber in die Halle, frequentierte das Kaminzimmer, wo geraucht wurde, einige Gäste orderten Droschken zum Theater, zu Konzerten oder zu einem der Klubs. Violets Rücken begann zu schmerzen, ihre Finger wurden lahm und zu allem Überfluss knurrte ihr der Magen. Sie hatte seit dem Frühstück nichts mehr gegessen. Neidisch lugte sie hinüber zu Marlow und seinem Bekannten, die sich mehrere Gänge servieren ließen, dazu verschiedene Sorten Wein und sogar ein Dessert. Allerdings war es eher der rothaarige Bekannte, der sich mit großem Appetit über die Mahlzeit hermachte, während Marlow fast alle Gänge kaum angerührt zurückgehen ließ. Auch dem Wein sprach er wenig zu, er trank nur etwas Portwein und hielt sich ansonsten an Sodawasser.

Wahrscheinlich hat er einen empfindlichen Magen, dachte sie und gönnte es ihm. Außerdem stellte sie fest, dass er offensichtlich nur wenig sprach, den größeren Teil der Unterhaltung bestritt sein Freund, der unausgesetzt irgendwelche Anekdoten erzählte, dabei hin und wieder schmunzelte und Marlow fröhlich zutrank.

Ein netter Kerl, dachte sie. Merkwürdig, dass er die Gesellschaft dieses Marlow sucht. Nun ja – Gegensätze ziehen sich eben an.

Es war schon nach zehn Uhr, als die letzten Gäste endlich den Saal verließen, und Violet hatte etliche Stücke wiederholen müssen, denn ihr ging das Repertoire aus. Aufatmend spielte sie den letzten Akkord, verzog das Gesicht wegen der unreinen Töne und rieb sich dann die schmerzenden Schultern.

„Sie spielen sehr angenehm, meine Liebe", hörte sie plötzlich eine sanfte Frauenstimme hinter ihrem Rücken. Erstaunt wandte sie sich um und erblickte eine schwarz gekleidete Lady, die sie mit mütterlichem Wohlwollen anlächelte.

„Oh vielen Dank, Mylady", stammelte Violet beschämt. „Ich tue mein Bestes und freue mich, dass es Ihnen gefallen hat."

Die Lady hatte feine Gesichtszüge, die Violet trotz des Lächelns sehr ernst erschienen. Vielleicht wurde dieser Eindruck jedoch durch die dunkle Kleidung und den zierlich gearbeiteten Hut hervorgerufen, der mit schwarzem Schleierstoff geschmückt war. Sie nickte Violet noch einmal freundlich zu und ergriff dann den Arm eines älteren Gentlemans, der wartend neben ihr stand und Violet mit einer seltsamen Mischung aus Anteilnahme und Ablehnung betrachtete.

„Diese Ähnlichkeit", hörte Violet die Lady leise sagen, während sie am Arm des Gentlemans aus dem Saal ging.

„So etwas kommt vor, meine Liebe", gab er zurück. „Es sollte dich nicht weiter beunruhigen."

Violet war das Lob der freundlichen Lady eher peinlich gewesen, denn sie glaubte, es nicht verdient zu haben. Zudem fühlte sie sich müde und ausgelaugt. Wenn sie jetzt doch nur einfach ins Bett sinken könnte! Aber sie hatte leider eine knappe Stunde Fußweg bis Whitechapel vor sich und natürlich war es draußen längst dunkel.

Ob sie sich eine Droschke leisten sollte? Immerhin hatte sie heute eine Menge Geld verdient.

Sie schloss den Klavierdeckel, nahm die Noten unter den Arm und spähte nach einem der Kellner. Irgendjemand musste ihr doch sagen, wo sie sich ihren Lohn auszahlen lassen konnte.

Während sie im Bedienstetentrakt in den Mantel schlüpfte und ihren Hut befestigte, entdecke sie in einem schmalen Nebenraum den blonden Kellner, der dort mit einem der Küchenmädchen stand.

„Verzeihung, wer ist für die Lohnzahlung verantwortlich?"

Die beiden fuhren auseinander und das Mädchen zog erschrocken das geöffnete Kleid vorn zusammen.

„Das ist Mr. Summers", sagte der Blonde unfreundlich. „Aber er ist jetzt nicht mehr hier. Kommen Sie morgen gegen zehn wieder, Miss."

„Aber ich habe ausgemacht, dass ich mein Geld sofort bekomme", wandte sie beklommen ein.

Der Blonde war schon wieder mit seiner Freundin beschäftigt und hatte wirklich keine Lust auf weitere Diskussionen.

„Haben Sie nicht gehört, Miss?", knurrte er ohne sich zu ihr umzuwenden. „Morgen um zehn. Gute Nacht!"

Es war also nichts mit der Droschke.

Immerhin machte die kalte Nachtluft sie munter, fröstelnd zog sie den Mantel enger um den Körper und betrat die Straße. Es regnete ausnahmsweise nicht, doch im Licht der Gaslaternen schwebten durchsichtige Schleier, die den fallenden Nebel ankündigten.

Dieses Mal würde sie nicht in solch lächerliche Panik verfallen. Sie würde einfach durch den Nebel laufen, ihr Ziel fest im Auge, und sich durch nichts und niemanden aufhalten lassen. Schon gar nicht durch einen Verrückten, der glaubte, seine boshaften Spielchen mit ihr treiben zu können.

Es waren zahlreiche Menschen in den Straßen unterwegs, jedoch herrschte zu dieser Zeit nicht mehr ein solches Gedränge wie in den frühen Abendstunden, und sie kam gut voran. Sie hatte Fleet Street schon hinter sich gelassen, als der Nebel mit einem Mal nahezu undurchdringlich wurde und sie langsamer gehen musste, um den rechten Weg nicht zu verpassen. Es musste schon elf Uhr sein, keine ganze Stunde mehr bis Mitternacht und die Schilderungen der Mordfälle drangen jetzt wieder in ihr Bewusstsein. Es war fast immer kurz vor Mitternacht gewesen, wenn der Mörder zugeschlagen hatte. Immer hatte er eine Frau abgepasst, die allein unterwegs war, eine Prostituierte, die an einer Straßenecke oder einem Hauseingang auf einen Freier wartete.

Sie spürte, wie die Angst sie wieder erfasste, und vermied es, in das spärliche, gelbe Licht der Gaslaternen einzutauchen. Hohl hallten ihre Schritte auf dem Straßenpflaster, hin und wieder erschienen schwarze Umrisse vor ihr, wie von Geisterhand aus dem Nebel geworfen, Bäume, Pfosten oder irgendein Karren, den jemand am Straßenrand abgestellt hatte. Einmal kläffte ein Straßenköter sie an, auf den sie im Nebel fast getreten hätte, und sie fuhr so heftig zusammen, dass ihr einen Augenblick ganz schlecht wurde.

Nur noch eine Viertelstunde, dachte sie. Gleich bin ich schon bei St. Paul, von dort aus ist es nicht mehr weit.

Plötzlich wuchs ein Schatten aus dem Nebel, entsetzt erkannte sie die Umrisse eines Mannes, dann stand er schon vor ihr und sie starrte in ein schmutziges, grobes Gesicht.

„Her damit!"

Sie war vor Schrecken wie gelähmt, dann spürte sie, dass er an ihrem Kleid riss und mit der anderen Hand den Griff ihrer Tasche gefasst hatte.

„Nein! Das gehört mir!", kreischte sie und umklammerte die Tasche.

Die Noten waren ihr kostbarster Besitz, einige Sachen hatte sie mit eigener Hand abgeschrieben, da es zu teuer gewesen wäre, sie zu kaufen.

Er beutelte sie so heftig, dass sie ausglitt und hinfiel, sie spürte, wie der Stoff ihres Kleides über der Brust riss, doch sie ließ ihre Tasche auch jetzt noch nicht los.

„Hilfe! Diebe!", schrie sie, wie von Sinnen. „So helft mir doch!"

Er schlug nach ihr, traf sie aber nicht und holte wieder aus. In diesem Augenblick hörte man das Geräusch von Pferdehufen auf dem Pflaster, eine Peitsche knallte und Violet wurde flach auf den Boden geschleudert, denn der Mann hatte die Tasche fahren lassen, um davon zu laufen.

„Ist Ihnen etwas geschehen?"

Sie richtete sich langsam auf und sah undeutlich vor sich den Kopf eines Pferdes, dann die Brust und die Vorderbeine, schließlich begriff sie, dass das Tier an einen Wagen gespannt sein musste, der im Nebel nur als dunkle Masse erschien.

„Verdammt noch mal! Was laufen Sie auch um diese Zeit allein durch die Gegend!"

Sie musste noch ganz benommen sein, denn sie bildete sich ein, die Stimme von Nicholas Marlow zu hören. In diesem Moment bewegte sich das Pferd einige Schritte weiter nach vorn und der Wagen wurde sichtbar. Es war ein offener Einspänner und er wurde von einem hochgewachsenen Mann im dunklen Mantel kutschiert.

„Es ... es ist alles in Ordnung mit mir", stammelte sie und richtete sich mühsam auf. „Ich muss mich bei Ihnen bedanken. Der Kerl wollte ... er hat ..."

Sie kam nicht weiter, weil sie plötzlich, ohne es zu wollen, zu schluchzen begann. Es musste der Schreck sein. Marlow dachte jedoch nicht im Mindesten daran, aus dem Wagen zu steigen, um ihr zu helfen.

„Steigen Sie ein", knurrte er und wies auf den Sitz neben sich. „Ich fahre Sie in die Cullum Street."

So scheußlich sie sich auch fühlte – das Angebot gefiel ihr nicht.

„Es geht schon wieder", nuschelte sie und schniefte. „Es ist nicht mehr weit."

„Steigen Sie ein, verdammt", brüllte er sie an. „Oder ich setze Sie höchstpersönlich in die Kutsche. Nun machen Sie schon – ich warte nicht die ganze Nacht."

Sie sah seine dunklen Augen funkeln und fühlte sich plötzlich unendlich schwach. Kleinlaut stieg sie auf den Wagen, setzte sich zurecht und stellte ihre kostbare Tasche neben sich. Erst jetzt bemerkte sie, dass das Oberteil ihres Kleides über der Brust weit auseinanderklaffte und auch Hemd und Korsage zerrissen waren. Ihre Brüste waren fast ganz entblößt und sie bemühte sich mit zitternden Händen, den Mantel um den Körper zu ziehen. Die Erkenntnis, dass Marlow sie die ganze Zeit so gesehen hatte, war entsetzlich.

Immerhin schien er sich wie ein Gentleman benehmen zu wollen, denn er machte keinerlei spöttische Bemerkungen. Er trieb das Pferd an, und sie schwiegen während der Wagen durch den Nebel rollte. Violet betrachtete Marlow verstohlen von der Seite. Er hatte den Mund schmal zusammengekniffen und schien über eine höchst unangenehme Sache nachzudenken.

„Ob er mich überhaupt zu Grace bringt?", fuhr es ihr durch den Sinn. „Er kann überall hin mit mir fahren – ich bin ihm vollkommen ausgeliefert. Oh Gott – warum bin ich nur zu ihm in diesen Wagen gestiegen?"

„Ich habe Sie im „Green Palace" gesehen", unterbrach er ihre angstvollen Fantasien. „Sie haben lausig gespielt."

Mit einem Schlag waren ihre Ängste dahin und gerechter Zorn stieg in ihr auf.

„Das war nicht meine Schuld. Das Klavier ist verstimmt."

Er spähte hinaus in den dichten Nebel, denn sie waren vom Weg abgekommen. Beruhigend redete er auf das Pferd ein und wartete, bis das Tier die Straße wieder gefunden hatte.

„Außerdem waren Sie unpassend angezogen, Miss", fuhr er fort sie zu bekritteln. „Jedermann kann sehen, dass dieses hübsche Kleidchen für den Sommer gedacht ist und auch nicht der neuesten Mode entspricht."

Sie errötete tief und wartete, dass er jetzt eine boshafte Bemerkung machen würde. In der Art von: Aber da es Ihre Gewohnheit ist, barbusig zu einem Herrn in die Kutsche zu steigen, kommt es Ihnen auf die Mode vermutlich wenig an, Miss Burke.

Doch er übersprang diesen Punkt.

„Der Mantel, den Sie da tragen", fuhr er fort. „scheint mir viel eher zu ihrer Freundin zu passen. Vermutlich eine Leihgabe, wie?"

„Ich wüsste nicht, was Sie das angeht", gab sie patzig zurück. „Mir gefällt Ihr altmodischer Hut zum Beispiel auch nicht."

Er steckte das wortlos ein und ging zu einem anderen Thema über.

„Da wir nun so überraschend zusammengefunden haben, kann ich Sie gleich nach dem Ergebnis Ihrer Überlegungen fragen. Nun, wie steht es, Miss Burke? Werden Sie mein Angebot annehmen?"

„Nein, das werde ich nicht, Mr. Marlow. Ich bin nicht Grace – ich verdiene mein Geld auf anständige Weise."

Er warf ihr einen scharfen Blick zu und sie spürte deutlich, dass er sich innerlich über sie lustig machte.

„Klären wir zunächst eine Sache, Miss", meinte er gelassen. „Ich bin an Ihnen persönlich nicht interessiert."

„Wie bitte?", entfuhr es ihr verwirrt.

Sie sah, wie ein belustigtes Grinsen über sein blasses Gesicht glitt.

„Sie sind nicht mein Typ, Miss Burke. Ich bevorzuge Frauen wie Ihre Freundin Grace. Aber ich bin der Meinung, dass Sie eine verlässliche und intelligente Person sind, der ich mein Haus gern anvertrauen würde. Weiterhin bin ich der Ansicht, dass Sie zu schade dafür sind, um ihre Tage in Gesellschaft von Miss Grace Dolloby zu verbringen, die Sie für Ihre Freundin halten. Und um noch einen dritten Grund anzuführen: Eine junge Frau, die hübsch, zierlich und dunkelhaarig ist, sollte nicht ausgerechnet in Whitechapel wohnen."

Sie starrte ihn an und versuchte herauszufinden, ob er log oder die Wahrheit sagte. Es klang alles irgendwie verrückt, gleichzeitig trug er seine Ansichten mit beeindruckender Überzeugungskraft vor. Ob er am Ende noch Advokat war? Das Zeug dazu hatte er jedenfalls.

„Das ist alles Unsinn", sagte sie abwehrend.

„Unsinn?", meinte er kühl. „Haben Sie die Abendzeitung noch nicht gelesen? Ach ja natürlich – Sie hatten ja noch keine Zeit dazu. Nun – er hat wieder zugeschlagen, der geheimnisvolle Frauenmörder."

Ihre Hand krallte sich in die gepolsterte Seitenwand des Wagens.

„Wann?" flüsterte sie.

Er trieb das Pferd an und knallte mit der Peitsche, dass sie zusammenzuckte.

„Man hat sie erst heute gefunden, doch es muss gestern Abend zwischen neun und elf Uhr passiert sein. Eine junge Frau, kaum zwanzig Jahre alt, zierlich, dunkles Haar. Durch mehrere Messerstiche getötet. Und raten Sie mal, wo man sie gefunden hat."

Sie bekam kein Wort heraus, sondern bewegte nur hilflos die Schultern.

„Gleich bei Ihnen vor der Tür. In der Lime Street. Ich würde mal sagen: Sie sind dem Kerl gestern Nacht nur knapp entgangen."

Der Wagen hielt an, doch Violet machte keine Anstalten auszusteigen, sie war am ganzen Körper starr vor Grauen. Nicholas Marlow schien ihren Zustand nicht bemerkt zu haben, denn er blickte sie auffordernd an.

„Wir sind da, Miss Burke", bemerkte er ungeduldig. „Falls Sie sich mein Angebot doch noch überlegen sollten – hier ist meine Karte."

Sie nahm das kleine Stück Papier mit zitternden Fingern und blieb steif aufgerichtet sitzen, während er den Kutschenschlag für sie öffnete. Für einen Augenblick spürte sie seine Hand auf ihrer Schulter und fuhr zusammen. Dann stieg sie hastig aus dem Wagen und lief zum Hauseingang hinüber ohne sich noch einmal umzudrehen.

Marlow wartete, bis Mary ihr geöffnet hatte, dann trieb er das Pferd an und die Kutsche rasselte davon.

„Meine Güte, wie zerzaust du ausschaust!", sagte Grace unzufrieden, als Violet blass und zitternd die Treppe hinauf stieg. „Mach dich ein wenig zurecht und komm in den Salon. Wir haben Gäste, meine Kleine."

Violet wollte Grace nicht schon wieder verärgern, deshalb ging sie in ihr Zimmer, warf die Notentasche auf die Kommode und begann mechanisch, das Kleid auszuziehen. Wie durch ein Wunder war der Mantel fast heil geblieben, doch das Kleid war nicht nur zerrissen, sondern es hatte bei ihrem Sturz auch Bekanntschaft mit dem feuchten Laub und dem Straßenschmutz gemacht. Selbst wenn sie es geschickt flicken und die genähten Stellen durch Borten verbergen würde – es war fraglich, ob man die Flecken aus dem hellen Stoff herauswaschen konnte.

Es blieb ihr nichts anderes übrig, als das Kleid anzulegen, das sie am gestrigen Abend getragen hatte, und die Erinnerung an den Überfall stand ihr jetzt wieder lebendig vor Augen. War jener Mann vielleicht doch der Mörder gewesen? Hatte irgendein glücklicher Umstand sie vor dem Schicksal bewahrt, weshalb er sich ein anderes Opfer gesucht hatte?

Das ist alles Blödsinn, sagte sie sich energisch. Warum glaube ich wie ein naives Schaf, was mir dieser Marlow erzählt? Es ist doch ganz offensichtlich, dass er mir Angst machen will, damit ich auf sein dubioses Angebot eingehe.

In Grace' Salon, den sie mit weinroten Tapeten und einer Menge altmodischer, verschnörkelter Möbel ausgestattet hatte, warteten Mr. Parker und Mr. Barney ungeduldig darauf, dass die hübsche, kleine Violet auftauchte. Seit einigen Wochen hatte Violet die Aufgabe, für die Unterhaltung der Gäste zu sorgen, während Grace mit einem ihrer Kunden im Obergeschoss weilte. Violet war darin von Anfang an sehr erfolgreich gewesen, hatte die Herren ins Gespräch gezogen, hin und wieder mit ihnen Karten gespielt und sich ans Klavier gesetzt, um einige kleine Stücke zu Gehör zu bringen.

Am heutigen Abend hatte sich überraschend ein weiterer Kunde, Mr. Jameson, eingefunden, der augenblicklich Grace' Liebeskünste im oberen Stockwerk in Anspruch nahm. Er war ein hübscher, junger Mann mit dunklem Lockenhaar, der sich fast nie im Salon einfand. Violet war ihm ein- oder zweimal im Flur begegnete, dann hatte er höflich den Hut gelüftet und war mit schüchternem Lächeln an ihr vorübergelaufen. Grace würde also weitere zwanzig Schilling verdienen.

„Meine liebe Violet", empfing sie Mr. Parker emphatisch und sprang bei ihrem Eintreten von seinem Sitz. „Wir haben Sie gestern Abend schmerzlich vermisst. Es ist Ihnen doch hoffentlich nichts Unangenehmes zugestoßen!"

Mr. Parker hatte ihre Hand ergriffen und hielt sie fest umschlossen. Violet spürte, wie sich sein ausgestreckter Daumen unter den schmalen Ärmelbund des Kleides schob und zart über ihren Puls strich. Es war ein seltsames Gefühl, das ihr einen leisen Schauer über den Rücken rieseln ließ.

„Aber nein", sagte sie, um ein Lächeln bemüht. „Ich war nur etwas müde, das ist alles."

Es war nicht einfach, ihre Hand wieder freizubekommen, denn Mr. Parker hielt sie mit großer Energie fest und ließ seine Beute erst los, als Mr. Barney sich erhob, um Violet seinerseits zu begrüßen.

Mr. Barney war wohl die ungewöhnlichste Erscheinung unter Grace' Kunden. Er war ein wenig kleiner als der drahtige Parker und vermutlich unter seinem leicht zerschlissenen grauen Anzug spindeldürr. Dennoch war er sehr eitel, denn er färbte sein bereits ergrautes Haar sorgfältig mit irgendeinem Mittelchen, wodurch es einen undefinierbar braun-gelblichen Farbton angenommen hatte, der an ein vergilbtes Mausefell erinnerte. Sein Gesicht war schmal und voller

Narben, und die runde, goldgeränderte Brille ließ seine braunen Augen sehr groß und etwas kindlich erscheinen.

„Meine liebe Violet", sagte er und verzog den Mund zu einem vielsagenden Lächeln. „Ich habe Neuigkeiten für Sie. Sie werden staunen."

„Da bin ich gespannt", gab Violet höflich zurück. „Darf ich raten? Sie haben ein weiteres Kapitel vollendet."

Mr. Barney nickte und griff in die Innentasche seiner Jacke, um die dort steckenden Papiere hervor zu ziehen.

„Großer Gott!", rief Mr. Parker ärgerlich und hob die Arme theatralisch zur Zimmerdecke. „Sie werden uns doch wohl jetzt nicht Ihren Roman vorlesen wollen!"

„Warum nicht?", fragte Barney, der immer noch in seiner Jacke herumfingerte und nach den Blättern forschte. „Was ist dagegen einzuwenden, Mr. Parker?"

Parker warf ihm einen düsteren Blick zu.

„Was dagegen einzuwenden wäre? Das will ich Ihnen sagen. Ich bin nicht bereit, mir diesen angenehmen Abend in Miss Violets Gesellschaft durch eine weitere Ihrer langweiligen Geschichten verderben zu lassen."

„Langweilig, Mr. Parker", empörte sich Barney und zog entschlossen ein zusammengefaltetes Blatt aus der Jacke. Es entpuppte sich jedoch als eine Caféhausrechnung und er steckte es wieder ein. „Meine Geschichten sind aus dem Leben gegriffen. Wenn Sie sie langweilig finden, dann erkennen Sie das wahre Wesen unserer Existenz nicht."

„Bitte, meine Herren", versuchte Violet die Streitenden zu besänftigen, „wir werden eine Lösung finden, bei der jeder von Ihnen zu seinem Recht kommt."

„Humbug!", rief Parker laut in Barneys Richtung ohne Violets Bitte zu beachten. „Sie schreiben doch immer das Gleiche, Barney. Armer junger Mann verfällt den Banden der Liebe, doch die Angebetete darf ihn nicht heiraten, und nimmt einen anderen. Worauf der junge Mann sich selbst entleibt. Was soll daran aus dem Leben gegriffen sein? Bringt etwa jeder abgelehnte Verehrer sich aus Liebeskummer gleich um die Ecke? Dann wäre London vermutlich um Zigtausende männlicher Einwohner ärmer."

„Sie verstehen gar nichts", widersprach Barney beleidigt und schob sich die Brille zurecht, die beim aufgeregten Suchen herabgerutscht war. „Es geht um das Prinzip einer edlen und reinen Liebe und um die Treue über den Tod hinaus."

Parkers Gesicht verzog sich jetzt um ein hämisches Grinsen, das er sofort einstellte, als er Violets verstörten Blick bemerkte.

„Die edle und reine Liebe. Du lieber Himmel", brummte Parker und ließ den Blick durch Grace' Salon schweifen. „Meinen Sie nicht, dass der Ort für Ihre Lesung da etwas unpassend gewählt ist?"

Barneys Antwort ging in Klavierklängen unter, denn Violet hatte beschlossen, dem Wortwechsel durch ein wenig Musik ein Ende zu bereiten. Während Barney weiter ungeduldig in seiner Jackentasche suchte und nach zwei zerknitterten Briefen und einer Fahrkarte der Londoner Stadtbahn endlich das Manuskript zutage förderte, hatte Parker sich rasch einen Stuhl an Violets Seite geschoben, um ihr beim Umblättern der Noten behilflich zu sein. Er sorgte dafür, dass sein Knie leicht gegen ihr linkes Bein drückte und wenn er sich erhob, um das Notenblatt zu fassen, legte er wie zufällig die Hand auf ihre Schulter. Wobei er sich bemühte, die bloße Haut in ihrem Nacken mit den Fingerspitzen zu streicheln.

Grace erschien wenige Minuten später im Salon, perfekt gekleidet und frisiert, nur die leicht geröteten Wangen deuteten darauf hin, dass sie eine gewisse körperliche Anstrengung hinter sich hatte.

„Spielt sie nicht wundervoll, meine kleine Violet?", rief Grace voller Wärme. „Bevor ich es vergesse: Mr. Jameson lässt sich entschuldigen, er hat noch eine dringende Angelegenheit und musste sich verabschieden."

Niemand war überrascht – nur wenige Kunden kehrten wieder in den Salon zurück, nachdem sie ihre „Stunde" bei Grace oben bekommen hatten. Zu ihnen gehörte Mr. Barney, der stets nach einem Opfer suchte, dem er seine neusten Produkte vorlesen konnte.

„Mein lieber Mr. Parker", flötete Grace, die sich jetzt auf einem weichen, roséfarbigen Sofa niederließ. „Wollen Sie sich nicht neben mich setzen? Ich glaube, ich werde Violets Musik sehr viel eindringlicher aufnehmen können, wenn Sie dabei ganz dicht an meiner Seite sind."

Mr. Parker sprang umgehend von seinem Stuhl auf und nahm den angebotenen Platz ein. Die Regel des Hauses besagte, dass es Grace war, die bestimmte, wann der nächste Gast ihr ins Obergeschoss zu folgen hatte. Grace wusste, dass Parker es hasste, hingehalten zu werden, so wie seine Frau es zuhause mit ihm tat. Mal hatte sie Migräne, mal war es der Rücken, dann wieder war ihre Schwester zu Besuch oder das Kind krank.

Während Mr. Barney mit beleidigter Miene seine Papiere wieder zusammenfaltete und in der Jacke verstaute, betrachtete Parker eindringlich Violets Rücken. Das dunkelbraune Haar fiel in weichen Locken über das Kleid herab, ihre Taille war eng geschnürt und der Rock bauschte sich in üppigen Falten bis zum Boden. Sie bewegte während ihres Spiels hin und wieder den Kopf, und manchmal wiegte sie den Körper im Takt der Musik. Parker wurde von der Vorstellung gequält, wie sich diese süße Unschuld wohl ganz ohne Kleider auf dem Klavierhocker ausmachen würde, und Grace' Hand, die sachte seinen Oberschenkel hinauf strich, steigerte den Genuss dieser Vorstellung noch um einige Grade.

Grace hatte Erfahrung genug, um zu wissen, was in ihrem Kunden vor sich ging, und lächelte Mr. Parker einladend zu, als Violet ihr Spiel beendet hatte. Es war höchste Zeit, denn sie hatte bemerkt, dass die Ausbeulung unter seinem Hosenstoff mit beängstigender Schnelle gewachsen war.

„Nach Ihnen, meine Liebe", sagte er galant und sah noch ein letztes Mal zu Violet hinüber, die jetzt die Hände in den Schoß sinken ließ.

„Hör zu, Grace", flüsterte er, während er hinter ihr Treppe hinaufstieg. „Wenn die Kleine noch Jungfrau ist – ich lasse mich die Sache einiges kosten!"

Grace wandte sich mit einer neckischen Gebärde um und lachte silberhell auf.

„Keine Chance, mein Lieber. Da haben schon ganz andere bei mir angefragt."

„Dann lass uns über den Preis verhandeln!"

„Nicht jetzt!"

Sie öffnete die Tür und ließ ihn eintreten. Im erregenden Dämmerlicht des Raumes wuchsen seine Begierden ins Unendliche und Grace wusste recht gut, wie sie sie befriedigen würde.

„Ziehen Sie die Handschuhe über, James", sagte sie in einem Ton, wie eine Lady mit ihrem Butler redet. „Und dann bringen sie mir ein Glas Feigenlikör."

„Sehr wohl, Mylady."

Parker ging in steifer Haltung zur Anrichte hinüber, streifte ein Paar weißer Handschuhe über und bemühte sich, ein winziges Gläschen mit der gewünschten Flüssigkeit zu füllen. Seine Hände waren unruhig, wodurch er einen Teil des Likörs verschüttete.

Grace saß auf einem schlanken, zierlich gearbeiteten Stuhl aus schwarzem Holz, die Falten ihres dunkelblauen Samtkleides warfen ein malerisches Muster aus Licht und Schatten. Sie verfolgte das Tun des Butlers mit hochgezogenen Augenbrauen, während ihre rechte Hand nachlässig eine Locke, die sich aus der Frisur gelöst hatte, zwischen das hochgesteckte Haar schob.

Das silberne Tablett zitterte, als er sich herabbeugte, um es ihr zu präsentieren. Während sie den Arm ausstreckte und das Glas ergriff, trafen sich ihre Augen für einen Moment – der Butler lächelte unterwürfig, der Gesichtsausdruck der Lady verblieb ohne jede Regung.

„Danke, James."

Seine Augen glitten über die zarte Haut ihres Halses, als sie den Kopf in den Nacken legte und die gelbliche Flüssigkeit schluckte. Für einen Augenblick blieb sein Blick in der kleinen Senke ihrer Halsgrube hängen, ehe er sich mit sichtlicher Mühe davon losriss, weil sie ihm das leere Glas hinhielt.

„Haben Mylady noch einen Wunsch?"

Sie lehnte sich an und senkte die Lider.

„Das Wetter ist lausig, James. Ich friere am ganzen Körper."

Er stellte das Glas auf der Anrichte ab und wandte sich zu ihr um.

„Dagegen gibt es ein Mittel, Mylady …"

Er ging mit langsamen Schritten durch den Raum und trat hinter sie. Sanft legten sich seine Hände in den weißen Handschuhen auf ihre Schultern, begannen, diese zu massieren und fuhren dann an ihren Armen entlang bis zu den Handgelenken. Seine Bewegungen hinterließen helle Abdrücke auf dem dunklen Samt ihres Ärmels. Er berührte sacht die Außenseite ihrer Hände, glitt dann wieder aufwärts und umfasste kurz ihre Oberarme, wie um sie festzuhalten. Sie bewegte wohlig den Rücken, soweit die enge Korsage und sein Griff es gestatteten, und legte den Kopf in den Nacken.

„Das ist angenehm, James."

Er lächelte. Der Druck seiner Finger wurde fester, er glitt hinauf bis zu ihren Schultern und verwöhnte nun ihren bloßen Nacken. Zärtlich fuhr er über die weiche Haut in ihrem Genick, kroch mit den Fingern über die kleinen, hellblonden Härchen, die sich dort kräuselten, und schob die Fingerspitzen in ihr hochgestecktes Haar. Sie schloss die Augen und schmiegte sich mit einem leisen Seufzer in seine kundigen Hände.

„Ist Ihnen jetzt ein wenig wärmer, Mylady?"

„Ein wenig."

Er widmete sich ihren Schulterblättern, ließ die Hände dann wieder hinauf zu ihrem Nacken wandern und schob einen Finger tief unter ihr Kleid. Grace beugte sich leicht nach vorn und ermöglichte ihm so, die ganze Hand in ihrem Rückenausschnitt zu versenken, was er auch augenblicklich tat.

„James, was erlauben Sie sich!"

„Pardon, Mylady."

Er zog die Hand wieder heraus, streichelte eine Weile hingebungsvoll ihren Hals, betupfte zärtlich ihre Halsgrube und hakte schließlich mit einer leichten Bewegung das Bündchen an ihrem Halskragen auf. Die Lady hielt die Augen immer noch geschlossen, als habe sie die Freiheit, die er sich herausgenommen hatte, nicht bemerkt. Noch immer wahrte sie einen möglichst hochmütigen Gesichtsausdruck, wenngleich sich bereits ein sinnlicher Zug um ihre Lippen stahl.

Er löste weitere Haken und schob die Hand in ihren Halsausschnitt bis zum Ansatz ihrer Brüste hinunter, die von der Korsage angehoben und zusammengedrängt wurden. Sie lehnte sich ohne Protest zurück und ließ geschehen, dass er zwei Finger in die Mulde zwischen ihre Brüste steckte, was ihr ein wollüstiges Stöhnen entlockte. Seine andere Hand öffnete weiter die Haken und Knöpfe ihres Kleides, bis das Oberteil auseinanderglitt. Ihr Busen wölbte sich aus der engen Korsage heraus, die die Brustspitzen nur knapp bedeckte und Grace bog den Rücken weiter durch, sehnte sich danach, dass ihre Knospen seine Beachtung fanden.

In der Tat wurde er jetzt kühner, umkreiste ihre drallen Hügel, bis sich die Nippel aufstellten und sie fühlte, wie es in ihrem Schoß verlangend zu pochen begann. Parker tastete nach den vorwitzigen Perlen und zog sie schließlich unter der Korsage hervor. Die Spitze rieb über die empfindliche Haut und entlockte ihr einen kehligen Laut.

„Pardon, Mylady ..."

Sie öffnete einen Moment die Augen, als er nun in ihrer Frisur suchte und zwei Haarnadeln herauszog. Einige Locken lösten sich, rollten sich auf und fielen ihr in den Nacken. Sie erschauerte wohlig, als das weiche Haar über ihr Haut glitt, die bereits glühte vor Lust. Geschwind fasste er ihren rechten Nippel und zwirbelte eine der Haarnadeln darum. Süßer Schmerz durchzuckte Grace, sie biss sich auf die Lippen, wehrte sich aber nicht. Im Gegenteil, aufreizend streckte sie ihm auch die zweite Brustwarze entgegen, der augenblicklich dieselbe Zuwendung zuteil wurde. Sie musste sich heftig zusammen nehmen, um nicht vor Lust zu stöhnen. Mit leisem Brummen gab er sein Wohlwollen über das sich ihm bietende Bild ihrer eingezwängten Spitzen kund. Jede Berührung versetzt die Lady in eine neue Ekstase, ließ sie ihre Brüste wollüstig gegen seine fordernden Hände heben.

Er ging jetzt um sie herum und sie machte eine schwache Bewegung, ihren Busen zu verbergen, als er auf sie zuschritt und dicht vor ihr niederkniete. Doch er schob ihre Hände beiseite und fasste eine der eingezwängten Brustspitzen mit den Zähnen, um an der harten Perle zu knabbern. Eine weitere Welle der Erregung ließ sie stöhnen, als er ihren Nippel weiter mit harten Zungenschlägen reizte, bis sich ihre Knie, die sie sittsam zusammengedrückt hatte, lockerten.

Langsam strich seine Hand über ihre Oberschenkel, fuhr daran hinauf bis zu den Hüften und der Korsage. Unter ihrem Rock trug sie ein knielanges Höschen, das nach der Mode der Zeit zwischen den Beinen offen war und der Stoff war inzwischen durchtränkt von ihrem Liebesnektar.

Sie atmete jetzt immer heftiger, ihre Brüste hoben und senkten sich unter den Atemzügen, und seine Hände, die an ihren Beinen hinabglitten, um ihren Rock zu heben, elektrisierten sie.

Er rollte den schweren Samtstoff sorgfältig auf, bis er als schmale Rolle über ihrem Bauch lag, ohne ihre Brüste zu verdecken. Die Luft strich kühl über ihre nackten Schenkel, die sie in Erwartung weitere Zärtlichkeiten für ihn öffnete. Mit den seidenen Unterröcken machte er wenig Federlesens – er riss sie von unten her entzwei und schob die Fetzen auseinander. Das knielange Höschen war mit Spitzen besetzt und klaffte in der Mitte schon ein wenig auseinander, da sie mit dem Hintern an die Stuhlkante gerutscht war. Er fasste ihre Oberschenkel und drängte sie weiter nach außen, was die Lady mit einem leisen Schreckensruf quittierte. Gespielt entsetzt versuchte sie, dem Druck seiner Arme standzuhalten, zappelte ein wenig und kämpfte mit ihm, doch sie hatte keine Chance. Er zog ihr die Schenkel weit auseinander und auch die Hände, mit denen sie die Blöße zwischen ihren Beinen bedecken wollte, riss er ihr fort. Ein kleines Stück ihrer rasierten Scham war in dem Spalt des Höschens zu sehen, zwischen den geschwollenen Labien glitzerte die Klitoris wie eine Perle hervor. Seine Finger glitten unter die Spitzenrüschen, strichen leicht an den prallen Schamlippen entlang und sie glaubte vergehen zu müssen vor Lust. Wann schenkte er ihr endlich die Erlösung? Das Blut rauschte ihr in den Ohren und pochte in dem empfindsamen Fleisch, das er so zaghaft koste. Sie wimmerte vor Lust, doch anstatt ihrem Flehen nachzugeben und sie sofort zu nehmen, löste er die Bänder, die das Höschen an den Beinen festbanden, und streifte den Stoff hoch. Der Anblick ihrer nackten Möse zwischen den gespreizten Schenkeln ließ ihn hörbar die Luft einsaugen. Er stand auf, ging ein paar Schritte zurück und starrte auf sie herab, eine Frau im eleganten Kleid, ihre entblößten Brüste mit den eingezwängten Nippeln, ihre nackte Scham, die obszöne Stellung, in der sie sich auf dem Stuhl sitzend anbot. Sein Blick verbrannte sie fast, trieb ihr die Schamesröte ins Gesicht und stachelte gleichzeitig ihr Verlangen weiter an. Sie fühlte sich ausgeliefert, seiner Dominanz preisgegeben. Wenn sie sich jetzt nicht gefügig zeigte, ließ er sie womöglich unbefriedigt zurück. Daher wartete sie unbeweglich, denn sie wusste, was jetzt geschehen würde. Er schritt langsam auf sie zu, kniete sich zwischen die geöffneten Schenkel und beugte sich vor, um ihre Möse zu lecken. Er machte es gut, begann zart vorn am Ansatz ihrer Spalte, kreiste die Zunge in den Spalt hinein und leckte dann mit langen, intensiven Zügen über die Innenseiten ihrer Schamlippen. Sie fiel aus der Rolle, keuchte, fasste die Stuhlkante rechts und links um sich fest zu halten, während sie ihm ihr Becken lustvoll entgegen schob. Er reizte jetzt ihre Klitoris mit der Zungenspitze, ließ die empfindliche Perle vibrieren und hörte gerade rechtzeitig damit auf, um sie noch nicht dem Orgasmus preiszugeben.

„Komm her zu mir, du verdammte Hure!", zischte er, riss sich die Hose auf, ließ das pralle Glied hervorspringen und die Lady sank vornüber vom Stuhl herab, ließ sich buchstäblich von ihm aufspießen. Er nahm sie am Boden kniend, während sie mit gespreizten Beinen auf ihm saß und das Gefühl genoss, von ihm ausgefüllt zu sein. Während sie auf ihm ritt, wogten ihre Brüste dicht vor seinen Augen. Als sie das Tempo beschleunigte, packte er ihre Taille so fest, dass sie leise aufschrie, doch ihr Ziel konnte er ihr nicht länger verwehren. Der Orgasmus riss sie mit sich fort, brachte ihren Körper zum Beben und presste die Muskeln ihrer Vagina so fest zusammen, dass auch er nur wenig später stöhnend seinem Höhepunkt erlag.

Die Lady ließ ihm nicht allzu viel Zeit, um sich danach zu erholen. Sie erhob sich und ließ den Rock vor seinen Augen wieder fallen, dann schloss sie die Haken des Oberteils, ohne die eingezwängten Nippel von den Haarklammern zu befreien.

Das Spiel war zu Ende.

„Zwei seidene Unterröcke", sagte Grace. „Das kostet Aufpreis, mein Lieber. Gar nicht zu reden von dem Aufwand, den ich für dich jedes Mal treiben muss."

Im Salon war Violet bei Mr. Barney zurückgeblieben, der immer noch mit bekümmertem Ausdruck in einem Sessel hockte und vor sich hinbrütete. Er tat ihr ein wenig Leid.

„Wenn Sie bereit wären, mir das neue Kapitel vorzulesen", meinte sie freundlich. „Ich würde es gerne hören."

Lächelnd hob er den Kopf. Seine durch die Brillengläser übergroß erscheinenden Augen waren mit einem seltsam träumerischen Ausdruck auf sie gerichtet.

„Sie sind ein gutherziger Mensch, Miss Violet", sagte er leise. „Ich danke für das Angebot – aber ich habe für heute die Lust verloren."

„Das ist schade, Mr. Barney. Sie sollten sich Mr. Parkers Gerede nicht so zu Herzen nehmen."

Er seufzte tief und schob die Brille zurecht.

„Mich bekümmert, dass Sie hier in diesem Haus leben, Miss Violet. Es ist kein Ort für Sie."

„Wie meinen Sie das?", fragte sie betroffen.

Er räusperte sich, krümmte sich im Sessel zusammen und stützte die Ellenbogen auf die Knie. Es schien, als habe er Mühe, die rechten Worte zu finden.

„Ich meine, dass Sie ein anständiges Mädchen sind, Miss Violet", brachte er schließlich heraus. „Und ich habe Sorge, dass Sie so enden könnten, wie viele Mädchen in London, die durch Unerfahrenheit und Leichtsinn in ein unseliges Schicksal getrieben werden."

Sie hielt den Atem an. Was für ein Kauz dieser Mensch war. Ging er nicht selbst zu Grace, um ihre Dienste in Anspruch zu nehmen? Und gleichzeitig redete er von der reinen Liebe und bedauerte das Los der Prostituierten.

Mr. Barney setzte die gespreizten Fingerspitzen beider Hände aneinander und sah zu ihr hinüber. Violets Gesicht zeigte ziemlich offen, was sie dachte.

„Sie haben recht, Miss Violet. Ich bin selbst ein verworfener Mensch, aber ich habe Achtung vor der reinen Unschuld. Sie sind eine Künstlerin, Miss Violet. Sie sollten die Möglichkeit haben, sich zu entfalten, ihre Musik auszuüben. Was ich dazu tun kann, das werde ich tun."

Sie wusste nicht, was sie von diesem Gerede halten sollte. War das etwa ein neues Angebot? Vermutlich war es das.

„Sehen Sie, meine Mittel sind begrenzt", fuhr er fort. „Aber ich würde dafür sorgen, dass Sie ein sauberes Zimmer in einer hübschen Gegend von London mieten können und ich würde mich auch nach Kräften um ihre musikalische Fortbildung bemühen."

„Das ... das ist sehr nobel von Ihnen, Mr. Barney", stammelte sie. „Allerdings glaube ich, dass Ihre Befürchtungen sehr übertrieben sind und ..."

„Sagen Sie jetzt nichts, Miss Violet", bat er und erhob sich hastig. „Denken Sie über meinen Vorschlag nach und fällen Sie keine voreiligen Entscheidungen. Vor allem das nicht. Helfen Sie mir, den Glauben an das Gute und Reine zu bewahren, Miss Violet."

Er machte eine ungeschickte Bewegung, die einem Kratzfuß ähnelte, ging tastend einige Schritte rückwärts und fand endlich mit der nach hinten ausgestreckten Hand den Türknauf. Violet hörte, wie Mary ihm im Flur Hut und Mantel brachte, wenig später schlug die Wohnungstür hinter ihm zu.

Violet machte sich kopfschüttelnd daran, die Gläser auf ein Tablett zu stellen und beschloss, nicht mehr auf Grace zu warten, sondern gleich zu Bett zu gehen. Allzu viel war an diesem Tag auf sie eingestürmt, sie fühlte sich ausgelaugt und todmüde - es war sicher besser, erst einmal eine Nacht zu schlafen. Morgen würde sie in Ruhe über alles nachdenken. Eine Entscheidung – ja, sie würde tatsächlich irgendeine Entscheidung treffen müssen.

Doch als sie in ihrem Bett lag und das Licht ausgeblasen hatte, wollte sich der Schlaf trotz aller Erschöpfung nicht einstellen. Gesichter zogen an ihrem inneren Auge vorbei, Satzfetzen klangen ihr in den Ohren – bald sah sie Mr. Marlows höhnisch grinsende Miene, bald erschien ihr Grace, aufgeputzt und grell geschminkt und sie hörte ihr hartes, silbernes Lachen. Dann wieder tauchte Mr. Barney vor ihr auf, der sie anflehte, doch ja keine Entscheidung zu treffen.

Nach einer Weile hielt sie es nicht mehr aus. Ihr Mund war wie ausgetrocknet, und als sie zur Wasserkanne griff, fand sie sie leer. Seufzend legte sie einen Umhang um die Schultern und lief im Nachthemd auf bloßen Füßen durch den Flur, um sich in der Küche ein Glas Wasser zu besorgen.

Von oben her drangen die bekannten Laute an ihre Ohren. Sie blieb einen Moment stehen, lauschte beklommen auf das Stöhnen und Klirren, das vom Knallen der Peitsche begleitet wurde. Dann wollte sie mit ihrem Glas in der Hand rasch in ihrem Zimmer verschwinden.

Hab Mitleid!", hörte sie Mr. Barney jammern. „Ich tue es nie wieder!"

„Du wagst es, mich anzulügen?", sagte Grace' herrische Stimme. „Dafür bekommst du eine Extraration."

Violet hörte wieder das seltsame Klirren und sie begann in einem plötzlichen Entschluss, die Treppe hinauf zu steigen. Sie wollte jetzt endlich wissen, was dort oben vor sich ging. Plaudern hatte Grace es genannt. Es schien allerdings eine sehr merkwürdige Plauderei zu sein.

„Halt die Arme still", hörte sie Grace befehlen. „Verdammt, glaubst du, ich habe den ganzen Tag Zeit für dich?"

Violet spürte, dass sie zu zittern begann. Etwas Schreckliches geschah hinter dieser Tür, schaurige Dinge, von denen sie bisher nichts geahnt hatte, und die Grace doch tagtäglich in diesem Raum zu treiben schien. Leise schlich sie durch den Flur, verharrte einen Moment mit wild klopfendem Herzen vor der geschlossenen Tür und entdecke dann, dass der Schlüssel nicht steckte. Es war möglich, einen Blick durch das Schlüsselloch ins Zimmer hinein zu werfen.

Sie hatte das beschämende Gefühl, aus Neugier etwas Verbotenes zu tun, so als wäre sie noch ein dummes Schulkind. Dennoch beugte sie sich herunter und riskierte einen Blick.

Was sie zu sehen bekam, überstieg ihre schlimmsten Fantasien.

Sie erkannte Grace, die ein schwarzes Kleid mit einem so schamlos weiten Ausschnitt trug, dass man ihre Brüste fast ganz sehen konnte, als sie sich jetzt vorbeugte. Sie befand sich hinter einem Stuhl, auf dem Mr. Barney rittlings saß. Er war vollkommen nackt.

Violet wollte es schwarz vor Augen werden, denn der nackte Mann saß der Tür zugewandt, und sie hatte nicht vermeiden können, auf sein Geschlecht zu starren, das er ihr mit weit auseinander gespreizten Beinen bot. Zwischen dem hellen, lockigen Schamhaar wölbte sich ein rötlicher, praller Beutel, darüber erhob sich ein dunkles Ding wie ein Pumpenschwengel geformt, nur ein wenig kürzer und sehr dick. Es zeigte genau in ihre Richtung und Violet war so von Schrecken erfüllt, dass sie glaubte, der Boden unter ihr würde erzittern. Ihr erster Impuls war, voller Scham über diesen obszönen Anblick nach unten in ihr Zimmer zu laufen, doch sie war vor Entsetzen wie gelähmt. Noch nie in ihrem Leben hatte sie einen nackten Mann gesehen. Großer Gott – hatten alle Männer solch ein fürchterliches Ding zwischen den Beinen? Das konnte doch gar nicht sein, man würde es doch von außen sehen, wenn es die Hose ausbeulte. Dieser Mann musste abartig sein, mit einer schrecklichen, peinlichen Krankheit behaftet.

„Sag endlich die Wahrheit!", forderte Grace, die jetzt so stand, dass Violet sie nicht sehen konnte.

Mr. Barneys Brust war dunkel behaart, Arme und Schenkel dürr und sehnig. Jetzt erkannte Violet, dass er mit einer Kette an Armen und Beinen gebunden war. Er schien die Fesseln und die obszöne Körperhaltung als schreckliche Pein zu empfinden, denn er stöhnte laut und warf den Kopf zurück, wobei er die Augen schloss.

„Ja, ich gebe es zu", sagte er und keuchte leise. „Ich habe es zweimal getan."

„Du lügst schon wieder!"

Ein scharfer Knall ließ Violet zusammenschrecken. Zuerst glaubte sie, jemand habe einen Schuss gelöst, doch dann sah sie einen roten Striemen, der quer über die Brust des Mannes lief, und sie begriff, dass es ein Peitschenschlag gewesen war. Grace war in der Lage einen hilflosen Mann mit der Lederpeitsche zu schlagen.

„Verzeih mir", jammerte er, während ein seltsames, genussvolles Lächeln über sein Gesicht zog. „Es geschah am frühen Morgen, noch halb im Schlaf."

Ein neuer Schlag traf ihn, dieses Mal am rechten Knie und er zuckte wohlig zusammen. Violet starrte auf seine verklärten Gesichtszüge und sie begriff nichts mehr. Der arme Mensch musste wahnsinnig geworden sein, dass er bei dieser Qual fast glücklich aussah.

„Noch halb im Schlaf? Soll das vielleicht als Entschuldigung gelten?"

„Ich habe sie vor mir gesehen im Traum. Ganz und gar unbekleidet. Sie hatte süße, volle Brüste mit zarten, rosigen Spitzen, die nach oben zeigten. Sie lief auf mich zu und ich konnte sehen, wie ihr Busen dabei wippte."

„Schwein!"

Grace schlug auf sein linkes Knie und er bäumte sich wohlig zurück.

„Ich habe noch nie eine so bezaubernde Möse gesehen. Wie ein Vogelnestchen zwischen ihren weißen Schenkeln. Ich war so verrückt auf sie, dass mein Glied zuckte und die Tropfen daran herunterliefen."

„Und dann bist du gekommen, du geiler Bock."

Der Schlag traf jetzt seine Oberschenkel und er stieß ein zischendes Geräusch aus, während er selig lächelte.

„Ich will die Kleine haben, hörst du? Eine ganze Nacht will ich sie allein für mich haben. Ich habe tausend irrwitzige Dinge im Kopf, die ihr das Entsetzen und die Schamröte ins Gesicht treiben werden. Es wird ein Fest sein, die kleine Violet zu entjungfern."

Violet hörte auf einmal ein lautes Dröhnen, als schlüge jemand dicht neben ihr einen Trommelwirbel. Das Dröhnen übertönte alle weiteren Geräusche, die aus dem Zimmer drangen, es war so stark, dass sie auf die Knie sank und sich mit beiden Händen die Ohren zuhalten musste. Dennoch hörte das schreckliche Geräusch nicht auf, und sie begriff, dass es aus ihr selbst kam.

Er hatte von ihr gesprochen, dieser verabscheuenswürdige Mensch, dieser lasterhafte Lügner, der ihr vor ein paar Stunden noch von der reinen Liebe erzählt hatte. All diese grauenhaften, obszönen Worte hatten ihr, Violet, gegolten. Er wollte sie – entjungfern.

Und was hatte Grace getan? Warum hatte sie ihn angekettet und geschlagen? Etwa um ihn von diesem bestialischen Vorhaben abzubringen? Nein, ganz sicher nicht. So wie sie, Violet, es begriffen hatte, war das Ganze eine Art Spiel zwischen den beiden gewesen. Ein Geplauder.

Mühsam richtete sie sich auf und spürte, dass das dröhnende Geräusch aus ihrem Gehör verschwunden war. Sie wollte nicht mehr wissen, was weiter in diesem Zimmer geschah, es schwindelte ihr und sie musste sich am Geländer festhalten, als sie die Treppe hinunter in ihr Zimmer taumelte. Dort drehte sie den Schlüssel im Schloss herum, stieg in ihr Bett und zog die Decke über sich. So hatte sie oft als Kind bei Gewitter gelegen und sich vorgestellt, unter der wollenen Decke wie in einer Höhle vor allen Gefahren geborgen zu sein.

Am folgenden Morgen stand sie pünktlich um zehn Uhr vor dem Bediensteteneingang des „Green Palace Hotel" und fragte nach Mr. Summers.

„Der hat jetzt keine Zeit", erklärte ihr ein grauhaariger Herr in Livree. „Sie müssen warten."

Violet saß eine gute halbe Stunde in einem zugigen Flur herum, Kellner, Zimmermädchen und Diener eilten an ihr vorüber, grinsten frech und streiften sie mit neugierigen Blicken. Sie fühlte sich deprimiert – schließlich kam sie nicht als Bittstellerin, sondern sie wollte ihren verdienten Lohn abholen.

Es war schon fast elf, als einer der Diener sie aufforderte, ihr zu folgen. Er führte sie eine schmale Treppe hinauf, die nur für Dienstboten bestimmt war, und ließ sie vor einer dunklen, geschnitzten Eichentür warten.

„Schick sie rein!", sagte eine grämliche Männerstimme.

Die Tür öffnete sich und Violet erblickte eine erdrückende Fülle düsterer Möbelstücke. Schränke und Regale, mit Akten vollgestopft füllten die Wände, links war ein schwarz lackierter Stahltresor zu sehen, die Mitte des Raumes nahm ein ausladender, von Büchern und Papieren bedeckter Schreibtisch ein, hinter dem Mr. Summers nahezu verschwand. Er war bereits ergraut, klein von

Statur, sehr hager und sein glatt rasiertes, schmales Gesicht hatte eine ungesunde Farbe, als plage er sich schon lange mit einem lästigen Magenleiden herum.

„Miss ... Burke, nicht wahr?", fragte er und hob den Blick von einem Buch, in das er winzige Zahlen geschrieben hatte.

„Ich bin Violet Burke, ganz recht" sagte sie eifrig. „Ich bin Musikerin und habe gestern Abend vier Stunden lang im Speisesaal des Hotels Klavier gespielt."

„Soso ..."

Er suchte zwischen den Papieren und zog einen Zettel heraus, um die wenigen Worte, die darauf geschrieben waren, aufmerksam zu studieren.

„Mr. Omer, der Oberkellner, erwähnt, dass Ihre Kleidung und Ihr Benehmen nicht dem Stil unseres Hauses angemessen seien, Miss Burke."

Sie erschrak und wurde rot vor Ärger.

„Das ist mir unverständlich, Mr. Summers", verteidigte sie sich. „Ein Gast Ihres Hauses, eine Lady, kam sogar zu mir und erklärte, mein Spiel habe ihr ganz besonders gefallen."

Er legte den Zettel sorgfältig wieder auf den Stapel zurück und rieb sich mit dem Zeigefinger der rechten Hand mehrfach über den Nasenrücken.

„Wissen Sie den Namen dieser Lady?"

„Nein, leider nicht. Sie war ganz in Schwarz gekleidet und trug einen Schleier am Hut."

Mr. Summers nahm diese Information mit einer Miene zur Kenntnis, die deutlich seinen Unglauben ausdrückte.

„Nun – auf Empfehlung von Mr. Omer hat sich inzwischen eine andere Pianistin vorgestellt, die ich engagiert habe. Sie waren gestern also zum letzten Mal hier."

Es traf sie wie ein Schlag. Sie hatte so große Hoffnungen auf diese Chance gesetzt und nun war schon alles vorbei – sie war entlassen. Warum? Sie konnte es nur vermuten: Die Konkurrentin hatte sich Mr. Omers Wünschen offensichtlich bereitwilliger gefügt, als sie, Violet, es getan hatte.

Er zog eine Schublade auf, in der er die Kasse für das Kleingeld aufbewahrte, und zählte ihr zwei Schillinge auf den Schreibtisch.

„Wenn Sie die Summe bitte quittieren möchten, Miss Burke."

Sie starrte auf das Geld, neben das er jetzt eine vorgedruckte Quittung gelegt hatte.

„Aber ich habe vier Stunden lang gespielt. Wir hatten einen Schilling pro Stunde ausgemacht."

„In Anbetracht dessen, dass Beschwerden über Sie eingingen, Miss Burke, sollten Sie froh sein, überhaupt etwas zu bekommen. Sie können das Geld nehmen oder es liegen lassen – mehr wird es jedenfalls nicht werden."

Sein schmales Gesicht hatte jetzt einen gleichmütigen Ausdruck angenommen und sie begriff, dass sie seiner Willkür völlig ausgeliefert war, denn es gab niemanden auf der Welt, der für ihre berechtigte Forderung eintreten würde. Plötzlich schoss eine namenlose Wut in ihr hoch. Sie hatte es satt, sich für einen

Hungerlohn demütigen zu lassen. Dieser miese Geldsack hatte ihr nicht einmal einen Stuhl angeboten, ließ sie vor sich stehen wie eine Bittstellerin und verhöhnte sie noch dazu.

„Ich verzichte auf Ihr Almosen, Mr. Summers!", rief sie zornig. „Verwenden Sie dieses Geld besser, um das Klavier stimmen zu lassen, es ist verdammt nötig!"

Sie genoss den Anblick seiner entgleisenden Gesichtszüge und verließ das Büro grußlos, ja, sie gönnte sich sogar das Vergnügen, die Tür hinter sich ins Schloss zu knallen. Während sie durch die Flure eilte, um den Ausgang zu suchen, spürte sie das Hochgefühl des Sieges und war für einen Moment lang wie beflügelt.

Doch kaum stand sie auf der Straße, da fiel ihre Hochstimmung schon wieder in sich zusammen. Es regnete. Der Londoner Himmel war ebenso grau wie Straßen und Häuser, schwere Tropfen ließen das letzte Laub von den Bäumen fallen und auf den Bürgersteigen hatten sich breite Pfützen gebildet. Violet, die keinen Regenschirm hatte, ging dicht an den Gebäuden entlang, versuchte ihren Rock einigermaßen vor dem Straßenschlamm zu bewahren und war ratlos, was sie nun tun sollte.

Eine Entscheidung fällen. Aber welche? Nach den schrecklichen Erkenntnissen des gestrigen Abends war sie entschlossen, auf keinen Fall länger bei Grace zu bleiben. Doch die Hoffnung, sich als Pianistin ihren Lebensunterhalt zu verdienen, hatte sich zerschlagen. Eine andere hatte ihre Stelle bekommen, eine jener Frauen, die bereit waren, sich für ein paar Schillinge an einen Oberkellner zu verkaufen.

Sie hatte am Morgen, bevor sie zum „Green Palace Hotel" aufbrach, die Visitenkarte von Nicholas Marlow zu sich gesteckt.

Hundert Pfund und eine Wohnung in einem Viertel, das nahe an der City war, weit weg von den elenden, schmutzigen Gebäuden, den ärmlichen Gassen und den Prostituierten von Whitechapel. Weit weg von Grace und von der Gegend, in der der Mörder sich seine Opfer suchte.

Und wenn sie nur einfach einmal dort vorbeiging? Um sich das Haus, von dem er gesprochen hatte, wenigstens anzusehen? Sie musste ja nicht läuten, sie konnte auch wieder fortgehen, wenn es ihr nicht gefiel.

Hatte er nicht behauptet, kein Interesse an ihr persönlich zu haben?

Halbherzig lenkte sie ihre Schritte in die Regent Street, die zu dieser Zeit von Wagen und Karossen dicht befahren war. Man hatte die breite Prachtstraße als Grenze zwischen den Vierteln der Reichen und dem übrigen London angelegt – die Warwick Street befand sich zwar auf der östlichen Seite dieser Grenze – doch nur wenige Schritte davon entfernt.

Das Haus war ein Eckhaus an einer kleinen Verbindungstrasse zur Regent Street, ein dreistöckiges, ein wenig verträumt anmutendes Gebäude mit verschnörkeltem Giebeldach und kleinen, aufgesetzten Säulchen um die Fenster des ersten Stocks. Der Eingang war ebenfalls mit einem – vermutlich nachträglich erbauten – Säulenportal geschmückt und wirkte auf Violet reichlich angeberisch. Es passte zu diesem Nicholas Marlow, dass er seinem Haus eine besondere Note gab, um die eigene Bedeutung herauszustreichen. Ob er das Haus wohl von seinen Eltern geerbt und dann umgebaut hatte?

Sie war bereits näher an das Anwesen herangegangen, als sie es ursprünglich vorgehabt hatte, und betrachtete nun die aufwendig gearbeitete, zweiflüglige Eingangstür aus dunkelbraunem Holz, die mit blanken Messingbeschlägen verziert war. Etwas Seltsames geschah mit ihr in diesem Augenblick, sie verspürte einen unwiderstehlichen Drang, zwischen die beiden Säulen zu treten, so als stünde jemand hinter ihr, der sie bei den Schultern nahm und voranschob. Als sie die Türglocken läuten hörte, war ihr kaum bewusst, dass sie selbst es gewesen war, die daran gezogen hatte.

Der linke Türflügel öffnete sich und ein Dienstmädchen sah sie mit großen, blauen Augen fragend an.

„Ich … ich möchte zu Mr. Marlow. Falls er zuhause sein sollte."

Das Mädchen war sehr rundlich, unter der Haube quollen blonde, krause Löckchen hervor und ihr Lächeln hatte etwas Unbedarftes, als sie jetzt vor Violet knickste.

„Kommen Sie bitte herein, Madam."

Sie nahm Violet den nassen Mantel ab und führte sie durch eine kleine Halle, die mit Rattanmöbeln, Pflanzen und seltsamen Gegenständen aus Übersee ausgestattet war. Eine breite, altmodische Treppe führte in den ersten Stock hinauf, dort verschwand das Mädchen hinter einer hell gestrichenen Tür. Während Violet noch den schön geschwungenen Handlauf der Treppe und die alten Gemälde an den Wänden bewunderte, öffnete sich die Tür wieder und gab den Blick auf einen weißen Marmorkamin im Inneren des Raumes frei. Vor dem Kamin saß Nicholas Marlow in einem bequemen Lederstuhl, seine Füße ruhten auf dem Sessel gegenüber.

„Herein mit ihr!", hörte sie ihn laut rufen.

Violet verspürte plötzlich starkes Herzklopfen und ein Instinkt sagte ihr, dass sie besser kehrtmachen und dieses Haus auf dem schnellsten Wege verlassen sollte. Doch stattdessen folgte sie dem Mädchen die Treppe hinauf.

„Ah, Miss Burke. Sie haben also doch den Weg zu mir gefunden!"

Das Mädchen hatte sich an ihr vorübergeschoben und schloss die Tür hinter ihr, so stand sie unentschlossen auf der Stelle und starrte auf Mr. Marlowes teure Lederschuhe. Er hielt es keineswegs für nötig, bei ihrem Eintreten die Füße vom Sessel zu nehmen.

„Was ist los?", rief er und hob fragend die dunklen Brauen. „Haben Sie Angst vor mir?"

Sie riss sich zusammen und tat ein paar Schritte auf ihn zu.

„Nein, Mr. Marlow. Es ist nur alles … etwas ungewohnt für mich."

Er sah abschätzend an ihr herunter und schien belustigt.

„Ich beiße nicht, Miss Burke. Setzen Sie sich dorthin und wir werden alles in Ruhe miteinander bereden."

Seine Art, ihr Anweisungen zu geben hatte etwas Zwingendes, das hatte sie schon öfter bemerkt. Auch diesmal folgte sie seinem Wink, wartete geduldig, bis er die Füße vom Sessel gehoben hatte, und ließ sich dann nieder.

Im Kamin flackerte ein Feuer und verbreitete angenehme Wärme, dennoch verspürte Violet ein leichtes Zittern, das sicher daher kam, weil sie von der kalten Straße zu rasch ins warme Zimmer gelangt war.

„Ich biete Ihnen Kost und Logis, dazu eine vollkommen neue Ausstattung und zusätzlich Hundert Pfund jährlich", begann er die Unterredung. „Sie werden sich hier in diesem Haus aufhalten und es nur verlassen, falls ich Ihnen dazu die Erlaubnis gebe. Sie werden oben im zweiten Stock wohnen und dort reichlich Platz haben, denn ich wohne hier unten und die Dienerschaft hat ihre Räume im dritten Stockwerk. Alles, was Sie zu tun haben ist, meine Anweisungen genau zu befolgen und ihre Nase nicht in Dinge zu stecken, die Sie nichts angehen."

Sie war verwirrt, denn einiges an dieser Aufzählung erschien ihr merkwürdig. Oder lag es einfach an der Art, wie er die Dinge formulierte? Natürlich gingen Angestellte nicht einfach ein und aus, so wie sie Lust hatten. Aber wieso bestand er so energisch darauf, dass sie das Haus nur mit seiner Erlaubnis verließ?

Trotz des hellen Vormittags schien es ihr, als werfe das Kaminfeuer unruhige Schatten auf sein blasses Gesicht und sie spürte den bohrenden Blick seiner dunklen Augen.

„Sie erhalten ihren Lohn am Monatsende ausgezahlt", fuhr er fort, als sie nichts weiter antwortete. „Den ersten Monat arbeiten Sie auf Probe – falls wir uns nicht miteinander verstehen sollten, bekommen Sie nur einen Lohnanteil. Dazu jedoch die gesamte Ausstattung, die ich für Sie anfertigen lassen werde."

„Was für eine Ausstattung?", fragte sie irritiert.

Er senkte den Blick auf ihren durchnässten Rocksaum und die Schuhe, die vom Straßenschmutz ziemlich mitgenommen waren.

„Ich werde einige Kleider und auch Schuhwerk für Sie anfertigen lassen, Miss Burke. In diesen Sachen möchte ich Sie nicht meinen Gästen präsentieren."

Sie schluckte ihren Ärger herunter. Natürlich besaß sie keine teuren Kleider und Schuhe, aber ganz so deutlich hätte er ihr das nicht sagen müssen. Taktgefühl besaß er jedenfalls keines, dieser ungehobelte Mensch.

„Aber was genau sind meine Aufgaben, Mr. Marlow?"

Er trommelte mit den Fingern der rechten Hand auf der Stuhllehne herum, als sei dies eine Frage, die längst beantwortet wurde.

„Sie kümmern sich um das Haus, überwachen das Personal, stehen mir zur Seite, wenn ich Gäste empfange, und halten sich zur Verfügung, wann immer ich Sie benötige. Genügt das?"

Sie überdachte das Gehörte und fand nichts daran auszusetzen.

„Ich ... glaube schon."

Die Wärme des Kaminfeuers und Marlows merkwürdige Art, sie unausgesetzt mit seinen dunklen Augen anzustarren versetzten sie in eine Art Dämmerzustand, ein Gefühl, als bewege sie sich auf einem schmalen Grat zwischen Wachen und Traum.

„Dann sind wir uns ja einig", meinte er zufrieden. „Maggy wird Ihnen jetzt Ihr Zimmer zeigen, und ich schicke einen Wagen nach Whitechapel, um dort Ihre Sachen abholen zu lassen."

Sie fuhr aus ihrer Benommenheit hoch und sah ihn entsetzt an.

„Aber nein. Doch nicht so rasch, Mr. Marlow. Ich dachte, dass ich meinen Dienst vielleicht in der kommenden Woche antreten werde."

„Und ich möchte, dass Sie damit sofort beginnen!"

Er bewegte sich nicht, doch sein energischer Ton duldete keinen Widerspruch. Violet hatte plötzlich das Gefühl, wie ein Kanarienvogel in einen Käfig eingesperrt zu werden und sie suchte nach Ausflüchten.

„Aber ich muss meinen Klavierschülern absagen. Und ich möchte Miss Dolloby meine Entscheidung erklären."

Er blieb unerbittlich.

„Es steht Ihnen frei, Ihren Schülern eine schriftliche Kündigung zu schicken. Und was Ihre Freundin Grace betrifft: Schreiben Sie ihr eine kurze Mitteilung. Ich wünsche nicht, dass Sie weiterhin mit ihr in Kontakt bleiben."

Entsetzt sah sie ihn an, doch ihr Blick prallte gegen den eisigen Ausdruck seiner dunkelgrauen Augen.

„Aber ... ich verdanke ihr unendlich viel."

„Wie schön", gab er kalt zurück. „In diesem Fall wird sie ja sicher Verständnis zeigen. Ich sage es noch einmal sehr deutlich, Miss Burke: Sie werden Miss Dolloby weder besuchen, noch ihren Besuch empfangen. Ich wünsche auch keinen Briefkontakt. Falls Sie sich mit diesem Punkt meiner Wunschliste nicht anfreunden können, werde ich mir eine andere junge Dame für diesen Posten suchen müssen."

Leiser Widerstand regte sich in ihr. Sie hatte zwar durchaus vorgehabt, Grace zu verlassen, doch keinesfalls hatte sie an eine solch abrupte Trennung gedacht, die Grace sicher tief verletzen würde. Vor allem störte sie aber die herrische Art, in der Marlow seine Anordnungen vortrug.

Er war aufgestanden und an einen Schreibtisch neben dem Fenster getreten. Nachdenklich sah er auf Violet, las in ihren Zügen, dass sie mit sich kämpfte, dann öffnete er in raschem Entschluss eine Schublade und zog eine schmale Aktenmappe daraus hervor.

„Ich habe unseren Vertrag vorbereitet, Miss Burke! Sie brauchen nur Ihre Unterschrift darunter zu setzen."

Er hielt ihr mit auffordernder Gebärde die Feder entgegen und Violet geriet in Panik. Da war sie, die Entscheidung. Sie musste jetzt in dieser Sekunde getroffen werden, es gab keine Möglichkeit mehr, in Ruhe nachzudenken. Mechanisch erhob sie sich, in ihrem Kopf war vollkommene Leere.

Sie setzte sich an den Schreibtisch, empfing die Feder aus seiner Hand und tauchte sie in die Tinte. Eine innere Stimme wurde plötzlich in ihr wach, die sie warnend zurückhalten wollte, und sie zwang sich, den Vertrag Punkt für Punkt durchzulesen. Marlow rührte sich währenddessen nicht von der Stelle, stand dicht neben ihr und sah ihr über die Schulter. Die Buchstaben wollten vor ihren Augen tanzen und sie brauchte all ihre Energie, um unter seinem prüfenden Blick den Sinn der Worte zu begreifen. Doch sie kam zu dem Schluss, dass der Vertrag genau das beinhaltete, was Marlow ihr gesagt hatte.

„Nun?", fragte er spöttisch, als sie beim letzten Absatz angekommen war.

„Es ist in Ordnung", gab sie leise zur Antwort.

Die Feder schwebte einen Moment lang unschlüssig über dem Papier, dann erstickte sie die warnende Stimme in ihrem Inneren und setzte mit unsicherer Hand ihren Namen unter das Dokument.

Er zeigte seine Erleichterung mit keiner Miene, nur ein tiefer Atemzug verriet ihr, dass auch er unter einer Spannung gestanden hatte. Schweigend streute er Löschsand über ihren Namenszug, bog das Papier in der Mitte um die Sandkörnchen wieder in die Dose zurückgleiten zu lassen und legte den Vertrag zurück in den Aktenordner, den er sogleich wieder in der Schublade verschwinden ließ.

Während Violet die Nachrichten an Grace und ihre Klavierschüler verfasste, verließ Marlow das Zimmer und sie hörte, wie er draußen im Flur nach Hut und Mantel verlangte. Sie sah ihn an diesem Tag nicht mehr.

Als sie die Schreiben gefaltet und versiegelt hatte, läutete sie nach dem Mädchen und bat sie, dafür zu sorgen, dass sie zur Post gebracht würden.

„Gern, Miss Burke", sagte sie und knickste wieder, als sie den Brief in die Hand nahm.

„Wie ist eigentlich dein Name?"

„Maggy Mills, Miss Burke."

Violet lächelte ihr zu, denn das Mädchen machte einen treuherzigen, wenn auch wenig cleveren Eindruck.

„Also Maggy - es wäre nett, wenn du mir mein Zimmer zeigen könntest. Wie ich hörte, befindet es sich im zweiten Stock."

Maggy nickte eifrig und verschränkte die Hände hinter dem Rock, als habe sie Sorge, etwas falsch zu machen.

„Ja, Miss Burke. Mr. Marlow hat mir befohlen, Ihnen das Zimmer zu geben, das nach dem Hof hinaus liegt. Aber ich muss es noch fertigmachen, Miss Burke. Weil dort lange niemand mehr gewohnt hat."

„Natürlich, Maggy. Schick mir in der Zwischenzeit die übrigen Angestellten hierher, damit ich sie kennenlerne."

„Ja, Miss Burke."

Violet sah an ihrem verwirrten Gesichtsausdruck, dass das Mädchen mit drei Aufträgen gleichzeitig völlig überfordert war und sie nahm sich vor, ihr in Zukunft niemals mehr als eine einzige, sehr deutlich gefasste Anweisung zu geben.

„Kümmere dich bitte zuerst um die Briefe, danach schicke mir die Leute her, und erst dann gehst du hinauf, um das Zimmer vorzubereiten", sagte sie freundlich. „Kannst du dir das merken?"

Die Kleine runzelte hilflos die Stirn und nickte. Dann eilte sie davon. Violet seufzte und fragte sich, weshalb Nicholas Marlow sich gerade solch ein unbedarftes Wesen ausgesucht hatte, aber es war nicht zu ändern. Es würde ihre Aufgabe sein, dieses Mädchen zu führen, ohne sie zu überfordern – treu und ergeben schien sie ja zu sein.

Nachdenklich sah sie sich in dem großen Wohnraum um. Es war ein angenehmer Raum, der von dem weißen Marmorkamin beherrscht wurde, auf dem zwei schlanke, bemalte Vasen und ein kleines, mit silbernen Beschlägen versehenes Holzkästchen standen. Die hohen Fenster gingen zur Straße hinaus, sie waren mit bunt gemusterten Gardinen versehen und ließen viel Licht ein. Die Bücherschränke hatten Glastüren und ließen dichte Reihen goldbedruckter Buchrücken erkennen – Mr. Marlow schien ein eifriger Leser zu sein.

Schwere, schlurfende Schritte näherten sich der Tür, eine füllige Frau mittleren Alters trat ein, die vor Violet knickste und sie dann misstrauisch musterte.

„Mrs. Waterbrook, die Köchin", sagte sie kurz angebunden. „Mr. Waterbrook, der Hausdiener, ist gerade mit Ihren Briefen zur Post unterwegs – er wird sich später bei Ihnen vorstellen.

Violet betrachtete das harte, abweisende Gesicht der Frau, ihr bereits ergrautes Haar, das unter der Haube straff nach hinten gebunden war, und sie hatte das Gefühl, dass Mrs. Waterbrook kein glücklicher Mensch war.

„Schön", sagte sie und bemühte sich, ihre Gedanken zu verbergen. „Ich habe nicht die Absicht, Ihnen Vorschriften zu machen, Mrs. Waterbrook, denn ich bin davon überzeugt, dass Sie ihre Aufgaben hervorragend erfüllen. In Zukunft werden wir uns natürlich absprechen, vor allem wenn Gäste erwartet werden. Ich bin davon überzeugt, dass wir ausgezeichnet miteinander auskommen werden."

Die gut gemeinten Worte prallten an der Köchin vollkommen ab. Sie nickte düster, als sei sie insgeheim anderer Ansicht und verkündete, dass hier im Haus bisher alles zur Zufriedenheit von Mr. Marlow gelaufen sei. Auch ohne Hausdame.

„Die Entscheidung darüber liegt bei Mr. Marlow, der mich eingestellt hat, Mrs Waterbrook", gab Violet ärgerlich zurück.

„Natürlich, Miss."

„Sie können jetzt gehen. Ich werde einen Rundgang durch das Haus unternehmen, um mir alles anzusehen."

„Wie Sie wollen", gab die Köchin unfreundlich zurück. „Aber lassen Sie die Räume der seligen Mrs. Marlow in Ruhe – Mr. Marlow mag es nicht, wenn jemand darin herumschnüffelt."

Damit machte sie kehrt, stampfte schweren Schrittes aus dem Zimmer und klappte die Tür hinter sich zu.

Violet blieb mit dem Gefühl zurück, dass die Aufgabe, die sie hier übernommen hatte, keine leichte sein würde. Warum verhielt sich die Frau so feindselig? Hatte sie Sorge, dass die neue Hausdame sich in ihre Befugnisse mischen wollte?

Violet beschloss, ihren Rundgang zu machen und sich dabei nicht um das Geschwätz der Köchin zu kümmern. Mr. Marlow hatte ihr gegenüber nichts von verbotenen Räumen gesagt – also brauchte sie sich auch nicht daran zu halten.

Sie trat in den Flur hinaus und stellte fest, dass es hier im ersten Stock außer dem großen Wohnraum noch ein Speisezimmer, eine Bibliothek und ein geräumiges Schlafzimmer gab, das Mr. Marlow gehörte. Sie warf nur einen kurzen Blick in den Raum, denn dort lagen verschiedene männliche Kleidungsstücke verstreut, die Maggy offensichtlich noch nicht aufgeräumt hatte. Als sie die Tür rasch wieder schließen wollte, fiel ihr Blick auf ein großes Gemälde, das über dem Kamin aufgehängt war. Es stellte eine junge Frau dar, die, nur mit einem durchsichtigen Hemd bekleidet, in sehr ungewöhnlicher Stellung auf einem Bett lag. Ihr Oberkörper hing über das Ende des Bettes hinaus, das lange, dunkle Haar berührte den Fußboden und ihre bloßen Brüste waren deutlich zu sehen. Auch der übrige, schön geformte Körper der Frau trat unter dem dünnen Stoff plastisch hervor, sie hatte ein Bein angewinkelt, das andere abgespreizt, sodass sie dem Betrachter die kaum verhüllte, dunkel durch den Stoff schimmernde Schamgegend bot. Das war an sich schon erschreckend genug, schlimmer noch jedoch war die unheimliche, zusammengekauerte Gestalt, die gnomengleich mit boshaftem Grinsen auf ihrer Brust hockte, wie ein Dämon, der von der Schönen lustvoll Besitz ergriffen hatte.

Violet erschauderte und bereute ihre Neugier. Es war indiskret, in das Schlafzimmer eines Mannes hinein zu schauen – es geschah ihr ganz Recht, dass sie dort Dinge erblickte, die nicht für die Augen eines jungen Mädchens bestimmt waren. Eilig stieg sie die Treppe zum zweiten Stock hinauf und betrat den schmalen, dämmrigen Flur, der an seinem Ende ein kleines Fensterchen zum Hof hinaus aufwies. Die Scheiben waren fast blind – seit Jahren schien sich niemand mehr die Mühe gemacht haben, sie zu putzen.

Ein verstaubter Läufer bedeckte den Fußboden, vier Türen waren zu sehen, altmodische Arbeiten mit rechteckigen Einsätzen, alle waren solide und schwerfällig. Violet überlegte, dass ihr Zimmer vermutlich eines der hinteren Räume sein musste, denn es ging auf den Hof hinaus. Von Maggy, die eigentlich jetzt dort beschäftigt sein sollte, um das Bett frisch zu beziehen, war nichts zu hören. Kopfschüttelnd drückte Violet die Türklinke eines der nach vorn gelegenen beiden Zimmer herab und hatte einen Moment lang zu kämpfen, denn die schwere, alte Tür ließ sich nur widerwillig öffnen.

Der Raum war nahezu dunkel, da man die Vorhänge vor die Fenster gezogen hatte, ein muffiger Geruch nach Staub und alten Möbeln schlug ihr entgegen. Erst nach einer Weile gewöhnten sich Violets Augen an das Dämmerlicht und sie erkannte einige weiß verhüllte Möbelstücke, wie unförmige Gespensterwesen, dazu einen hohen, weißen Kamin über dem die Spinnweben hingen. Eine Ecke des schönen Marmorsimses war abgeschlagen, die Bruchstelle sah frisch aus – niemand schien sich die Mühe gemacht zu haben, den Schaden zu beheben.

Sie schüttelte die Beklommenheit über den traurigen Anblick ab und entschloss sich, den gegenüberliegenden Raum anzusehen. Es schien ein Schlafzimmer zu sein, denn die Mitte des Raumes wurde von einem breiten Bett ausgefüllt, das ebenso wie die übrigen Möbelstücke mit weißen Tüchern abgedeckt war. Violet spürte ein eigenartiges Frösteln, während sie den Blick umherschweifen ließ. Es lag eine lauernde Stille auf diesem Zimmer und die weißen Tücher erinnerten sie unwillkürlich an die sanfte Schneedecke, die sich an kalten Wintertagen über die toten Körper erfrorener Tiere legte.

Sie beeilte sich, die Tür zu schließen und wandte sich einem dritten Raum zu, der zur Hofseite hinausging und möglicherweise das Zimmer war, im dem Marlow sie unterbringen wollte.

Es stellte sich jedoch heraus, dass es sich um eine Art Rumpelkammer handelte. An der Wand gegenüber der Tür befand sich ein unförmiger Kleiderschrank, rechts und links davon lagen ausgediente Gerätschaften, zerbrochene Stühle, Kisten und Schachteln und allerlei seltsam geformte Dinge in buntem Durcheinander. Voller Abscheu entdeckte sie eine lange Spinnwebe, die neben dem winzigen Fensterchen im Luftzug hin und her wehte, und wollte schon die Tür wieder zuschieben, als sie mit einem Aufschrei zurückprallte. Zwei riesige Augen starrten sie an, boshafte, kreisrunde Glotzaugen, die keinem menschlichen Wesen gehören konnten.

Im ersten Schrecken hatte sie die Tür ins Schloss geworfen, dann schalt sie sich selbst eine hirnlose, hysterische Person und drehte den Türknauf, um wenigstens durch einen Spalt in den Raum hinein zu spähen.

Es war eine Maske, aus schwarzem Holz geschnitzt, ein Dämon mit aufgerissenen Augen und breit gezogenem Maul, vermutlich ein Reiseandenken, das jemand aus Afrika oder Indien mitgebracht hatte. Sie wurde mutiger, zog die Tür wieder auf und trat neugierig einige Schritte in den Raum hinein. Es gab noch mehr solcher Gegenstände. Jetzt, da ihre Augen sich an das Dämmerlicht gewöhnten, erkannte sie hölzerne Statuen nackter Frauen mit großen, vorstehenden Brüsten, dazu auch eine Figur aus Ebenholz, die einen Mann mit dem Kopf einer Bestie darstellte. Zwischen seinen Beinen ragte ein enorm großer, wulstiger Stab empor, der sie fatal an jene schreckliche Szene bei Grace erinnerte. Noch starrte sie schaudernd auf diese obszöne Schnitzerei, da vernahm sie plötzlich hinter sich ein Geräusch, und im gleichen Moment wurde sie von zwei harten Armen gepackt.

„Hier wird nicht herumgeschnüffelt, meine Hübsche!", sagte eine unbekannte, raue Männerstimme.

Sie war im ersten Augenblick so erschrocken, dass sie kein Glied rühren konnte, doch dann spürte sie den harten, schmerzenden Griff und schrie laut auf.

„Hab dich doch nicht so", knurrte der Unbekannte.

Sie spürte seinen heißen Atem im Genick und wehrte sich verzweifelt gegen seine Fäuste, bis endlich eine der großen Statuen ins Wanken geriet und polternd umstürzte. Ihr Angreifer erschrak und gab sie augenblicklich frei.

„Wer … wer sind Sie", keuchte sie. „Wie können Sie es wagen, mich anzufassen?"

An der geöffneten Tür stand ein kräftig gebauter, blonder Mann mit breitem Gesicht, in dem ein Ausdruck grober Lüsternheit lag.

„Charles Waterbrook, Miss", sagte er und sah grinsend dabei zu, wie sie sich die schmerzenden Arme rieb. „Und wer sind Sie?"

„Violet Burke – die neue Hausdame!"

Trotz des ausgestandenen Schreckens spürte Violet eine unglaubliche Wut. Sah sie etwa aus wie eine Einbrecherin?

„Ich werde mich bei Mr. Marlow über Sie beschweren", fauchte sie. „Und falls Sie noch einmal wagen sollten, mich anzufassen, dann werden Sie es bitter bereuen."

Er zog tatsächlich die Schultern zusammen und schien eingeschüchtert. Doch sie erkannte an dem schrägen Blick, mit dem er sie musterte, dass sie weiterhin auf der Hut sein musste.

„Mr. Marlow hat verboten, in diese Räume zu gehen", knurrte er. „Normalerweise ist alles verschlossen. Es muss die dumme Maggy gewesen sein, die aufgeschlossen hat, weil sie nicht begriffen hat, welches Zimmer sie richten sollte. Hat nur Hafergrütze im Kopf, das Mädel."

Er hatte also gewusst, dass Maggy das Gästezimmer zurechtmachen sollte. Dann musste ihm auch klar gewesen sein, dass sie, Violet, die neue Hausdame war. Und trotzdem hatte er sie so unverschämt angepackt, als sei sie eine Einbrecherin.

„Haben Sie nichts zu tun?", fragte sie streng.

„Ich fahre gleich nach Whitechapel um Ihren Kram zu holen", sagte er missmutig.

Er trat einen Schritt zurück, damit sie an ihm vorbei gehen konnte und sie konnte seinen stechenden Schweißgeruch riechen. Sein beständiges, lüsternes Grinsen verursachte ihr eine Gänsehaut, fast wünschte sie sich Nicholas Marlow herbei, der diesen Kerl ohne Zweifel mit wenigen Worten in seine Schranken gewiesen hätte.

„Was stehen Sie dann hier noch herum?"

Er starrte sie kurz an, ließ noch einmal den Blick abschätzend über sie gleiten, dann wandte er sich tatsächlich zum Gehen. Wenige Schritte von der Treppe entfernt, blieb er jedoch stehen und drehte sich zu ihr um.

„Ihr Zimmer ist dort", sagte er und wies mit der Hand auf die letzte Tür, die sie noch nicht geöffnet hatte. „Sehr gemütlich ist es nicht – falls Sie einmal Langeweile haben sollten: Es gibt oben im dritten Stock ein hübsches Kämmerchen, wo wir beide unsere Freude haben könnten."

„Wie können Sie es wagen?", rief sie zornig. „Verschwinden Sie!"

Jetzt ging er wirklich hinunter, seine schweren Schritte ließen die Treppenstufen knarren und Violet wartete, bis er ganz unten war, bevor sie die Tür ihres Zimmers öffnete.

Nach den erschreckenden Entdeckungen in den übrigen Räumen hatte sie eine verkommene Dachkammer erwartet, doch der Raum war hübsch möbliert. Auf dem Kaminsims stand ein runder Messingspiegel, das altmodische Himmelbett war frisch bezogen und es gab weder Spinnweben an den Wänden noch Schmutzflecken auf dem hell gemusterten Teppich. Das Fenster ging nach Norden, weshalb sie kaum Sonnenlicht haben würde, doch die weißen Voilegardinen wirkten wie ein zarter Schleier, von mattroten Vorhängen umrahmt.

Aufatmend zog sie die Tür hinter sich zu, ging zum Fenster und schob die weiße Schleiergardine ein wenig zur Seite. Unten war ein schmaler, gepflasterter Hof, der von einer Ziegelmauer begrenzt wurde. Dahinter standen einige hohe, dunkelgrüne Wacholderbüsche, die bereits zum Nachbargrundstück gehörten.

Keine besonders aufregende Aussicht – aber sie würde sicher nicht viel Zeit in diesem Zimmer verbringen. Sie untersuchte das Bett, setzte sich darauf und schaukelt ein wenig – die Matratze schien neu und ausgezeichnet zu sein. Ansonsten war das Bett ein schrecklich altmodisches Teil. Vier gedrechselte Pfosten trugen einen Betthimmel aus rötlichem Holz, von dem ein dunkelroter, üppig gefalteter Stoffvolant herabhing. Violet überlegte, ob es vielleicht ein Familienerbstück war. Wer mochte dort alles schon gelegen haben?

Außer dem Bett gab es einen dunklen, altertümlichen Kleiderschrank, der sich knarrend öffnete, als sie an der Schranktür zog. Weiße Tücher lagen zusammengefaltet in einem Fach, daneben die dunkelrote, geflochtene Schnur eines Klingelzuges, der offensichtlich benutzt worden war, um etwas damit festzubinden, denn es waren Knoten darin.

Die beiden oberen Schubladen der schlichten, braunen Kommode waren wie erwartet leer, doch als sie die unterste Lade öffnete, stellte sie fest, dass sie voller weißer Wäsche war.

Verblüfft kniete sie sich auf den Boden und zog ein Wäschestück nach dem anderen heraus um es zu betrachten. Es waren teure Spitzenkorsagen, wie sie sie bisher noch niemals in den Händen gehabt hatte, seidene Unterhemden, zarte

Höschen und Nachthemden aus einem ihr unbekannten, fast durchsichtigem Stoff, der kühl und leicht durch die Finger lief.

Das war die Wäsche einer Lady. Wer immer auch die Besitzerin dieser schönen Dinge sein mochte – es konnte nur so sein, dass Maggy vergessen hatte, sie aus der Kommode zu räumen.

Violet faltete jedes Teil sorgfältig wieder zusammen und legte es in das Schubfach zurück. Ob die Lady dieses durchsichtige Nachthemd tatsächlich völlig ohne Unterwäsche getragen hatte?

Es war eine aufregende Vorstellung und Violet spürte, wie ihre Wangen heiß wurden und ihr Herz rascher pochte. Für wen sie es wohl getragen hatte?

Für wen schon?, dachte sie verbittert. Sagte Grace nicht, dass Marlow bereits eine ziemlich Menge von Frauen aus ihrer Bekanntschaft besucht hatte? Ob er diese Wäsche vielleicht gar für Grace gekauft hatte? Der Gedanke war so abwegig nicht, denn Grace bekam häufig von ihren Kunden teure und verführerische Kleider geschenkt.

Violet schloss die Schublade wieder in dem festen Entschluss, Maggy sofort anzuweisen, diese Wäsche an einen anderen Ort zu bringen. Auf keinen Fall wollte sie dieses Zeug hier in ihrem Zimmer behalten.

Da ihre Sachen noch nicht angekommen waren, hatte sie hier nichts weiter zu tun. Sie beschloss, nach unten zu gehen, sich die Küche und Wirtschaftsräume anzusehen und nachzufragen, wann Mr. Marlow gedachte, wieder nach Hause zu kommen. Sie hatte schrecklichen Hunger, doch sie wagte es nicht, sich eine Mahlzeit bringen zu lassen, denn sie vermutete, dass Marlow die Absicht hatte, das Abendessen mit ihr gemeinsam einzunehmen.

Es war bereits Nachmittag und das Licht begann – der späten Jahreszeit entsprechend – abzunehmen. Sie ging durch den schmalen Flur, der jetzt fast dunkel war, schauderte bei der Erinnerung an die obszönen Statuen in der Abstellkammer und stieg langsam die Treppe nach unten. Die Stufen knarrten unter ihren Füßen, sodass sie sich hin und wieder umsah, ob ihr vielleicht jemand folgte. Mit unguten Gefühlen dachte sie an den unverschämten Hausdiener, dann vernahm sie plötzlich leise Geräusche und blieb erschrocken stehen.

Ein Wimmern war zu hören, ähnlich dem Geräusch, das der Wind verursacht, wenn er um eine Hausecke fegt. Holz knackte leise, dann glaubte sie ein Knarren vernehmen, als ob jemand eine hölzerne Tür öffnete.

Vermutlich gibt es Mäuse im Haus, versuchte sie sich zu beruhigen. Oder es ist Maggy, die dort oben reinemacht.

Aber am späten Nachmittag wurde normalerweise nicht mehr sauber gemacht, solche Arbeiten verrichtete man am Morgen.

Sie fand Mrs. Waterbrook in der Küche am Tisch sitzend, einen Topf mit Tee und eine Zeitung vor der Nase. Wie Violet bereits befürchtet hatte, war sie von ihrem Wunsch, Küche und Nebenräume anzusehen, wenig begeistert.

„Hier ist alles in Ordnung", knurrte sie. „Wenn Sie das Haushaltsbuch suchen, das ist in der Tischlade. Die Vorräte sind in der Kammer und hier im Vorratsschrank. Soll ich ihn aufschließen, damit Sie sich alles genau anschauen können?"

„Aber nein. Ich wollte nur die Räumlichkeiten sehen."

Mrs. Waterbrook zog die Nase hoch und erhob sich betont umständlich, um Violet durch Küche und Nebenkammern zu führen. Es gab nichts weiter Aufregendes zu sehen, außer, dass Violet den Eindruck bekam, dass die stets missgelaunte Köchin ihre Arbeit sehr klug und umsichtig verrichtete.

„Wo ist Maggy?", erkundigte sich Violet, nachdem sie den Rundgang beendet hatten.

„Mit einem Auftrag außer Haus", war die ruppige Antwort.

„Ich brauche den Schlüssel zu meinem Zimmer."

Mrs. Waterbrook ließ sich wieder auf ihrem Stuhl nieder, setzte seelenruhig die Brille auf die Nase und nahm sich wieder die Zeitung vor.

„Wir dürfen die Schlüssel zu den oberen Räumen nur mit Mr. Marlows Erlaubnis herausgeben", verkündete sie gleichmütig.

„Und wann wird er wieder zurückkommen?"

„Er ist an den Abenden oft im Klub und kommt immer erst spät in der Nacht zurück."

Violet hatte das Gefühl, gegen eine Wand zu reden. Was auch immer sie wünschte, wie rücksichtsvoll sie sich auch bemühte, ihre Aufgaben wahrzunehmen – alles prallte an Mrs. Waterbrooks unterschwelligem Widerstand ab. Sie nahm einen neuen Anlauf.

„Dann wäre es sehr freundlich, wenn Sie mir eine Kleinigkeit zu essen richten würden."

„Meinetwegen", murmelte die Köchin grantig.

Violet nahm die Mahlzeit, die aus Fisch, Toast und Bohnen bestand, im Speiseraum ein, saß einsam an einem langen, dunklen Tisch und fröstelte, denn niemand hatte daran gedacht, Feuer im Kamin zu machen. Sie war enttäuscht, dass Marlow sich überhaupt nicht um sie kümmerte, sondern einfach seinen Gewohnheiten nachging. Nicht, dass sie übergroßen Wert darauf gelegt hätte, mit ihm zu Abend zu essen – sie hatte sich eher ein wenig davor gefürchtet, so ganz allein mit diesem Mann am Tisch zu sitzen. Aber dass er sie so ganz und gar ignorierte, verletzte sie.

Sie fühlte sich sehr allein und hätte viel darum gegeben, wenn Grace jetzt bei ihr gewesen wäre. Ach, man konnte über Grace sagen, was man wollte, aber ihre energische Art und ihre witzigen Bemerkungen hätten diesen düsteren Raum im Nu erhellt und Violet zum Lachen gebracht.

Als sie das Speisezimmer verließ, war es schon dunkel geworden, und sie nahm einen Kerzenleuchter in die Hand, um auf der Treppe Licht zu haben. Langsam stieg sie die Stufen hinauf, lauschte immer wieder auf die Geräusche des alten Hauses und dachte besorgt daran, dass ihr eine Maus über die Schuhe laufen könnte. Sie fand eine Reisetasche und einen Koffer vor ihrer Tür – man hatte ihre Sachen also geholt, aber niemand hatte es für nötig gehalten, ihr Bescheid zu sagen.

Sie schleppte die Gepäckstücke in ihr Zimmer, zog die Vorhänge vor die Fenster und schloss die Tür. Dann begann sie, Wäsche und Kleider einzuräumen, eine Arbeit, die rasch beendet war, denn sie besaß nur wenige Stücke. Sie hatte gehofft, eine kurze Nachricht von Grace zwischen den Kleidungsstücken zu finden, doch es war nichts vorhanden. Gewiss war Grace ärgerlich auf sie.

Eine Weile saß sie untätig herum, dann entschied sie, dass es wenig Sinn hatte, auf Mr. Marlows Rückkehr zu warten. Sie schob die Kommode vor die Tür, um auf diese Weise einen möglichen Eindringling wenigstens rechtzeitig zu hören, suchte eines ihrer langen Baumwollnachthemden heraus und begann, sich auszukleiden. Sie tat es rasch und vermied es, dabei in den kleinen Metallspiegel auf dem Kaminsims zu sehen, der für einen kurzen Moment ihren nackten Körper reflektierte. Ihre Mutter hatte ihr beigebracht, dass es ungehörig war, den eigenen Körper zu betrachten.

Bevor sie die Kerze auslöschte, betrachtete sie den gewölbten Betthimmel, der über ihr wie eine mit dunkelrotem Stoff ausgekleidete Schale hing. Diese schwebende Wölbung schien ihr etwas Beschützendes, zugleich aber Verschlingendes zu haben, und sie war unsicher, ob sie ihr Furcht oder Vertrauen einflößte. Auf jeden Fall wäre es ihr lieber gewesen, in einem ganz normalen Bett zu schlafen.

Ihr Schlaf war unruhig und voller erschreckender Traumbilder. Mr. Summers schmales Gesicht tauchte vor ihr auf, sie sah seine dürre Hand, die zehn Schillinge auf den Tisch zählte, doch dann verwandelten sich die Geldstücke in silberfarbige Käfer und krabbelten über den Schreibtisch auf sie zu. Sie sprang erschrocken zurück und hörte dabei das meckernde Lachen von Mr. Spyker, gleich darauf sah sie Jamie am Klavier sitzen und wie wild auf einen runden Messingspiegel einschlagen. Die Scherben des zerbrochenen Spiegels bedeckten den Boden, sie hörte ein knirschendes Geräusch, als ginge jemand mit festen Stiefeln durch das zerbrochene Glas und plötzlich schienen alle Scherben ein blasses Männergesicht mit tief liegenden, bohrenden Augen zu zeigen. Hundertfach gespiegelt starrten diese Augen sie an, drangen in sie ein und lasen alle, auch die intimsten, Gedanken.

Sie erwachte schweißgebadet, schob die Decke bis zu den Knien hinab und atmete tief. Was für ein Durcheinander skurriler Bilder! Wenn sie doch nur endlich ruhig schlafen könnte.

Es war nicht völlig dunkel im Zimmer, durch die Ritzen der Fenstervorhänge drang ein schwacher, gelblicher Schein, der vermutlich von einer Straßenlaterne herrührte. Sie ließ den Blick über die dunklen Schattenformen der Möbel schweifen, stellte fest, dass die Kommode an Ort und Stelle stand, und schloss dann wieder die Augen.

Plötzlich jedoch schien es ihr, als spüre sie einen sanften Luftzug und sie überlegte, ob das Fenster vielleicht nicht ganz geschlossen war. Träge blinzelte sie in die Dämmerung, sie war viel zu müde, um jetzt aufzustehen und nach dem Fenster zu sehen.

Waren ihr die Augen wieder zugefallen? Sie glaubte zu spüren, wie ein Schatten durch den Raum glitt, als wehe ein Vorhang im Wind. Ein Zittern erfasste sie, sie wollte sich die Decke wieder bis über die Brust hinaufziehen, doch sie war unfähig, sich zu bewegen. Es musste ein Traum sein. Einer jener Albträume, in denen man die Gefahr zwar vor sich sieht, sie aber trotz aller Anstrengungen nicht abwenden kann.

Ein leises Scharren war zu hören, eine Gestalt löste sich aus dem schwarzen Rechteck der Tür, trat seitlich davon als dunkle Silhouette hervor und verharrte unbeweglich. Sie spürte, wie eine Gänsehaut über ihren Körper kroch und die kleinen Härchen auf ihrer Haut sich aufrichteten. Lange, unendlich lange, verblieb die Erscheinung ohne eine Regung, schien nur ein Schattenriss in der Dämmerung, ein gespenstischer Nachtmahr, der sich in Nichts auflösen würde, sobald man eine Kerze entzündete.

Dann kam Bewegung in die Gestalt, sie wuchs empor, näherte sich ihrem Bett und sie spürte plötzlich, wie ein Stoff ihre rechte Hand streifte. Ein unbekannter Duft wehte zu ihr hinüber, ein männlicher Geruch, der vorher nicht im Raum gewesen war. Ihr Herz hämmerte so laut, dass sie glaubte, gleich das Bewusstsein zu verlieren. Sie konnte nicht mehr entkommen, es stand direkt vor ihrem Bett, verstellte ihr jede Möglichkeit zur Flucht.

Bebend lag sie in den Kissen, schutzlos, denn die Decke war fast ganz herabgezogen, nur das lange Baumwollnachthemd bedeckte ihren Körper, doch der Stoff konnte ihr heftiges Atmen nicht verbergen. Hatte sie die Augen geöffnet oder sah sie mit geschlossenen Lidern? Sie wusste es nicht, doch sie glaubte deutlich zu erkennen, dass die Gestalt eine schwarz behandschuhte Hand nach ihr ausstreckte.

Die Angst lähmte sie, sie lag steif ausgestreckt, überzeugt davon, im nächsten Augenblick sterben zu müssen. Die Hand berührte sacht ihre Stirn, fuhr über ihre rechte Schläfe, folgte ihrem Kinn und lag einen winzigen Moment lang auf ihren bebenden Lippen. Dann spürte sie das glatte Leder an ihrer Kehle, in der Halsgrube, es glitt zwischen ihren Brüsten hindurch zu ihrem Bauch und verweilte auf ihrem Nabel. Eine heiße Woge wuchs in ihrem Inneren, erfüllte ihre Brust und strömte in ihren Unterleib, wirbelte wie ein reißender Strom zwischen den Beinen. Immer noch lag sie unbeweglich, spürte glühende Hitze und zugleich eisige Kälte, wartete zitternd auf das, was mit ihr geschehen würde.

Die Hand schob sich über ihre Hüfte, lastete dort eine Weile und glitt langsam den rechten Oberschenkel entlang bis zu ihrem Knie, das das hochgerutschte Nachthemd nicht mehr bedeckte. Sie fühlte erbebend die Berührung des glatten Leders auf ihrer bloßen Haut, spürte, wie es sacht über ihrer Kniescheibe kreiste und sich dann auf den Rückweg machte. Gemächlich glitt die Hand wieder hinauf, näherte sich langsam dem bebenden, vibrierenden Geschehen zwischen ihren Schenkeln, streckte die Finger aus und berührte sacht ihren Schamhügel. In diesem Augenblick erfasste sie ein ungeheuer süßes Zucken, etwas zwischen ihren Beinen verkrampfte sich, ein glühender Strom fuhr durch sie hindurch und riss sie in einen fantastischen, wilden Strudel hinein. Sie sah grell bunte Feuerwände vor sich, glaubte zu Asche verglühen zu müssen, und erst, als die Flammen langsam in sich zusammenfielen, begriff sie, dass sie noch lebte.

Schwer atmend lag sie, schweißnass am ganzen Körper, die Augen weit geöffnet. Im Dämmerlicht gewahrte sie die Form der Tür, davor stand die Kommode genau so, wie sie sie hingeschoben hatte.

Ihr Nachthemd war nach wie vor bis oben hin geschlossen, sie zog die Decke hinauf, denn ihr war jetzt kalt und sie fühlte sich ungeheuer müde.

Es war ein Traum, dachte sie und rollte sich im Bett zusammen. Nur ein Traum.

Am Morgen weckte sie ein Pochen an der Tür.

„Miss Burke? Es ist schon neun Uhr. Mr. Marlow wartet mit dem Frühstück auf Sie."

Erschrocken fuhr sie hoch. Oh Gott, sie hatte verschlafen!

„Sagen Sie ihm bitte, dass ich sofort unten bin, Maggy."

Das Mädchen schlurfte davon und Violet kleidete sich hastig an, wusch sich Gesicht und Hände und steckte das Haar auf.

Dann erst fiel ihr Blick auf die Kommode und sie erstarrte. Das kleine Möbelstück stand nicht mehr gerade, wie sie es gestern Abend vor die Tür geschoben hatte, es stand leicht schräg. Probeweise öffnete sie die Tür und stellte fest, dass der Türspalt breit genug war, dass ein Mensch sich hindurchschieben konnte.

Sie musste sich einen Augenblick auf das Bett setzen, denn es wurde ihr schwarz vor Augen. Sie hatte nicht geträumt – ohne Zweifel war es Charles gewesen, der sie in solch schamloser Weise belästigt hatte.

Die Erkenntnis war niederschmetternd. Was würde er jetzt von ihr denken? Hatte sie ihn nicht geradezu ermutigt, weil sie sich nicht gewehrt hatte?

Ihr erster Gedanke war, vor Scham davon zu laufen. Zurück zu Grace flüchten, sich in ihrem Zimmer einschließen und unter die Bettdecke kriechen. Dann jedoch kam sie zur Besinnung. Nein, sie würde sich nicht wie eine dumme Gans benehmen, sondern diesem Menschen die Stirn bieten. Sie würde um ihren Platz in diesem Haus kämpfen.

Nicholas Marlow erwartete sie im Speisezimmer, das durch ein flackerndes Kaminfeuer angenehm warm und gemütlich wirkte. Als sie eintrat, ließ er die Zeitung sinken und bedachte Violet mit einem unfreundlichen Blick.

„Es wird Zeit, sich von lieb gewordenen Gewohnheiten zu verabschieden, junge Frau", sagte er streng und faltete das Blatt zusammen. „Ich pflege nicht in den Tag hinein zu schlafen und erwarte das Gleiche von meinen Angestellten."

„Es ist keinesfalls meine Gewohnheit, lang auszuschlafen, Mr. Marlow", sagte sie, ärgerlich darüber, dass sie ihm Anlass zu dieser Rüge gegeben hatte. „Es ist gestern viel auf mich eingestürmt und ich war ungewöhnlich müde. Es wird nicht wieder vorkommen."

„Das wollen wir hoffen", meinte er und nahm sich die Freiheit, den Tee einzuschenken.

Er saß, in einen hellgrauen Hausrock gekleidet, am Kopfende des Tisches, das Fenster befand sich hinter seinem Rücken, Violets Gedeck hatte man rechts von ihm platziert, wodurch sie von dem einfallenden Licht geblendet wurde, wenn sie zu Marlow hinsah. Doch sie konnte erkennen, dass er noch blasser schien als gewöhnlich, seine Wangenknochen traten hervor und das Kinn erschien ihr kantig.

Das Frühstück war ausgesprochen üppig, es gab zwei Sorten Fisch, Eier mit Speck, Bohnen und gebutterten Toast. Violet fühlte sich vollkommen ausgehungert und nahm von allem, holte sich sogar eine zweite Portion und verspeiste sie mit großem Appetit. Marlow sah ihr halb erstaunt, halb belustigt dabei zu – er selbst nahm nur einen Toast und ein wenig Rührei, die anderen Platten rührte er nicht an. Dafür trank er mehrere Tassen Tee, ohne Zucker oder Sahne hinzuzufügen und zupfte hin und wieder an seinen Manschetten herum, die sehr lang waren und einen Teil des Handrückens bedeckten.

„Ich sehe, dass Ihre Ernährung mich einiges kosten wird." Er grinste ironisch. „Im Übrigen wird die Schneiderin gegen elf hier eintreffen und Maß nehmen."

Violet war rot geworden. Wie ungeschickt sie gewesen war – wahrscheinlich hielt er sie jetzt für eine Hungerleiderin, die sich nicht beherrschen konnte.

„Gegen elf … ja …", stammelte sie. „Ich habe da noch einige Anliegen, Mr. Marlow."

Er hatte schon zur Zeitung gegriffen, ließ das Blatt jedoch liegen und hob fragend die dunklen Augenbrauen.

„Vor allem hätte ich gern einen Schlüssel zu meinem Zimmer."

„Einen Schlüssel?", fragte er mit leichtem Spott. „Leiden Sie unter Albträumen oder sind Sie mondsüchtig, weswegen Sie sich einschließen müssen?"

„Keineswegs", gab sie kühl zurück. „Ich finde es nur normal, dass mir der Schlüssel für den Raum, in dem ich wohne, ausgehändigt wird."

Er sah sie durchdringend an.

„Meinetwegen", knurrte er unwillig. „Sie misstrauen doch nicht etwa meinen Angestellten?"

Violet spürte, dass sie errötete.

„Ich bin davon überzeugt, dass das Personal in diesem Hause Ihres Vertrauens würdig ist, Mr. Marlow", erklärte sie mit fester Stimme. „Allerdings habe ich noch eine Bitte – sie betrifft Ihren Hausdiener, Mr. Waterbrook."

Dieses Mal horchte er auf und starrte sie forschend an.

„Charles? Was ist mit ihm?"

Sie wurde wieder rot, denn es war ihr ungemein peinlich, darüber zu sprechen.

„Er … hat sich mir gegenüber einige Freiheiten herausgenommen, die nicht zu akzeptieren sind."

„Ach ja?"

Diese Nachricht schien ihn zu amüsieren.

„Was hat er getan? Ist er vielleicht gar zudringlich geworden?"

Sie wurde noch röter. Warum quälte er sie? Spürte er nicht, wie peinlich die Sache ihr war?

„Darüber möchte ich nicht sprechen, Mr. Marlow. Ich möchte Sie nur bitten, mit Ihrem Hausdiener ein energisches Wort zu reden."

„Wie soll ich das, wenn ich nicht weiß, um was es geht? Schildern sie mir genau, was vorgefallen ist, Miss Burke. Jede Einzelheit."

Dieser Mensch war ein Sadist! Welches Vergnügen er dabei hatte, sie mit hochrotem Kopf sitzen zu sehen und sie dabei immer weiter zu provozieren. Sie spürte, dass sie kurz davor war, in Tränen auszubrechen und gleichzeitig hatte sie große Lust, ihm das Teeservice vor die Füße zu werfen.

„Er hat mich zu respektieren, Mr. Marlow. Ich denke, dass ich ein Recht darauf habe."

Ihre Stimme klang hoch und zittrig, was ihn offensichtlich beunruhigte, denn er schnaubte ärgerlich.

„Schon gut", knurrte er und langte nach der Zeitung. „Ich werde bei Gelegenheit mit ihm sprechen. Im Übrigen schätze ich es nicht, wenn Frauen sich hysterisch gebärden, Miss Burke."

„Ich bin nicht hysterisch, Mr. Marlow", sagte sie wütend. „Ich habe Ihnen ein Anliegen vorgetragen, das mir wichtig ist, und erwarte von Ihnen, dass Sie mich ernst nehmen."

„Und ich erwarte eine gewisse Haltung von meiner Hausdame" betonte er schlecht gelaunt.

Sein Gesicht verschwand hinter der Zeitung, offensichtlich betrachtete er das Gespräch als beendet.

„Dann würde ich mich jetzt gern zurückziehen", sagte sie und erhob sich von ihrem Stuhl.

„Bitte sehr, Miss Burke. Denken Sie an den Termin um elf. Für den Nachmittag habe ich einen Auftrag für Sie, doch davon später."

„Ja, Mr. Marlow."

Sie fühlte sich zutiefst deprimiert, als sie die Treppe zu ihrem Zimmer hinaufstieg. Anstatt sie zu unterstützen, hatte Marlow sie ausgelacht, versucht, sie vorzuführen und es dabei nach Möglichkeit vermieden auf ihre Wünsche einzugehen. Wütend schlug sie die Tür hinter sich zu und warf sich auf das von Maggy gerade gemachte Bett. Es war kaum zu erwarten, dass er tatsächlich mit Charles reden würde. Und wenn, dann würde er höchstens ein paar harmlose Fragen stellen, die den Hausdiener in seiner Respektlosigkeit noch ermuntern würden. Nein, von Marlow konnte sie sich keine Hilfe erhoffen.

Pünktlich um elf Uhr klopfte die Schneiderin an ihre Tür. Sie war eine zierliche, ältere Person mit magerem Gesicht, grauen Löckchen und hellblauen Augen, die beständig in alle Richtungen herumirrten.

„Ich bin Mrs. Murdstone", stellte sie sich vor. „Meine Güte, was für ein Figürchen! Das ist ja die reine Freude, für ein so hübsches Püppchen zu nähen."

Es stellte sich heraus, dass Nicholas Marlow fünf Kleider in Auftrag gegeben hatte, zwei davon mit passenden Jacken und dazu einen Mantel. Mrs. Murdstone war ebenfalls für den Kauf des Schuhwerks und der Hüte verantwortlich, sowie für die Beschaffung anderer notweniger Accessoires, von denen sie eine Kollektion mit sich führte. Sie breitete Handschuhe, Schärpen, Täschchen und Spitzenkragen vor der erstaunten Violet aus, riet ihr zu Gamaschen und einem kleinen Pelzkragen für den Mantel.

„Wenn Sie so freundlich wären, das Kleid abzulegen, damit ich besser Maß nehmen kann."

Violet war überwältigt. Sie würde ein Hauskleid, zwei Kleider für den Nachmittag, eines zum Ausgehen und ein festliches Kleid für den Abend erhalten, die Stoffe hatte Mr. Marlow bereits ausgewählt, der Zuschnitt war mit Mrs. Murdstone abgesprochen. Wie die Schneiderin ihr versicherte, handelte es sich in allen Fällen um beste Qualität, das Abendkleid wäre aus roter Seide, die sich bezaubernd zu ihrem dunklen Haar machen würde. Alle Kleider würde sie nach der neuesten Mode nähen, eines davon ganz in Hellblau, ein anderes in Cremeweiß, die übrigen in Altrosé und Flaschengrün.

„Es wird Ihnen wundervoll stehen, junge Lady", versicherte ihr Mrs. Murdstone, während sie ihre Maße in ein Büchlein eintrug. „Mr. Marlow hat einen auserlesenen Geschmack, was Damenbekleidung angeht. Ich habe früher oft für ihn gearbeitet und er war immer sehr zufrieden."

„Natürlich."

Sie dachte an die feine Wäsche in der Kommode und konnte sich gut vorstellen, dass Mr. Marlow in Bezug auf seine Damen großzügig gewesen war. Ein Gefühl der Beklommenheit stieg in ihr auf. Er hatte sie als Hausdame engagiert. Er hatte behauptet, kein Interesse an ihr zu haben. Weshalb aber ließ er ihr dann so aufwendige, schöne Kleider schneidern? Und weshalb hatte sich diese teure Wäsche in ihrer Kommode befunden? Hatte man sie dort tatsächlich nur vergessen?

„Ach, ich schwatze wieder viel zu viel", unterbrach Mrs. Murdstone ihre Überlegungen und ihre Augen irrten durch das Zimmer, um an dem Himmelbett hängen zu bleiben. „Wenn Sie bitte noch einmal den rechten Arm heben würden, damit ich messen kann."

Violet hielt geduldig still, bis die Schneiderin alle notwenigen Maße in ihr Büchlein eintragen hatte, hörte sich währenddessen einigen Tratsch über Damen der Londoner Gesellschaft an, und grübelte darüber nach, welche Aufträge Mrs. Murdstone wohl für Marlow ausgeführt haben könnte. Ob einige seiner Geliebten gar hier in diesem Haus gewohnt hatten? Warum nicht? Wahrscheinlich hatte er sich eine Weile mit ihnen vergnügt und sie dann hinausgeworfen. Oh Gott – Grace hatte recht gehabt. Er war ein Mensch, vor dem man sich in acht nehmen musste.

Wollte er sie verführen? Aber warum war er dann so ausgesprochen unfreundlich zu ihr? Hätte er sie dann nicht eher umwerben und ihr schmeicheln müssen? Ach, man wurde aus diesem Menschen nicht schlau.

„Die Kleider sind schon in wenigen Tagen fertig", schwatzte Mrs. Murdstone, die ihr Büchlein mit einem Aufseufzer zugeklappt und in ihrem Beutel verstaut hatte. „Ich beschäftige zehn junge Näherinnen, Miss Burke. Sie arbeiten Tag und Nacht, wenn ein Auftrag eilig ist. Ich könnte Ihnen auch einige hübsche Korsagen und Unterröcke nähen, denn das was Sie jetzt tragen, mit Verlaub gesagt, passt nicht so recht zu den neuen Kleidern."

„Vielleicht später", sagte Violet. „Vielen Dank, Mrs. Murdstone."

Die Schneiderin machte sich mit vielen Komplimenten und Versprechungen davon und Violet trat vor den Kamin, um sich in dem kleinen Messingspiegel zu betrachten. War ihre Figur wirklich so hübsch, wie die Scheiderin gesagt hatte? Ach, sicher erzählte sie das jeder Kundin, solche Komplimente gehörten einfach zum Geschäftsgebaren dazu.

Die Tür wurde aufgerissen ohne dass angeklopft worden wäre und sie fuhr erschrocken herum. Charles stand auf der Schwelle, einen Schlüsselbund in der Hand, und grinste sie schamlos an.

„Nicht erschrecken, meine Hübsche", sagte er und starrte auf ihre halb entblößten Brüste. „Sie sind weiß Gott nicht die erste Frau, die ich in Unterwäsche sehe."

„Was haben Sie hier zu suchen?", schrie sie zornig und legte die Hände über ihr Dekolleté. „Verschwinden Sie auf der Stelle!"

Er dachte gar nicht daran. Stattdessen nestelte er an dem Schlüsselbund herum, fingerte einen davon heraus und trat ins Zimmer.

„Stell dich nicht so an", sagte er verächtlich, während er den Schlüssel an der Tür ausprobierte. „Ich hab dein Zeug abgeholt und weiß recht gut, woher du kommst. Bilde dir nur nicht ein, dass du etwas Besseres bist, nur weil mein Herr dich hierher gebracht hat."

Violet war so betroffen, dass sie kein Wort herausbrachte. Seine Schlussfolgerung war vollkommen logisch – sie hatte bei Grace gewohnt und Grace war eine Prostituierte. Mit einem Schlag wurde ihr bewusst, dass alle in diesem Haus sie für eine Nutte hielten. Alle – und natürlich auch Marlow.

„Verschwinden Sie!", rief sie mit schriller Stimme. „Nehmen Sie den Schlüssel mit – ich brauche ihn nicht mehr. Raus aus meinem Zimmer! Haben Sie nicht gehört?"

„Werde bloß nicht hysterisch! Ich tu jetzt genau das, was Mr. Marlow mir aufgetragen hat."

Violet stürzte zum Fenster hinüber und bedeckte ihre Blöße mit einem Vorhang.

„Hinaus! Ich will Sie hier nicht mehr sehen! Ich zähle bis drei, dann sind Sie verschwunden. Eins ... zwei ...“

Der Hausdiener begann lauthals zu lachen und löste jetzt den Schlüssel vom Bund ab.

„Ich gehe, wenn ich meine Arbeit getan habe und keinen Augenblick früher. Und wenn du dir den Hals ausschreist, meine Süße. Keine Sorge, ich fass dich nicht an. Ich habe keine Lust, es mir mit meinem Herrn zu verderben. Aber wenn du glaubst, die Lady spielen zu können, dann hast du dich geschnitten, Nutte.“

„Drei!“

Er drehte noch einmal probeweise den Schlüssel im Schloss, machte dann einen höhnischen Kratzfuß und bewegte sich breitspurig hinaus.

Violet wartete, bis sie seine schweren Schritte auf der Treppe hören konnte, dann stürzte sie zur Tür, schlug sie zu und drehte den Schlüssel herum. Schwer atmend lehnte sie sich mit dem Rücken an die hölzerne Tür, ihre Augen irrten hilflos im Zimmer umher, sie fühlte sich verloren.

Sie war in die Falle gelaufen. Wie hatte sie nur so blauäugig sein können. Es war doch völlig klar, weshalb Marlow sie hierher in sein Haus genommen hatte. Er hielt sie für eine Prostituierte und wollte sie zu seiner Geliebten machen. Dass er sich momentan noch ablehnend zeigte, war ganz sicher nur eine seiner Finten. Irgendwann würde er sein wahres Gesicht zeigen und über sie herfallen.

Sie lief zum Bett hinüber, wo ihr Kleid lag und zog sich hastig an. Unter dem Stoff geborgen, fühlte sie sich weniger ausgeliefert, mechanisch begann sie, ihre Habseligkeiten aus Schrank und Kommode zu räumen und in ihre Reisetasche zu stecken. Ihre Hände waren unsicher, als sie sich den Hut aufsetzte und ihn in der Frisur feststeckte. Wohin würde sie gehen? Es blieb nur Grace, bei der sie hoffentlich für ein paar Tage Aufnahme finden würde. Danach musste sie eine Lösung finden, koste es, was es wolle.

Entschlossen fasste sie Tasche und Notenbeutel, schloss die Tür wieder auf und betrat den Flur. Es war dämmrig, über die Scheiben des Flurfensters rannen Regentropfen, und ihr wurde bewusst, dass sie patschnass bei Grace ankommen würde. Sich einen Hansom zu mieten war vollkommen unmöglich, denn sie besaß keinen einzigen Penny mehr.

Nun, das hatte sie sich selbst eingebrockt.

Im ersten Stock war Maggy beschäftigt, die Flurkommode mit einem Staubwedel aus Hühnerfedern zu bearbeiten, wobei sie eine Menge Staub in die Luft wirbelte. Als sie Violet mit dem Gepäck herabkommen sah, nieste sie herzhaft und wischte sich die Nase mit dem Handrücken.

„Wollen Sie etwa schon wieder fort, Miss Burke?“, erkundigte sie sich erstaunt. „Sie sind doch erst gestern angekommen.“

Die großen, naiven Augen des Mädchens rührten Violet. Die kleine Maggy war zwar keine Leuchte, aber sie war das einzige Wesen in diesem Haus, das sie freundlich behandelt hatte.

„Leider", sagte sie und lächelte Maggy an. „Bring mir bitte meinen Mantel in die Halle."

„Sie sollten einen Schirm nehmen", bemerkte Maggy umsichtig. „Es regnet wieder mal Katzen und Hunde."

Violet überging diesen Hinweis und fragte stattdessen, wo Mr. Marlow sich befand.

„In der Bibliothek, Miss Burke. Soll ich Sie anmelden?"

„Nicht nötig."

Sie stellte ihre Tasche ab, atmete tief durch und klopfte kurz aber vernehmlich an die Tür. Es wäre feige gewesen, einfach davonzulaufen, sie würde ihm erklären, dass ihre Anstellung auf einem Missverständnis beruhe, und kündigen.

„Ja?", erklang es unfreundlich aus der Bibliothek.

Sie trat ein. Marlow saß an seinem Schreibtisch und hatte offensichtlich vor sich hingebrütet, denn der Tisch war bis auf die Schreibgeräte völlig leer.

„Was gibt's?", fragte er mürrisch und musterte ihren Hut. „Wollen Sie etwa ausgehen? Ich sehe keinen Grund dafür, sich bei diesem Wetter draußen herumzutreiben."

„Ich kündige meine Stellung, Mr. Marlow."

Sie hatte vorgehabt, entschlossener aufzutreten, doch Marlows Gegenwart schüchterte sie ein, und so klang ihre Stimme lange nicht so energisch, wie sie es geplant hatte. Immerhin runzelte er die Stirn und starrte sie irritiert an.

„Was ist das für ein Blödsinn?", knurrte er.

„Mein Entschluss ist unumstößlich, Mr. Marlow. Ich bin zu der Überzeugung gelangt, dass Sie mich unter falschen Voraussetzungen engagiert haben. Es ist besser, wenn ich sofort gehe – jeder Tag länger in Ihrem Dienst würde beiden Seiten nur Verdruss bereiten."

Marlow schnippte ärgerlich mit dem Finger und lehnte sich im Stuhl zurück.

„Jetzt hören Sie mir einmal zu, meine Liebe", sagte er. „Ich habe heute eine Menge Kleider für Sie in Auftrag gegeben, ich habe für Sie ein Zimmer herrichten lassen und Sie in meine Pläne einbezogen. Und jetzt fällt der Dame auf einmal ein, dass sie unter falschen Voraussetzungen angestellt wurde. Ist Ihnen eigentlich klar, Miss Burke, dass Sie einen Vertrag unterschrieben haben?"

Er sah sie herausfordernd an und Violet spürte, wie ihr der Mut sank. Dieser Mensch war nicht nur redegewandt, er hatte auch eine derart selbstsichere Art, dass man sich vor ihm wie ein Verbrecher fühlte, selbst wenn man im Recht war. Seine Klienten waren bei ihm auf jeden Fall gut aufgehoben.

„Wir haben einen Probemonat vereinbart, Mr. Marlow", wehrte sie sich.

„Einen Monat – allerdings", entgegnete er scharf. „Aber Sie sind noch nicht einmal einen ganzen Tag hier. Wissen Sie, dass ich Sie vor Gericht bringen und die Summe für die in Auftrag gegebenen Kleider verlangen kann?"

Mit Genugtuung sah er das Erschrecken in ihrem Gesicht und fuhr nun sanfter fort.

„Ich weiß nicht, was Sie mit „falschen Voraussetzungen" meinen, Miss Burke – aber es wird sich klären lassen. Falls es Charles betreffen sollte – ich werde ihn mir vornehmen. Und die Aufgaben, die Sie in diesem Haus erwarten, werden ganz gewiss nicht ihre Fähigkeiten übersteigen."

Ein schmales Lächeln umspielte seine Lippen und Violet begann zu zittern. Jene Aufgaben, von denen er so lässig sprach, waren nichts Anderes, als dass sie ihm zu Willen sein sollte.

„Nein Sir", sagte sie mit Nachdruck. „Ich werde auf keinen Fall bleiben – selbst wenn Sie mich vor Gericht bringen sollten. Mein Gepäck ist bereits gerichtet – ich komme nur, um mich zu verabschieden. Leben Sie also wohl, Mr. Marlow."

Sie nickte ihm mit leiser Neigung des Kopfes zu und wandte sich zur Tür.

„Verdammt noch mal!", brüllte Marlow hinter ihr.

Er war so rasch an ihr vorbeigesprungen, dass er die Tür noch vor ihr erreichte, und stand ihr nun breitbeinig im Weg, den Rücken an die Tür gelehnt. Seine blassen Wangen hatten sich mit einer schwachen Röte überzogen und Violet erschrak vor seinem zornig blitzenden grauen Augen.

„Was ist das für eine verfluchte Weiberlaune?", tobte er. „Heute so – morgen so! Sie werden gefälligst hier bleiben und tun, was ich von Ihnen verlange!"

Violet war zurückgewichen, denn sie hatte im ersten Schrecken geglaubt, er wolle sie anfassen und mit Gewalt zurückhalten. Sein zorniges Gebrüll beeindruckte sie jedoch viel weniger als der kalte Spott, den er normalerweise vor sich hertrug. Jetzt war er wenigstens ehrlich und sie konnte ihm die Stirn bieten.

„Ich denke nicht daran", fauchte sie. „Ich habe gekündigt und Sie habe kein Recht mehr, mich herumzukommandieren. Geben Sie die Tür frei, Mr. Marlow!"

Ihr Widerstand schien ihn noch mehr aufzubringen, denn seine Augen zogen sich schmal zusammen und er kreuzte die Arme über der Brust.

„Was passt Ihnen nicht an dieser Stellung, Miss Burke", fragte er, ohne sich um ihre Forderung zu scheren. „Sie bekommen ein verteufelt gutes Gehalt, ein warmes Zimmer, teure Kleidung … was wollen Sie eigentlich noch? Juwelen? Ein Landgut? Soll ich Sie auf Händen über den Straßendreck tragen, ja?"

Sie war verzweifelt, denn es war ganz und gar unmöglich, das Zimmer zu verlassen, solange dieser Mensch ihr den Weg verstellte.

„Ich bin nicht das, was Sie glauben, Mr. Marlow", rief sie erregt. „Behalten Sie ihr Geld und ihre Geschenke. Geben Sie es der nächsten Unglücklichen, die Sie in ihr Haus locken, um sie zu verführen. Ich will es nicht haben!"

Er riss die Augen auf und starrte sie an.

„Was war das?", flüsterte er. „Haben Sie schlecht geträumt, Miss Burke?"

„Sie wissen genau, wovon ich rede!

Verblüfft stellte sie fest, dass er zu lachen begann. Es war jenes hämische Gelächter, das sie am meisten an ihm fürchtete.

„Hören Sie auf damit!", schrie sie verzweifelt.

Er wurde tatsächlich gleich wieder ernst und ließ den Blick an ihr herunterschweifen.

„Wie kommen Sie zu der Behauptung, ich wollte Sie zu meiner Geliebten machen?"

Es war klar, dass er sich herausreden wollte. Er war ein blendender Redner und konnte einem das Wort im Munde herumdrehen.

„Geben Sie sich keine Mühe", entgegnete sie zornig. „Ich bin nicht so naiv, wie Sie glauben. Die Schneiderin hat mir erzählt, dass ich nicht die erste Frau bin, für die Sie Kleidung in Auftrag geben."

„Ach ja?", meinte er ironisch und zog die Augenbrauen in die Höhe. „Und was noch?"

„Wollen Sie leugnen, dass sich oben in der Kommode eine Menge teurer Damenwäsche befindet? Haben Sie vielleicht geglaubt, ich würde diese Sachen so einfach in meinen Besitz nehmen?"

„Ist das alles?"

„Genug, um meine Schlüsse daraus zu ziehen, Mr. Marlow. Geben Sie endlich den Weg frei, ich möchte dieses Haus verlassen."

Zu ihrer Überraschung trat er jetzt zur Seite und ließ die Arme sinken.

„Bitte sehr", sagte er mit gespielter Höflichkeit. „Gehen Sie nur, wenn Sie so unwiderruflich dazu entschlossen sind."

Sie zögerte einen Augenblick, dann trat sie vor und legte die Hand auf den Türknauf.

„Vielleicht interessiert es Sie, dass Mrs. Murdstone bis vor drei Jahren für meine verstorbene Frau gearbeitet hat."

Violet sah ihn ungläubig an. Ihre Hand auf dem Türknauf zitterte, doch sie zögerte, das Metall zu drehen, um die Tür zu öffnen.

„Ihre ... verstorbene Frau?", stammelte sie. „Verzeihung, ich hatte keine Ahnung, dass Sie verheiratet waren, Mr. Marlow."

Er stand gelassen, die rechte Hand in der Jackentasche, ein Bein ein wenig vorgestellt. Nichts verriet die innere Spannung, unter der er stand.

„Nun, ich bin seit einem Jahr Witwer, Miss Burke."

Sie spürte, wie ihre Abwehrhaltung ins Wanken geriet. Warum war ihr niemals der Gedanke gekommen, dass er verheiratet gewesen sein könnte?

„Das ... das tut mir leid", sagte sie hilflos. „Ich meine, dass Ihre Frau so früh verstorben ist."

„Das Schicksal ist manchmal grausam", entgegnete er ohne eine Regung.

Es war glaubhaft. Jeder Lügner hätte ihr jetzt eine rührselige Szene vorgespielt.

„Dann ... dann gehörte diese feine Wäsche auch Ihrer verstorbenen Frau? Aber die Sachen sind ganz neu, noch niemals gewaschen."

„Sie kam nicht mehr dazu, sie zu tragen. Es tut mir leid, dass die Sachen durch Maggys Nachlässigkeit in Ihrem Zimmer geblieben sind. Ich werde dafür sorgen, dass sie entfernt werden."

Unentschlossen stand sie an der Tür, hatte die Hand wieder vom Türknauf genommen und wusste nicht recht, was sie tun sollte. Sie hatte sich geirrt, ihn grundlos der schlimmsten Dinge beschuldigt – ganz sicher würde er es ihr nie verzeihen.

„Es tut mir sehr Leid, Mr. Marlow", sagte sie leise und sah beschämt zu ihm auf. „Ich habe mich ganz schrecklich geirrt und Sie beleidigt. Natürlich kann ich verstehen, wenn Sie unser Dienstverhältnis so rasch wie möglich lösen möchten. Ich verlange nichts – auch nicht die Kleider. Ich habe keinerlei Recht darauf."

Er atmete spürbar auf und die Anspannung in seinen Zügen lockerte sich. Zu Violets Verblüffung glitt sogar ein kurzes Lächeln über sein Gesicht.

„Reden Sie keinen Unsinn, Miss Burke", sagte er jovial und schob behutsam einen Arm hinter ihre Schulter, um sie ins Zimmer zurückzuführen. „Wir haben einige Missverständnisse geklärt und die Luft gereinigt. Umso besser wird nun unsere Zusammenarbeit sein."

Nur widerwillig ließ sie sich zu einem Sessel schieben, denn sie glaubte, kein Recht mehr auf seine Vergebung und Freundlichkeit zu haben. Doch er nötigte sie, Platz zu nehmen und setzte sich ihr gegenüber vor den Kamin.

„Sie sehen einen ganz normalen Menschen vor sich, Miss Burke", erklärte er mit leichtem Grinsen. „Keinen Blaubart, aber auch keinen Heiligen. Ein Mann, der seit einem Jahr allein lebt, hat hin und wieder Bedürfnisse – davon wird Ihnen Ihre Freundin Grace sicher erzählt haben."

Violet wurde rot und nickte beklommen. Natürlich, es war verzeihlich, wenn ein Witwer ab und zu eine Prostituierte aufsuchte. Es war auf jeden Fall besser, als wenn er ein unschuldiges Mädchen oder gar eine verheiratete Frau verführte. Allerdings hätte er wenigstens eine gewisse Trauerzeit einhalten können – wenn er seine Frau geliebt hatte.

„Es steht mir nicht zu, darüber zu urteilen, Mr. Marlow."

Er wirkte amüsiert und wagte es nun, vorsichtig ihre Hand zu nehmen. Violet wehrte sich nicht, obgleich die Berührung sie sehr verwirrte.

„Ich bin sehr froh darüber, dass Sie bleiben", sagte er langsam, beugte sich vor und zog ihre Hand an seine Lippen. „Ich brauche Sie, Miss Burke."

Sie geriet noch mehr in Verwirrung, denn von seinem dunklen Haar stieg ein seltsam erregender Duft zu ihr auf. Als sein Mund ihren Handrücken berührte, zuckte sie zusammen und schloss für den Bruchteil einer Sekunde die Augen, denn seine Lippen waren so heiß, dass sie meinte, sie würden eine Wunde in ihre Hand brennen.

„Ich werde mein Bestes tun", hauchte sie und zog an ihrer Hand. Er gab sie rasch wieder frei, auf seinem Gesicht lag ein feines, triumphierendes Lächeln, als habe er soeben den Beweis für eine lang gehegte Vermutung erhalten.

Gleich darauf sprang er auf und läutete nach Maggy.

„Bring das Gepäck wieder ins Gästezimmer", befahl er dem Mädchen. „Und nimm die Sachen mit, die Mrs. Burke dir geben wird."

Violet war damit aus der Bibliothek entlassen, sie ging hinter Maggy her in den zweiten Stock hinauf und erging sich in Zerknirschung und Selbstvorwürfen. Wie hatte sie nur so vorschnell urteilen können? Oh Gott – wie lächerlich sie sich gemacht hatte.

Erst als Maggy ihre Zimmertür öffnete und die Tasche vor dem Schrank abstellte, zog blitzartig eine Erinnerung durch Violets Sinne. Dieser Geruch, der aus seinem Haar geströmt war. Es musste eine bestimmte Haarpomade sein und sie war sich sicher, diesen Duft schon einmal irgendwo gerochen zu haben.

Maggy machte begehrliche Augen, als sie die Wäsche aus der Kommode räumte.

„So feine Sachen, Miss Burke. Es ist schade, sie irgendwo hinzupacken, wo sie dann Stockflecken bekommen."

„Die Sachen gehörten der verstorbenen Mrs. Marlow – ich will sie hier nicht haben."

Maggy schien etwas einwenden zu wollen, doch sie biss sich auf die Lippen und trug den Stapel Wäsche gehorsam aus dem Zimmer. Violet atmete auf und machte sich daran, ihre eigenen Kleider und Wäschestücke wieder einzuräumen.

Kurze Zeit später kündigte Maggy ihr an, dass Mr. Marlow sie zu sehen wünsche und Violet eilte die Treppe hinunter. Im Flur des ersten Stocks traf sie auf Charles, der offensichtlich gerade aus der Bibliothek gekommen war. Seine Miene war ziemlich kleinlaut.

„Ich bitte um Vergebung für meine Respektlosigkeit, Miss Burke", sagte er und zerrte dabei an seinem Kragen, als säße er zu eng um den Hals. „Es wird nie wieder vorkommen."

Die Entschuldigung war erzwungen, doch Violet nahm sie dennoch mit Genugtuung entgegen. Marlow hatte sein Wort gehalten.

„Das hoffe ich", gab sie hoheitsvoll zurück. „Morgen werden Sie sich um den Flur im zweiten Stock kümmern. Er ist schmutzig und auch das Fenster muss gereinigt werden."

Er nahm die Anweisung der neuen Hausdame mit einem gehorsamen Nicken zur Kenntnis und ging herunter in die Halle. Violet wandte sich zur Bibliothek, in der sie Marlow vermutete.

In der Tat saß er vor dem Kamin in seinem gewohnten Sessel, hatte die Beine hochgelegt und war mit der Lektüre eines kleinen, in dunkles Leder gebundenen Buches beschäftigt.

„Da sind Sie ja endlich, Miss Burke", knurrte er ruppig bei ihrem Eintreten und warf das Buch auf den Boden. „Haben Sie noch einen kleinen Rundgang gemacht, bevor Sie zu mir kamen?"

Sie war erschrocken über seine Unfreundlichkeit. Vermutlich trug er ihr ihren Fauxpas noch gewaltig nach und rächte sich nun an ihr.

„Ich ... ich habe nur ..."

Er zog sich seine Ärmelmanschetten zurecht und erhob sich, um einige Schritte im Raum auf und ab zu gehen.

„Da wir einmal dabei sind, Miss Burke: Die übrigen Zimmer im zweiten Stock haben verschlossen zu bleiben. Sie haben dort nichts zu suchen."

Sein Ton war streng, fast zornig und sie musste schlucken.

„Aber ... die Räume müssten gereinigt werden."

„Das gehört nicht zu Ihren Aufgaben. Haben Sie mich verstanden?"

„Natürlich, Mr. Marlow."

Ob es die Räume seiner verstorbenen Frau waren? Litt er unter ihrem Tod und wollte daher nicht mehr an sie erinnert werden?

„Ich habe – wie bereits angekündigt – einen Auftrag für Sie", nahm er wieder das Wort und bewegte sich zum Schreibtisch hinüber. Dort erblickte Violet einen Stapel schöner, alter Folianten mit verblasster Goldschrift auf den Buchrücken und doppelt eingefassten Lederecken. Marlow nahm zwei davon in die Hand, blies den Staub von den Seiten und reichte sie dann Violet.

„Es handelt sich um einen Botengang. Ich möchte, dass Sie diese beiden Werke zu einem guten Bekannten tragen, eine Aufgabe, die ich keinem anderen anvertrauen möchte, da die Bücher selten und recht wertvoll sind."

Wie außerordentlich rücksichtsvoll, sie bei diesem Wetter durch die Stadt zu schicken!

„Sie werden zu Fuß gehen, es ist nicht allzu weit", fügte er zu allem Überfluss hinzu.

Violet ließ sich ihren Ärger nicht anmerken. Wenn er glaubte, sie aus der Ruhe bringen zu können, dann hatte er sich geirrt.

„Wie ist die Adresse?"

„Fetter Lane Nr. 23 in Holborn. Mr. Jeremy Forch. Sie haben nur wenige Minuten zu gehen."

Das war gut zwei Meilen entfernt, sie würde immerhin eine halbe Stunde für den Hinweg und ebenso lang für den Rückweg benötigen. Darüber würde es natürlich dunkel werden, denn es war bereits Nachmittag.

„Es ist vielleicht besser, einen Hansom zu nehmen", wandte sie ein. „Es wäre schade, wenn diese wertvollen Bücher nass würden."

„Packen Sie sie gut ein und nehmen Sie sie unter Ihren Mantel", gab er kalt zurück.

Violet wusste keinen weiteren Einwand mehr vorzubringen, doch sie war verbittert. Hatte er nicht vorhin selbst behauptet, dies sei kein Wetter, um draußen herumzulaufen? Und jetzt schickte er sie mit diesen Büchern nach Holborn – eine Angelegenheit, die ganz sicher auch bis morgen früh Zeit gehabt hätte. Gerade eben hatte sie noch den trauernden Witwer bemitleidet – jetzt erkannte sie, dass er nichts als ein boshafter, rachsüchtiger Mensch war.

Maggy stand bereits unten in der Halle, um ihr Mantel und Schirm zu reichen und man wickelte die Bücher in ein Wachstuch ein, um sie vor Nässe zu schützen.

„Beeilen Sie sich, Miss Burke", sagte Maggy besorgt. „Es wird sicher Nebel geben und dunkel ist es auch bald."

Wie sie vermutet hatte, war es draußen unangenehm kalt, der feine Regen schien mit feuchten Händen unter ihren Mantel zu greifen und ließ sie frösteln. Ein Glockenturm in der Nähe schlug viermal die volle Stunde – noch war es nicht allzu spät und sie schritt eilig voran.

Die breiten Straßen waren belebt. Wagen und Droschken fuhren vorüber und bespritzten die Fußgänger mit Straßenkot, hin und wieder erhaschte Violet durch die Kutschenfenster das flüchtige Bild einer Lady im Pelzkragen oder eines Gentleman mit dunklem Zylinder, einmal glaubte sie sogar, die jugendlichen Züge und das dunkle Lockenhaar von Mr. Jameson, Grace' bevorzugtem Kunden, zu erkennen. Auf den Trottoirs schienen zahllose graue und schwarze Regenschirme wie eilig wandernde Pilze dahin zu schweben, darunter erblickte man graue Hosenbeine, lange Gehröcke oder den weiten Rock einer Frau, dessen Saum dunkel vor Nässe und Schmutz war. In den Hauseingängen nahe der Klubs oder der Geschäfte drückten sich Lausbuben in zerschlissenen Jacken herum, die fröstelnd darauf warteten, sich ein paar Pennys zu verdienen, indem sie die Kutschpferde am Zaumzeug festhielten, während die Herrschaften ausstiegen.

Trotz des großen Schirms war Violets Mantel bald ziemlich durchnässt und sie beschloss, den Weg abzukürzen, indem sie die schmalen Seitenstraßen benutzte.

Hier gab es eine Menge Kneipen und Inns, schwacher Lichtschein war in Fenstern zu sehen, das Gelächter und Geschrei der Gäste drang bis auf die Straße. Violet vermied es, zu dicht an den Hauseingängen vorbei zu laufen, denn dort hielten sich dunkle Gestalten auf, Bettler oder Taschendiebe, die auf die betrunkenen Gäste warteten, um sie zu erleichtern. Eine junge Frau, in ein schmutziges Tuch gehüllt, lief aus einer Kneipe torkelnd über die Gasse und streckte Violet einen kleinen Topf hin.

„Einen Penny, Lady. Ich hab fünf hungrige Bälger und einen Kerl, der nichts nach Hause bringt."

„Ich hab kein Geld", sagte Violet und wich der Frau aus, von Abscheu und Mitleid erfasst.

„Geizige Kuh!", keifte die Bettlerin hinter ihr her. „Der Mörder von Whitechapel soll dich holen. Bist genau sein Typ."

Violet eilte so rasch davon, dass sie nicht auf den Schirm achtete. Das Monstrum stülpte sich in einem Windstoß um, und sie erhielt eine kräftige Regendusche ins Gesicht.

Das Haus, in dem sie die Bücher abgeben sollte, lag in einer ruhigen Wohngegend, ein gewöhnliches, zweistöckiges Wohngebäude inmitten einer langen Häuserreihe. Es unterschied sich von den anderen nur durch eine hell gestrichene, dreistufige Eingangstreppe, an der ein Geländer aus Schmiedeeisen angebracht war. Unter der Glocke befand sich ein Messingschild, auf dem der

Name „Jeremy Forch" eingraviert war. Adresse und Namen stimmten – sie würde ihren lästigen Auftrag gleich erledigt haben.

Ein Hausmädchen öffnete und sah sie erstaunt an. Violet begriff, dass man sie nicht erwartete, doch als sie ihren Namen sagte und ihr Anliegen vorbrachte, bat das Mädchen sie ins Haus.

„Mr. Forch erwartet Sie in der Bibliothek, Madam."

Violet hatte wenig Lust, sich lange aufzuhalten, doch sie konnte die Einladung schlecht ablehnen und gab dem Mädchen ihren Mantel.

Mr. Jeremy Forch hatte sich zu ihrer Begrüßung aus seinem Sessel erhoben, und sie erkannte in ihm jenen freundlichen Gentleman, der mit Marlow im „Green Palace Hotel" gespeist hatte. Auch er schien sie wieder erkannt zu haben, denn er machte ein überraschtes Gesicht, dann aber strahlte er sie an.

„Die bezaubernde Pianistin aus dem „Green Palace", rief er erfreut. „Setzen Sie sich, junge Lady. Wärmen Sie sich auf und leisten Sie einem einsamen, alten Mann ein wenig Gesellschaft."

Sein Lächeln war warm und tat ihr wohl. Bewundernd ließ sie den Blick über die vielen Bücherschränke schweifen, deren Inhalt sorgsam geordnet war und den begeisterten Leser verriet. Der große Nussbaumschreibtisch am Fenster war von Papieren und aufgeschlagenen Büchern bedeckt – vermutlich hatte Mr. Forch seine Arbeit unterbrochen, um sie zu empfangen.

„Ich möchte Sie nicht stören", sagte sie vorsichtig.

„Sie stören mich keineswegs, liebe junge Lady. Ich bin im Ruhestand und verbringe meine Zeit damit, meine Lebenserinnerungen aufzuschreiben. Vierzig Jahre bei der Polizei – da kommt einiges zusammen."

„Oh, das klingt aufregend", staunte sie.

„Nun setzen Sie sich endlich", sagte er energisch und wies auf einen Ledersessel gleich beim Kamin. „Es ist eine Schande, eine so hübsche, junge Person bei solchem Wetter durch die Stadt zu schicken. Ich werde mit meinem Freund Nicholas ein ernstes Wort reden müssen. Sie sehen ganz erfroren aus, Miss Burke. Möchten Sie Tee? Nein – ich weiß etwas Besseres, um Ihre Lebensgeister wieder zu wecken."

Er stellte zwei Gläser auf das Tischchen neben ihr und goss Whisky ein – eine kleine Menge für Violet und eine etwas größere für ihn selbst.

„Trinken Sie", ermunterte er sie lächelnd. „Das ist die beste Medizin gegen kalte Finger und nasse Füße!"

Sie nippte von der duftenden, hellbraunen Flüssigkeit, spürte, wie sie ihr brennend durch die Kehle rann, und sich dann wie eine weiche, warme Welle in ihrem Inneren ausbreitete.

„Nun – was habe ich gesagt?", freute er sich und ließ sich ihr gegenüber am Kamin nieder.

„Es tut wirklich gut", gestand sie und nippte ein zweites Mal. Es wurde ihr leicht zumute, eine warme Hülle legte sich um ihr Gemüt, löste die Ängste, ließ sie die Sorgen vergessen. Sie sah in sein breites, leicht gerötetes Gesicht und stellte fest, dass er sie mit hellen, klugen Augen neugierig musterte.

„Helfen Sie meinem Verständnis auf die Sprünge", sagte er. „Vorgestern spielten Sie im ‚Green Palace‘ Klavier – heute kommen Sie zu mir im Auftrag meines Freundes Nicholas. Wie bringe ich das zusammen?"

Sie lachte fröhlich und er stimmte ein, wurde sogar rot, als sie ihn schelmisch anblinzelte.

„Mr. Marlow hat mich gestern als Hausdame engagiert."

Er runzelte die Stirn, die Nachricht schien ihn zu befremden.

„Nun – dann haben Sie ihn vermutlich mit Ihrem Klavierspiel bezaubert, Miss Burke. Nicholas ist nämlich sehr musikalisch und spielt selbst recht gut."

Sie sah ihn erstaunt an.

„Ich wusste gar nicht, dass Nicholas Marlow Klavier spielen kann."

Mr. Forch trank einen Schluck Whisky und sah sie über den Rand des Glases hinweg nachdenklich an.

„In letzter Zeit hat er vermutlich wenig gespielt", meinte er. „Früher hat er Stunden damit verbracht. Bei jeder Gesellschaft schleppte man ihn ans Instrument und er spielte auch gern zum Tanz auf."

Machte er sich einen Scherz mit ihr? Oder redeten sie vielleicht von zwei verschiedenen Menschen?

„Nicholas Marlow spielte zum Tanz auf?"

Mr. Forch nickte und rieb sich schmunzelnd den rötlichen Backenbart.

„Er tanzte auch selbst sehr passabel und die Damen konnten nicht genug davon bekommen, in seinen Armen zu liegen. Pardon, Miss Burke. Ich meine das natürlich nur bildlich gesprochen. Nicholas ist ein ebenso charmanter Gesellschafter, wie er vor Gericht ein brillanter Anwalt ist."

Violet nahm vor Verwirrung einen weiteren Schluck aus ihrem Glas und überlegte dann, ob dieser nette, ältere Herr ihr vielleicht eine Lügengeschichte erzählte.

„Sie sprechen wirklich von Nicholas Marlow, Mr. Forch?", fragte sie unsicher. „Das ist merkwürdig, denn ich kenne ihn von einer völlig anderen Seite."

Er wurde ernst und stellte das leere Glas ab. Sein Gesicht hatte jetzt etwas Mitfühlendes, fast Väterliches.

„Das ist schade", meinte er betroffen. „Wissen Sie, ich alter Esel habe geglaubt, dass er Sie ... Nun ja, das tut nichts zur Sache. Nicholas hat sich verändert, das ist richtig. Nicht zu seinem Vorteil, weiß Gott nicht."

„Sie kennen ihn schon länger?"

„Ich war ein guter Freund seines Vaters und kenne Nicholas seit seiner Geburt."

„Und ... was hat zu dieser Veränderung geführt?"

Er machte eine unbestimmte Geste mit der Hand und sah an ihr vorbei ins Kaminfeuer. Er wirkte jetzt auf einmal alt, das Grau in seinem Haar schimmerte durch und seine Schultern hingen herab.

„Ein Unglück, Miss Burke. Vor einem Jahr starb seine Frau. Er hat es nie verwunden – vermutlich fühlt er sich schuldig an ihrem Tod.“

„Wieso das?“

Er richtete den Blick auf sie und trank einen langen Zug aus seinem Glas.

„Es ist nicht so leicht gesagt“, meinte er zögernd. „Ich hoffe, Nicholas wird es mir vergeben, wenn ich plaudere. Aber irgendwann werden Sie es ohnehin erfahren. Clarissa Marlow starb durch ihre eigene Hand.“

„Wie schrecklich ...“, flüsterte Violet. „Sie war doch sicher noch sehr jung. Warum hat sie so etwas Grauenvolles getan?“

„Niemand weiß es, Miss Burke. Nicholas war an jenem Abend im Klub und das Personal hat bereits geschlafen. Nicholas fand seine Frau später im Wohnzimmer auf dem Teppich ausgestreckt – sie hatte sich erstochen.“

Violet starrte ins Kaminfeuer. Ließ sich mit dieser tragischen Geschichte erklären, weshalb aus einem angenehmen, jungen Mann ein solcher Misanthrop geworden war? Wahrscheinlich.

„Mr. Marlow hat seine Frau sicher sehr geliebt“, sagte sie leise.

„Sicher“, murmelte Forch. „Die beiden waren erst ein Jahr verheiratet.“

Er wandte sich ab, um sich seine Pfeife zu nehmen und sie über einem Aschenbecher zu reinigen.

„Sie haben doch nichts dagegen, wenn ich rauche?“

„Aber nein“, sagte sie lächelnd. „Mein Vater rauchte auch Pfeife – ich mag den Geruch.“

Er schmunzelte und stopfte die Pfeife mit großer Sorgfalt, bevor er sie entzündete. Dann begann er Violet nach ihren Eltern auszufragen, wollte wissen, ob sie verlobt sei, und erkundigte sich schließlich danach, ob ihre Aufgaben als Hausdame ihr überhaupt noch die Zeit ließen, Klavier zu spielen.

„Oh, ich denke schon“, meinte sie lächelnd. „Natürlich werde ich nicht stundenlang üben können – aber ein paar Minuten am Tag werde ich schon dafür aufwenden.“

„Das wäre wichtig, Miss Burke“, ermahnte er sie. „Sie wissen ja: Stillstand ist Rückgang. Es wäre schade um Ihr Können.“

Sein ermutigendes Lächeln hatte etwas Listiges, weshalb sie darüber nachdachte, welchen Hintergedanken er dabei wohl haben konnte.

„Leider liebt Mr. Marlow mein Spiel nicht besonders“, bemerkte sie. „Er findet es lausig.“

„Lausig?“, rief Forch und fing rasch die Pfeife auf, die ihm vor Empörung aus dem Mund gefallen war. „Nun, das kann er nur im Scherz gesagt haben.“

„Gewiss“, gab sie ohne Überzeugung zurück und sah zum Fenster hinüber, hinter dem die Straße bereits in grauer, nebeliger Dämmerung lag. Er war ihrem Blick gefolgt und sah erschrocken auf die Uhr.

„Gute Güte – da habe ich Sie viel zu lange aufgehalten, Miss Burke. Ich fürchte, ich werde Nicholas recht bald aufsuchen müssen, um diesen Umstand zu klären. Sonst kommt er noch auf den Gedanken, ich alter Kerl hätte seine hübsche Hausdame verführt."

Er lachte fröhlich über seinen Scherz und erhob sich, um zum Fenster zu gehen.

„Dicke Suppe da draußen. Ich kann mich doch darauf verlassen, dass Sie einen Hansom nehmen?"

Sie war ebenfalls aufgestanden und dachte mit unguten Gefühlen an den Heimweg. Dennoch hielt ihr Stolz sie davon ab, ihm die Wahrheit zu gestehen.

„Seien Sie unbesorgt."

Er begleitete sie zur Haustür, half ihr persönlich in den Mantel und ermahnte sie, auf jeden Fall die nächste Droschke zu nehmen, die ihr vor Augen kam und nicht wählerisch zu sein.

„Es tut mir sehr Leid, Sie sozusagen hinauswerfen zu müssen, Miss Burke", sagte er und hielt ihre Hand zum Abschied fest. „Aber es geschieht zu Ihrer Sicherheit. Wir werden uns gewiss bald wieder sehen, dann werde ich die Scharte auswetzen und Ihnen ausgiebig den Hof machen!"

Sie erklärte lächelnd, dass es nicht auszuwetzen gab, genoss sein warmes, ein wenig besorgtes Lächeln und trat dann hinaus auf die Straße. Schon nach wenigen Schritten verlor sich der Lichtschein der Eingangslaterne im gelblichen Nebel. Mit ihm schwand auch die Geborgenheit des Hauses, das ihr Wärme und Schutz gewährt hatte.

Der Regen hatte nachgelassen, dennoch kam Violet nur langsam voran, musste immer wieder stehen bleiben, um sich im dichten Nebel zu orientieren. Die Straßen waren jetzt einsam, selten nur, dass die Laternen einer Kutsche oder Droschke auftauchten und das schwarze Gefährt an ihr vorüberrasselte. Der Nebel legte sich kühl und feucht auf ihr Gesicht, er roch nach Rauch, nach dem fauligen Gestank des Flusses und machte ihren Mantel schwer. Wenn sie sich einer Straßenlaterne näherte, geschah es manchmal, dass ein Windstoß die Nebelbank zerriss, dann tauchten vor ihr im Licht der Lampe dunkle Häuserreihen auf, Eingänge gähnten wie viereckige, schwarze Mäuler, Fenster sahen sie mit blinden Augen an.

Sie war froh, als sie sich den engen Gassen näherte, in denen die Kneipengänger lärmten, dort gab es wenigstens kleine Lichter in den Fenstern, die der Nebel zu matten, braungelben Schleiern verzerrte. Für einen Moment flackerte ein heller, gelbroter Schein vor ihr auf und beleuchtete eine Gruppe vermummter, kleiner Gestalten, die im Kreis um das Licht standen. Es waren Straßenkinder, die eine Zeitung entzündet hatten, um sich die Finger daran zu wärmen. So rasch, wie das Feuer entstanden war, so schnell war das Papier verbrannt, und das Licht fiel in sich zusammen.

Violet ging nun rascher, ein Betrunkener taumelte an ihr vorüber, blieb stehen, grinste sie selig an und lallte Unverständliches, dann war die Erscheinung im Dunst verschwunden. Die Geräusche wurden leiser, nur das wütende Schelten einer Frau hallte ihr noch in den Ohren, dann das lang gezogene Jaulen eines Hundes, das irgendwo, weit in der Ferne ein Echo fand.

Sie blieb wieder stehen, zog den Mantel enger um die Schultern und spürte, wie die Kälte durch ihre Kleider drang. Wenn sie nicht bald ins Warme kam, würde sie sich eine ordentliche Erkältung einhandeln. Zornig dachte sie an Marlow, der zu geizig war, ihr einen Hansom zu bezahlen, und entschied sich dann, den kürzesten Weg durch die schmalen Gässchen einzuschlagen. Es gab hier jedoch nur wenige Straßenlaternen, das Pflaster war holprig und sie musste aufpassen, dass sie nicht in ein Schlagloch trat und strauchelte. Doch sie kam schneller voran, als sie zuerst geglaubt hatte, und vom eiligen Lauf wurde ihr angenehm warm. Immer noch war in regelmäßigen Abständen das Geheul des Hundes zu hören, seine lang gezogenen Klagen klangen wie die Rufe eines Menschen, der in Bedrängnis ist. Violet versuchte, nicht darauf zu achten – wer sagte denn, dass das ein Hund war? Es konnte genau so gut die Sirene eines Schiffes sein, der Wind, der irgendwo um eine Ecke blies oder einfach ein Verrückter, der seinen Irrsinn in den Nebel hinausheulte.

Im Schein einer Straßenlaterne war jetzt eine kompakte, dunkle Form zu erkennen, wie ein Mann, der unbeweglich auf der Straße hockte. Violet spürte wieder die dumme Panik in sich aufsteigen und blieb stehen. Wer konnte da mitten in der Nacht steif wie ein Stück Holz auf der Straße sitzen? Ein Betrunkener? Ein Bettler? Ein Geist?

Die Gestalt regte sich nicht. Ein schrecklicher Gedanke zuckte durch ihr Hirn. Wenn es nun gar ein Toter war?

Du bist ja vollkommen verrückt, schalt sie sich. Ein Toter sitzt ganz bestimmt nicht aufrecht auf dem Straßenpflaster.

Der Nebel drehte sich, schwankte hin und her und gab für einen kleinen Moment den Blick auf das vermummte Wesen frei.

Es war ein halb zerschlagenes Holzfass, das jemand hier abgeladen hatte. Violet atmete auf, schalt sich eine dumme Gans und ging mutig an dem vermeintlichen Geist vorbei. Ganz in der Nähe schlug jetzt eine Turmuhr - es musste St. Martin sein. Sie kam gut voran.

Dann, plötzlich, vernahm sie Schritte in ihrer Nähe. Es waren genagelte Schuhe, die auf den Pflastersteinen deutlich zu hören waren, jedoch war sie nicht imstande zu sagen, ob sich der einsame Fußgänger vor oder hinter ihr befand. Sie ging rascher, eine weggeworfene Zeitung verfing sich in ihrem Kleid und das Papier knisterte so laut, dass sie erschrak.

Ruhig, dachte sie, ruhig bleiben. Doch die Erinnerung an jene unheimliche Begegnung stand so lebhaft vor ihren Augen, dass sie am ganzen Leibe zitterte. Es war ganz sicher ein Verrückter gewesen, der ihr das Messer in den Rücken gesetzt und sie auf solch scheußliche Weise berührt hatte. Und doch hatte Marlow später behauptet, sie sei in dieser Nacht dem Mörder nur knapp entkommen.

Er musste sich in die gleiche Richtung wie sie bewegen, sonst wären die Schritte längst verhallt. Unruhig lauschte sie in die Düsternis hinein, starrte in die gelblichen Lichtfelder der Laternen, in denen die Nebelschleier wehten. Kein Schatten, keine Silhouette war dort auszumachen, doch die genagelten Schuhe klapperten immer noch auf den Pflastersteinen, in gleichmäßigem Abstand vernahm sie die kleinen, harten Schläge, die nur allzu deutlich bewiesen, dass sie nicht allein durch diese Straße ging.

Die Angst war heftiger als je zuvor. Sie umklammerte mit einer Hand den zusammengeklappten Regenschirm und dachte daran, dass sie sich nicht kampflos ergeben wollte. Zugleich wusste sie, wie lächerlich dieses Vorhaben war. Was würde sie wohl mit diesem Monstrum in der Hand gegen einen entschlossenen Mörder ausrichten? Gar nichts.

Der Mörder von Whitechapel treibt im Eastend sein Unwesen, sagte sie sich verzweifelt. Und ich bin schon fast in Soho. Außerdem sagt man, dass er nur am Wochenende zuschlägt und wir haben Montag.

Doch alle Versuche, die Angst wegzureden scheiterten. Riesengroß stieg die Panik in ihr auf, ließ ihren Puls fliegen, schnürte ihr heiß den Hals zu und versetzte ihren Körper in höchste Anspannung. Ein Instinkt sagte ihr, dass sie davonrennen müsse, und zugleich wusste sie, dass nichts dümmer gewesen wäre, als jetzt zu flüchten. Es wäre für jeden Verfolger das Signal gewesen, sich auf sie zu stürzen.

Doch der Fluchtinstinkt war stärker als alle Vernunft. Sie beschleunigte das Tempo, raffte die Röcke zusammen und begann zu laufen, erblickte im schwachen Lampenschein eine Straßenbiegung und hielt darauf zu. Jetzt hörte sie nur noch den eigenen keuchenden Atem und das wilde Schlagen ihres Herzens, sie wollte in die Nebenstraße hineinlaufen, in der schwachen Hoffnung, dort das Licht einer Kneipe zu entdecken – da erblickte sie urplötzlich im dunstigen Lichtschein der Laterne eine schmale, hochaufgerichtete Gestalt.

Sie schrie gellend auf, stolperte gegen eine hölzerne Kiste, die irgendjemand auf dem Trottoir hatte stehen lassen und spürte, wie sie fiel.

Was dann geschah, drang mit unendlicher Langsamkeit in ihr Bewusstsein ein, so als stünde die Zeit mit einem Mal nahezu still. Sie fiel, erblickte das Straßenpflaster, das aus dem Nebel heraus auf sie zustrebte, eine Ecke der hölzernen Kiste näherte sich ihr, während ihr Körper zu schweben schien. Zugleich bewegte sich die dunkle Silhouette unter der Straßenleuchte, ein Mantel flatterte auseinander, die Gestalt setzte zum Sprung an, schien auf sie zuzufliegen, wie ein nächtlicher Dämon, der sein Opfer anspringt.

Eine harte Erschütterung brachte sie wieder zu sich. Ihre Arme und ihr Brustkorb schmerzten heftig, jemand hielt sie mit beiden Armen fest an sich gepresst.

„Ruhig", sagte Marlow. „Ganz ruhig!"

Ihr Kopf sank an seine Brust, sie war so erleichtert, dass ihr für einen Augenblick die Sinne schwanden. Als sie wieder zu sich kam, lag sie ausgestreckt auf dem Pflaster, über sich erblickte sie Marlows blasses Gesicht und seine glühenden, dunklen Augen.

„Was tun Sie da?", stammelte sie benommen.

Er nestelte an ihrem Kleid, hatte ihr Hemd aufgerissen und war beschäftigt, ihre Korsage aufzuhaken. Mit einem Aufschrei fuhr sie hoch, wobei der Stoff vollends auseinander glitt, denn er hatte bereits alle Haken gelöst.

„Wie können Sie es wagen?", rief sie erbost und schlang die Arme schützend um den Oberkörper.

„Ich pflege keine Riechfläschchen oder ähnlichen Schnickschnack mit mir herumzutragen, Miss Burke", fuhr er sie böse an. „Also habe ich diese Methode angewandt, um Sie wieder in die Welt zurückzubefördern."

Mit weit aufgerissenen Augen sah sie ihn an, ihre Hände versuchten zitternd, die Knöpfe und Haken zu schließen, doch sie war so ungeschickt dabei, dass sie ihm ihre Blöße nur erst recht zeigte.

„Nehmen Sie die Finger weg", knurrte er. „So wird das nichts."

„Lassen Sie mich!", wehrte sie sich, als er ihre Hände fassen wollte, um sie wegzuziehen.

„Hören Sie mal zu, Miss Burke", herrschte er sie an. „Ich bin überhaupt nicht daran interessiert, mitten in der Nacht auf der Straße bei einer halb nackten Frau angetroffen zu werden. Halten Sie jetzt still – die Sache ist in wenigen Minuten erledigt."

Sie hatte nicht mehr die Kraft, sich zu widersetzen und ließ zitternd geschehen, dass er ihre Arme mit sanfter Entschlossenheit beiseiteschob und sich daran machte, die geöffneten Häkchen einen nach dem anderen wieder zu schließen.

„Ganz ruhig", murmelte er leise. „Ich habe Erfahrung in diesen Dingen. Gleich haben wir's."

Sie schwieg, gab sich seinen Bewegungen hin und begegnete immer wieder seinem dunklen Blick, wenn er die Augen prüfend auf ihr Gesicht richtete. Nebel umwehten sie, hatten Häuser und Straßen verschluckt, machten glauben, der Rest der Welt um sie herum sei in graugelber Finsternis versunken. Es gab nur ihn, Marlow, seinen dunklen, weiten Mantel, sein blasses Gesicht und die brennenden Augen.

Seine Hände waren geschickt. Wenn er zwei Finger unter den Stoff schob, um den Haken besser schließen zu können, war die Berührung mit ihrer bloßen Haut unendlich zart. Leise und wie unabsichtlich fuhr sein Finger über ihre Brustspitzen und sie spürte den süßen Schauer bis hinab zu ihren Füßen. Er arbeitete sich geduldig von unten nach oben hinauf, verweilte lange bei jedem Haken und prüfte anschließend sorgfältig nach, ob er auch gut geschlossen war. Wenn er mit dem Ergebnis unzufrieden war, öffnete er das Häkchen wieder, zog die Korsage auseinander, glitt mit den Fingern streichelnd über die entblößten Rundungen ihrer Brüste und zog dann den Stoff wieder zusammen, um ihren Busen in die Korsage einzuzwängen.

Violet hatte die Lider gesenkt und gab sich zitternd und voller Sehnsucht seinen Berührungen hin. Es war unwirklich, was geschah, schien eher ein fantastischer Traum als Wirklichkeit zu sein. War es denn möglich, dass Nicholas Marlow hier über ihr kniete und sie mit solch zärtlicher Sorgfalt ankleidete? Bebend atmete sie seinen Duft und wusste plötzlich, woher sie diesen Geruch kannte. Aus einem Traum. Ein unglaublich süßer und zugleich beschämender Traum hatte diesen erregenden Geruch zu ihr getragen und sie sog ihn gierig in ihre Lungen ein.

„Wenn Sie glauben, dass ich ab jetzt Ihre Kammerzofe spiele – dann sind Sie auf dem Holzweg, Miss Burke", unterbrach er ihre schönen Fantasien.

Er hatte die Korsage geschlossen und ihr Kleid wieder zugeknöpft - jetzt grinste er sie mit spitzbübischer Befriedigung an.

„Wie können Sie glauben …", stammelte sie und fand keine Worte mehr vor Verwirrung.

„Schon gut – es war ein Scherz."

Er zog ihr sanft den Mantel vor der Brust zusammen, schloss die Haken und ließ dann seine Hand für einen Moment auf ihrem bloßen Nacken ruhen. Sie erschauerte, warf unwillkürlich den Kopf zurück und spürte, wie die Hitze durch ihren Körper schoss und sich zwischen ihren Beinen sammelte. Als sie den Kopf hob und seinen triumphierend blitzenden Augen begegnete, glaubte sie, vor Scham sterben zu müssen.

„Dann wollen wir mal", meinte er lässig, als bräche man zu einem Picknick auf. „Oder hatten Sie vor, die Nacht auf dem Straßenpflaster zu verbringen?"

„Natürlich nicht!"

Er stützte sie, als sie aufstand, und hielt eine Weile besorgt den Arm um ihre Schultern geschlungen, während sie sich langsam in Bewegung setzten. Eine Weile gingen sie schweigend durch die stillen Straßen, Violet überließ sich vollständig seiner Führung, froh, nicht mehr allein durch den Nebel laufen zu müssen. Immer noch glaubte sie zu träumen, spürte ihren eigenen, aufgewühlten Empfindungen nach, und erst langsam begann ihr Verstand, sich wieder zu Wort zu melden.

„Wieso sind Sie überhaupt hier?", fragte sie, als sie schon fast in der Warwick Street waren.

„Ich habe einen Nachtspaziergang gemacht. Eine liebe, alte Gewohnheit, von der ich auch bei widrigem Wetter nur ungern abweiche."

Sie sah ihn prüfend an, doch seine blassen Züge waren von Nebelschleiern umwölkt, sodass sie sie nicht genau deuten konnte.

„Ich hatte den Eindruck, jemand folgte mir", erzählte sie zögernd. „Er trug genagelte Schuhe und muss mir eine ganze Weile nachgelaufen sein. Waren das etwa – Sie?"

Er nahm die Nachricht gelassen auf und warf ihr einen seiner ironischen Blicke zu.

„Ich? Wohl kaum, Miss Burke. Trage ich etwa genagelte Schuhe?"

In der Tat waren seine Schritte kaum hörbar. Seine Schuhe waren mit weichem, aber haltbarem Leder besohlt.

Als sie später in ihrem Himmelbett lag, quälte sie sich trotz der Müdigkeit mit den widersprüchlichsten Gedanken und Gefühlen herum. Wieso war Marlow so plötzlich vor ihr aufgetaucht? Ein Zufall? Sie mochte es nicht so recht glauben. Doch wenn er sie absichtlich abgepasst haben sollte – was hatte er damit bezweckt?

Er hatte ihren Sturz aufgefangen, sich um sie gekümmert, als sie ohnmächtig lag. Und doch hatte er auf seine Weise seinen Nutzen daraus gezogen. Immer noch glaubte sie, seine Hände zu spüren, seine zärtlichen Berührungen, den heißen Blick seiner dunklen Augen, unter dem sie wohlig erschauert war.

Körperliche Begierden waren abstoßend, so hatte man Violet erzogen. Waren sie den Männern noch gestattet – eine anständige Frau hatte niemals körperliche Lust zu empfinden. Tat sie es doch, bot sie sich einem Mann gar an, um von ihm befriedigt zu werden, dann war sie eine Hure.

Und doch hatte sie an diesem Abend solche verbotenen, süßen Empfindungen gespürt, und so sehr sie auch vor sich selbst erschrak, so musste sie sich eingestehen, dass tief in ihrem Inneren die Sehnsucht nach weiteren Zärtlichkeiten brannte.

Sie kannte sich nicht mehr. War es Grace' Einfluss, der sie so verändert hatte? Oder war es der Schock gewesen, die Angst, die sie empfunden hatte, als Marlow im Nebel vor ihr auftauchte?

Was auch immer: Sie würde sich morgen früh wieder in der Gewalt haben. Auf keinen Fall durfte sie ihn merken lassen, wie sehr seine frechen Berührungen ihr gefallen hatten.

Sie rollte sich zusammen, schob sich das Kopfkissen zurecht und glitt langsam hinüber in das schwankende Reich der Träume. Das Knistern und Knacken des alten Hauses begleitete ihren Übergang in den Schlaf, als eine Tür knarrte und leise Fußtritte auf dem Flur vernehmbar wurden, war sie längst in Schlummer gefallen. Eine Hand drehte vorsichtig und langsam den Türknauf, doch die Tür war von innen verschlossen und der nächtliche Besucher ließ rasch von seinem Vorhaben ab.

Es war noch dunkel, als sie ein Klopfen vernahm und erschrocken im Bett auffuhr. Hatte sie etwa schon wieder verschlafen?

„Guten Morgen, Miss Burke", sagte Maggys fröhliche Stimme. „Ich bringe Ihren Tee."

Sie sprang aus dem Bett und ließ das Mädchen ein. Maggy balancierte ein blank geputztes Tablett, auf dem eine dickbauchige Porzellankanne mit Rosenmuster stand, außerdem die Teetasse, Sahne, Zucker und eine kleine Schale mit frischen Haferkeksen.

Violet sah überwältigt zu, wie Maggy den Segen auf der Kommode abstellte und sich daran machte, den duftenden Tee einzugießen.

„Mr. Marlow erwartet Sie in einer halben Stunde zum Frühstück."

„Danke Maggy."

Das Mädchen knickste unbeholfen, strich sich eine kitzelnde Haarsträhne aus der Stirn und ging aus dem Zimmer. Amüsiert hörte Violet, wie Maggy polternd und schnaufend die Treppe hinunterging – dann gönnte sie sich einige Schlucke der belebenden, heißen Flüssigkeit und naschte einen Keks.

Ohne Zweifel hatte Marlow das Mädchen angewiesen, ihr den Morgentee zu servieren. Violets Pulsschlag wurde rascher, was nicht nur allein der Wirkung des Tees zuzuschreiben war. Was würde sie unten im Speisezimmer erwarten? Würde er auf den gestrigen Abend zu sprechen kommen? Ihr wurde heiß und kalt zugleich. Sie hatte gestern ganz eindeutig die Grenzen der guten Erziehung überschritten und Marlow schien ganz der Mann, der so etwas ausnutzen würde. Sie musste sich mit kühlem Verstand gegen seine Annäherungsversuche wappnen.

Als sie mit klopfendem Herzen und unnahbarer Miene ins Speisezimmer trat, fand sie Marlow hinter der aufgeschlagenen Zeitung verborgen. Ihrem Erscheinen widmete er keinen einzigen Blick, auch regte sich die entfaltete „Times" vor seiner Nase um keinen Millimeter.

„Guten Morgen, Mr. Marlow", sagte sie schüchtern, während sie sich ihrem Stuhl näherte.

„Beeilen Sie sich mit dem Frühstück", kam es scharf hinter der Zeitung hervor. „Wir haben einiges zu bereden und ich habe wenig Zeit."

Er hatte nicht einmal ihren Morgengruß beantwortet. Violet verspürte tiefe Enttäuschung, ein Gefühl, das sie sogleich von sich wies. Eher sollte sie erleichtert sein.

„Natürlich, Mr. Marlow."

Immerhin war ihr keineswegs der Appetit vergangen und sie lud sich den Teller voll, um die abgekürzte Frühstückszeit zu nutzen. Während sie aß, wendete er hin und wieder die Zeitung und sah kurz zu ihr hinüber. Im langsam erwachenden Morgenlicht erschienen seine Augen wieder grau und sein Blick war kühl. Er beobachtete sie, um festzustellen, wann sie endlich zu essen aufhörte.

Als sie ihren Teller geleert hatte und noch einen Schluck Tee nahm, faltete er die Zeitung hastig zusammen und legte sie neben sich. Seine Miene war angespannt, er stützte die Ellenbogen auf den Tisch und neigte sich ein wenig vor, während er sprach.

„Wir haben eine anstrengende Woche vor uns, Miss Burke. Ich bitte Sie daher, mir genau zuzuhören und sich die Termine einzuprägen."

Er sprach in kaltem, geschäftsmäßigem Ton – wie hatte sie nur glauben können, er wolle in irgendeiner Weise an den gestrigen Abend anknüpfen? Sie straffte sich.

„Ja, Mr. Marlow."

„Heute Nachmittag werden Sie mich zu einer Wohltätigkeitsveranstaltung begleiten. Eine kleine Versammlung im Haus einer gewissen Mrs. Wickfield. Die Lady hat vor einigen Jahren ihr Herz für die vernachlässigten Kinder des Eastend entdeckt und einen Hilfsfond gegründet. Sie wird eine flammende Rede halten, alle Anwesenden zu Tränen rühren und dann die Spenden einsammeln."

„Wie großherzig von Mrs. Wickfield", bemerkte Violet. „Sie ist ganz gewiss eine Lady von großer Willensstärke und klarem Verstand. Es gibt viel Elend zu lindern im Eastend."

Er warf ihr einen schrägen Blick zu und verzog den Mund zu einem abschätzigen Grinsen.

„Eine blauäugige Schwätzerin, die glaubt, mit ein paar abgetragenen Kleidern und einigen Tellern Suppe gute Werke zu verrichten. Es ist Unsinn. Um das Elend im East End zu lindern, brauchen wir soziale Reformen und keine Almosen."

Sie ärgerte sich über sein hartes Urteil und die Streitsucht erwachte in ihrem Inneren.

„Angesichts der Not dieser Straßenkinder, sind die Aktivitäten dieser mutigen Lady immer noch mehr wert, als die Ignoranz und Gleichgültigkeit der Lords im Parlament."

Marlow zog die Augenbrauen zusammen und die Finger seiner rechten Hand trommelten auf dem Tisch. Wieder fiel ihr auf, dass er die Manschetten tief über den Handrücken herabgezogen trug. Warum wohl? An seinem Schneider konnte es doch wohl nicht liegen.

„Sie sollten zur Kenntnis nehmen, Miss Burke, dass man ein Übel immer mit der Wurzel ausrotten muss", sagte er lehrerhaft. „Solche Maßnahmen wollen klug überlegt und vorbereitet werden, denn es hängt für unser ganzes Empire außerordentlich viel davon ab."

„Ich stelle nur fest, dass zahllose Menschen verhungern, während die Herren im Parlament ihre Zeit mit klugen Überlegungen verbringen. Ich habe das Gefühl ..."

„Verschonen Sie mich bitte mit Gefühlen", unterbrach er sie ungehalten. „Weibliche Gefühlsduseleien machen alles nur schlimmer statt besser. Weder die großherzige Mrs. Wickfield noch irgendeine andere dieser wuseligen Damen werden irgendetwas Entscheidendes bewirken. Was auch ganz natürlich ist — denn Frauen fehlt zu solchen Dingen der kühle Verstand."

„Aber ..."

Er ließ sie nicht zu Wort kommen, sondern redete einfach über sie hinweg.

„Es wird auch bis zu Ihnen gedrungen sein, Miss Burke, dass der weibliche Verstand schwächer als der männliche ist. Ein Faktum, das schon seit Jahrhunderten bekannt ist, und das erst neuerdings anhand von Schädelmessungen sogar wissenschaftlich bewiesen wurde."

„Schädelmessungen?"

Er lehnte sich zurück und hatte die Lider halb gesenkt. In seinen Augenschlitzen blitzte es boshaft.

„Natürlich. Das weibliche Gehirn ist im Durchschnitt kleiner als das männliche. Was keineswegs überrascht. Schon in der Bibel wird gesagt, dass zuerst Adam geschaffen wurde, als Abbild Gottes. Eva wurde ihm zur Gehilfin beigesellt und war ihm untertan."

Violet schwieg. Natürlich kannte sie diese biblische Schöpfungsgeschichte – wie konnte sie sie anzweifeln. Fatal war nur die hochnäsige Art, in der Marlow sie ihr an den Kopf warf. Zumal sie nicht glauben konnte, dass Marlow die Lehren der Bibel als Maßgabe seiner Lebensführung ansah. Ging er überhaupt zur Kirche?

Es schien ihm großes Vergnügen zu bereiten, sie totzureden, denn er fuhr fort. „Die Domäne der Frau ist ohne Zweifel das Gefühl. Daher ihr Wankelmut, denn alle Frauen sind leicht zu überzeugen und zu verführen. List und Betrug finden nur allzu schnell Eingang in ihr Gemüt, da ihnen der Verstand fehlt, die Folgen ihres Verhaltens vorauszusehen."

Er grinste, als er den zornigen Ausdruck in ihrem Gesicht wahrnahm. Er hatte jetzt die Beine übereinandergeschlagen und wippte vergnügt mit der Fußspitze.

„Ein weiteres Laster der Weiber ist die Wollust, denn das zügellose Verlangen liegt ihnen im Blut."

Violet hielt es nicht mehr aus. Sie fuhr von ihrem Stuhl auf, warf die Serviette auf den Tisch und wollte aus dem Zimmer laufen. Doch seine harte Stimme nagelte sie fest, kaum dass sie die Tür erreicht hatte.

„Sie sollten Ihre Empfindlichkeiten zügeln, Miss Burke. Ich habe noch einige Anweisungen - also nehmen Sie unverzüglich wieder Platz!"

Sie war den Tränen nahe, doch sie zwang sich, ruhig wieder an den Tisch zurückzukehren. Schweigend setzte sie sich und starrte mit hochrotem Gesicht auf ihren leeren Teller.

„Die Schneiderin wird heute Vormittag das erste Kleid liefern – in dem Fetzen, den Sie momentan tragen, kann ich Sie keinesfalls zu der Veranstaltung mitnehmen. Ich erwarte von Ihnen, dass Sie sich hübsch zurechtmachen und ihr Haar so aufstecken, dass es zum Kleid gefällig ist. Wir werden etliche meiner Bekannten treffen und ich hoffe sehr, dass Sie sich zu benehmen wissen und einen angenehmen Eindruck hinterlassen werden."

Sie nickte. Ihre Kehle war wie zugeschnürt. Wie boshaft er war. Wie sehr er es darauf anlegte, sie zu verletzen. Es war mehr als offensichtlich, dass er sie verachtete.

„Das ist vorläufig alles. Noch irgendwelche Fragen?"

Ihr Kopf war völlig leer gefegt. Mit Mühe versuchte sie sich die verschiedenen Termine einzuprägen, die sie allesamt völlig überrumpelten. Brauchte er eigentlich eine Hausdame oder eine Begleiterin?

Da sie schwieg, erhob er sich, griff die Zeitung und bewegte sich eilig zur Tür. Kurz bevor er die Hand auf den Türknauf legte, wandte er sich noch einmal zu ihr um. Violet saß immer noch auf ihrem Platz, den Blick auf den Tisch gesenkt, sie wirkte hilflos und verloren. Er räusperte sich.

„Selbstverständlich erwarte ich von Ihnen, dass Sie sich in der übrigen Zeit um die Organisation des Haushalts kümmern. Eigenmächtige Entscheidungen von Ihrer Seite haben Sie zu unterlassen – alle wichtigen Maßnahmen sind mit mir abzusprechen. Haben wir uns verstanden, Miss Burke?"

Sie hob den Kopf und begegnete seinen grauen Augen mit wesentlich gefassterem Blick, als er es für möglich gehalten hatte.

„Ich denke ja, Mr. Marlow. Vielen Dank für dieses anregende Gespräch."

Ein abschätziges Grinsen huschte über sein Gesicht, doch sie spürte sehr wohl, dass es aufgesetzt war.

„Bis zum Nachmittag!"

Er schloss die Tür hart, kurz darauf hörte sie ihn ärgerlich nach Maggy rufen und darüber schelten, dass sein Hut nicht gebürstet sei.

Violet blieb im Speisezimmer zurück, schwankte zwischen Zorn und Enttäuschung und war den Tränen wieder gefährlich nahe. Als Mrs. Waterbrook mit einem Tablett erschien, um das Geschirr abzuräumen, nahm sie sich zusammen und setzte eine freundliche Miene auf. Schließlich war sie die Hausdame und durfte sich vor den Angestellten nicht gehen lassen.

„Wir werden morgen Abend Mr. Forch zu Gast haben", sagte sie. „Ich nehme an, Sie haben einen Vorschlag, welches Menu wir servieren werden."

Mrs. Waterbrook stellte die Teller ineinander und deckte einige Schüsseln auf, um festzustellen, wie viel von den Speisen übrig geblieben war. Zu Violets Überraschung lächelte sie ihr zu.

„Aber ja, Miss Burke. Mr. Forch liebt gutes Essen, es macht Freude, für ihn zu kochen. Ich denke, es wird ein Hammelgericht geben, dazu Reis, Gemüse und eine Nachspeise. Mr. Forch mag Süßes."

„Das hört sich gut an. Wer kümmert sich um den Wein?"

„Das macht Mr. Marlow selbst."

Die Köchin lächelte immer noch und Violet wurde klar, dass sie sich über Violets Frühstücksappetit freute. Marlow hatte wie üblich kaum etwas angerührt.

„War der Morgentee zu Ihrer Zufriedenheit, Miss Burke?"

„Ganz wunderbar, Mrs. Waterbrook. Auch die Kekse waren sehr lecker."

„Ich dachte mir, dass Sie eine kleine Aufmunterung am Morgen brauchen können", meinte die Köchin und ordnete das Geschirr geschickt auf dem Tablett an.

Also war es keineswegs Marlows Idee gewesen, ihr den Morgentee bringen zu lassen. Das hätte sie sich eigentlich denken können.

„Mr. Marlow ist hin und wieder etwas kurz angebunden", sagte Mrs. Waterbrook, während sie mit dem Geschirr klapperte. „Sie müssen sich das nicht zu Herzen nehmen – im Grunde ist er ein guter Mensch."

„Sicher …"

Violet gab sich große Mühe, ihre Gesichtszüge zu beherrschen. Ein guter Mensch! Ein Sadist war er. Ein notorischer Frauenhasser und Menschenschinder. Und ein Besserwisser obendrein.

Immerhin hatte Mrs. Waterbrooks Freundlichkeit etwas Tröstliches, und Violet überlegte, ob sie diese erstaunliche Wandlung Marlows hartem Durchgreifen zu verdanken hatte, oder ob die Köchin tatsächlich eine andere Meinung von ihr bekommen hatte.

„Mr. Waterbrook ist dabei, den Flur zu reinigen und das Fenster zu putzen", berichtete die Köchin. „Es wird allerdings nicht viel nutzen, denn das Fenster ist undicht."

„Dann sollte man es reparieren lassen."

Die Köchin hatte schon das volle Tablett angehoben, jetzt seufzte sie und stellte es wieder auf dem Tisch ab.

„Es muss eine ganze Menge an diesem Haus gerichtet werden, Miss Burke. Angefangen von dem Herd in der Küche. Ich habe Mr. Marlow schon oft gesagt, dass der Herd raucht und ich dauernd rote Augen habe. Vielleicht haben Sie ja mehr Glück mit solchen Vorschlägen."

Daran zweifelte Violet allerdings sehr.

„Hat Mr. Marlow gesagt, weshalb er den Herd nicht richten lassen möchte?"

„Ich glaube, ihm liegt an dem ganzen Haus nicht mehr viel. Eine Weile wollte er es sogar verkaufen, aber da sich kein passender Käufer fand, hat er es bisher noch nicht getan."

Violet sah, dass die Miene der Köchin traurig war und sie begriff, dass sie an dem alten Haus hing.

„Mr. Marlow leidet sicher noch unter dem Tod seiner Frau", vermutete sie. „Deshalb möchte er wohl auch nicht, dass jemand die Räume im zweiten Stock betritt."

Zu ihrer Überraschung zuckte Mrs. Waterbrook mit den Schultern.

„Das Haus war die Mitgift der verstorbenen Mrs. Marlow", berichtete sie. „Mr. Marlow hat es nach ihrem Tod geerbt. Er selbst hatte nur wenig Vermögen, aber seine Schwiegereltern, Mr. und Mrs. Chrestle, sind sehr wohlhabend und besitzen mehrere Häuser. Und die verblichene Mrs. Marlow war die einzige Tochter der Chrestles."

„Aber Mr. Marlow verdient doch sicher eine Menge Geld als Anwalt und Advokat!"

„Das ist wahr", gab Mrs. Waterbrook zurück und nahm das Tablett wieder auf. „Aber ich glaube, dass einer wie Mr. Marlow noch so gut in seinem Beruf sein kann – er wird trotzdem niemals so reich werden wie solche Leute. Die geben ihr Vermögen vom Vater auf den Sohn, und das schon seit Jahrhunderten."

Mrs. Waterbrook entschied, nun genug geschwatzt sie haben, sie schob die angelehnte Tür mit dem Fuß auf und trug ihr Tablett hinaus.

„Maggy!", hörte man sie ärgerlich rufen. „Wo treibst du dich herum? Komm herunter in die Küche – es gibt Arbeit!"

Auch Violet verließ das Speisezimmer, in dem das Kaminfeuer inzwischen niedergebrannt war. Es tat ihr Leid, dass dieses schöne alte Haus so vernachlässigt wurde und sie überlegte, ob es sinnvoll wäre, eine Liste der notwendigen Reparaturen aufzustellen. Doch wozu? Marlow würde das Papier vermutlich nur beiseiteschieben und ihr erklären, dies sei nicht ihre Angelegenheit. Seufzend stieg sie die Treppe zum zweiten Stock hinauf, wo gewisse Geräusche vermuten ließen, dass Charles fleißig bei der Arbeit war.

Sie hatte sich getäuscht. Als sie die letzte Stufe nahm und in den Flur hineinsah, erblickte sie einen einsamen Putzeimer, aus dem ein Lappen heraushing, und einen Schrubber, der an der Wand lehnte. Dann erst entdeckte sie Charles und Maggy. Der kräftige Mann hatte das Mädchen in die Ecke gedrängt und seine Hände weit unter ihre Röcke geschoben. Was er dort tat, konnte Violet nicht sehen, doch es schien Maggy sehr zu gefallen, denn sie hatte die Augen fest zugekniffen und auf ihrem Gesicht lag ein seliger Ausdruck, als sähe sie eine große Sahnetorte vor sich.

Als Violet so plötzlich auftauchte, zog Charles die Hände rasch zurück und verschränkte sie hinter seinem Rücken. Seine herabsinkenden Schultern drückten Unterwürfigkeit aus.

„Guten Morgen, Miss Burke", rief er scheinheilig. „Maggy und ich haben gerade ..."

„Du wirst in der Küche gebraucht, Maggy", unterbrach Violet seine Erklärungsversuche in ungewohnt scharfem Ton.

Maggy eilte mit rotem Kopf davon und ordnete im Laufen ihre Röcke. Charles gab sich Mühe, zerknirscht auszusehen.

„Sie sollten nicht vergessen, dass Sie verheiratet sind, Charles!", sagte Violet ärgerlich.

Er lachte auf, als sie dies ein köstlicher Scherz. Dieser Mensch war wirklich durch und durch verlogen.

„Es ist ganz anders, als es vielleicht ausgesehen hat, Miss Burke. Ich habe Maggy zur Rede gestellt. Sie muss gestern in der Kammer gewesen und wollte es partout nicht zugeben. Dabei hat Mr. Marlow doch streng verboten, diese Räume zu betreten."

Violet glaubte ihm kein Wort und ärgerte sich über seine Frechheit.

„Wer sagt Ihnen, dass Maggy gestern in der Kammer war?"

„Sehen Sie denn nicht den Schmutz auf dem Teppich? Man erkennt ja noch die Abdrücke der Schuhe."

In der Tat waren Fußabdrücke auf dem Teppich zu sehen, zwar nur schwach, denn der Teppich war insgesamt nicht gerade sauber. Die dunklen Flecken waren vor der Kammertür recht deutlich und verloren sich dann immer mehr in der Mitte des Flures.

„Gestern hat es geregnet", stellte Charles mit kriminalistischem Sinn fest. „Und das da, ist nasser Straßenschmutz. Oder waren Sie, Miss Burke, etwa gestern in der Kammer?"

„Ganz sicher nicht, Charles", gab sie kopfschüttelnd zurück. „Putzen Sie jetzt das Fenster und reinigen Sie den Teppich."

„Natürlich, Miss Burke. Genau das hatte ich gerade vor."

Er machte sich eifrig daran, den nassen Lappen auszuwringen, und begann, das Fenster zu bearbeiten. Draußen schien ausnahmsweise die Sonne und setzte blitzende Fünkchen in die noch regenschweren Zweige der Wacholderbüsche.

Violet war kaum in ihr Zimmer getreten, da erklang Maggys laute Stimme aus der Halle.

„Miss Burke – die Schneiderin ist da."

Richtig – das erste der bestellten Kleider sollte heute schon fertig sein. Mitleidig dachte sie an die Näherinnen, die ganz sicher die Nacht hindurch hatten arbeiten müssen, in einer engen Kammer zusammengepfercht unter dem Schein einer einzigen Gaslampe.

„Begleite Mrs. Murdstone hinauf, Maggy. Ich bin in meinem Zimmer."

Die Schneiderin machte ein ziemlich lästiges Theater um ihre erste Lieferung. Sie ließ Maggy den großen Pappkarton in die Mitte des Zimmers auf den Boden stellen und erging sich zuerst einmal in Klagen über ihren Rücken, das schlechte Wetter und die vielen eiligen Bestellungen, die ihr angeblich das Leben schwer machten.

„Ich habe zwei Aufträge meiner besten Kundinnen beiseitegeschoben, Miss Burke. Ich hoffe wirklich, dass ich mir damit keinen größeren Ärger eingehandelt habe. Lady Wittstock braucht das Gesellschaftskleid noch heute Abend und wir haben noch nicht einmal mit den Stickereien begonnen."

„Mr. Marlow weiß Ihre rasche Arbeit ohne Zweifel zu schätzen", unterbrach Violet ihren Redefluss.

„Da bin ich ganz sicher, Miss Burke. Er schickte gestern einen Boten, um mir noch einen Mantel für Sie in Auftrag zu geben. Ein zarter Grauton, mit dunklem Pelzbesatz, ganz mit Seide ausgefüttert."

Es hörte sich an, wie aus dem Märchen und Violet verspürte zum wiederholten Mal ein heftiges Unbehagen. Wieso stattete er sie mit solch sündhaft teuren Kleidern aus? Um sie beim Frühstück ungestraft herunterputzen und beleidigen zu können?

Mrs. Murdstone hatte inzwischen die Schnur gelöst, mit der der Karton umwickelt war und sie hob mit vielversprechendem Lächeln den Deckel an, als packe sie ein lang ersehntes Weihnachtsgeschenk aus.

Es war ein Gesellschaftskleid aus hellblauem, glänzendem Stoff, mit zarten, weißen Rüschen um den engen Halsausschnitt und langen Ärmeln, die mit dunklen Borten besetzt waren. Der weite Rock war schmucklos, doch er bauschte sich auf eindrucksvolle Weise und hatte eine kleine Schleppe. Dazu gab es eine halblange Jacke mit Schößchen aus dem gleichen Stoff, eng auf Figur geschnitten und ebenfalls mit Borten verziert.

Mrs. Murdstone präsentierte die Kleidungsstücke, als wolle sie sie gerade eben verkaufen, wies Violet auf die Farbeffekte im Licht hin, betonte die aufwendige Näharbeit und brachte zuletzt noch einen Gürtel zutage, der mit einer breiten, silberfarbigen Schnalle geschlossen wurde. Die Schneiderin kam voll auf ihre Kosten, denn Violets Begeisterung stand ihr im Gesicht geschrieben. Was für ein Kleid! Es war einer Lady würdig.

„Wenn Sie jetzt probeweise hineinschlüpfen wollen …"

Das Kleid passte wie angegossen, Violet drehte und wendete sich damit vor dem kleinen Metallspiegel, stand dann eine Weile still, während die prüfenden, kalten Finger der Schneiderin über den Stoff glitten, und besah ihr Spiegelbild, als sei sie eine Fremde. Konnte es sein, dass diese schlanke, junge Lady tatsächlich sie selbst war? Violet Burke, Tochter eines Gemischtwarenhändlers aus Devonshire und erfolglose Klavierlehrerin?

„Meine Güte, ich habe nur ein winziges Stückchen Stoff für diesen Gürtel gebraucht", schwatzte die Schneiderin. „Ihre Taille ist so schmal wie die eines kleinen Mädchens."

Das Oberteil zeigte sehr deutlich ihre Körperformen, auch die Korsage konnte nicht verbergen, dass ihre Brüste üppig für ihre zarte Figur waren. Violet errötete, denn sie erinnerte sich an das Geschehen der vergangenen Nacht.

„Danke, Mrs. Murdstone. Die finanziellen Dinge wird Mr. Marlow mit Ihnen regeln."

„Selbstverständlich. Sie sehen bezaubernd aus, Miss Burke. Wirklich bezaubernd. Sie werden in diesem Kleid viele Männerherzen in Verwirrung bringen."

Sie erging sich noch eine Weile in Bewunderung, versprach, die anderen Kleider pünktlich zu liefern und machte überflüssigerweise eine Menge Vorschläge, wie Violet das Haar zu diesem Kleid aufstecken solle.

Violet war froh, als die anstrengende Schwätzerin endlich aus dem Zimmer war. Aufatmend löste sie den Gürtel, um das neue Kleid wieder auszuziehen, denn sie wollte es für den Nachmittag schonen. Doch in diesem Moment hörte sie rasche Schritte auf der Treppe, und bevor sie noch überlegen konnte, wer da so eilig in den zweiten Stock rannte, wurde ihre Zimmertür aufgerissen.

Auf der Schwelle stand Nicholas Marlow, noch in Hut und Mantel, ganz offensichtlich war er gerade eben nach Hause gekommen. Er musterte sie mit großer Aufmerksamkeit, trat dann ins Zimmer und schloss die Tür hinter sich.

„Zeigen Sie mal her!", befahl er und warf seinen Hut auf ihr Bett. „Drehen Sie sich um. Langsam, nicht so rasch."

Sie war so überrascht, dass sie seiner Anweisung mechanisch folgte. Es war ja nur natürlich, dass er das neue Kleid in Augenschein nehmen wollte. Allerdings hätte er das auch zu einem späteren Zeitpunkt unten in der Halle tun können.

„Das Blau steht Ihnen", stellte er befriedigt fest. „Es gibt ihnen einen Nimbus von Unschuld."

Sie sah ihn verwirrt an und wusste nicht recht, was diese Bemerkung bedeuten sollte. Ohne Vorwarnung trat er jetzt dicht an sie heran und nahm ihr den Gürtel aus der Hand.

„Diesen Firlefanz brauchen wir nicht", bestimmte er und warf den Gürtel beiseite. „Lassen Sie mal sehen, ob es auch anständig genäht ist."

Seine Stimme war plötzlich weicher, besaß nicht mehr die schneidende Schärfe, die sie am Morgen noch gehabt hatte. Bevor sie sich wehren konnte, hatte er mit einer Hand den schmalen Rüschenbesatz an ihrem Halsausschnitt gefasst und befühlte scheinbar die Naht.

„Dachte ich es doch", hörte sie ihn murmeln. „Wir werden reklamieren müssen."

Sie spürte seinen warmen Atem und roch wieder seinen Duft, der dieses Mal mit ein wenig Tabak und dem Stoff des Mantels gemischt war. Ihr Herz begann zu rasen – sie durfte sich jetzt auf keinen Fall etwas vergeben.

„Bitte, Mr. Marlow. Wenn sie dieses Kleid genauer untersuchen möchten, dann werde ich es ablegen und später ins Wohnzimmer bringen."

Sie spürte wieder seine Hand, die sich in ihr Genick legte, seine Finger schoben sich unter den Stoff und glitten streichelnd über den Nackenwirbel.

„Unnötig", sagte er leise und seine Stimme war jetzt dunkel und samtig. „Bleiben Sie ruhig stehen, Miss Burke."

Sie hätte weglaufen müssen, schreien, sich wehren – aber sie tat nichts dergleichen. Bebend spürte sie, wie er sein rechtes Knie zwischen ihre Beine schob und sie auseinander drängte. Dann hob er das Knie ein wenig an und bewegte es sachte hin und her. Ein heißer Strom goss sich machtvoll durch ihren ganzen Körper. Durch die Röcke hindurch fühlte sie die schamlose Berührung zwischen ihren Schenkeln, spürte die zarte Reibung an einer Stelle, die nicht einmal sie selbst je berührt hatte und sie glaubte, verglühen zu müssen. Das Blut war ihr in die Wangen geschossen, sie hatte die Lider ein wenig gesenkt und ihre Lippen wölbten sich verführerisch. Er neigte den Kopf und sein Mund berührte für einen winzigen Augenblick ihre weiche Oberlippe, schmeckte sie mit der Zunge, dann wich er ihr wieder aus. Violet zuckte zusammen, ihre Finger umklammerten die Ärmel seines Mantels, als wolle sie sich daran festhalten.

„Es ist die Naht, ganz wie ich dachte", sagte er und begann, die Haken des Kleides zu lösen. „Wir ziehen das einmal aus, damit ich es genauer untersuchen kann."

Eben noch hatte sie sich dem erregenden Taumel hingegeben, jetzt kam ihr zum Bewusstsein, was mit ihr geschah, und sie begann, sich zu wehren.

„Hören Sie auf damit! Lassen Sie mich!"

Doch seine Hände hatten längst die meisten Haken gelöst und hielten das Kleid unerbittlich fest. Auch spürte sie sein Knie immer noch zwischen ihren

Schenkeln, und je mehr sie sich bewegte, desto deutlicher fühlte sie seinen Druck.

„Stellen Sie sich nicht so an, Miss Burke", grollte er. „Noch gestern Abend hatten Sie nicht dagegen, dass ich Ihre Korsage schloss."

„Da war ich ohnmächtig!"

„Keineswegs."

Er hatte ihr inzwischen das Kleid geöffnet und trotz ihres Widerstands von den Schultern geschoben. Das Oberteil glitt an ihr herab und fiel zu Boden und er bückte sich rasch, um es aufzuheben.

„Na also!", sagte er befriedigt und ließ sie stehen, um sich scheinbar ausgiebig der Betrachtung des Kleidungsstückes zu widmen. „Nicht weglaufen – Sie dürfen es gleich wieder anziehen."

Sie stand unbeweglich, wusste nicht, was sie tun sollte und wartete. Die Prüfung der beanstandeten Naht dauerte nur wenige Sekunden, dann richtete er seine Blicke wieder auf sie und seine Augen waren jetzt dunkel. Violet zitterte unter diesem leidenschaftlichen Blick, der sie vollkommen in Besitz zu nehmen schien und ihren Körper erkundete. Sie hatte kein Hemd angezogen und trug nur die tief ausgeschnittene Korsage, doch sie hatte das erschreckende und zugleich erregende Gefühl, dass seine Augen auch unter ihre Kleidung zu dringen vermochten und ihre bloße Haut berührten.

„Es wäre durchaus angebracht, wenn Sie andere Wäsche trügen", meinte er, ohne den Blick von ihr zu wenden. „Warum wollen Sie die hübschen Sachen aus ihrer Kommode nicht anziehen? Sie würden Ihnen ganz genau passen."

Sie zitterte. Er schien ihren Körper längst in Gedanken begutachtet und ausgemessen zu haben - als stünde sie vollkommen nackt vor ihm und böte sich seinen dunklen, prüfenden Blicken, die ihren Körper zum Glühen brachten. So magisch war die Wirkung dieser Augen, dass die Spitzen ihrer Brüste sich zusammenzogen und zwischen ihren Beinen ein heißer, prickelnder Wirbel entstanden war, den sie kaum mehr bezähmen konnte.

Er trat jetzt langsam an sie heran, das Kleidungsstück in seinen Händen haltend und scheinbar unschlüssig, was er tun sollte.

„Ziehen Sie sich jetzt an – wir fahren in einer Stunde!", sagte er dann plötzlich in verändertem Ton und reichte ihr das Oberteil ihres Kleides.

Violet wendete sich ab, während sie sich hastig bekleidete, erst als sie damit fertig war, begriff sie, dass er alle ihre Bewegungen in dem kleinen Metallspiegel verfolgt hatte.

Violet verbrachte die Zeit bis zur Abfahrt in allergrößter Verzweiflung. Wie war es möglich, dass dieser Mensch, dessen größtes Vergnügen es zu sein schien, sie mit boshaften Reden zu verletzen, trotz allem eine solche Wirkung auf sie ausübte? Hatte er sie verhext? Übten seine dunklen Augen eine geheimnisvolle Magie aus, der sie verfallen war?

Bin ich verliebt, fragte sie sich entsetzt. Nein, dachte sie. Liebe ist etwas ganz Anderes. Es ist Wollust, die mich an ihn fesselt. Schamlose, sündhafte Wollust. Er treibt ein böses Spiel mit mir, um seine absurden Theorien über das lasterhafte Wesen der Frauen zu beweisen.

Und doch gab es noch einen anderen Marlow. Den Ehemann, der um seine verstorbene Frau trauerte, und der sich für ihren unseligen, frühen Tod verantwortlich fühlte. War hier der Schlüssel zu seinem sonderbaren Wesen? Steckte unter der harten Schicht aus Bosheit und Zynismus tatsächlich ein „guter Mensch", wie Mrs. Waterbrook behauptet hatte?

Sie war sich darüber nicht mehr so sicher. Nach dem, was Mrs. Waterbrook erzählt hatte, war Marlow durch seine Ehe mit Clarissa zu beträchtlichem Wohlstand gekommen. Hatte er Clarissa aus Liebe oder wegen ihres Geldes geheiratet? Und weshalb hatte sie sich umgebracht?

Wie auch immer sie es drehte – sie kam zu keinem Ergebnis. Sicher war nur eines: Sie befand sich in großer Gefahr. Doch es war längst zu spät, davon zu laufen. Vielleicht war es gerade das Widersprüchliche in Marlows Wesen, das eine solche Faszination auf sie ausübte. Sie war unfähig, dieses Haus zu verlassen.

Violet hatte früh gelernt, dass Arbeit ein gutes Mittel gegen den Kummer war. Sie zwang sich, ein freundliches Gesicht zu machen, kümmerte sich um die Haushaltsführung, gab Charles verschiedene Aufträge und sorgte dafür, dass Maggy nicht untätig herumsaß. Mrs. Waterbrook erwies sich immer mehr als eine hilfreiche Stütze, sie gab Violet Hinweise, erklärte ihr viele Dinge, die sie aus Unerfahrenheit nicht wusste, und schien darüber hinaus Gefallen daran zu finden, mit der jungen Hausdame zu plaudern. Violet hatte inzwischen begriffen, was der Grund für die anfangs so abweisende Art der Köchin gewesen war: Sie litt unter der Flatterhaftigkeit ihres Ehemannes. Vermutlich hatte sie zuerst gefürchtet, Charles könne auch die neue Hausdame verführen. Inzwischen war ihr jedoch klar geworden, dass in dieser Hinsicht keine Chance bestand, und das hatte sie Violet gegenüber milde gestimmt.

Gegen vier Uhr ließ Marlow ihr ausrichten, dass der Wagen angespannt und er bereit zur Abfahrt sei.

Wie Violet vermutet hatte, gab er sich wortkarg und schlecht gelaunt, verbot ihr, den alten Mantel umzulegen, und mahnte sie, ihre abgetragenen Schuhe möglichst unter dem langen Rock zu verbergen.

Er selbst war in einen dunkelgrauen, gut geschnittenen Anzug gekleidet, darüber trug er einen halblangen Mantel aus teurem Wolltuch und anthrazitgraue, weiche Lederhandschuhe. Sein Gesicht war blass wie immer und die schwarzen Augenbrauen traten hart hervor.

Trotz der kühlen Witterung und einbrechenden Dämmerung hatte Marlow Charles angewiesen, das Verdeck zurückzuschlagen. Die Fahrt ging hinaus nach Kensington, wo die Versammlung im Haus von Mrs. Wickfield stattfinden würde.

„Es gibt noch einige Kleinigkeiten, die Sie beachten sollten", sagte Marlow, während Charles die Kutsche durch die belebten Straßen lenkte. „Ich werde Sie als eine „junge Verwandte" vorstellen. Der Verwandtschaftsgrad ist nicht genau festgelegt – es wird auch niemand so genau danach fragen."

Violet hob überrascht den Kopf.

„Aber ... aber das ist doch die Unwahrheit!", rief sie entsetzt. „Nein, Mr. Marlow. Auf solch eine Lügengeschichte lasse ich mich auf keinen Fall ein. Ich wüsste auch nicht, wozu dies alles gut sein sollte."

Er musterte sie aufmerksam und schien zu überlegen. Dann seufzte er und zog eine bekümmerte Miene.

„Nun, ich kann Sie nicht dazu zwingen", meinte er zögernd, „aber Sie würden mich durch diese kleine Notlüge aus einem großen Dilemma befreien. Es gibt Bestrebungen einer sehr einflussreichen Familie, mich zu einer Heirat zu drängen. Das Angebot abzulehnen, wäre für mich sehr problematisch – um ehrlich zu sein, es würde meinen beruflichen Ruin bedeuten. Eine mittellose junge Verwandte an meiner Seite, um die ich mich kümmern muss, das würde die heiratswütige Dame etwas abkühlen. Sie verstehen?"

Violet schüttelte energisch den Kopf. Irgendetwas in ihrem Inneren sagte ihr, dass er log.

„Nein, Mr. Marlow. Ich bin nicht bereit, mich für eine andere auszugeben. Wie stellen Sie sich das vor? Man wird mich ja doch wieder erkennen, wenn Sie Gäste einladen. Wie wollen Sie erklären, dass Ihre Hausdame zugleich Ihre Nichte ist?"

Er grinste und machte eine Miene, als seien ihre Einwände vollkommen unsinnig.

„Denken Sie doch einmal nach, Miss Burke. Weshalb sollte meine Nichte, die für eine gewisse Zeit bei mir wohnt, nicht meinem Haushalt vorstehen? Sie sind von einer Hausdame zur Verwandten avanciert, Miss Burke. Darauf sollten Sie stolz sein, denn es bedeutet, dass ich großes Vertrauen in Sie setze. Also zieren Sie sich nicht lange – schließlich bezahle ich Sie sehr gut für diese kleine Maskerade."

Sie kämpfte mit sich. Das also hatte dahinter gesteckt – sie hätte sich ja denken können, dass er irgendeine Absicht verborgen hielt. Auf der anderen Seite hatte sie diesen Vertrag unterschrieben.

„Sie würden mir sehr helfen, Miss Burke", sagte er mit sanfter Stimme und sah sie bittend an. „Ich bin in einer schwierigen Lage."

Seine Stimme war jetzt weich und sein Blick geradezu flehend, sodass ihr Herz heftig zu klopfen begann. Konnte sie ihm wirklich ihre Hilfe versagen? Seine berufliche Existenz stand auf dem Spiel.

„Also gut", sagte sie leise. „Ich ... ich werde es versuchen, Mr. Marlow."

Er nahm es mit großer Erleichterung zur Kenntnis und begann sofort, ihr Verhaltensmaßregeln zu erteilen. Sein Tonfall war nun wieder geschäftsmäßig und kühl, das Flehen in seinen Augen, das sie so gerührt hatte, vollkommen verschwunden.

„Sie werden dicht an meiner Seite bleiben und nur reden, wenn Sie angesprochen werden", forderte er weiter und wischte mit der behandschuhten Hand einen Fussel von seinem Mantel. „Halten Sie sich vor allem mit Äußerungen über Politik und soziale Zustände zurück, und überlassen Sie es anderen, ihre unmaßgebliche Meinung zu verkünden. Haben wir uns verstanden?"

Er hatte den Hut tief ins Gesicht gezogen, weshalb sie seine Augen kaum sehen konnte. Dennoch spürte sie den scharfen Blick, mit dem er sie ansah.

„Ganz wie Sie wünschen, Mr. Marlow."

„Und halten Sie sich mit Ihrem Appetit zurück", knurrte er. „Es macht keinen guten Eindruck, wenn Sie sich wie eine Verhungerte über Kuchen und Kekse hermachen."

Jetzt war die Grenze erreicht. Sie hatte sich zu dieser dubiosen Geschichte nur bereit erklärt, um ihm einen Gefallen zu tun. Anstatt ihr dankbar dafür zu sein, hackte er jetzt auf ihr herum.

„Sie brauchen mich nicht wie ein kleines Mädchen zu behandeln, Mr. Marlow", fauchte sie wütend. „Ich weiß sehr wohl, wie man sich in Gesellschaft benimmt."

Sie hatte erwartet, dass er zornig werden würde, doch sie stellte fest, dass sein Mund sich zu einem amüsierten Grinsen verzog.

„Nun – wir werden sehen, Miss Burke."

Das Haus von Mrs. Wickfield erwies sich als ein weißer Prachtbau im georgianischen Stil des 18. Jahrhunderts mit einem Portal aus breiten Steinblöcken und hohen, schmalen Fenstern im Erdgeschoss und ersten Stockwerk. Eingeschüchtert folgte Violet Marlow, der unbeeindruckt von all diesem Luxus die Eingangsstufen hinauf stieg und in die Halle trat. Livrierte Diener standen bereit, den Gästen Hüte, Mäntel und Handschuhe abzunehmen, ein hübsches Dienstmädchen half einem älteren Gentleman aus den Gamaschen.

„Nicholas Marlow!", rief der Gentleman, kaum dass man ihn von den Überschuhen befreit hatte. „Was für eine angenehme Überraschung. Wir haben Sie in letzter Zeit vermisst, mein Junge."

Mit Marlow geschah in diesem Augenblick eine wunderbare Verwandlung, die Violet fast den Atem nahm. Mit federndem Schritt trat er auf den älteren Herrn zu, begrüßte ihn herzlich und erkundigte sich nach seinem Befinden. Sein Lächeln war jetzt auf einmal einnehmend und seine Anteilnahme klang echt.

Während die beiden ungezwungen miteinander plauderten, hatte Violet Gelegenheit, den Gentleman in Augenschein zu nehmen. Er war gewiss an die siebzig, schob ein stattliches Bäuchlein vor sich her und hatte seine blanke Mittelglatze mit einer langen Strähne seines weißen Haares bedeckt, die sorgfältig angeklebt sein musste, denn sie verrutschte auch dann nicht, wenn er eifrig mit dem Kopf nickte. Sein Gesicht war stark gerötet und im unteren Bereich von einem üppigen, weißen Backenbart gerahmt.

„Ich bestehe darauf, dass Sie mich sofort der bezaubernden, jungen Dame in Ihrer Begleitung vorstellen. Meine Güte, man könnte glauben, dass ...“

„Behalten Sie die Ruhe, Mr. Milverton. Dies ist Miss Burke, eine junge Verwandte, die ich ein wenig in die Londoner Gesellschaft einführen möchte.“

Mr. Milverton schien trotz seiner Jahre für weibliche Reize äußerst empfänglich, denn während er Violet die Hand reichte, blickten seine kleinen, grauen Äuglein sie entzückt an.

„Ich hoffe, Sie werden sich nicht langweilen, Miss Burke“, schwatzte er ohne ihre Hand loszulassen. „Mrs. Wickfield ist ein wenig weitschweifig, wenn das Thema sie mitreißt – aber sie ist eine gute Seele.“

„Oh, ich bin sehr gespannt auf den Vortrag und glaube fest, eine Menge interessanter und berührender Dinge zu erfahren.“

„Sie müssen mir altem Mann erlauben, diese bezaubernde junge Dame in den Saal zu führen“, forderte Mr. Milverton von Marlow. „Ich bestehe darauf, mein Junge.“

„Gewiss doch, alter Freund“, meinte Marlow bereitwillig. „Aber nehmen Sie sich in acht – die Ladies im Saal neigen dazu, voreilige Schlüsse zu ziehen.“

Mr. Milverton fand diesen Scherz so gut, dass er kicherte, während er Violet in einen großen Raum geleitete, der bereits voller Menschen war. Vermutlich handelte es sich um das Wohnzimmer der Familie, das man durch Aufstellen eines Rednerpultes und verschiedenen Stuhlreihen in einen Versammlungssaal verwandelt hatte. Ein Großteil der Stühle war bereits besetzt, meist waren es ältere Ladies, die mit Stricknadeln und Wollknäueln bewaffnet auf den Vortrag warteten und einstweilen noch selbst in eifrige Unterhaltungen vertieft waren.

Bei ihrem Eintreten löste sich eine hochgewachsene, grauhaarige Lady aus einer Gruppe Damen und eilte mit fliegenden Schritten auf Milverton zu. Mrs. Wickfield trug ein ausladendes, lindgrünes Kleid mit einem halblangen, bauschigen Überrock, der ihre stattliche Figur betonte.

„Mr. Milverton – Sie treue Seele!“, rief sie enthusiastisch und reichte ihm beide Hände. „Ich muss Ihnen berichten, wie meine Begegnung mit Lord Flatherby ausgegangen ist.“

Milverton lächelte höflich, schien an diesem Bericht jedoch momentan wenig interessiert. Stattdessen schob er Violet in den Vordergrund.

„Dies, meine liebe Freundin, ist Miss Burke. Eine junge Verwandte von Mr. Marlow, die ich für diesen Nachmittag annektiert habe.“

Mrs. Wickfields Lächeln fiel etwas gezwungen aus, doch sie hieß Violet freudig willkommen und wandte sich dann sofort Marlow zu, der dicht hinter ihnen in den Raum getreten war. Auch er wurde mit übergroßer Liebenswürdigkeit begrüßt und Violet begriff, dass Mrs. Wickfield die Angewohnheit hatte, jedem Gast das Gefühl zu geben, gerade auf ihn ganz besonders gewartet zu haben.

„Setzen wir uns doch, Violet", sagte Marlow mit ungewohnter Freundlichkeit, als Mrs. Wickfield zu einem anderen Lieblingsgast davongeschwebt war.

Er nannte sie bei ihrem Vornamen! Natürlich, sie war ja eine Verwandte.

„Gern, Onkel Nicholas", gab sie schlagfertig zurück und stellte vergnügt fest, dass er für einen winzigen Augenblick aus der Rolle fiel und sie mit grauen Augen böse anblitzte.

Sie saß eingerahmt von Marlow und Mr. Milverton, der es sich nicht nehmen ließ, an ihrer Seite zu bleiben. Außer den beiden waren nur wenige Gentlemen anwesend, das Publikum bestand vor allem aus leicht angejahrten Ladies, die Violet neugierig beäugten und leise Bemerkungen austauschten. Da Violet feine Ohren hatte, hörte sie hin und wieder Satzfetzen, die irritierend und wenig schmeichelhaft waren.

„Diese Ähnlichkeit ..."

„Es ist drei Jahre her, meine Liebe ..."

„Eine junge Verwandte ... er will sie in die Gesellschaft einführen ..."

„Ein Mädel vom Land ... sie tut kaum den Mund auf ..."

„Mr. Milverton hat sie jedenfalls schon umgarnt ..."

„Wenn ihr dieser Coup gelänge, wäre sie bald eine der reichsten Frauen Londons ..."

„Wenn der arme Marlow nicht selbst Ambitionen hat ..."

Hatte Marlow das boshafte Geschwätz ebenfalls gehört? Zumindest zeigte er keine Reaktion. Stattdessen schien er aufmerksam den Ausführungen der Rednerin zu folgen, nickte hin und wieder Zustimmung und ließ sogar einmal ein begeistertes „Bravo!" hören. Violet ärgerte sich über seine Schauspielerei. Hatte er nicht heute früh noch über Mrs. Wickfield und ihren Fond gelästert? Jetzt zeigte er sich als engagierter Verfechter ihrer Ideen, befürwortete die Herstellung von selbst gestrickten Handschuhen und Socken für bedürftige Kinder, die Einrichtung unentgeltlicher Suppenküchen und das Sammeln von abgelegten Kleidungsstücken.

Mrs. Wickfield erwies sich als ausdauernde Rednerin, die die Aufmerksamkeit ihrer Zuhörer weit über zwei Stunden lang beanspruchte, und erhielt nach beendetem Vortrag regen Applaus. Die Damen und Herren erhoben sich nun von den Stühlen und begaben sich in zwei verschiedene Richtungen. Während einige treue Anhänger nach vorn eilten, um die Rednerin zu ihrem Vortrag zu beglückwünschen, begab sich der größere Teil der Anwesenden in den hinteren Teil des Raumes, wo die Bediensteten inzwischen einen üppigen Imbiss aufgebaut hatten.

Marlow hatte sich den Umstand zunutze gemacht, dass Milvertons Aufmerksamkeit von einer älteren Lady in Gelb in Anspruch genommen wurde und sich rasch an Violets Seite begeben. Gemächlich wanderte er mit ihr zwischen seinen Bekannten umher, begrüßte den einen oder die andere, stellte ihnen Violet vor und achtete scharf darauf, dass seine hübsche Begleiterin keine Gelegenheit bekam, einen der von den Dienern auf silbernen Tabletten angebotenen

Leckerbissen zu erhaschen. Violet knurrte zwar der Magen, doch sie konnte die erzwungene Hungerkur verschmerzen, denn es war geradezu aufregend, den verwandelten Marlow zu beobachten. Der liebenswerte Plauderer war in ihm erwacht, der Charmeur, der die Ladies mit Komplimenten bezauberte und die Gentlemen auf leichte Art ins Gespräch zog. Mit einer großzügigen Spende brachte er Mrs. Wickfield dazu, ihn spontan auf beide Wangen zu küssen, was er sich mit charmantem Lächeln gefallen ließ.

Es gab nur einen Moment, an dem Violet fast aus der Rolle gefallen wäre. Es war der Augenblick, als ein Diener zwei verspätete Gäste ansagte und sie sich unversehens Mr. Parker nebst Gattin gegenübersah.

Mr. Parkers Gesichtszüge erstarrten sekundenlang bei Violets Anblick. Doch er fasste sich rasch und manövrierte seine Gattin zu der unermüdlichen Mrs. Wickfield hinüber, die die kleine, vogelgesichtige Mrs. Parker überschwänglich als ihre liebste und ungeduldig erwartete Freundin willkommen hieß. Parker selbst trat nun zu Marlow und begann ein belangloses Gespräch mit ihm.

„Eine Verwandte? Sie haben wirklich Glück, Mr. Marlow. Nicht jeder hat solch eine hübsche Nichte."

Parker zog Violets Hand an die Lippen und sie erstarrte unter seinem gierigen Blick. Was mochte er jetzt über sie denken? Nun – ganz gleich, was er sich zusammenreimte – er würde schweigen. Seine Besuche bei Grace Dolloby in der Cullum Street waren ein lang gehütetes Geheimnis, das Mrs. Parker keinesfalls aufdecken durfte.

Marlow unterhielt sich nur kurz mit Parker, und Violet hatte das Gefühl, als läge unter jedem der höflichen Sätze, die beide miteinander austauschten, ein gefährlicher Hintersinn. Nach beendetem Gespräch legte Marlow leicht den Arm um Violets Schulter und führte sie auf die andere Seite des Raumes. Dort redete Mrs. Wickfield gerade eifrig auf Mr. Milverton ein, um den reichen Junggesellen zu einer größeren Einlage in ihren Fond zu ermuntern.

„Es wird Zeit für uns", erklärte Marlow mit bedauerndem Lächeln. „Violet ist ein wenig erschöpft – in diesen Tagen stürzt viel Neues über sie herein."

Damit hatte er ohne Zweifel recht.

Der Abschied zog sich hin, denn Mr. Milverton bestand darauf, der jungen Lady am kommenden Tag die Stadt zu zeigen, außerdem lud er Marlow und Violet zu einem Ausflug auf sein Landgut in Hampshire ein.

„Sie sehen in mir einen ergebenen Freund und Bewunderer, Miss Burke", schwatzte er und versuchte, Violets Hand an die Lippen zu ziehen. „Verfügen Sie jederzeit über mich."

Er hatte einige Gläschen Sherry zu sich genommen, und seine kleinen Äuglein glänzten mit der schweißnassen Glatze unter der leicht verrutschten Haarsträhne um die Wette.

„Ich freue mich sehr, Sie wieder zu sehen, Mr. Milverton", sagte Violet höflich. „Leben Sie wohl."

Dann spürte sie Marlows Hand besitzergreifend auf ihrem Arm und folgte ihm gehorsam in die Halle, wo man Marlow Hut, Mantel und Handschuhe reichte.

Draußen war es längst dunkel. Während sie darauf warteten, dass Charles mit der Kutsche vorfuhr, setzten sich feine Regentröpfchen auf ihre Kleider und Violet begann zu frieren. Marlow schwieg beharrlich und vermied es, sie anzusehen. Alle Liebenswürdigkeit war von ihm gewichen, seitdem sie den Lichtschein des Eingangsportals hinter sich gelassen hatten.

Als die Kutsche nach einer kleinen Ewigkeit endlich herbeirasselte, sprang Charles dienstbeflissen vom Kutschbock, um für seinen Herrn und Miss Burke den Kutschenschlag zu öffnen. Er hatte die Wartezeit in einer Kneipe verbracht und roch intensiv nach schlechtem Tabak und Bier.

„Verdammt Kerl!", knurrte Marlow ihn an. „Wie oft habe ich dir gesagt, dass du nicht saufen sollst. Ich habe keine Lust, mich von einem besoffenen Kutscher zu Tode fahren zu lassen!"

„Es tut mir leid, Mr. Marlow. Das Wetter ist feucht. Ich habe das Verdeck geschlossen und …"

„Fahr zu!"

Kaum waren sie eingestiegen, knallte Marlow den Schlag hinter sich zu und packte Violet wütend am Arm.

„So haben wir nicht gewettet, meine Schöne", zischte er sie an. „Wenn Sie glauben, Sie können Ihre Spielchen mit mir treiben, dann haben Sie sich getäuscht."

Violet war erschrocken zusammengefahren, denn sein Griff war hart und seine Augen glommen gefährlich im Halbdunkel der Kutsche.

„Ich habe keine Ahnung, wovon Sie sprechen", wehrte sie sich. „Lassen Sie meinen Arm los, Sie tun mir weh!"

Er gab sie frei, fuhr aber fort zu toben.

„Sie wissen recht genau, was ich meine! Glauben Sie wirklich, eines Tages Mrs. Milverton zu werden? Verdammt – und wenn Sie dem alten Knacker noch so sehr den Kopf verdrehen: Wenn er herausbekommt, wer Sie sind und woher Sie kommen, dann ist es vorbei mit der reichen Partie!"

Sie brauchte einen Augenblick, um zu begreifen, was er meinte. Dann hätte sie im am liebsten ins Gesicht gelacht.

„Sind Sie von allen guten Geistern verlassen?"

„Keineswegs. Ich habe Augen im Kopf und außerdem ein Gehirn im Schädel."

„Ein ziemlich großes, da Sie ja ein Mann sind", parierte sie. „Doch ich fürchte, Größe bürgt in diesem Fall nicht für Qualität. Ich habe weiß Gott keinerlei Ambitionen, Mrs. Milverton zu werden."

„Denken Sie, ich sei naiv? Sie haben von Anfang an alles getan, um diesen Tattergreis mit Ihrem Liebreiz zu bezirzen."

„Das ist doch purer Unsinn. Ich habe gar nichts getan."

„Gar nichts? Sie haben sich von ihm in den Saal führen lassen und zärtliche Blicke mit ihm getauscht. Sie haben während des Vortrags neben ihm gesessen und zugelassen, dass er sein Knie zu Ihnen hinüber schob. Sie haben sich sogar zu einer Fahrt auf sein Landgut bereit erklärt."

Er war so aufgeregt, dass er husten musste – nie hatte sie ihn so außer Fassung gesehen.

„Mr. Marlow!", sagte sie energisch. „Ich habe nichts Anderes getan, als das, was Sie von mir verlangten. Ich war zurückhaltend, freundlich und habe mich bemüht, zu jedermann höflich zu sein. Wenn Mr. Milverton mich möglicherweise missverstanden hat, dann lag das nicht in meiner Absicht."

Er beruhigte sich ein wenig, denn was sie sagte, klang vernünftig, auch sah sie ihm dabei offen ins Gesicht und der Blick ihrer braunen Augen war aufrichtig.

„Und wenn schon", brummte er. „Es ist doch bezeichnend, dass alles was in diesem Haus Hosen trug vor Ihnen Männchen machte."

„Dafür kann ich nichts, Mr. Marlow."

„Ach ja?" fuhr er auf, und sein Zorn belebte sich aufs Neue. „Und was war mit diesem Parker? Der wusste doch ganz genau, wer Sie sind. Wollen Sie mir da auch das Unschuldslamm vorspielen? Der Blick, mit dem er Sie angesehen hat, sprach Bände."

Er hatte es also bemerkt. Violet wurde kleinlaut, denn der Vorfall war ihr ungeheuer peinlich gewesen.

„Ich gebe zu, dass ich ihn bei meiner Freundin Grace getroffen habe. Aber wie konnte ich ahnen, dass er im Haus von Mrs. Wickfield verkehrt?"

Jetzt bekam er wieder Oberwasser und ließ seinen Zorn erst recht an ihr aus.

„Ich warne Sie, Miss Burke!", fuhr er sie an. „Ich staffiere Sie nicht mit teuren Kleidern aus, damit Sie in diesem Aufzug Ihre abgelegten und zukünftigen Liebhaber umgarnen!"

„Wie können Sie es wagen!", rief sie erbost. „Ich habe keine Liebhaber."

Zu ihrem namenlosen Entsetzen begann er lauthals zu lachen und schlug sich sogar auf die Schenkel, als sei dies der beste Witz, den er seit Langem gehört habe. Sein Hohngelächter klang so grausam in ihren Ohren, dass sie am liebsten in Tränen ausgebrochen wäre.

„Glauben Sie, mich beleidigen zu dürfen, nur weil ich Ihre Angestellte und von Ihnen abhängig bin?", rief sie verzweifelt. „Ich schwöre Ihnen, Mr. Marlow: Ich bin in meinem ganzen Leben noch nie solch einem boshaften und niederträchtigen Menschen wie Ihnen begegnet. Suchen Sie sich eine andere. Ich ertrage Sie nicht mehr!"

Ihre verzweifelten Worte lösten nur weitere Lachsalven bei Marlow aus, als er jedoch bemerkte, dass sie tatsächlich den Kutschenschlag geöffnet hatte, warf er sich über sie und riss die Tür wieder zu.

„Sind Sie vollkommen verrückt geworden?", brüllte er und fasste sie bei den Schultern. „Wollen Sie aus der fahrenden Kutsche springen und sich dabei den Hals brechen?"

Er schüttelte sie so heftig, dass ihr Kopf gegen die Polster schlug, als er jedoch bemerkte, dass sie sich nicht wehrte, sondern schlaff in seinen Armen hing, ließ er sie los und setzte sich auf seinen Platz zurück. Violet hatte die Hände vors Gesicht genommen und schluchzte hilflos.

„Hören Sie auf zu heulen", knurrte er. „Wir reden morgen weiter. Dann sind Sie hoffentlich wieder bei Verstand."

Als sie vor seinem Haus in der Warwick Street anhielten, stieg er aus und bot Violet die Hand, um ihr behilflich zu sein. Doch sie kletterte ohne seine Hilfe aus der Kutsche und ging schweigend an ihm vorüber zur Haustür. Er folgte ihr mit finsterer Miene und stieß einen leisen Fluch aus, als sie eilig durch die Halle lief und die Treppe in den zweiten Stock hinaufstieg.

Violet schloss sich in ihrem Zimmer ein, zog hastig die Vorhänge vor und sank dann schluchzend auf ihr Bett. Was hatte sie denn nur falsch gemacht? Sie hatte sich wirklich alle Mühe gegeben, seinen Anweisungen zu folgen. Warum diese boshaften Unterstellungen? Diese Beleidigungen?

Alle Männer hätten ihr nachgestellt? Was ging es ihn überhaupt an? Es war seine Idee gewesen, sie als seine Verwandte auszugeben.

Man könnte glauben, er sei eifersüchtig, schoss es ihr in den Sinn. Der Gedanke war verwegen und natürlich entbehrte er jeder Grundlage. Weshalb sollte Nicholas Marlow um ihretwegen eifersüchtig sein? Und doch ließ diese Vorstellung ihr Herz rascher schlagen.

Lag ihm etwa doch etwas an ihr? An ihr persönlich?

Wenn ja, dann hat er eine sehr merkwürdige Art, seine Zuneigung zu zeigen, dachte sie. Vermutlich ist es nur seine herrische Art – er will seine Angestellten ganz und gar dominieren und mag es nicht, wenn sie von anderer Seite Komplimente hören.

Sie schaltete die Gasbeleuchtung ein und begann, sich zu entkleiden. Sorgfältig hängte sie das neue Kleid in den Schrank, zog die Unterwäsche aus und vermied es, in den Spiegel zu sehen, während sie für einen Moment völlig nackt war. Sie schlüpfte in das weite, lange Nachthemd, band die Schleifen fest und löste dann das aufgesteckte Haar. Sie war zu müde, um es für die Nacht zu flechten, sondern ließ es einfach in wilden Locken um die Schultern hängen. Erschöpft kroch sie in ihr Bett, kauerte sich unter der Decke zusammen und schloss die Augen.

Doch anstatt in Schlaf zu sinken, erfüllten süße Vorstellungen ihre Fantasie. Sie erinnerte sich daran, wie Marlow den Arm um sie gelegt hatte, um sie von Parker fort auf die andere Seite des Raumes zu führen. Es hatte etwas Besitzergreifendes an sich gehabt, und sie spürte dabei einen wohligen Schauer. Konnte es sein, dass es ihr gefallen würde, Marlows Besitz zu sein?

Ein leises Geräusch störte sie in ihren Träumereien. Es schien aus dem Flur zu kommen und klang, als würde ein Gegenstand über den Teppich schleifen. Gleich darauf war auch ein Knarren zu hören und die alten Holzdielen knackten, als senkten sie sich unter einer Last. Sie drehte sich auf die andere Seite und überlegte, ob Charles oder Maggy sich vielleicht im Flur zu schaffen machten. Doch es war bereits sehr spät und das Personal ganz sicher längst zu Bett gegangen.

Die Fußspuren, die Charles ihr gezeigt hatte, fielen ihr wieder ein. Konnte es gar sein, dass Maggy und Charles sich heimlich in der Kammer trafen? Dort, wo diese scheußlichen, obszönen Statuen herumstanden?

Sie setzte sich im Bett auf und zündete eine Kerze an. Immerhin war sie die Hausdame und hatte die Verantwortung für das Geschehen im Haus. Falls es Charles tatsächlich einfallen sollte, das Hausmädchen in der Kammer zu verführen, dann würde sie das auf keinen Fall dulden. Schon deshalb nicht, weil sie Mitleid mit Mrs. Waterbrook hatte.

Sie legte ein wollenes Umhängetuch um die Schultern, nahm die Kerze in die Hand und ging auf leisen Sohlen zur Tür. Der Schlüssel knirschte leise im Schloss, als sie ihn umdrehte, sie zog die Tür langsam auf und hielt dann rasch die Hand vor die flackernde Kerze.

Der Flur war dämmrig, durch das kleine Fenster fiel ein blasser, milchiger Schein, der gleich wieder erlosch, als sich eine Wolke vor den Mond schob. Die Kerze zog einen unruhigen, viel zu kleinen Lichtkreis und ließ unförmige Schatten an den Wänden wachsen.

„Maggy?"

Niemand antwortete. Nur ein leises Rascheln war zu vernehmen, das auch von einer erschreckten Maus stammen konnte. Violet lief eine Gänsehaut über den Rücken – sie hatte keine Schuhe an, der Gedanke, dass eine Maus ihr über die bloßen Füße lief, war unangenehm.

Trotzdem ging sie mutig über den dunklen Flur, um nachzuprüfen, ob die Kammer abgeschlossen war.

„Charles?"

Hatte da eine Diele geknackt? Oder war es ein Windstoß gewesen, der im Hof ein Stück Holz vor sich hertrieb? Es wurde ihr unheimlich zumute. Entschlossen ging sie die letzten Schritte, schützte die flackernde Kerze mit der Hand und wollte nach dem Türknauf der Kammer greifen. Doch in diesem Augenblick erlosch urplötzlich das Licht der Kerze und sie stand in völliger Finsternis.

Ein eisiger Schreck fuhr ihr durch die Glieder. Das Fenster war geschlossen - woher war also dieser Luftzug gekommen? Spielten die beiden ihr einen bösen Streich? Oder – aber das konnte doch gar nicht sein – stand jemand anderes hier irgendwo in einer Ecke des Flures. Ein Einbrecher? Ein Geist?

Sie war starr vor Angst und wagte nicht einmal, den Fuß zu heben. Hatte sie dort neben sich eine Bewegung gespürt? Ein Atmen? Näherte sich jemand aus der Dunkelheit, um sie zu fassen?

„Miss Burke?", ertönte da plötzlich Marlows Stimme aus dem Treppenhaus herauf.

Ein Lichtschein wuchs langsam in den Flur hinein, zitternd und schwach noch, doch er näherte sich. Sie spürte namenlose Erleichterung und bewegte sich wie eine Schlafwandlerin darauf zu.

„Sind Sie noch wach, Miss Burke? Ich habe Sie rufen hören."

Er stand auf der Treppe, einen dreiarmigen Kerzenleuchter in der Hand und hielt das Licht jetzt hoch, wodurch sie davon angeleuchtet wurde. Violet zog den Umhang dichter um die Schultern, denn sie wurde sich dessen bewusst, dass sie im Nachthemd vor ihm stand.

„Ich … hörte Geräusche und glaubte, es sei vielleicht Maggy …", stammelte sie. „Aber ich habe mich wohl getäuscht."

Er blinzelte sie an, der Widerschein des Kerzenlichts ließ seine Augen glitzern.

„Maggy? Die schläft seit Stunden. Kommen Sie herunter, wenn Sie schon einmal wach sind. Ich möchte mit Ihnen reden."

„Jetzt?"

„Natürlich jetzt. Drücke ich mich undeutlich aus?"

„Aber ich habe … ich bin nicht angezogen."

Er sah mit abschätzigem Blick zu ihr hinauf und grinste.

„Keine Sorge. In diesem entzückenden Nachtgewand würde sich nicht einmal der Teufel selbst an Sie heranwagen!"

Ohne ihre Antwort abzuwarten, wandte er sich um und stieg mit dem Licht die Treppe wieder nach unten. Violet zögerte, doch die Angst, in die Dunkelheit des Flures zurückgehen zu müssen, war zu groß. Langsam folgte sie ihm Stufe für Stufe die Treppe hinab, angezogen von dem entschwindenden Licht und von einer pochenden Sehnsucht, die in ihrem Körper erwacht war.

Er führte sie in das große Wohnzimmer, in dem die Gaslampe über dem Schreibtisch brannte, und stellte den Leuchter auf dem Kaminsims ab. Dann wandte er sich zu ihr um.

„Schließen Sie bitte die Tür hinter sich!"

Er war noch vollständig angekleidet, hatte nur die Anzugsjacke mit einer dunkelblauen Hausjacke getauscht. Offensichtlich war er noch gar nicht im Bett gewesen, dafür sprachen auch die dunklen Ringe unter seinen Augen und die Schatten auf den Wangen.

„Setzen Sie sich, Miss Burke", befahl er und zeigte auf einen Sessel.

„Danke – ich stehe lieber", sagte sie steif. „Was haben Sie mir zu sagen, Mr. Marlow?"

Er machte eine ärgerliche Bewegung mit der Hand und ging einige Schritte im Raum umher, als müsse er seinen Unwillen abreagieren. Dicht vor ihr blieb er stehen.

„Ich habe heute Nachmittag etwas übertrieben. Es tut mir leid, Miss Burke. Sie haben sich vollkommen korrekt verhalten."

Sie sog seinen Geruch ein und spürte, wie seine Magie wieder von ihr Besitz ergriff. Er war ihr so nahe, dass sie nur den Finger hätte heben müssen, um seine Jacke zu berühren.

„Sie scheinen zu glauben, dass mit einer Entschuldigung alles wieder im Lot sei", gab sie tapfer zurück. „Aber so ist es nicht."

Er senkte den Kopf und sah für einen Moment ehrlich zerknirscht aus.

„Was wollen Sie noch?", murmelte er. „Soll ich Ihnen zu Füßen fallen?"

„Lassen Sie die Witze, Mr. Marlow. Es ist mir ernst."

„Auch mir ist es ernst."

Seine Stimme war tief und warm, sie schien durch ihren ganzen Körper zu dringen und ließ sie vor Sehnsucht erzittern. Ihr Verstand wollte ihr sagen, dass sie nicht glauben durfte, was sie eben gehört hatte, doch die Worte klangen in ihr nach und verzauberten sie.

„Ernst? Was meinen Sie damit?"

Er hob langsam die Hände und strich über ihr offenes Haar, folgte den lockigen Strähnen bis über ihre Schultern und ließ die Finger langsam über ihren Rücken gleiten. Der Umhang fiel zu Boden. Sie spürte, wie ihr Atem sich beschleunigte und eine brennende Hitze in ihr aufstieg. Bebend lehnte sie sich ihm entgegen, wusste kaum, was sie tat und spürte dann, wie er sie mit den Armen umschloss.

„Ich würde alles tun, damit Sie bei mir bleiben", hörte sie ihn sanft an ihrem Ohr flüstern. „Ich brauche Sie. Ich brauche Sie mehr als irgendeinen Menschen auf der Welt …"

Eine Woge von Glück überflutete sie. Es war das Geständnis, das sie sich unbewusst so lange erhofft hatte. Er liebte sie, er war eifersüchtig gewesen, weil er Sorge gehabt hatte, ein anderer könne ihm zuvorkommen.

Sie gab sich ganz und gar der Umarmung hin, fühlte bebend, wie seine Hände über ihren Rücken strichen, ihre Hüften streichelten, und erst als sie sich voller Begierde auf ihren Po legten, zuckte sie erschrocken zusammen.

„Keine Angst, meine wohlerzogene Freundin", murmelte er zart in ihr Ohr. „Es tut nicht weh – ganz im Gegenteil."

„Aber …"

Sein Mund näherte sich ihren Lippen und umschloss sie, während er seine Hände unbeirrt weiterspielen ließ. Violet spürte, wie seine Zunge sich in ihren Mund schob, zärtlich ihren Gaumen berührte und sich dann in ihre Mundhöhle drängte, als wolle sie diesen Raum ganz und gar für sich erobern. Zugleich schlossen sich seine Hände lustvoll um ihre Pobacken und schoben ihr Becken dabei so eng an seinen Körper heran, dass sie durch das Nachthemd hindurch die harte, längliche Ausbeulung vor seinem Bauch spürte.

Er löste seine Lippen von ihrem Mund und bedeckte ihr Gesicht mit gierigen Küssen, während sie leise wimmerte und die Hände gegen seine Brust stemmte, um sich von ihm zu entfernen. Doch er hielt sie unerbittlich fest.

„Zieh dieses Nachthemd aus", forderte er.

Vorsichtig versuchte er, die Schleifen zu lösen, doch sie zuckte trotz ihrer Erregung heftig zusammen und legte schützend die Arme um die Brust. Marlow fasste sie sanft bei den Schultern und drehte sie um, sodass sie nun mit dem Rücken zu ihm stand.

„Du wirst es für mich tun", hauchte er ihr ins Ohr. „Nur allein für mich – für sonst niemanden."

Sie fühlte, wie seine Arme sich um ihre Taille schlossen und er sie langsam an sich drängte. Hart presste sich seine Männlichkeit in ihren Rücken, und während sie die Arme verzweifelt vor der Brust verschränkt hielt, spürte sie, dass er mit einer Hand den Stoff des Nachthemds anhob.

„Nein! Bitte ..."

Sie wehrte sich nur halbherzig, denn seine Lippen legten sich auf ihre rechte Ohrmuschel und er drang mit seiner Zunge in ihr Ohr ein. Es war ein süßes, betäubendes Gefühl, so als zöge er sie in ein tiefes Gewässer, und sie gab sich stöhnend der Liebkosung hin. Es konnte ja nur ein Traum sein – niemals war es möglich, dass ein Mann etwas so Beschämendes mit einer Frau tat.

Dann plötzlich durchzuckte es sie wie eine Feuerflamme, sie schrie und bäumte sich auf, versuchte sich aus seinem Griff zu befreien und erkannte endlich, dass er seine Hand zwischen ihre bloßen Schenkel geschoben hatte. Was er dort berührte, war so empfindlich, dass sie glaubte, ihr ganzer Leib würde vor Lust verbrennen.

„Nicht erschrecken", hörte sie seine tiefe, heisere Stimme. „Lass es einfach geschehen."

Bebend hielt sie stand, spürte mit geschlossenen Augen, wie seine Hand jetzt mit zarten Berührungen über ihren Schamhügel strich, sich in ihr Schamhaar grub, die Löckchen durch seine Finger gleiten ließ und sich langsam vorschob. Sein Zeigefinger drang für einen Moment in den Spalt ein, ließ sie am ganzen Körper erzittern, und zog sich dann wieder zurück. Sie wimmerte leise vor Sehnsucht, doch seine Finger strichen jetzt über ihre Schenkel, kosten die glatte Haut, folgten ihrer Form bis zum Po hinauf und schoben sich erst nach einer Weile wie zufällig wieder zwischen ihre Beine, um auch die Innenseite ihrer Schenkel zu liebkosen. Bebend spürte sie, wie die streichelnden Finger sich immer weiter der Quelle ihrer Lust näherten und dabei versuchten, ihre Schenkel auseinander zu schieben.

Sie warf den Kopf zurück, in ihrem Unterleib loderten glühende Flammen, die auch ihre Schamgegend in Brand gesetzt hatten, und sie gab dem Drang nach, die Beine zu spreizen. Er quittierte ihre Bewegung mit einem zufriedenen Laut und ließ seine Finger jetzt mit ihrem Schamhaar spielen. Sie glaubte, vor Begierde nach der Berührung sterben zu müssen. Ihre Schamlippen waren so angeschwollen, dass sie zu glühen schienen, und als er zart mit seinem Finger darüber strich, stöhnte Violet sehnsüchtig auf.

„Du wartest auf mich, meine Süße", flüsterte er. Sein Atem strich warm über ihren Nacken, kitzelte die empfindsame Stelle hinter ihrem Ohrläppchen.

Erschauernd spürte sie, dass warme Feuchtigkeit aus ihr quoll und ihre Scham benetzte. Seine streichelnden Finger verteilten die Feuchte und glitten über ihren Schamhügel. Ihr Atem ging jetzt stoßweise, sie drängte ihr Becken unwillkürlich den erregenden Berührungen entgegen, ignorierte die leise Stimme in ihrem Inneren, dass sie etwas Verbotenes, ja sogar Verdorbenes tat. Doch wie konnte ein derart schönes, wärmendes Gefühl falsch sein? Violet spreizte die Schenkel noch weiter, sehnte sich danach, seine Finger tiefer in sich zu spüren. Dort, wo nicht einmal sie selbst sich je berührt hatte, wo die Hitze brannte, die Spannung ihrer Haut so stark geworden war, dass sie glaubte zu verglühen.

Er ließ sie warten, glitt zärtlich über ihren bloßen Bauch, kreiste um den Nabel, während seine andere Hand langsam an ihr hinaufwanderte. Längst hatte sie die Arme heruntergenommen, jetzt spürte sie seine suchenden Finger, die nach ihren Brüsten tasteten. Er glitt zart darüber hin, rieb die harten Spitzen unter dem Stoff, und ließ wieder davon ab. Stattdessen schoben sich seine Finger mit weichen Bewegungen zu ihrem Schamhügel zurück, berührten ihn jedoch nicht.

„Tu jetzt, was ich will", flüsterte er und seine Stimme klang noch dunkler aus sonst. „Zeig dich endlich vor mir, meine Süße! "

Sie bewegte sich hin und her, versuchte sich seiner Hand entgegen zu schieben, begriff dann, dass sie seine Forderung erfüllen musste, um jenes süße, berauschende Gefühl noch einmal zu erleben. Sie hielt die Augen geschlossen, während sie mit fahrigen Händen an den Schleifen zog und sie eine nach der anderen öffnete.

„Weiter", forderte er.

Langsam schob sie den Stoff auseinander, entblößte den Ansatz ihrer Brüste, zog den Stoff dann ein wenig über die Schultern und ließ die Hände wieder sinken.

„Ganz herunter damit!", verlangte er hartnäckig.

Sie zögerte, hilflos hin- und hergerissen zwischen ihrer sehnsuchtsvollen Begierde und der Scham, sich vor ihm ganz und gar auszukleiden.

Widerstrebend schob sie das Hemd tiefer nach unten, zeigte ihm die vollen Rundungen ihrer Brüste, bis endlich die rosigen, fest zusammengezogenen Spitzen hervorkamen. Das Hemd rutschte weiter hinab, er löste seinen Griff um ihre Taille und half ein wenig nach, als der Stoff sich in ihrer Mitte staute. Mit einer raschen Bewegung zerrte er ihr das Nachthemd über die Hüften und ließ es zu Boden fallen. Dann trat er einen Schritt zurück, um sie anzusehen. Bebend stand sie vor ihm, die Augen fest geschlossen.

Er ließ sich Zeit, genoss offensichtlich den Anblick ihrer vollkommenen Nacktheit und hob erst nach einer kleinen Weile die Arme um sie zu berühren. Zart glitten seine Hände über ihre Brüste, spürten den erregten Rundungen nach bis zu den harten Nippeln. Violet stöhnte wohlig, als die Berührung sie zusammenzucken ließ. Marlows Hände strichen besitzergreifend über ihre bloßen Schultern, umschlossen ihren Busen und zogen sie ein paar Schritte zur Seite.

„Mach die Augen auf!", flüsterte er.

Violet gehorchte. Er hatte sie vor eine kleine Nussbaumkommode geführt, über der ein hoher Kristallspiegel hing. Im Spiegel erblickte sie ihren eigenen, völlig entblößten Körper, der hell gegen seine dunkle Kleidung hervorstach.

Sie schrie auf vor Entsetzen und Scham, entwand sich ihm und wollte davonlaufen. In der ersten Überraschung hatte er sie losgelassen, jetzt sprang er zur Tür und hielt sie rasch an beiden Armen fest. Zu Violets Glück, denn womöglich wäre sie am Ende nackt in den Armen von Marlows nimmermüdem Hausdiener gelandet.

Er zog sie an sich, sicher um das unterbrochene Spiel wieder aufzunehmen, doch der Zauber war für Violet verflogen. Tränen liefen über ihr Gesicht – Tränen der Scham und der Verzweiflung. Als er es bemerkte, schien er zunächst verblüfft, doch dann stieß er sie grob von sich. Ganz offensichtlich war er wütend auf sie. Er hob ihr Nachthemd vom Boden auf und feuerte es in ihre Richtung. Dann drehte er sich um, damit sie sich unbeobachtet anziehen konnte.

„Nehmen Sie den Leuchter mit", sagte er in verbissenem Zorn, als sie fertig war. „Es ist dunkel oben."

Violet wusste kaum, wie sie in ihr Zimmer gelangt war. Sie warf die Tür hinter sich zu, schloss ab und stellte den Leuchter auf die Kommode. Das flackernde Licht erinnerte sie schwach an die unheimlichen Vorgänge im Flur, doch angesichts dessen, was gerade mit ihr geschehen war, schien ihr dies alles jetzt nur eine lächerliche Einbildung gewesen zu sein.

Sie verkroch sich zitternd unter ihrer Bettdecke und glaubte, vor Unglück und Verzweiflung kein Auge schließen zu können. Doch gleich darauf erfasste sie eine ungeheure Mattigkeit und sie fiel in einen tiefen todesähnlichen Schlaf.

Maggy musste den Morgentee zweimal ankündigen, bevor die Hausdame ihr öffnete.

„Schließen Sie sich jede Nacht im Zimmer ein, Miss Burke?", fragte sie verwundert, während sie ihr Tablett abstellte.

Violet hatte sich wieder auf ihr Bett gesetzt, sie war zu hastig aufgesprungen, um Maggy einzulassen und nun war ihr schwindelig.

„Es gibt hin und wieder sehr seltsame Geräusche auf dem Flur."

Das Mädchen goss seelenruhig den Tee ein und bemerkte, dass auch sie schon manchmal ein komisches Knacken gehört habe.

„Charles hat gemeint, dies sei ein altes Haus und daher müsse es auch einen Hausgeist geben, der in den Nächten umherwandelt", berichtete sie schmunzelnd.

„Offensichtlich bevorzugt er den zweiten Stock", meinte Violet trocken. „Vielleicht wohnt er ja in der Rumpelkammer."

„Bei diesen grauslichen Dingern, die dort herumstehen", entfuhr es Maggy. „Das wäre kein Wunder."

Sie rührte Sahne und Zucker in den Tee und richtete dabei ein Bad auf der Untertasse an.

„Woher stammt dieses Zeug eigentlich?", forschte Violet.

„Das? Das bekam Mrs. Clarissa von irgendwoher geschickt. Aber Mr. Marlow mochte die Sachen nicht und daher verschwanden sie gleich in der Rumpelkammer."

Violet staunte.

„Hat sie diese Sachen bestellt?"

„Aber nein", sagte Maggy und reichte Violet die übervolle Teetasse. „Es war ein Geschenk. Ich glaube, dass Mr. Marlow auch deshalb so wütend geworden ist."

Die Sachen waren wirklich scheußlich – fast konnte sie Marlow verstehen.

„Sie hatten einen furchtbaren Streit deshalb", schwatzte Maggy daher, der es gefiel, sich vor der neuen Hausdame wichtig zu machen. „Aber eigentlich war das nichts Besonderes. Es gab viel Streit zwischen Mrs. Clarissa und Mr. Marlow. Mrs. Clarissa war immer etwas seltsam, sie hat sich oft eingeschlossen und geweint. Dann durfte niemand zu ihr – auch nicht Mr. Marlow."

Violet nippte von dem heißen, süßen Tee und spürte, wie ihr Kreislauf langsam wieder in Gang kam.

„Dann war die Ehe wohl nicht sehr glücklich?"

Maggy schüttelte den Kopf und schob einige Löckchen unter die Haube zurück, die sich jedoch gleich wieder befreiten.

„Ich glaube nicht, Miss Burke", meinte sie und presste mit naseweisem Ausdruck die Lippen zusammen. „Ich musste Mrs. Clarissas Bett immer hier in diesem Zimmer machen. Sogar …"

Sie beugte sich vertrauensselig zu Violet herunter und senkte die Stimme. „… sogar in der Hochzeitsnacht."

Violet zuckte zusammen und spürte, dass ihr wieder schwindelig werden wollte. Von Hochzeitsnächten wollte sie momentan besser nichts wissen.

„Danke Maggy. Du kannst jetzt gehen."

Violet blieb auf dem Bett sitzen und starrte auf die Teetasse in ihren Händen. Jetzt, da sie allein war, stürzten Scham und Entsetzen über das, was sie getan hatte, wieder über sie herein. Sie hatte sich ihm hingegeben und namenlose Lust dabei empfunden – damit hatte sie ihm den endgültigen Beweis dafür geliefert, dass seine Theorien über die angeborene Wollust der Frauen der Wahrheit entsprachen.

Waren wirklich alle Frauen so? Nein, dachte sie bitter. Es schaut ganz so aus, als ob Mrs. Clarissa aus anderem Holz geschnitzt war. Ganz offensichtlich hatte sie sich seinen schamlosen Begierden verweigert, so wie jede anständige Frau dies getan hätte. Violet hatte keine genaue Vorstellung von dem, was zwischen Ehepartnern in der Hochzeitsnacht geschah. Doch sie erinnerte sich daran, dass ihre Mutter einmal sagte, dass man es eben über sich ergehen lassen müsse, aber immer die Kleider dabei anbehielt.

Nun, dachte sie beklommen, ich bin nicht seine Ehefrau. Und vermutlich werde ich es niemals sein. Wieso kam ich auf die verrückte Idee, dass er mich liebt? Er hat gesagt, dass er mich braucht. Und jetzt weiß ich auch wozu: Er braucht mich, um seine schamlosen Lüste auszuleben.

Die Erkenntnis tat ungeheuer weh, doch sie hatte keinen Grund, sich zu schonen. In wenigen Minuten würde sie neben Marlow am Frühstückstisch sitzen und seine hämischen Bemerkungen ertragen müssen. Er hatte alles Recht der Welt dazu, es war ihre eigene Schuld.

Als sie mit klopfendem Herzen ins Speisezimmer trat, fand sie Marlow bereits an seinem Platz sitzend, die Zeitung lag neben ihm zusammengefaltet auf dem Tisch. In seiner Miene war keinerlei Häme zu entdecken, er wirkte viel eher nervös und schien ungeduldig auf sie gewartet zu haben.

„Fünf Minuten zu spät, Miss Burke", stellte er fest. „Nehmen Sie Ihr Frühstück zu sich – ich werde Ihnen dabei den Tagesablauf erklären. So sparen wir Zeit."

„Ja, Mr. Marlow."

Sie war zunächst einmal erleichtert und verspürte den üblichen, gesunden Appetit. Mrs. Waterbrook hatte sich Mühe mit dem Frühstück gegeben, es gab gebratenen Speck und kleine Würstchen, dazu frisch getoastetes Weißbrot und Makrele.

Marlow schob ihr die Speisen hinüber, sah zu, wie sie sich bediente, er selbst hatte sich mit etwas Rührei und einer Scheibe Toastbrot begnügt. Sie aß schweigend und wartete auf Marlows Anweisungen, doch er starrte an ihr vorbei und nagte dabei nervös an den Lippen. Als er den Tee nachgoss, schwappte die Flüssigkeit über und verursachte einen kleinen, gelblichen See auf der weißen Tischdecke. Ärgerlich stellte er die Kanne ab.

„Ich werde mich nach dem Frühstück sofort in meine Kanzlei begeben", begann er den Tagesplan. „Nach dem Lunch werden wir gemeinsam Einkäufe erledigen. Die Schneiderin wird Ihnen zu diesem Zweck noch einige Sachen liefern."

Er streifte das Kleid, das sie trug, mit unzufriedenem Blick, denn es stammte aus ihrem eigenen Besitz.

„Heute Abend wird Mr. Forch mit uns essen", fuhr er fort und zog seine Manschetten zurecht. „Sie, Miss Burke, werden uns bei Tisch Gesellschaft leisten – danach lassen Sie uns allein. Sie können dann schlafen gehen."

„Ja, Mr. Marlow."

Er hob den Kopf und sah sie mit kühlen, grauen Augen an, während seine Hand bereits die zusammengelegte Zeitung fasste.

„Haben Sie sich inzwischen mit dem Haushalt vertraut gemacht? Gibt es irgendwelche Fragen?"

Er schien keine ausführliche Antwort zu erwarten, denn er erhob sich von seinem Stuhl, um den Raum zu verlassen. Violet, die zuerst froh gewesen war, sich weder Spott noch Bosheiten anhören zu müssen, ärgerte sich jetzt über die kurze Art, mit der er sie abfertigte.

„Ich hätte allerdings einige Fragen, Mr. Marlow."

„Ach ja?"

Er hatte schon die Tür geöffnet und wandte sich mit einer ungeduldigen Bewegung zu ihr um.

„Es wäre nötig, einige Reparaturen durchzuführen", sagte sie, bemüht, seinen gleichgültigen Ton nachzuahmen. „Vor allem der Herd in der Küche. Aber auch die Fenster sind zum großen Teil undicht und die Dielen im zweiten Stock ..."

„Hat Ihnen das Mrs. Waterbrook ins Ohr geflüstert", unterbrach er sie ungehalten.

„Ich habe Augen im Kopf, Mr. Marlow", gab sie zurück. „Und ich nehme meine Aufgaben als Hausdame sehr genau."

Ein schwaches Grinsen huschte über sein Gesicht, doch er zwang sich, gleich wieder ernst zu sein.

„Im Prinzip haben Sie recht", gab er zu. „Aber momentan fehlt mir die Zeit. Später vielleicht."

„Wie Sie meinen. Eine andere Frage wäre ..."

„Was noch?", knurrte er.

„Gibt es ein Klavier im Haus? Ich würde gern hin und wieder etwas üben."

Er verzog das Gesicht und machte schmale Augen.

„Sie sind hier nicht als Pianistin angestellt, Miss Burke."

„Ich werde nur dann üben, wenn alle meine Aufgaben erledigt sind und mir ein wenig Freizeit bleibt."

„Wenn Sie tatsächlich Augen im Kopf hätten", sagte er bissig, „dann wäre Ihnen nicht entgangen, dass in der Halle ein Klavier steht. Üben Sie nur, wenn ich nicht im Haus bin. Das Geklimper stört mich."

Ohne ihre Antwort abzuwarten, stürmte er davon.

Violet blieb steif auf ihrem Platz sitzen und spürte das heftige Verlangen, diesem Unmenschen ihre Teetasse nachzuwerfen. Eben noch hätte sie fast geglaubt, er nähme Rücksicht auf ihre Gefühle und vermied es daher, seinen Triumph auszukosten. Aber von Rücksicht konnte keine Rede sein. Er ließ wahrhaftig keine Gelegenheit aus, sie zu verletzen.

Ich bin sein Spielzeug, dachte sie unglücklich. Eine Stoffpuppe, die er mal hätschelte, mal quälte und sie dann in die Ecke warf.

Als Mrs. Waterbrook ins Speisezimmer trat, um den Tisch abzudecken, fand sie Violet am Fenster stehend und mit trüber Miene in den noch trüberen Herbsttag starrend.

„Es wird wohl vorläufig nichts mit dem Herd, wie?", meinte die Köchin schmunzelnd.

Violet fuhr herum.

„Woher wissen Sie das? Haben Sie etwa – zugehört?"

Die Köchin wehrte empört ab und versicherte, es sei keineswegs ihre Gewohnheit, ihr Ohr an die Türen zu halten. Mr. Marlow habe jedoch die Tür bereits geöffnet, daher habe sie das Gespräch zufällig mitgehört.

„Nehmen Sie es nicht so tragisch, Miss Burke", tröstete sie und stapelte das Geschirr auf ihrem Tablett. „Mr. Marlow ist ein guter Mensch – er wird sich schon irgendwann besinnen."

„So etwas Ähnliches haben Sie schon gestern gesagt", seufzte Violet. „Aber ich bin mir nicht sicher, ob Mr. Marlow wirklich ein guter Mensch ist."

„Das ist er ganz gewiss", sagte Mrs. Waterbrook mit solcher Entschiedenheit, dass Violet sie verblüfft ansah.

„Vor zwei Jahren – aber das muss unter uns bleiben, Miss Burke – also vor zwei Jahren, da hat Charles heimlich eine Menge Geld auf der Rennbahn verspielt. Als er mir dann gestand, was für Schulden er gemacht hat, bin ich darüber krank geworden. Wir wussten nicht aus noch ein, Mrs. Burke, denn die Gläubiger kamen sogar hierher ins Haus, und das wäre für Mr. Marlow wohl ein Grund gewesen, uns beide zu entlassen. Aber was hat er getan? Er hat sich Charles vorgenommen, hat ihn ordentlich zusammengefaltet und dann hat er ihm Geld gegeben, damit wir die Schulden zahlen konnten."

Violet runzelte die Stirn und konnte es kaum glauben. Marlow als Wohltäter?

„Dann arbeitet ihr beiden das Geld jetzt bei Marlow ab?"

Mrs. Waterbrook schüttelte den Kopf.

„Nein, Miss Burke. Es gibt keinen Schuldschein und gar nichts. Mr. Marlow zahlt uns den vollen Lohn. Das ist es, was ich meine: Er ist im Grunde seines Herzens ein guter Mensch."

„Unfassbar", meinte Violet immer noch zweifelnd. „Aber wenn Sie es so erlebt haben, dann wird es wohl stimmen."

„Unbedingt, Miss Burke!", gab Mrs. Waterbrook zurück, schob geschickt die Tür mit dem Fuß auf und trug ihr Tablett hinaus. Von hinten gesehen hatte sie Ähnlichkeit mit einem großen, wandelnden Kaffeewärmer.

Gegen Mittag erschien die unvermeidliche Mrs. Murdstone, gefolgt von einem jungen Burschen, der mehrere Pakete vor sich hertrug. Violet empfing sie dieses Mal in der Halle, bat, die Sachen abzustellen und verzichtete auf die sofortige Anprobe, denn sie hatte wenig Lust auf das lästige Geschwätz der Schneiderin. Doch Mrs. Murdstone ließ sich nicht so leicht abwimmeln.

„Nun, liebe Miss Burke – es ehrt mich, dass Sie so viel Vertrauen haben. Gewiss arbeiten meine Mädchen exakt nach den Maßen, die ich notiert habe. Einige von ihnen sind schon seit Jahren bei mir beschäftigt, es ist ja ein Segen für die armen Dinger, dass ich sie bei mir aufnehme – wer weiß, welches Schicksal ihnen sonst zuteilgeworden wäre."

„Gewiss, Mrs Murdstone. Ich werde alles in Ruhe anprobieren, und falls etwas zu ändern ist, lasse ich es Sie wissen."

Die Schneiderin war enttäuscht, denn sie hatte vorgehabt, Violet zu einer Pelerine und einem Hauskleid aus weichem Baumwollstoff zu überreden.

Deshalb versuchte sie, das Gespräch in Gang zu halten, um es bei günstiger Gelegenheit geschickt auf das von ihr gewünschte Thema zu lenken.

„Wenn ich an die armen Mädchen denke, die gezwungen sind, am späten Abend durch die Stadt zu laufen", bemerkte sie und nickte dazu so heftig, dass ihre Löckchen zitterten. „Haben Sie es schon gehört?"

Violet seufzte – nein, sie hatte nichts gehört.

„Es stand doch heute früh in allen Zeitungen, Miss Burke", ereiferte sich die Schneiderin. „Er hat wieder zugeschlagen."

Violet starrte die Frau erschrocken an.

„Sie meinen – der Mörder von Whitechapel?"

Mrs. Murdstone stellte vergnügt fest, dass sie im Begriff war, eine vollkommene Neuigkeit zu verkünden und machte sich daran, keine Einzelheiten auszulassen.

„Genau der, Miss Burke. Nur dass er mittlerweile nicht mehr nur in Whitechapel umgeht. Das unglückliche Opfer ist in Holborn entdeckt worden, in einem Hauseingang. Der Milchjunge hat sie früh am Morgen gefunden, der arme Kerl musste sich auf der Stelle übergeben, so furchtbar war sie zugerichtet. Der Mörder hat sie am ganzen Körper ..."

„Ich möchte das nicht wissen, Mrs. Murdstone", rief Violet. „Schlimm genug, dass die Polizei dieses Monster immer noch nicht gefasst hat."

Die Schneiderin bemerkte, dass ihre Kundin offensichtlich zartbesaitet war, und unterließ es daher, die blutrünstigen Schilderungen zu wiederholen, die in der Zeitung gestanden hatten. Eines konnte sie sich jedoch nicht verkneifen.

„Ja, ja – die Polizei! Immerhin hat sie jetzt etwas bekannt gegeben, was man uns bisher verheimlicht hat. Alle Opfer haben zwei tiefe Messerschnitte über dem rechten Handgelenk. Die Handschrift des Mörders. Deshalb haben die Polizisten auch gleich gewusst, dass die junge Frau in Holborn ebenfalls ein Opfer des Whitechapel-Mörders sein muss. Zart und dunkelhaarig war sie auch."

Violet war bei der Schilderung fast übel geworden. Als jetzt noch ein lautes Klirren aus der Küche erklang, fuhr sie heftig zusammen und musste sich auf einen der Korbstühle setzen. Mrs. Murdstone wurde bedenklich und versuchte, das Gespräch mit diplomatischem Geschick wieder auf ein sanfteres Thema zu lenken.

„Es ist ja auch jeder jungen Frau zu empfehlen, die langen Herbstabende zu Hause im gemütlichen Heim zu verbringen. Wie schön ist es doch, wenn das Kaminfeuer knistert, die Teekanne summt und man im kuscheligen Hauskleid mit einer Handarbeit am Feuer sitzt. Sehen Sie, Miss Burke, ich habe da einige Vorschläge für ein baumwollenes ..."

„Danke, Mrs. Murdstone", wehrte Violet ab. „Für die Bestellungen ist allein Mr. Marlow zuständig – ich habe da keinerlei Mitspracherecht. Wenden Sie sich doch bitte an ihn."

Mrs. Murdstones Züge sanken herab – für diesmal war wohl nichts zu machen. Doch sie hatte ja noch einige Lieferungen und würde die Gelegenheit sicher wahrnehmen, weitere Wünsche zu erwecken. Miss Burke wäre die erste Kundin in ihrer langjährigen Laufbahn, die in solchen Dingen tatsächlich kein Mitspracherecht gehabt hätte.

„Dann darf ich mich empfehlen, Miss Burke."

„Bis zum nächsten Mal, Mrs Murdstone."

Kaum hatte Maggy die Schneiderin zur Tür hinausgelassen, da eilte Violet in die Küche. Dort war Charles mit Besen und Kehrschaufel dabei, die Reste der geblümten Teekanne zusammenzukehren.

„Es ist meine Schuld", sagte Mrs. Waterbrook, die auf einem Stuhl saß und ganz blass war. „Ich habe nicht aufgepasst."

Violet sah bekümmert auf die Scherben. Die schöne Teekanne war vollkommen zersplittert – da würde auch kein Kitt mehr helfen.

„Nicht traurig sein, Mrs. Waterbrook", tröstete sie. „Alles im Leben hat seine Zeit – auch eine Teekanne."

Am Nachmittag setzte ein schwacher Nieselregen ein, der Marlow jedoch nicht von seinem Vorhaben abhielt. Violet hatte ein Ausgehkleid aus hellgrauem Stoff in Mrs. Murdstones Kartons gefunden, dazu eine lange, gefütterte Jacke aus dem gleichen Material gefertigt, mit schmalem, dunklem Pelzkragen besetzt und einen bezaubernden kleinen Hut, der mit zarten, gefärbten Federn und Schleierband geschmückt war. Marlow stand bereits in Hut und Mantel in der Halle und betrachtete sie ausgiebig, als sie in den neuen Kleidern die Treppe hinunterstieg.

„Na also!", äußerte er kurz angebunden.

Violet war sich nicht sicher, was er mit „Na also" ausdrücken wollte. Doch der lange Blick, mit dem er sie angestarrt hatte und das rasche Aufglühen in seinen Augen ließen sie vermuten, dass sie ihm in diesem Aufzug gefiel.

Sie spürte, dass ihr Herz wieder unruhig klopfen wollte, und sie schalt sich innerlich eine dumme Gans. Er trieb sein Spiel mit ihr – sie würde nie wieder so dumm sein, darauf hereinzufallen.

Als sie vors Haus traten, spannte Marlow einen überdimensional großen Regenschirm auf und bot Violet höflich den Arm.

„Ich glaube nicht, dass es klug wäre, wenn sie Arm in Arm mit mir durch die Stadt spazieren, Mr. Marlow", wehrte sie ab.

Er konnte nicht gleich antworten, denn ein Ehepaar ging an ihnen vorüber, das Marlow freundlich grüßte. Marlow lupfte den Hut und grüßte lächelnd zurück.

„Verflucht, Miss Burke", zischte er ihr zu, während er fortfuhr zu lächeln. „Tun Sie gefälligst das, wofür ich Sie bezahle."

„Aber wir könnten doch einen Hansom nehmen."

„Sie werden jetzt an meinem Arm unter diesem Regenschirm bis hinaus nach Covent Garden spazieren", befahl er. „Also hängen Sie sich endlich bei mir ein."

Violet wollte angesichts der zahlreichen Vorübergehenden kein Aufsehen machen. Also schob sie ihren Arm in den Seinen und ging mit steifem Rücken neben ihm her. Sie hatte geglaubt, dass sie ihre Rolle nur im Kreise seiner Bekannten spielen sollte – hier auf offener Straße behagte dieses Spiel ihr wenig. Was würde geschehen, wenn sie einen ihrer Klavierschüler traf?

Eine leichte Windböe fegte durch die Straße und nötigte ihn, den Schirm tiefer zu halten. Er fluchte leise vor sich hin und drückte ihren Arm fest an seine Hüfte.

„Das ist keine gute Idee, Mr. Marlow", beschwerte sie sich.

„Steht in unserem Vertrag nicht, dass Sie meine Anordnungen zu befolgen haben?"

„Ja, aber …"

„Na also!", fuhr er ihr über den Mund. „Dann hören Sie jetzt gut zu: Sie werden nicht von meiner Seite weichen und sich mir gegenüber so liebenswürdig benehmen, wie es einer jungen Verwandten zukommt. Ist das in Ihr Bewusstsein gedrungen?"

„Ja, Onkel Nicholas", gab sie ärgerlich zurück.

Er streifte sie mit einem wütenden Blick und nickte gleich darauf lächelnd einem älteren Herrn zu, der in einer Kutsche an ihnen vorüberfuhr.

„Da Sie schon einmal damit angefangen haben", knurrte er. „Bleiben wir also dabei. Obgleich ich eigentlich eher an einen Vetter gedacht hatte."

Sie schmunzelte vergnügt. Er war also eitel. Natürlich – warum war ihr das nicht gleich aufgefallen?

„Das hätten Sie mir sagen müssen, Mr. Marlow", meinte sie mit harmloser Miene. „Aber ich denke, Sie geben auch einen sehr respektablen Onkel ab."

Sie sah, wie sich seine Kiefermuskeln spannten, und freute sich, dass es ihr gelungen war, ihn zu ärgern.

„Verbindlichsten Dank", zischte er ihr zu.

Er schleppte sie in einige Läden in der Regent Street, wo er sich verschiedene Einrichtungsgegenstände, Vasen, Uhren und Nippes zeigen ließ, fragte bei jedem Gegenstand nach ihrer Meinung, kaufte jedoch nichts. Stattdessen schien er überall Ausschau nach Bekannten zu halten, die er stets mit lächelnder Miene grüßte und nach Möglichkeit in kurze Gespräche hinein zog. Violet spielte ihre Rolle wie erwünscht, gab sich schüchtern, von der großen Stadt London überwältigt und sehr glücklich, an der Seite ihres Onkels so viel Neues und Aufregendes entdecken zu dürfen.

„Onkel Nicholas ist solch ein guter Mensch. Er nimmt sich so viel Zeit für mich – obgleich er doch sicher eine Menge in seiner Kanzlei zu tun hat."

„Bei so einer hübschen Nichte wundert mich das überhaupt nicht. Möchten Sie mit Miss Violet nächsten Samstag zum Tee zu uns kommen, Mr. Marlow? Wir würden uns sehr freuen."

„Nächsten Samstag passt es mir leider gar nicht. Aber wir werden einen anderen Termin finden."

Nach dem vierten Laden, als sie schon das Marktgeschrei von Covent Garden über die Straße schallen hörten, blieb Marlow stehen und blitzte Violet zornig an.

„Habe ich Ihnen gesagt, dass Sie Verabredungen treffen sollen?"

„Das habe ich nicht. Es war Ihre Bekannte, die uns eingeladen hat."

„Hören Sie auf, den Leuten die Köpfe zu verdrehen, verdammt. Sie sollen höflich und zurückhaltend bleiben. Und sich nicht überall als die bezaubernde, kleine Nichte einschmeicheln!"

„Ja, Onkel Nicholas!"

Er schnaubte verärgert.

„Nennen Sie mich nicht ‚Onkel Nicholas', wenn wir unter uns sind!"

„Verzeihung, Mr. Marlow. Ich dachte, wir wären hier auf der Straße in der Öffentlichkeit."

„Wir sind nur dann in der Öffentlichkeit, wenn wir Bekannte treffen, Miss Burke. Merken Sie sich das!"

„Und wie soll ich Sie vor Mr. Forch anreden, der heute Abend unser Gast sein wird?", fragte sie boshaft.

„Was haben Sie ihm erzählt?", knurrte er.

„Dass Sie mich als Ihre Hausdame engagiert haben."

„Also werde ich Mr. Marlow sein."

„Ganz wie Sie wünschen, Mr. Marlow."

Trotz der feuchten Witterung hatten einige Händler auch außerhalb der lang gezogenen Hallen ihre Stände aufgestellt, meist waren es Blumenhändler, deren Ware an ein wenig Nieselregen keinen Schaden nahm. Lauthals priesen sie ihre Sträuße an, überbrüllten sich gegenseitig und nahmen kein Blatt vor den Mund, wenn es galt, den Konkurrenten aus dem Feld zu schlagen.

Marlow hob den Schirm ein wenig an, damit Violet bessere Sicht hatte. Hinter den Ständen hatten sich einige junge Kerle unter einen Baum gehockt, um vor dem Regen geschützt zu sein. Sie trugen zerschlissene Jacken und ausgebeulte Hosen, einige von ihnen waren noch Kinder, was sie nicht daran hinderte, von dem Fusel zu trinken, der die Runde machte. Alle warteten hier in der Hoffnung, sich als Träger ein paar Pennys zu verdienen.

„Ein Fall für Mrs. Wickfield", murmelte Marlow zynisch. „Ein Teller warme Suppe würde das Elend dieser armen Burschen ganz gewiss beenden."

Violet schwieg betroffen. Natürlich würde ein Teller Suppe wenig am Schicksal dieser Kinder ändern. Und doch war es immer noch besser, als gar nichts zu tun. Marlow schien wenig Lust zu haben, diesen Punkt zu diskutieren, denn er führte sie ohne eine weitere Bemerkung ins Innere der Halle. Hier schloss er umständlich seinen Schirm, schüttelte ihn aus und ließ Violets Arm los.

„Schön neben mir bleiben", ordnete er an.

Sie gehorchte – was im Gedränge gar nicht so einfach war. Besonders die Frauen, die mit gefüllten Körben unterwegs waren, und wenig Lust hatten, zur Seite zu gehen, nötigten sie immer wieder, von Marlows Seite zu weichen und kleine Umwege zu gehen. Dann blieb er ärgerlich stehen, wartete ungeduldig, bis sie im Gedränge wieder auftauchte, und fasste sie für kurze Zeit an der Hand.

Was er hier wollte, war ihr schleierhaft. Interessiert bewegte er sich zwischen den Ständen umher, besah Äpfel, Kohl oder Karotten, betrachtete Töpfe mit gezuckerten oder eingelegten Früchten, roch an Gewürzen und Kräutern und erkundigte sich ausführlich nach der Qualität des angebotenen Honigs. Überall fragte er nach ihrer Meinung, wies sie auf diese oder jene Ware hin und zeigte dann wieder zu den hohen, glasgedeckten Stahlbögen hinauf, die sich über ihnen wölbten, und begann, deren Konstruktion zu erläutern. Eine Weile standen sie, um einer Gruppe von Schaustellern zuzusehen, die mitten in der Halle lauthals grobe Späße zum Besten gaben, das Gedränge dadurch noch vergrößerten und immer wieder lautes Gelächter hervorriefen.

Marlow spendete zwar den Schaustellern ein paar Pennys, kaufte jedoch nicht ein einziges müdes Äpfelchen, obgleich Violet vom Anblick des leckeren Obstes schon das Wasser im Mund zusammenlief. Erst als sie das Ende der Halle erreicht hatten, suchte er einen der vielen Blumenverkäufer und erwarb dort einen kleinen Strauß gelber Chrysanthemen, den er ihr mit gönnerhaftem Lächeln überreichte.

„Die Blumen passen gut zu deiner Haarfarbe, kleine Nichte", sagte er mit gönnerhaftem Lächeln, das ihm sofort verging, als er bemerkte, dass Violet errötete.

„Vielen Dank, Mr. Marlow."

Violet trug die Blumen in der Hand, während sie nun wieder an seinem Arm eingehängt und von ihm beschirmt den Heimweg antrat. Sie stellte fest, dass es angenehm war, an seiner Seite zu gehen, denn er bemühte sich, ihr den Weg so weit wie möglich zu erleichtern. Stets ging er an der Straßenseite, um sie vor vorüberrasselnden Gefährten zu schützen, er sorgte dafür, dass sie keine Pfütze durchqueren musste und niemals war sie ohne den Schutz des großen Schirmes, den er über sie beide hielt.

Sie waren schon fast wieder zuhause, da blieb er an der Ecke der Regent Street vor dem Schaufenster eines Antiquariats stehen.

„Warten Sie hier – ich bin gleich wieder da", erklärte er und drückte ihr den Schirm in die Hand.

Verärgert stand sie auf der Straße und schaute durch das Schaufenster in den Laden hinein. Dort stand Marlow in angeregtem Gespräch mit dem Buchhändler und ließ sich einige dicke Folianten zeigen, blätterte in ihnen herum und seine Augen glänzten vor Begeisterung. Natürlich – wenn es um Bücher ging, brauchte die kleine Nichte nicht in seiner Nähe zu sein. Frauen hatten ja weniger Gehirnmasse aufzuweisen – was also sollten sie wohl mit einem Buch anfangen, außer es gelegentlich abzustauben?

Immerhin waren im Schaufenster einige gebrauchte Notenbände ausgestellt und sie besah sich interessiert die Preise. Vielleicht würde sie sich ja bald einige davon leisten können? Immerhin hatte sie eine gut bezahlte Stelle und würde in einigen Wochen ihren ersten Lohn erhalten.

„Miss Burke. Ich hätte Sie ja fast nicht wiedererkannt!"

Sie drehte sich rasch um und erblickte zu ihrer Überraschung Mr. Barney, der in einem leicht abgetragenen Regenmantel vor ihr stand und sie anlächelte. Er wirkte in diesem Aufzug wie ein harmloser, verträumter Junge, und sie musste sich heftig zusammennehmen, um ihm ihren Widerwillen nicht allzu deutlich zu zeigen.

„Mr. Barney! Was für eine Überraschung. Was treibt sie bei diesem Wetter durch die nassen Straßen?"

Er musste seine Brille abnehmen, da sie voller Regentröpfchen war, und wischte mit einer Ecke seines Mantelstoffes daran herum.

„Oh – Sie wissen schon, Miss Burke: die Bücher. Ich beabsichtige, eine Ausgabe von Dantes Göttlicher Komödie zu erwerben, die mir neulich hier sehr günstig angeboten wurde."

„Da wünsche ich Ihnen viel Glück", meinte sie kühl. „Und wie geht es Ihrem Roman? Sind Sie vorangekommen?"

Er setzte die Brille wieder auf, was seine Sicht jedoch wenig verbesserte, denn die Gläser waren schlierig von dem verschmutzten Mantelstoff.

„Ach Miss Burke", jammerte er und sein schmales Gesicht zog sich noch ein wenig mehr in die Länge. „Seitdem Sie fort sind, will mir nichts mehr einfallen. Ich sitze vor dem Papier, grüble, denke, quetsche mir das Hirn aus – und nichts will dabei herauskommen."

„Das tut mir leid, Mr. Barney."

Er betrachtete angelegentlich den gelben Blumenstrauß und schüttelte traurig den Kopf.

„Warum haben Sie denn nur nicht auf mich gehört, Miss Burke. Sie haben das Zeug zu einer Künstlerin und dürfen sich nicht mit solch profanen Dingen wie der Führung eines Haushalts verschwenden. Ich hätte alles für Sie in die Wege geleitet. Ein Zimmer, Schüler, Möglichkeiten, als Pianistin aufzutreten …"

Violet verzog keine Miene, obgleich sie ihm gern gesagt hätte, was sie von ihm hielt.

„Es ist nicht so leicht, sich als Klavierlehrerin sein Brot zu verdienen, Mr. Barney. Es war sehr liebenswürdig von Ihnen, mir diese Arbeit im „Green Palace" zu vermitteln – aber leider hat man mich gleich wieder entlassen. So ist das nun einmal."

„Das ist mir zu Ohren gekommen", sagte er traurig und begann, mit einer Hand in der Tasche seines Regenmantels zu wühlen. „Aber es hat eine Anfrage gegeben, Miss Burke. Jemand möchte Sie als Pianistin anstellen – wo habe ich denn nur die Karte?"

Violet bemerkte plötzlich, dass Marlow sie durch die Glasscheibe hindurch anstarrte. Aha – jetzt hatte er bemerkt, dass sie einen Bekannten getroffen hatte. Die nächste Rüge würde nicht auf sich warten lassen.

„Bemühen Sie sich bitte nicht, Mr. Barney", wehrte sie ab. „Ich habe eine gute Stellung und denke nicht daran, mich zu verändern."

„Hier!", rief er vergnügt und hielt ihr eine gedruckte Visitenkarte entgegen. Sie war aus teurem Kartonpapier und Violet erkannte ein Wappen über dem Namenszug.

„Die Dame hat Sie schon im Green Palace angesprochen und ihr Ehemann hat sich gestern dort nach Ihnen erkundigt. Leider hatte Mr. Summers keine Ahnung, wo Sie abgeblieben waren, daher hat er sich an mich gewandt."

Violet zögerte, doch dann nahm sie die Visitenkarte und steckte sie in die Tasche ihrer Jacke. Vielleicht handelte es sich ja um die gütige Dame in Trauerkleidung, die ihr Spiel so gelobt hatte, in diesem Fall war sie gern bereit, ihr einen Gefallen zu tun.

„Die Dame ist ein wenig schwermütig und sucht eine junge Person, die ihr auf dem Klavier vorspielt", erklärte Mr. Barney und nickte dabei so heftig, dass ihm das Wasser vom Hut tropfte.

Als Marlow die Tür des Antiquariats mit verhaltener Wut aufriss und dabei ein fulminantes Klingeln verursachte, ergriff Barney eilig Violets Hand, um sie zum Abschied kurz zu drücken und empfahl sich. Er lief so hastig davon, dass der graue Regenmantel um seinen schmächtigen Körper flatterte und er einer übergroßen Fledermaus glich.

„Ich sehe, die Lady wärmt wieder alte Freundschaften auf", sagte Marlow giftig. „Hatte ich Sie nicht gebeten, das zu unterlassen?"

„Es war nur Mr. Barney."

Marlow trug einige Bücher unter dem Arm, die mit einer Schnur zusammengebunden waren. Jetzt nahm er ihr den Schirm aus der Hand und ging mit solch großen Schritten voran, dass sie ihm kaum folgen konnte.

„Gestern Mr. Potter - heute Mr. Barney! Sie scheinen an allen Ecken zu stehen, Ihre Bekannten!", schimpfte er.

„Was soll ich tun? Eine Maske aufsetzen? Mir eine Tarnkappe überziehen?"

„Das fehlte gerade noch."

Zu Hause in der Warwick Street angekommen, verschwand Marlow in der Bibliothek, um sich dort in aller Ruhe mit den neu gekauften Büchern zu befassen. Violet kümmerte sich um die Vorbereitungen für den anstehenden Besuch, wies Maggy an, den Tisch im Speisezimmer herzurichten und ging dann mit ihr in die Küche, um den Blumenstrauß zu einer passenden Tischdekoration umzugestalten.

Mrs. Waterbrook hatte gerötete Wangen, sie war mit der Herstellung des Puddings beschäftigt, aus dem Ofen entwich ein köstlicher Duft, der von der lecker gewürzten Hammelkeule herrührte.

„Er hat Ihnen Blumen gekauft!", stellte Mrs. Waterbrook anerkennend fest, und sie warf Charles, der am Tisch saß und das Tafelsilber putzte, einen bedeutungsvollen Blick zu.

„Aber Sie dürfen diese schönen Blumen doch nicht als Tischschmuck verwenden", rief Maggy. „Ich werde sie in eine Vase stellen und in ihr Zimmer tragen, Miss Burke."

„Aber nein, Maggy. In meinem Zimmer verwelken sie nur, und hier auf dem Tisch werden sie wunderschön aussehen."

„Nehmen Sie meinen Rat an und tun Sie das nicht, Miss Burke!", sagte Mrs. Waterbrook mit Entschiedenheit.

„Aber wieso denn nicht?"

Mrs. Waterbrook wandte sich schweigend ihrem Pudding zu, sie schien ihre Warnung nicht weiter erläutern zu wollen. Dafür glaubte Maggy, etwas erklären zu müssen.

„Mr. Marlow könnte es Ihnen übel nehmen, das ist es, was Mrs. Waterbrook meint", schwatzte sie. „Er hat Mrs. Clarissa früher oft Blumen geschenkt – aber sie hat sie alle fortgeworfen."

Violet verbiss sich die Bemerkung, dass Marlow möglicherweise Gründe gehabt haben könnte, seiner Frau Blumen mitzubringen.

„Das ist schade", meinte sie kopfschüttelnd. „Mochte sie keine Blumen?"

Maggy drehte an einer Ecke ihrer weißen Schürze und fing einen warnenden Blick von Mrs. Waterbrook auf.

„Es war eben so, dass Mrs. Clarissa oft Dinge tat, die niemand begreifen konnte."

„Maggy!", fuhr Mrs. Waterbrook dazwischen und rührte energisch in ihrer Puddingschüssel herum.

„Na, ist doch die Wahrheit", sagte Maggy trotzig. „Mr. Marlow hat sich wirklich viel Mühe mit ihr gegeben. Und was hat sie getan? Sie hat Gegenstände nach ihm geworfen, einmal sogar einen Spiegel – ich selbst hab immer die Scherben auflesen müssen."

„Maggy – es ist genug!", unterbrach sie die Köchin. „Sie ist tot, die Ärmste, es gibt keinen Grund, schlecht über sie zu reden."

„Keinen Grund?", meinte Maggy und zog die Nase hoch. „Geprügelt hat sie mich – ich hab Nasenbluten davon gekriegt. Sie war eine böse Frau, Miss Burke. Ich habe ihr keine Träne nachgeweint, als sie sich umbrachte."

„Halt dein loses Maul, Maggy", ließ sich jetzt Charles vernehmen. „Mrs. Clarissa war krank. Das ist alles."

Violet hatte ihre Blumen auf den Tisch gelegt, um das Gebinde zu öffnen und die Blüten in einer Vase anzuordnen. Doch das Gespräch nahm sie so in Anspruch, dass sie noch keinen Finger gerührt hatte.

„Sie war krank?", fragte sie mitleidig. „Woran litt sie?"

„Das ist nicht so einfach zu sagen", meinte Mrs. Waterbrook und sie rückte eine Kristallschale zurecht, um den Pudding hinein zu füllen. „Es war ihre Seele, die krank war."

„Ihre Seele!", rief Maggy laut und fing an zu lachen.

„Schweig endlich, dummes Ding!", fauchte die Köchin und hielt drohend den Löffel in die Höhe. „Hör auf, deine Herrschaft schlecht zu machen."

Maggy zog einen Flunsch und wiegte sich herausfordernd in den Hüften.

„Und wer hat Mrs. Clarissa das komische Zeug geschickt, das jetzt in der Kammer steht? Und warum hat sie sich immer in ihrem Zimmer eingeschlossen, wenn Mr. Marlow nicht zu Hause war? Ja, sie war schon ziemlich verrückt, das kann man sagen. Einmal habe ich sie gesehen, wie sie mitten in der Nacht durch die Flure lief. Nur mit dem Nachthemd am Leib. Da hat sie mich gepackt und geohrfeigt – wo ich doch nichts getan hatte."

„Recht hat sie gehabt!", schimpfte Mrs. Waterbrook und bewegte sich mit erstaunlicher Gelenkigkeit zu Maggy hinüber. „Was hattest du denn mitten in der Nacht im Flur zu suchen, du kleine Schlampe?"

Violet konnte gerade noch verhindern, dass die aufgebrachte Köchin Maggy ein paar Ohrfeigen verpasste.

„Maggy, geh an deine Arbeit", rief Violet ärgerlich. „Und Sie nehmen sich zusammen, Mrs. Waterbrook. Wir haben noch einiges vorzubereiten und ich möchte keinen Streit haben."

Mrs. Waterbrook drohte dem davoneilenden Mädchen mit der flachen Hand und wandte sich dann mit düsterer Miene dem Herd zu, um nach den Hammelkeulen zu sehen.

„Im Übrigen interessiert mich die Ehe von Mr. Marlow nicht", stellte Violet klar.

Sie begann nervös, den Strauß auseinander zu pflücken und ordnete die Blüten in einer Schale neu an. Sie hatte gelogen – die Details über Marlows unglückliche Ehe hatten in ihr eine brennende Neugier erweckt. Hing seine seltsame Kälte und Ironie vielleicht auch damit zusammen, dass seine Frau ihn nie geliebt hatte? Aber warum hatte sie ihn dann geheiratet? Ihre Eltern waren reich und sie war die einzige Tochter – es hatte sicher viele Bewerber um ihre Hand gegeben.

Jeremy Forch erschien pünktlich um sechs Uhr, die Wangen von der kühlen Witterung gerötet, ein paar winzige Regentröpfchen hingen noch in seinem melierten Backenbart. Er verbreitete gute Laune, erklärte der errötenden Maggy, sie würde immer hübscher, schwärmte von Mrs. Waterbrooks weithin berühmter Kochkunst und lobte Charles für die Umsicht, ihm ein Paar Hausschuhe bereitgestellt zu haben. Das Personal schien ihn recht gut zu kennen, alle strahlten und gingen bereitwillig auf seine Scherze ein, und Violet schien es, als wehe plötzlich ein freundlicher, warmer Wind durch das alte Haus.

Auch Marlow, der aus der Bibliothek herbeikam, um den Gast in der Halle zu begrüßen, erschien Violet gelöst und sein Lächeln war nicht gespielt. Er schien seinen väterlichen Freund Jeremy Forch sehr zu mögen.

„Bezaubernd – rundweg bezaubernd, Miss Burke", rief Forch, als Violet auf ihn zutrat, um ihn zu begrüßen. „Mein lieber Nicholas – mit dieser Lady hast du dir eine kleine Schönheit ins Haus genommen. Ich hoffe sehr, dass du das zu schätzen weißt. Großer Gott – wenn ich nicht so ein alter Kerl und noch dazu eingefleischter Junggeselle wäre – ich würde auf der Stelle um Ihre Hand anhalten, Miss Burke."

„Du hast schon immer zu voreiligen Handlungen geneigt, lieber Jeremy", versetzte Marlow lächelnd. „Ein hübsches Gesicht ist noch lange kein Grund, einer Frau gleich die Ehe anzutragen."

Forch ließ sich durch die Bemerkung seines Freundes nicht aus dem Konzept bringen.

„Nun, wenn es der einzige Grund wäre - meinetwegen", meinte er schmunzelnd. „Aber wie ich sehr wohl weiß, verfügt Miss Burke auch über zahlreiche weitere Eigenschaften, die Bewunderung verdienen."

„Nun, ich bin mit ihrer Arbeit hier im Haus bisher sehr zufrieden", sagte Marlow leichthin. „Miss Burke ist zwar etwas eigensinnig – aber wir kommen miteinander zurecht."

„Du vergisst, dass Miss Burke eine ausgezeichnete Pianistin ist, lieber Nicholas."

„Setzen wir uns zu Tisch, mein Bester", unterbrach ihn Marlow. „Mrs. Waterbrook schätzt es nicht, wenn wir die Mahlzeit kalt werden lassen."

„Um Himmels willen! Das wäre ein großer Verlust für uns. Und eine Missachtung dieser großartigen Köchin. Bitte nach Ihnen, Miss Burke."

Das Essen verlief ausgesprochen fröhlich, was vor allem daran lag, dass Forch den Hauptteil der Unterhaltung übernahm. Den anderen Teil bestritt Violet, die sich in seiner Gesellschaft unbefangen fühlte und heiter dahinplauderte. Marlow warf nur hin und wieder einen Satz ein, saß jedoch die meiste Zeit schweigend an seinem Platz, aß – wie gewohnt – sehr wenig, trank dafür jedoch mehrere Gläser Sherry. Sein Blick ruhte häufig auf Violet, die an diesem Abend besonders hübsch aussah, denn sie hatte das Haar auf neue Art aufgesteckt und die rote Farbe ihres neuen Gesellschaftskleides warf einen warmen Schein auf ihre helle Haut. Sie war nicht nur eine aufmerksame Zuhörerin, sie verstand es auch, die richtigen Fragen zu stellen, sie lachte herzlich und ging gutmütig auf die Scherze des Gastes ein. Als sie später – unter Einwirkung eines Glases Rotwein - von ihrer Begeisterung für die Musik des großen Beethoven sprach, glühte sie vor Aufregung, und Forch sah sie lächelnd an.

„Wollen wir Miss Burke bitten, ein wenig für uns zu spielen, Nicholas? Ich glaube, sie würde mir damit eine große Freude machen. Und dir gewiss auch."

Violet sah mit zweifelnder Miene zu Marlow hinüber, denn sie fürchtete, er werde abwinken. Doch zu ihrer Überraschung zuckte er die Schultern, so als halte er den Vorschlag zwar für reichlich überflüssig, wolle aber seinem Freund den Spaß nicht verderben.

„Dann entschuldigen Sie mich bitte für einen Moment, Gentlemen. Ich gehe nur rasch auf mein Zimmer hinauf, um meine Noten zu holen."

Während sie die Treppen hinauf lief, spürte sie plötzlich ein merkwürdiges, völlig ungerechtfertigtes Glücksempfinden in ihrem Inneren. War es die Wirkung des Weins, den sie zum Essen getrunken hatte? Während man miteinander am Tisch saß und plauderte, hatte sie für einige Augenblicke das Gefühl gehabt, Marlow sehe sie mit völlig anderen Augen an.

Nimm dich in acht, sagte sie zu sich selbst. Bilde dir nur nicht ein, dass er etwa in dich verliebt wäre. Du bist nichts als sein Spielzeug.

Und wenn es ihr gelänge, durch die Musik einen Weg zu ihm zu finden? Zu jenem Nicholas Marlow, der er früher einmal gewesen war.

Sie suchte in ihrem Notenstapel und wählte schließlich ein Werk von Beethoven, das sie ganz besonders liebte. Es war ein anspruchsvolles Werk und sie würde an ihre technischen Grenzen gelangen, dazu kam, dass Marlows Klavier ihr neu und ungewohnt sein würde. Doch kein anderes Musikstück hatte sie so sehr aufgewühlt wie dieses.

Sie ging langsam durch den Flur, das Notenheft an die Brust gepresst, immer noch unentschlossen, ob sie dieses Wagnis eingehen sollte. Aber was hatte sie schon zu verlieren?

Von unten drangen Stimmen zu ihr hinauf. Die beiden Männer hatten sich in der Halle eingefunden und in Erwartung des Klaviervorspiels auf den Rattanstühlen Platz genommen.

„Ich weiß, dass es völlig absurd ist, Nicholas. Dennoch solltest du vorsichtig sein. Die ganze Stadt ist in Aufruhr und meine ehemaligen Kollegen bei der Polizei stehen unter einem riesigen Druck."

„Was könnte es euch nützen, den Falschen zu verhaften? Der Mörder von Whitechapel wird weiter sein Unwesen treiben."

„Es geht auch um deine Reputation als Anwalt. Allein der Verdacht – selbst wenn er sich als falsch erweist – kann schon großen Schaden anrichten. Das weißt du selbst am besten."

„Was soll ich tun? Auswandern?"

„Du könntest für eine Weile auf Reisen gehen. Quartiere dich bei irgendwelchen Verwandten ein, die später bezeugen können, dass du dich bei ihnen aufgehalten hast."

„Das ist doch absurd."

„Eine Vorsichtsmaßnahme. Weiter nichts. Früher oder später wird er einen Fehler machen und die Kollegen kriegen ihn. Meine Güte – bin ich froh, dass ich schon im letzten Jahr meinen Abschied vom Dienst genommen habe und mir diese böse Geschichte erspart geblieben ist."

„Ja, du bist ein Glückspilz, Jeremy!"

Violet hatte dem Gespräch ungläubig zugehört. Hatte sie recht verstanden? Marlow wurde verdächtigt, der Mörder von Whitechapel zu sein? Aber das war doch vollkommen irrsinnig. Sie schüttelte den Kopf und ging nun mit entschlossenen Schritten die Treppe hinunter.

Forch saß mit angewinkelten Knien, die Hände vor dem Bauch gefaltet und lächelte Violet erwartungsvoll entgegen, Marlow hatte die Beine weit ausgesteckt und den rechten Arm auf die Lehne des Stuhls gestützt. Er hatte sein Sherryglas mitgenommen, es neben sich auf das Tischlein gestellt und nippte hin und wieder davon. Seine Miene war unbeweglich, die Augen halb geschlossen und zu Boden gerichtet. Er sah aus wie ein Mensch, der eine unangenehme, aber leider unvermeidbare Angelegenheit über sich ergehen lassen muss.

Das Klavier hatte im Hintergrund des Raumes an der Wand gestanden, man hatte einen bunten Kelim darüber geworfen, weswegen Violet das Instrument zwischen den üppigen Topfpflanzen nicht gleich entdeckte hatte. Nun hatte man Charles beauftragt, das Instrument in die Mitte des Raumes zu rollen, und auch ein Klavierhocker hatte sich angefunden. Violet genoss den Moment, als sie den Deckel der Klaviatur anhob und schöne, mit Elfenbein belegte Tasten sichtbar wurden.

Probeweise schlug sie einige Tonfolgen an und stellte entzückt fest, dass das Instrument einen hervorragenden Klang hatte und – obgleich es lange nicht gespielt worden war - die Stimmung gehalten hatte. Ihr Herz klopfte, doch ihre Finger waren ruhig, wie immer, wenn sie Klaviertasten unter sich spürten.

Der erste Akkord erfüllte den Raum mit düsterem, erwartungsschwangerem Klang, ließ die Realität versinken und schuf eine fantastische Welt der Emotionen. Violet spielte wie im Rausch, hörte die Töne und Rhythmen in ihrem Inneren noch bevor ihre Hände sie spielten, gab sich der dunklen, erregenden Atmosphäre dieser Klangwelt vollkommen hin, spann sich darin ein, spürte sie am ganzen Körper.

Nach dem ersten Satz hielt sie inne, lehnte sich ein wenig zurück und ließ die Hände sinken, während all ihre Sinne noch bei der Musik waren. Niemand sagte ein Wort, doch sie spürte deutlich die Spannung im Raum und setzte ihr Spiel unaufgefordert fort. Als der letzte Akkord verklungen war, blieb sie still vor dem Instrument sitzen, lauschte den Tönen nach, dann schloss sie langsam das Notenheft und wandte ihr Gesicht den Zuhörern zu.

Forch musste eine Träne aus dem Augenwinkel wischen, dann riss er die Hände hoch und klatschte Beifall. Drüben am Trüben am Kücheneingang fiel das Personal in den Applaus ein, Charles schlug die Hände so heftig zusammen, dass es einer Serie von Pistolenschüssen glich und Mrs. Waterbrook entfuhr der Satz:

„Der Himmel steh mir bei – das war großartig."

Auch Maggy spendete jetzt Applaus – sie war auf einem Küchenstuhl in sanften Schlummer gefallen und von dem Beifall geweckt worden.

Violet sah neugierig zu Marlow hinüber, der die Augen geschlossen hielt. Als er ihren Blick spürte, blinzelte er und wandte das Gesicht zur Seite.

„Ziemlich gefühlsduselig, diese Appassionata", sagte er zu Forch. „Ich finde, man sollte sie heutzutage nicht mehr spielen."

Violet hatte das Gefühl, als habe ihr jemand einen Eimer mit eiskaltem Wasser übergekippt.

„Keine Sorge, Mr. Marlow", sagte sie, sich mühsam beherrschend. „Ich werde Sie nie wieder mit meinem Geklimper belästigen."

Damit stand sie auf und lief die Treppen hinauf in ihr Zimmer.

Warum hatte sie sich nur darauf eingelassen? Sie hätte sich doch denken können, dass dieser Versuch zum Scheitern verurteilt war. Ach, sie hatte so viel von sich preisgegeben in ihrem Spiel – doch alle Gefühle, die sie so offen gezeigt hatte, waren an seiner harten Schale abgeprallt.

Violet saß auf ihrem Bett und versuchte, die Tränen zurückzuhalten. Nur undeutlich vernahm sie einen lauten, zornigen Wortwechsel, der unten in der Halle geführt wurde, dann schlug die Außentür zu. Gleich darauf stürmte jemand die Treppe hinauf, und die Tür der Bibliothek wurde mit ziemlicher Kraft ins Schloss geworfen.

Warum benehme ich mich so albern, dachte sie und wischte sich die Tränen von den Wangen. Ich musste damit rechnen, dass es so kommen würde, weshalb hatte ich nicht die Kraft, ihm eine kühle, ironische Antwort zu verpassen und zur Tagesordnung überzugehen? Stattdessen bin ich wie eine dumme Gans davongelaufen und habe damit auch Forch den Abend verdorben.

Haltung bewahren. Einer adeligen Lady, die von Kind an dazu erzogen wurde, ihre Gefühle zu verbergen, wäre so etwas nicht passiert. Aber sie war nun einmal keine adelige Lady, nicht einmal eine gestandene Hausdame – sie war eine dumme, kleine Klavierlehrerin, die sich verliebt hatte und bitter enttäuscht worden war.

Ja, nun war es sicher. Sie hatte sich in diesen schrecklichen Menschen verliebt. Wäre er ihr gleichgültig, dann hätte sie jetzt allerhöchstens ärgerlich sein dürfen. Aber sie weinte vor Enttäuschung.

Es war jetzt ruhig im Haus, nur aus der Küche war leises Geklapper zu hören – Mrs. Waterbrook war mit dem Abwasch beschäftigt. Violet erhob sich und trat ans Fenster, um in den düsteren Hof zu starren. Eine Straßenlaterne warf ihr diffuses, gelbliches Licht auf das Pflaster und ließ die Wacholderbüsche hinter dem Hof wie unförmige Riesen erscheinen.

Es war hoffnungslos, sie kämpfte gegen Windmühlen. Die Tränen flossen erneut, und sie musste ein Taschentuch aus der Kommode hervorkramen, um sich die Nase zu putzen.

Schritte wurden auf der Treppe hörbar, gleich darauf schlurfte jemand über den Flur.

„Miss Burke?", rief Maggy von draußen.

„Was ist?"

„Mr. Marlow lässt Sie bitten, zu ihm herunterzukommen."

Violet erschrak. Vermutlich war er wütend, weil sie davongelaufen war. Auf keinen Fall wollte sie ihm mit rot verweinten Augen gegenübertreten.

„Ich … ich kann jetzt nicht. Sag ihm, ich sei schon zu Bett gegangen."

Maggy entfernte sich und Violet lauschte mit bangem Herzen auf ihre Schritte, unter denen die hölzernen Treppenstufen knackten und knarrten.

Jetzt würde er erst recht zornig auf sie sein. Vermutlich würde er ihr eine heftige Szene machen und sie würde große Mühe haben, sich zu verteidigen. Was konnte sie ihm schon vorwerfen? Seine Kälte? Seine Unhöflichkeit? Sein mangelndes Taktgefühl? Sie wusste schon im Voraus, dass er darüber nur lachen würde.

Seufzend schloss sie die Gardinen und begann, sich auszukleiden. Da hörte sie, wie unten eine Tür aufgerissen wurde und jemand die Treppe in den zweiten Stock hinauf stieg. Es war nicht Maggys Schritt, der war schwer und langsam. Diese Fußtritte waren elastisch und es hatte den Anschein, als nehme jemand mehrere Stufen auf einmal.

Sie hatte gerade noch Zeit, ihr Kleid wieder zu schließen, da klopfte es an ihrer Tür.

„Miss Burke! Ich möchte mit Ihnen reden!"

Sein Ton klang zwar entschlossen, aber keineswegs drohend. Dennoch wich sie erschrocken zurück und wäre fast gegen die Kommode gestolpert. Er ließ sich nicht so einfach abwimmeln, das hätte sie sich denken können.

„Ich … ich bin im Begriff, zu Bett zu gehen, Mr. Marlow."

„Es dauert nur wenige Minuten. Lassen Sie mich hinein, oder kommen Sie in die Bibliothek hinunter."

Was hatte er vor? Wollte er gar wieder eine seiner halbherzigen Entschuldigungen vorbringen? Sie mit seiner schlauen Überredungskunst versöhnen? Ich darf jetzt nicht nachgeben, fuhr es ihr durch den Kopf. Nicht wieder sein Spiel mitspielen.

„Kommen Sie herein."

Sie hatte die Tür in ihrer Aufregung nicht abgeschlossen, so brauchte er nur den Türknauf zu drehen, um bei ihr einzutreten. Ruhig ging er einige Schritte in den Raum hinein, überflog die Einrichtung mit raschem Blick und blieb dann neben dem Kamin stehen. Sein Gesicht wirkte im Schein der Gaslampe noch bleicher als gewöhnlich, der Mund war sehr schmal und seine Augen flackerten unruhig, als er Violet ansah. Er stand einen Moment lang unbeweglich und schien Mühe zu haben, das Gespräch zu beginnen.

„Ich höre, Mr. Marlow", sagte Violet schließlich ungeduldig. Ihr wurde unter seinem intensiven Blick unbehaglich, denn ihm war ohne Zweifel aufgefallen, dass sie geweint hatte.

„Sie haben vorhin ziemlich heftig reagiert", sagte er. „Hätten Sie besser zugehört, dann hätten Sie bemerkt, dass ich kein einziges Wort über ihr Spiel verloren habe. Meine Kritik galt ausschließlich dem Werk, das mir momentan etwas abgedroschen erscheint."

Es war eine einfache Feststellung und Violet erkannte verblüfft, dass er recht hatte. Er hatte Beethoven kritisiert und nicht ihr Klavierspiel. Immerhin – es war schlimm genug.

„Die Appassionata ist ein großartiges Werk voller Kraft und Emotionen", sagte sie aufgeregt. „Wie können Sie da von abgedroschen sprechen?"

Er kniff die Augen zusammen, als müsse er gegen den Wind laufen und wandte den Kopf ein wenig zur Seite.

„Vielleicht stört mich gerade diese außerordentliche Gefühlsaufwallung. Die Menschen empfinden nicht alle gleich, Miss Burke."

Seine Züge waren jetzt so abweisend, dass sie fast starr wirkten. Er hatte die Augenbrauen gesenkt und sah an Violet vorbei auf eine Stelle an der Wand, wo nichts, aber auch gar nichts zu erkennen war. Plötzlich begriff sie, dass seine Maske bröckelte, dass er seine kalte Gleichgültigkeit nur noch mit großer Mühe bewahren konnte. Er log, wenn er behauptete, diese Musik nicht zu lieben. Er wagte nicht einzugestehen, wie sehr ihn diese Klänge im Innersten berührt hatten. Sie hatte erreicht, was sie sich vorgenommen hatte.

„Ich verstehe, Mr. Marlow.", sagte sie leise.

Der weiche Klang ihrer Stimme stand einen Augenblick lang im Raum und sie sah, dass seine Wangenmuskeln zuckten. Dann wandte er abrupt den Kopf und sah sie mit grauen, kühlen Augen an.

„Hören Sie zu, Miss Burke: Ich bin zu der Überzeugung gekommen, dass Sie nicht die Richtige für diese Aufgabe sind. Deshalb schlag ich vor, dass wir uns unverzüglich trennen."

Violet war auf alles Mögliche gefasst gewesen, aber nicht darauf. Er wollte sie fortschicken. Gerade jetzt, da sie schon geglaubt hatte, einen Schritt weiter zu sein. Vielleicht tat er es gerade deshalb.

„Aber … wir haben einen Monat Probezeit verabredet."

„Das weiß ich. Ich mache Ihnen deshalb ein Angebot: Sie behalten alle Kleider und ich zahle Ihnen zusätzlich das Honorar für ein ganzes Jahr. Allerdings nur unter einer Bedingung."

Es war ein unglaubliches Angebot. Hundert Pfund für nur vier Tage, an denen sie eigentlich kaum gearbeitet hatte.

„Was für eine Bedingung?"

„Sie werden London verlassen und sich irgendwo in der Provinz einrichten. Mit dem Geld werden Sie eine Weile zurechtkommen – was Sie dann unternehmen, ist Ihre Sache."

„Aber weshalb sollte ich das tun?", wunderte sie sich.

„Das liegt doch auf der Hand", gab er gelassen zurück. „Ich habe Sie überall als meine Nichte vorgestellt. Es wäre ziemlich unpassend, wenn jemand Sie in naher Zukunft in der Stadt treffen und daraufhin ansprechen würde. Vor allem, falls Sie vorhätten, wieder bei Ihrer Freundin Grace Unterschlupf zu suchen."

Sie kniff die Lippen zusammen und wurde zornig. So also war das. Sie hatte sein Spiel mitgemacht und nun, da er es sich anders überlegt hatte, sollte sie verschwinden, um ihm keinen Ärger zu bereiten.

„Nein, Mr. Marlow", sagte sie eigensinnig. „Ich verzichte auf dieses großzügige Angebot. Wenn Sie mich unbedingt loswerden wollen, dann werden Sie den Probemonat einhalten müssen. Ich verlasse dieses Haus keinen Tag früher. Auch nicht für Hundert Pfund!"

Jetzt war es an ihm, verblüfft zu sein. Es war sogar mehr als Verblüffung, es war blankes Entsetzen.

„Sie werden in diesem Fall nichts erhalten, Miss Burke. Wollen Sie tatsächlich auf so viel Geld verzichten?"

Stolz hob sie den Kopf und blitzte ihn mit schmalen Augen an.

„Ich beharre auf dem, was in unserem Vertrag steht!"

Er schlug wütend mit der Faust auf den Kaminsims und hätte dabei fast den kleinen Metallspiegel herabgestürzt.

„Zur Hölle mit Ihrem Starrsinn! Ich weiß, dass Sie das Geld brauchen können. Warum greifen Sie nicht zu, wenn es Ihnen in den Schoß fällt?"

„Ich will das Geld nicht", sagte sie ruhig. „Ich möchte nicht von hier fortgehen."

Er trat auf sie zu, unsicher und von Gefühlen, die er gar nicht zulassen wollte, hin und hergerissen. Seine Augen waren jetzt weit geöffnet und sie färbten sich dunkel.

„Du dummes Mädchen", flüsterte er. „Du denkst doch nicht etwa, ich würde dich ..."

„Ich bin nicht naiv, Mr. Marlow. Ich weiß sehr wohl, wer ich bin und woher ich komme. Eine Heirat zwischen uns ist vollkommen ausgeschlossen."

Er war ihr schon zu nahe gekommen und Violet spürte die Anziehung, die sein Körper auf sie ausübte.

„Ich verdopple die Summe", flehte er.

„Nein."

„Du bist wahnsinnig, Violet. Ich will, dass du gehst."

Marlow streckte die Arme nach ihr aus. Sacht, und ohne sich dessen bewusst zu sein, strebte sie ihm entgegen.

„Ich werde bleiben", hauchte sie, während er sie umschlang.

Er suchte ihren Mund und seine Zunge drängte sich so heftig zwischen ihre Lippen, dass sie leise aufstöhnte. Sie hatte so stark bleiben wollen, doch jetzt, in diesem Augenblick war ihr alles gleich. Sie wollte ihn nicht verlassen, was auch immer er mit ihr tat.

Er betupfte ihr Gesicht mit zärtlichen Küssen, strich ihr mit leichtem Finger das Haar aus der Stirn, ließ seine Hände zart um ihre kleinen Ohrmuscheln kreisen. Ihre vollen Lippen boten sich ihm dar, sodass er seine darauf presste und tief mit der Zunge in ihre warme Mundhöhle eintauchte. Violets Atem flog, sie hatte die Arme um seinen Nacken gelegt und er ließ die Hände gemächlich an ihrem Rücken entlang in die Tiefe gleiten, um ihren Po zu ertasten und ihr Becken sachte an seinen Körper zu pressen.

„Du hast es so gewollt, Violet", murmelte er an ihrem Ohr.

Sie zitterte, als sie seine Härte spürte, und wich erschrocken ein wenig zurück, womit sie offensichtlich sein Begehren schürte, denn er begann, seine immer heftiger wachsende Männlichkeit mit kreisenden Bewegungen an ihr zu reiben, wobei er sie mit sanftem Druck dazu zwang, standzuhalten. Sie versuchte sich zu befreien, bog den Oberkörper zurück, doch sie gab ihm mit dieser Bewegung nur die Gelegenheit, seinen Kopf in den Ausschnitt ihres Kleides zu senken und den Ansatz ihrer Brüste zu küssen.

Die Berührung seiner Lippen war heiß und schien ein glühendes Eisen durch ihren Körper zu stoßen. Sie schrie leise auf. Er antwortete mit einem tiefen, dumpfen Lachen, presste sie dichter an sich heran und fasste ihr Kleid mit den Zähnen, um einige der Häkchen zu öffnen, die ihm den Weg zu ihren Brüsten verwehrten. Er schien Violet erfahren in diesen Dingen, denn bevor sie eine abwehrende Bewegung machen konnte, war er erfolgreich, und sie spürte mit süßem Schauer, wie seine heiße Zunge zwischen ihre Brüste drang. Er leckte voll Inbrunst ihre bloße Haut, kitzelte sie mit frechen Zungenstößen und malte kleine, feuchte Kreise, die sie vor Lust erzittern ließen. Dann nahm er saugend die Lippen zu Hilfe, drang mit zarten Küssen weiter in die Tiefe und sein heftiger, warmer Atem schien die Korsage bis zu ihren Brustspitzen zu erfüllen.

Sie wehrte sich nicht mehr, als er ihr jetzt mit flinken Händen das Kleid öffnete und es vom Körper zog. Seine Lippen begrüßten jeden Zentimeter ihrer Haut, den er entblößte, setzten sich kitzelnd auf ihr Dekolleté, und seine Zunge bohrte sich begierig in ihre pochende Halsgrube. Seine Zärtlichkeiten erfüllten sie mit solcher Sehnsucht, dass sie sich ihm entgegendrängte und bebend spürte, wie er die harte Ausbeulung vor seinem Bauch immer heftiger und stärker an ihr rieb.

„So machst du es gut. Bleib ganz dicht bei mir", raunte er ihr ins Ohr. Er umfasste mit einer Hand ihren Nacken und sie spürte, wie seine streichelnden Finger ihr Genick massierten, während er ihren Mund küsste und seine Zunge wie eine Feuerflamme tief in ihre Mundhöhle loderte. Seine Finger schoben sich zärtlich in ihr Haar hinein, streichelten ihren Hinterkopf mit weichen, schmiegsamen Bewegungen und lösten dabei ihr langes Haar. Noch gab sie sich mit wohligem Schauer der süßen Liebkosung hin, da spürte sie, wie sich der Druck der Korsage löste, und begriff, dass er währenddessen mit geschickten Fingern ihre Kleidung geöffnet hatte. Ihre Unterröcke glitten herab, das Band, mit dem ihr halblanges Höschen gehalten wurde, war aufgeknotet worden und sie fühlte, wie das Kleidungsstück von ihren Hüften rutschte.

„Nein", flehte sie leise und klemmte die Beine zusammen, um wenigstens das Höschen festzuhalten.

„Du brauchst dich nicht zu schämen", raunte er ihr leise zu und bedeckte ihre Hüften mit seinen Händen. „Habe ich dich nicht schon ganz und gar nackt gesehen?"

Violet errötete, während er ihre Hüften mit weichen Bewegungen liebkoste und schmeichelnd über ihren Rücken glitt. Marlow schob die Finger fast unmerklich bis zum Ansatz ihrer Pospalte herunter und zog sie rasch wieder zurück, um der geschwungenen Linie ihrer Hüften mit sanftem, anregendem Streicheln zu folgen. Immer tiefer glitten seine Hände an ihr hinunter, strichen jetzt mit zarten Bewegungen über ihre Pobacken und anschließend an ihren Schenkeln entlang, um das Höschen vollends abzustreifen. Er musste ein wenig darum kämpfen, denn sie versuchte verzweifelt, den Stoff zwischen ihren fest zusammengeklemmten Beinen zu halten, doch schließlich fasste er eines der halblangen, spitzenbesetzten Beine des Höschens und zog es mit einer raschen Bewegung herunter.

Sie stieß einen halb erstickten Ruf aus und bedeckte ihre Scham mit beiden Händen. Fast nackt stand sie nun vor Marlow, die Korsage hing an einem einzigen Häkchen, das zu öffnen er vergessen hatte, und ihre bloßen Brüste wurden von ihren Armen ein wenig zusammengeschoben, sodass sie noch runder und voller wirkten.

Marlow legte ihr seine Hände auf die Schultern, ließ sie an ihren Armen entlangwandern und berührte im Vorüberziehen ganz sacht ihren Bauchnabel. Als er ihre Hände erreicht hatte, die immer noch hartnäckig ihre Scham vor ihm verbargen, strich er mit seinen Fingern lockend und sacht über ihre Handgelenke, zeichnete dort kleine Figuren, und sank endlich in die Knie um ihre Fingerknöchel zu küssen.

Sie zitterte vor Begierde, fühlte sich hin und her gerissen zwischen ihrer Scham und dieser lodernden Begierde, die er in ihr entfachte. Feuchte Wärme quoll aus ihrem Schoss, wo er sanft an ihren ineinander verkrampften Fingern knabberte. Violets Sinne waren so heftig erregt, dass sie fast in einen Rauschzustand glitt. Marlow umschlang sie mit beiden Armen und zog ihr Becken dicht an seinen Mund heran. Die Küsse, mit denen er ihre Hände bedeckte, wurden immer fordernder, er nahm zärtlich ihre Finger zwischen die Zähne, versuchte, sie fortzuziehen, leckte über ihren Handrücken, schob sich immer weiter an die ersehnte Stelle heran, die sie schamhaft vor ihm verdeckte.

Ihre Finger lockerten sich, es gelang ihm, sie einzeln in den Mund zu nehmen und an ihnen zu saugen, was sie keuchen ließ und eine neuerliche Welle der Lust in ihr entfachte. Sie stöhnte hell auf, als er seine Zunge zwischen die schützenden Finger streckte und ihre Weiblichkeit kostete. Rasch zog er ihr die Hand beiseite und begann, ihren entblößten Schamhügel zu küssen.

Violet glaubte sterben zu müssen – nie hatte sie für möglich gehalten, dass ein Mann ähnliche Dinge tun könnte. Es war unfassbar schamlos und zugleich so süß und erregend, dass sie unfähig war, sich gegen die zärtlichen Liebkosungen zu wehren. Alle Sinne, über die ihr Körper verfügte, schienen sich zwischen ihren Beinen vereinigt zu haben, ihr Schoß war von heißen, wirbelnden Strömen erfüllt und das Blut pulsierte so heftig in ihren Schamlippen, dass sie fürchtete, er könne es spüren.

Er begnügte sich nun nicht mehr damit, sie zu küssen, sondern ließ seine Zunge voller Leidenschaft durch ihr Schamhaar wandern, über den hoch aufgewölbten Hügel und berührte immer wieder den Ansatz ihrer Spalte. Sie stöhnte jetzt leise vor Lust, griff mit den Händen Hilfe suchend in sein Haar, rieb über seinen Nacken und presste seinen Kopf dichter an ihren Leib, ohne dass sie sich dessen bewusst war. Wie eine feurige Schlange züngelte er jetzt in ihre Spalte hinein und musste seine Hände fest um ihren Po schließen, um sie zu halten, denn Violet zuckte heftig zusammen und krallte ihre Finger in sein Haar.

„Du entkommst mir nicht mehr", murmelte er in ihrem Schoß. „Und wenn du noch so wild an meinen Haaren zerrst – heute wirst du mir gehören, Violet."

Warm lag sein Mund auf ihrem zuckenden Hügel, dann spürte sie seine tastende Zunge, die sich zwischen ihre Schamlippen schob, wollüstig über die zarte Haut leckte und endlich mit der Spitze zart gegen ihre Klitoris stieß. Ein krampfartiges Zucken schoss durch ihren Leib, ein Empfinden, das sie nur aus wilden Träumen kannte, die sie schamhaft verschwiegen hatte, und sie bäumte sich auf, versuchte seinen Kopf fortzuschieben, zitternd vor Angst, er könne spüren, welch schreckliche und wollüstige Dinge in ihrem Schoß vor sich gingen. Doch er dachte nicht daran, sie loszulassen. Stattdessen fand seine Zunge immer wieder ihre Perle, leckte und umkreiste sie beharrlich, und bedachte sie endlich mit zarten Zungenstößen, die sie zum Glühen brachten.

Die Wellen ihrer Erregung wurden immer stärker, strebten dem Höhepunkt entgegen, der sie Sekunden später überwältigte. Voll Entzücken bäumte sie ihren Körper in diesem wild pulsierendem Orgasmus Marlow entgegen. Wollte mehr, ihn in sich spüren, wie er sie ganz und gar ausfüllte.

Marlow raffte sich aus der knienden Haltung auf und umschloss ihren bebenden Leib mit beiden Armen.

Fest hielt er sie an sich gepresst, küsste ihre heißen Wangen, strich ihr zärtlich das feuchte Haar aus der Stirn, bis sie die Augen aufschlug und ihn mit verschwommenem, fassungslosem Blick ansah, als tauche sie aus einer fremden, verwirrenden Welt wieder auf und begreife kaum, was mit ihr geschehen war.

„Du hast deinen Spaß gehabt, meine Süße", sagte er jetzt leise in ihr Ohr. „Jetzt wirst du mir diese Freude ebenfalls gewähren."

Sie ließ sich widerstandslos auf die Arme nehmen, er trug ihren nackten, verführerischen Körper hinüber zum Bett, legte sie in die Kissen um sie zu betrachten, während er sich seiner Kleider entledigte.

Er zog die Jacke aus, riss das Hemd aus der Hose und wollte es sich über den Kopf streifen, als plötzlich ein lautes Poltern im Flur hörbar wurde. Er hielt inne, zögerte, während Violet erschrocken zusammenfuhr. Sichtlich wütend riss er die Tür auf, und als er im dunklen Flur nichts entdecken konnte, eilte er ins Zimmer zurück, um rasch einen Kerzenleuchter zu entzünden.

„Charles! Maggy!", brüllte er in das stille Haus hinein.

Violet hatte sich aufgesetzt und im ersten Schrecken die Bettdecke über ihren bloßen Körper gezogen. Sie sah Marlow zornig in den Flur entschwinden, dann war nur noch sein Schatten zu erkennen, den das schwankende Kerzenlicht auf den Flurteppich warf. Er riss die Kammertür auf, fluchte laut und schlug sie wieder zu.

„Mr. Marlow?", hörte sie Charles verschlafene Stimme. „Was ist geschehen? Was hat da gepoltert?"

„Weck die Frauen auf und komm herunter. Jemand ist ins Haus eingedrungen!"

„Großer Gott!"

Gleich darauf hörte man lautes Rumoren im oberen Stockwerk, Charles eilte in Hausschuhen die Treppe hinab, Mrs. Waterbrooks ärgerliche Stimme war zu vernehmen, dann Maggys Geheul.

Violet hielt es nicht mehr aus. Der Schrecken hatte die süße Schlaffheit, die sie befallen hatte, vollkommen hinweggefegt. Sie suchte ihr Nachthemd hervor und streifte es hastig über, warf ein Tuch darüber und lief auf nackten Sohlen in den Flur hinaus.

„Machen Sie die Tür zu und schließen Sie hinter sich ab, Miss Burke!", brüllte Marlow sie an.

Dann riss er dem verdatterten Hausdiener die Laterne aus der Hand und eilte die Treppe hinunter in die Halle. Charles folgte seinem Herrn, er trug einen eisernen Schürhaken in der Hand, den wie einen Degen hielt.

Oben an der Treppe tauchte jetzt Mrs. Waterbrook im Licht einer kleinen Kerze auf. Sie wirkte in ihrem weiten Nachtgewand und der spitzenbesetzten Mütze wie ein großer, weißer Berg.

„Nun komm schon, Maggy!", schimpfte sie. „Hör auf zu heulen. Zünde lieber die Laterne an! Man sieht ja nichts in dieser Finsternis!"

„Ein Einbrecher", heulte Maggy. „Er wird uns alle umbringen."

„Raff dein bisschen Verstand zusammen! Her mit dem Licht. Leuchte den Flur aus."

Fasziniert stand Violet auf der Türschwelle. Sie hatte den Leuchter ergriffen, den Marlow auf die Kommode gestellt hatte und war – ohne auf Marlows Anweisung zu achten – zum Treppenabsatz gelaufen.

Lärm drang von unten hinauf, Möbelstücke wurden verschoben, ein Gegenstand zerschellte am Boden, Türen wurden aufgerissen und wieder zugeschlagen.

„Wieso steht das Küchenfenster offen?", brüllte Marlow. „Verflucht noch mal, Charles. Wieso macht ihr die Fenster über Nacht nicht zu?"

„Es war meine Frau, Mr. Marlow. Sie wollte nicht, dass die Kochdünste über Nacht durchs Haus ziehen."

„Ein verdammter Leichtsinn!"

Als die beiden sich wieder der Treppe näherten, zog sich Violet eilig in ihr Zimmer zurück. Ein Einbrecher, dachte sie und erinnerte sich schaudernd an die seltsamen Geräusche, die sie am Abend zuvor im Flur vernommen hatte. Angst erfasste sie. Großer Gott. Sie hatte sich also doch nicht getäuscht, es war ein Fremder im Haus gewesen.

„Ist etwas gestohlen worden, Mr. Marlow?", hörte sie Charles fragen.

„Wir haben ihn wohl frühzeitig gestört. Ihr könnt jetzt alle wieder schlafen gehen – ich melde den Vorfall morgen früh der Polizei."

„Ist recht. Gute Nacht, Mr. Marlow."

Violet stand in ihrem Zimmer gegen die Wand gelehnt und lauschte in den Flur hinaus. Sie wünschte sich heftig, Marlow würde zu ihrem Zimmer zurückkehren, sie zärtlich in die Arme nehmen und sie trösten, denn die Angst wollte ihr die Kehle zuschnüren. Doch er schien sie völlig vergessen zu haben. Stattdessen hörte sie ein leises Knarren, als habe er eine Tür geöffnet.

Was trieb er dort? Weshalb kam er nicht zu ihr zurück? Sie hielt es nicht mehr aus und trat leise in den Flur. Die Kammertür stand weit offen, der schwache Lichtschein der Laterne drang hinaus.

„Was tust du da?"

Er kniete am Boden und wühlte mit beiden Händen in einem hölzernen Kasten, Sägespäne lagen um ihn herum verstreut, dazwischen einige schmale, längliche Gegenstände. Violet sah eine blanke Klinge aufblitzen. Es waren Messer. Genau fünf Stück.

Er war so beschäftigt, dass er bei ihrer Frage zusammenfuhr und sie wild anstarrte. Er sah zum Fürchten aus, das dunkle Haar hing ihm wirr ins Gesicht und seine Augen hatten den Ausdruck eines gehetzten Tieres.

„Nichts", sagte er mit harter Stimme. „Gar nichts. Geh jetzt zu Bett. Und schließ die Tür ab."

Wie betäubt lief sie in ihr Zimmer und schloss sich ein. Ein Zittern hatte ihren ganzen Körper erfasst, das auch nicht verging, als sie ins Bett kroch und sich unter der Decke zusammenrollte. Der Schüttelfrost war so stark, dass ihre Zähne aufeinander schlugen und sie sich mit den Händen an einen der hölzernen Bettpfosten klammern musste.

Als das Beben endlich nachließ und nur noch hie und da für einen kleinen Moment wiederkehrte, spürte sie bleierne Erschöpfung und fiel in einen tiefen, betäubenden Schlaf.

Gegen Morgen erschreckten sie unheimliche Träume. Sie irrte durch ein düsteres Labyrinth, gehetzt von namenloser Angst, sie stieg schmale Treppen herunter, die in schwarze Dunkelheit führten, eilte durch enge Gänge, die sich immer mehr verzweigten und keinen Ausgang hatten. Etwas war hinter ihr, jagte sie durch die Finsternis, etwas Grausiges, Lebensgefährliches, ein Wesen aus Nacht und Schatten, nicht greifbar und doch tödlich. Dann wieder sah sie Marlows hohe, schmale Gestalt, sein kantiges, blasses Gesicht, das wirre, dunkle Haar und in seiner Hand ein blitzendes Messer. Sie hörte ihn rufen, wollte zu ihm hinlaufen, von Sehnsucht getrieben, da plötzlich verstand sie seine Worte. Er rief Clarissas Namen.

Als Maggy um halb acht Uhr gegen ihre Tür klopfte, erwachte Violet mit einem dumpfen Gefühl im Kopf. Durch die Ritzen der Vorhänge drangen Sonnenstrahlen, gaben dem Stoff gleißende, goldfarbige Ränder und warfen zitternde Lichtmuster auf den Boden.

„Der Morgentee, Miss Burke."

Sie stieg aus dem Bett, um Maggy zu öffnen, und wunderte sich darüber, dass ihr nicht einmal schwindelig war. Sie fühlte sich gut, nur ihr Genick war ein wenig steif und ihr Kopf seltsam leer.

„Was für eine schreckliche Nacht, Miss Burke", sagte Maggy, während sie das Tablett auf der Kommode abstellte. „Ich habe kein Auge mehr zutun können vor Angst. Wegen mir kann Mr. Marlow dieses unheimliche, alte Haus ruhig verkaufen. Je eher desto besser."

Violet sah zu, wie Maggy den Tee eingoss sowie Sahne und Zucker einrührte. Langsam begannen sich ihre Gedanken wieder zu bewegen.

„Es ist ein schönes, altes Haus", meinte sie. „Wer hat denn früher hier gewohnt? Mr. Marlows Schwiegereltern?"

„Oh nein. Die besitzen ein großes, vornehmes Haus irgendwo an einem Park und würden gewiss niemals in solch einem vergammelten Kasten wohnen wollen. Aber das Mädchen der Nachbarin hat mir erzählt, dass hier früher ein älteres Ehepaar gelebt hat. Sie sind beide kurz nacheinander verstorben, und das Haus kam unter den Hammer. Die Chrestles haben das Haus dann für ihren Sohn gekauft. Der soll eine Weile hier gewohnt haben."

Violet war verblüfft. Also hatte Clarissa einen Bruder gehabt.

„Und weshalb ist er ausgezogen?"

Maggy seufzte tief und machte ein wichtiges Gesicht.

„Das ist eine traurige Geschichte, Miss Burke. Er ist nach Indien gegangen, als Offizier. Und dort ist er umgekommen."

„Wie schrecklich. Also haben die Chrestles zwei Kinder verloren. Hat Mrs. Clarissa ihren Bruder sehr geliebt?"

Maggy zuckte die Schultern.

„Mrs. Clarissa hat nie von ihrem Bruder geredet. Ich glaube nicht, dass sie sehr um ihn getrauert hat. Sie hatte auch Anderes im Kopf, Miss Burke. Einen Liebhaber hat sie gehabt. Der arme Mr. Marlow war ganz unglücklich vor Eifersucht – aber das hat ihr nichts ausgemacht. Sie war eine bitterböse Person."

„Aber Maggy", rief Violet entsetzt. „Was redest du denn da? Wie kannst du solche Gerüchte in die Welt setzen? Woher willst du wissen, dass Mrs. Clarissa einen Liebhaber hatte?"

„Ich weiß, was ich weiß", gab Maggy zurück und nickte dazu, als könne sie noch viel mehr erzählen, wolle aber besser schweigen.

Violet suchte nach Worten, denn das, was sie soeben erfahren hatte, kreiste ihr im Kopf herum. Clarissa sollte Marlow betrogen haben? Dieselbe junge Frau, die sich ihrem Ehemann in der Hochzeitsnacht aus Scham verweigerte?

„Sie muss ein sehr unglücklicher Mensch gewesen sein", brachte Violet schließlich mühsam heraus.

„Verrückt war sie", meinte Maggy mitleidslos. „Sie hat doch alles gehabt, diese Frau. Geld, schöne Kleider, teuren Schmuck und dazu einen Mann, der sie geliebt hat. Sie hat den ganzen Tag lang nichts arbeiten müssen, hat in der Stadt herumfahren können und an den Abenden ins Theater gehen dürfen. Aber sie musste ständig herumnörgeln, nichts konnte man ihr recht machen, und wenn sie wütend wurde, dann hat sie Ohrfeigen ausgeteilt. Nee – wenn so eine sich abmurkst, dann ist das kein bisschen schade."

Maggy drehte sich nach dieser energischen Rede auf den Hacken herum und ging davon. Erst an der Tür wandte sie sich noch einmal um.

„Sie können sich heute Zeit lassen, Miss Burke. Mr. Marlow ist schon zur Polizei unterwegs und geht von dort aus direkt in seine Kanzlei. Er wird erst zu Mittag zurück sein."

Sie grinste Violet verschmitzt zu und stampfte dann die Treppe hinunter.

Violet trank den heißen Tee und versuchte, das Gefühl der Enttäuschung loszuwerden. Sie würde ihn nicht sehen, er war noch vor dem Frühstück davongelaufen. Obgleich er sie gestern Abend so hart abgefertigt hatte, verspürte sie jetzt Sehnsucht nach ihm. Sie hätte gern mit ihm am Frühstückstisch gesessen und einige Worte gewechselt, seine Gegenwart gespürt, seine Blicke, seine Stimme, seinen männlichen Duft eingeatmet. Wenn es stimmte, dass seine Frau ihn betrogen hatte – waren dann seine herrische Art und sein Frauenhass nicht eher zu begreifen? Sein seltsames Schwanken zwischen Zärtlichkeit und harscher Ablehnung – war es nur die Angst vor einer neuen Enttäuschung?

Aber weshalb hatte er diese seltsamen Messer so entsetzt angestarrt? Sie verspürte plötzlich wieder die panische Angst, die sie in ihrem Traum verfolgt hatte. Ein Instinkt sagte ihr deutlich, dass es noch einen anderen Grund für sein widersprüchliches Verhalten geben musste. Ein Geheimnis, das er sorgsam vor ihr verbarg. Sie glaubte längst nicht mehr an diese Geschichte mit der Zwangsheirat – im Grunde hatte sie von Anfang an daran gezweifelt. Aber weshalb führte er sie dann überall als seine Nichte ein? Warum war er so erpicht darauf, sich an allen möglichen Orten mit ihr zu zeigen?

Sollte sie ihn zur Rede stellen? Er war ein Meister der Verstellung und würde sich ganz gewiss irgendwie herausreden. Oder er würde zornig werden?

Resigniert stellte sie die leere Tasse zurück auf das Tablett und ging zu ihrem inzwischen recht gut gefüllten Kleiderschrank, um ihr Hauskleid herauszunehmen.

Als sie das Kleid zwischen den anderen Gewändern hervorzog, fiel ein kleiner, weißer Zettel zu Boden und sie bückte sich, um ihn aufzuheben.

Es war die Visitenkarte, die Mr. Barney ihr gestern Nachmittag in die Hand gedrückt hatte und die sie ohne weiter hinzusehen in ihre Jackentasche gesteckt hatte. Jetzt starrte sie verblüfft auf die wenigen Worte, die in geschwungenen Lettern auf dem weißen, schön gemusterten Kartonpapier aufgedruckt waren.

Robert Chrestle

London

12, Eaton Place

Sie kniff die Augen zusammen, bis die Buchstaben undeutlich wurden, doch der Name blieb unverändert. Robert Chrestle. Ratlos ließ sie die Karte sinken. Was für ein unglaublicher, sonderbarer Zufall. Gab es noch andere Chrestles in

London? Oder konnte es sein, dass die nette Dame, die sie im „Green Palace" angesprochen hatte, ausgerechnet Mrs. Chrestle gewesen war? Clarissas Mutter.

War das ein Wink des Schicksals? Sie sah auf die flimmernden Sonnenstrahlen, die durch die Ritzen der Vorhänge schienen und plötzlich hatte sie das Gefühl, jemand habe ihr einen kleinen Stoß in den Rücken versetzt. Sie lief auf das Fenster zu und riss die Vorhänge auf. Der Himmel über der Stadt war von einem ungewöhnlich tiefen Blau, nur ein paar kleine Schleierwölkchen schwammen weit oben vorüber, und die schrägen Strahlen der Herbstsonne ließen das noch regenfeuchte Hofpflaster glänzen.

Natürlich, sie hatte es doch längst gespürt. Hier lag die Lösung. Clarissa war der Schlüssel zu allen Geheimnissen. Sie musste versuchen, mehr über dieses unglückliche Mädchen zu erfahren und vielleicht hatte das Schicksal ihr soeben den Weg dazu geebnet.

Sie würde es herausfinden.

Sie zog ihr Ausgehkleid an, setzte den Hut auf und steckte die Karte in ihre Jackentasche. Dann wählte sie sorgfältig einige ihrer Noten aus, rollte sie zusammen und verbarg sie unter der Jacke.

„Ich gehe zu einem Arzt", log sie Maggy unten in der Halle vor. „Aber ich werde noch vor Mittag zurück sein."

In Maggys rundem Gesicht war echte Besorgnis zu lesen.

„Sie sind doch nicht etwa krank, Miss Burke?"

„Aber nein. Nur etwas erschöpft. Nichts Ernstes."

„Seien Sie bloß vorsichtig, Miss Burke. Bei meiner Tante fing das auch so an und drei Tage später war sie tot."

„Keine Sorge, Maggy. Es ist wirklich nur ganz harmlos."

Sie hatte eine gute dreiviertel Stunde zu gehen, denn sie war immer noch völlig ohne Mittel und konnte nicht daran denken, sich einen Hansom zu mieten. Es störte sie wenig, denn das Wetter war angenehm, zwar wehte ein kühler Wind, aber die Sonne ließ vergessen, wie kalt es war. Ihre einzige Sorge war, dass es sich gar nicht um Clarissas Eltern, sondern um irgendwelche Verwandte oder einfach nur Leute gleichen Namens handeln könnte.

Sie ging in südlicher Richtung, folgte Piccadilly am Green Park entlang, und als sie Buckingham Palace Gardens erreicht hatte, war ihr vom raschen Laufen schon richtig warm geworden. Eaton Place war eine der besten Wohngegenden der Stadt. Hier gab es mehrstöckige, helle Häuser mit breiten Fassaden und Aufgängen, über denen schmuckvolle Reliefs angebracht waren. Karossen mit Adelswappen an den Türen rasselten an Violet vorbei, Gentlemen mit hohen Hüten und Spazierstöcken aus Ebenholz bewegten sich ohne Eile über die Gehwege und nahmen sich hie und da die Zeit, der hübschen, jungen Frau ein anerkennendes Lächeln zukommen zu lassen. Junge Hausdiener und adrett gekleidete Dienstmägde gingen eilig ihrer Wege und verschwanden in den Nebeneingängen der Häuser, die das Dienstpersonal zu benutzen hatte. Auch die

Kinder, die die Pferdeäpfel mit Besen und Schaufel zusammenkehrten, waren lange nicht so zerlumpt und schmutzig, wie in anderen Gegenden der Stadt.

Das Haus der Chrestles lag am südlichen Ende der breiten Straße und war ganz sicher einer der prächtigsten Bauten. Dennoch befiel Violet ein seltsam beklemmendes Gefühl, als sie an der Fassade emporblickte und feststellte, dass überall die Vorhänge an den Fenstern zugezogen waren. Offensichtlich freute sich dort niemand an dem schönen, für diese trüben Herbsttage so seltenen Sonnenwetter. Das Haus wirkte trotz der hellen Steine und der hohen, weißen Fenster abweisend und schien dem Besucher mitzuteilen: Hier ist kein Eintritt erwünscht.

Aber immerhin hatte man sie ja gebeten, vorbei zu kommen. Mutig stieg sie die Stufen empor und zog die Klingel. Es dauerte eine Weile, bis die Tür geöffnet wurde, dann erschien das Gesicht eines ältlichen Hausmädchens und fragte nach ihren Wünschen.

„Mr. Chrestle bat mich, einmal vorbei zu schauen. Ich bin Pianistin, mein Name ist Violet Burke."

Die Miene des Hausmädchens zeigte unverhohlenen Unglauben, sie zog die dünnen, blonden Augenbrauen in die Höhe und erklärte Violet, dass sie warten solle. Damit schloss sich die Tür wieder vor ihr zu.

Was für ein Empfang. Man ließ sie wie eine Bettlerin auf der Straße stehen. Violets Zuversicht sank in sich zusammen und sie überlegte, ob Mr. Barney am Ende Unsinn geredet hatte. Hatte es eine Verwechslung gegeben? Oder war die ganze Sache einfach nur eine boshafte Falle? Wollte er sie wieder auflaufen lassen, wie damals im Green Palace, wo sie für einen Hungerlohn hatte spielen müssen? Tat er das, um ihr zu beweisen, dass sie nicht in der Lage war, sich durch ihre eigene Arbeit über Wasser zu halten? Damit sie endlich auf sein hinterhältiges Angebot einging, ein Zimmer für sie zu mieten?

„Kommen Sie bitte herein!"

Die hohe Eingangstür hatte sich fast geräuschlos wieder geöffnet und dieses Mal war das Hausmädchen beflissen, ihrem Gesicht den Ausdruck von Freundlichkeit zu geben. Was ihr nur schlecht gelang und eher wie eine schief verzogene Grimasse aussah.

Sie führte Violet in eine Halle, deren Fußboden mit grauem und rötlichem Marmor ausgelegt war, auch die Halbsäulen, die man an den Wänden angebracht hatte, bestanden aus dem gleichen Material. Die hohen Fenster waren mit dunkelroten Samtportieren verhängt, sodass nur wenig Licht in den Raum drang, doch Violet konnte den seidigen Glanz der Tapeten wahrnehmen und die goldgerahmten Gemälde, die vermutlich englische Landschaften und Porträts darstellten. In der Mitte des Raumes führte eine breite, mit rotem Teppich belegte Treppe in die oberen Stockwerke.

Staunend betrachtete Violet den düsteren, geradezu königlich ausgestatteten Raum, erst als ihre Blicke dem geschwungenen Lauf der Treppe folgten, entdeckte sie auf der Galerie einen älteren Mann. Er stand unbeweglich und sah zu ihr hinunter.

„Ich freue mich, Miss Burke. Wie schön, dass Sie unsere Bitte so rasch erfüllen konnten."

Seine Stimme war kräftig, doch ohne Wärme, und als er jetzt die Treppe zu ihr nach unten lief, schienen nur seine Füße sich zu bewegen, während sein Körper merkwürdig steif blieb. Sie erkannte ihn sofort wieder. Mr. Chrestle war groß und hager, sein ergrautes Haar war streng nach hinten gekämmt und die blauen Augen lagen tief in den Höhlen.

„Oh, ich habe mich über die Komplimente Ihrer Gattin sehr gefreut und wäre glücklich, ihr einen Dienst erweisen zu können. Ich hoffe, Mrs. Chrestle ist wohlauf?"

Er betrachtete sie so intensiv, dass sie sich unbehaglich fühlte. War etwas an ihr nicht in Ordnung? Ach, vielleicht war es das neue Ausgehkleid, das er der armen Pianistin wohl nicht zugetraut hatte.

„Nun, meine Frau leidet hin und wieder unter melancholischen Stimmungen. Sie hat viel Kummer erlebt, Miss Burke. Aber heute geht es ihr zufriedenstellend – vielleicht liegt es an dem sonnigen Wetter."

„Das freut mich sehr, Mr. Chrestle. Ja, es ist wirklich schön heute."

Wie er wohl bemerken konnte, dass die Sonne scheint, dachte Violet. Wo doch alle Vorhänge zugezogen sind.

„Sie wird sich sehr freuen, Sie zu sehen und – wenn möglich – ein paar Stücke zu hören. Wenn es Ihnen recht ist, dann gehen wir gleich zu ihr."

„Aber gern."

Er stieg die Treppe hinauf, und das Dienstmädchen eilte geschäftig an ihnen vorüber, um den Besuch anzumelden. Violet staunte, wie leise dieses Haus war. Die Teppiche auf dem Steinboden dämpften jedes Geräusch, keine Holzdiele knarrte, keine Treppenstufe knackte, nur die dicken Samtportieren vor den Türen im Obergeschoss bewegten sich leicht, als wehe ein unmerklicher Windhauch durch den Flur.

Das Zimmer, in dem Mrs. Chrestle sie empfing, war ebenso düster wie die Halle, denn auch hier hatte man die Vorhänge nicht geöffnet. Es war ohne Zweifel ein Raum, der für eine Lady ausgestattet war, Violet entdeckte einen zierlich gearbeiteten, eingelegten Frisiertisch mit geschwungenem Spiegelaufsatz und eine kleine Sitzgruppe aus georgianischer Zeit. Die Wände waren übersät von Gemälden und gerahmten Fotos, wodurch man die Farbe der Tapete kaum ausmachen konnte.

Mrs. Chrestle saß in einem Lehnstuhl dicht neben dem Kamin und hatte trotz des brennenden Kaminfeuers eine Decke über den Knien. Das dämmrige Licht verwischte die Schatten auf ihrem Gesicht, weshalb sie Violet zwar blass, jedoch zugleich von einer zarten, anrührenden Schönheit erschien. Ihr Blick ruhte mit einem seltsam brennenden Ausdruck auf Violet.

„Miss Burke", sagte sie erfreut. „Ich hatte nicht zu hoffen gewagt, dass Sie die Nachricht so rasch erhalten. Bitte nehmen Sie Platz. Jenny – sorg bitte für Tee." Sie wies auf einen der verschnörkelten Stühle, die sich um einen kleinen, geschnitzten Tisch gruppierten, und gab dem Mädchen einen Wink, den Vorhang ein wenig beiseite zu ziehen. Ein Streifen Tageslicht durchzog den Raum wie ein heller Schleier, sodass man für einen Augenblick blinzeln musste.

„Bitte entschuldige mich, meine Liebe", sagte Mr. Chrestle und legte liebevoll die Hand auf die Schulter seiner Frau. „Ich habe zu tun, und Miss Burke wird dir gewiss eine angenehme Gesellschaft sein."

Als er den Raum verlassen hatte, begann Mrs. Chrestle, ein freundliches und scheinbar belangloses Gespräch. Sie erkundigte sich nach Violets Ausbildung, lobte ihr einfühlsames Spiel, erfuhr dann einiges über die Herkunft ihres jungen Gastes und lächelte verständnisvoll, als Violet ihr erklärte, sie habe die Absicht, sich ihren Lebensunterhalt als Klavierlehrerin und Pianistin zu verdienen. Ihre derzeitige Stellung bei Marlow verschwieg Violet vorsichtshalber.

Während des Gesprächs wanderten ihre Augen neugierig über die vielen Bilder. Besonders eines, ein Ölgemälde, das ein bezauberndes Kinderpaar in einem Parkgelände zeigte, faszinierte sie so sehr, dass sie immer wieder hinsehen musste. War sie auf der richtigen Spur?

Mrs. Chrestle war Violets Interesse keineswegs entgangen.

„Ich habe meine Lieben alle um mich versammelt", sagte sie lächelnd. „Es ist vielleicht eine weibliche Eigenschaft, dass man an Vergangenem festhält. Das Bild, das Sie gerade betrachten, haben wir von einem bekannten Künstler anfertigen lassen. Es zeigt meine Kinder im Alter von zwei und fünf Jahren."

„Sie sind wunderhübsch."

Violets Herz klopfte heftig. Die beiden Kinder hatten etwas Engelhaftes und zugleich Verschmitztes an sich. Beide trugen ländliche Kleidung, der Junge hielt einen Korb roter Äpfel im Arm, an dem das kleine Mädel, das noch wackelig auf den Füßen war, sich festhielt. Beide hatten dunkles, lockiges Haar und rundliche Gesichter, in denen ein kleines Lächeln stand. Im Hintergrund sah man eine weite Parklandschaft, von einem gewundenen Wasserlauf durchquert, über den sich Trauerweiden neigten.

„Es war eine glückliche Zeit", sagte Mrs. Chrestle versonnen. „Wenn ich zurückdenke, dann sehe ich sie vor mir, wie sie mit den Kindern der Angestellten und Freunden durch den Park getollt sind. Ach, diese vielen, fröhlichen Tage, die Familienfeier, die Geburtstage, wenn wir große Torten und Leckereien im Park aufgebaut haben, und die kleinen Gäste sich darüber her machten. John war ein hervorragender Reiter und meine Tochter Clarissa konnte sich schon als kleines Mädchen kaum von ihrem Klavier losreißen. Sie spielte mit solcher Leidenschaft und Hingabe ..."

Violet spürte plötzlich einen kühlen Schauder, der ihr den Rücken hinunterlief. Es gab keinen Zweifel mehr, diese Frau war Clarissas Mutter.

Mrs. Chrestle war aufgestanden und zu einem kleinen Schreibtisch gegangen, um einen silbernen Bilderrahmen in die Hand zu nehmen, der dort aufgestellt war.

„Dies ist ein Foto meiner Tochter, das wir aufnehmen ließen, als sie achtzehn Jahre alt wurde. Sie war damals gerade in die Gesellschaft eingeführt worden und besuchte ihren ersten Ball. Ach, sie hat viele Herzen gebrochen, meine hübsche Tochter."

Violets Hände verkrampften sich, sie hatte plötzlich eine unbestimmte Angst, dieses Foto anzusehen, das Mrs. Chrestle ihr vor die Augen hielt. Doch es gab keine Möglichkeit mehr, dieser Konfrontation auszuweichen, sie selbst hatte es so gewollt.

Das Bild zeigte eine Gruppe von jungen Mädchen, alle trugen vermutlich ihr erstes Ballkleid, dazwischen posierten einige junge Herren, die ihrer Haltung etwas Lässiges zu geben versuchten. Clarissa war ein zartes Mädchen mit verträumten, dunklen Augen, die nicht auf den Fotografen, sondern irgendwohin in die Ferne gerichtet waren. Sie trug ein helles, hochgeschlossenes Spitzenkleid, auf dem sich ein zierlicher Anhänger wie ein dunkler Tropfen abhob. Das schwere Haar hatte sie am Hinterkopf zusammengesteckt, und es fiel in dichten Locken über ihre Schultern.

Violet schloss die Augen und spürte, dass ihr schwarz vor Augen wurde. Das war es. Sie hatte es immer geahnt und nicht wahrhaben wollen.

„Sie sehen meiner Tochter ungeheuer ähnlich, Miss Burke. Es ist mir schon im Green Palace aufgefallen. Und jetzt, da Sie vor mir sitzen, ist der Eindruck noch sehr viel stärker."

Violet öffnete die Augen und versuchte, gegen den Schwindel anzukämpfen. Das ganze Zimmer schwankte und Mrs. Chrestle, die sich wieder zum Schreibtisch begeben hatte, um das Bild vorsichtig auf seinen Platz zu stellen, schien über dem Teppich zu schweben. Hatte Marlow sie deshalb bei sich aufgenommen? Hatte er eine zweite Clarissa gesucht?

„Was für ein seltsamer Zufall", brachte sie mühsam hervor.

„Nun – so etwas kommt vor", meinte Mrs. Chrestle und wandte sich ihr lächelnd wieder zu. „Ich möchte sie bitten, mir jetzt ein wenig vorzuspielen. Nur einige kleine Stücke, ich will Ihre Zeit nicht allzu lange in Anspruch nehmen. Gehen wir hinüber ins Musikzimmer."

„Es wird mir eine Freude sein."

Violett versuchte, ihrer Stimme einen heiteren Ton zu geben und fasste ihre Noten, die sie auf dem Tisch abgelegt hatte. Ihr war immer noch schwummrig, doch sie riss sich zusammen. Nur jetzt keinen Fehler machen, sie durfte Mrs. Chrestles Vertrauen auf keinen Fall verlieren.

Das Dienstmädchen kam ihnen auf dem Flur entgegen, ein Tablett mit der Teekanne und dem Geschirr in den Händen, und Mrs. Chrestle bedeutete ihr, im Musikzimmer zu servieren.

Der Raum war groß und ebenso düster wie die anderen Zimmer, auch als das Mädchen die Vorhänge von den Fenstern zog, hellte er sich nicht wesentlich auf. Breite Schränke voller Noten nahmen eine der Längswände ein, auf der anderen Seite gab es Vitrinen, in denen eine Reihe von Musikinstrumenten untergebracht war. Eine Portiere aus fein gewirktem, dunkelblauem Brokat verhüllte eine Tür, die in ein Nebenzimmer führte.

In der Mitte des Raumes stand ein wuchtiger, schwarzer Konzertflügel, der Violet fast den Atem nahm. Sie hatte solch ein Instrument nur einmal im Leben gesehen, als sie mit ihrem Vater ein Konzert in der Royal Albert Hall besuchte. Der Gedanke, an diesem großartigen Instrument spielen zu dürfen, war so berauschend, dass er für einen Augenblick alle anderen Empfindungen überdeckte.

„Nehmen Sie einen Tee, bevor Sie spielen."

„Danke. Ich möchte lieber gleich beginnen."

Violet näherte sich dem Flügel voller Andacht, schob behutsam den Kelim beiseite, den man schräg über das Instrument gedeckt hatte, und machte sich daran, den schweren Deckel aufzuklappen, hinter dem sich die Notenauflage verbarg. Über der Tastatur lag ein Tastenschutz aus gefüttertem Seidenstoff, den jemand liebevoll mit farbigen Blütenranken bestickt hatte. Wieder spürte sie ein leises Zittern – war es Clarissa gewesen, die diese Handarbeit gefertigt hatte? Vorsichtig entfernte sie den Stoff, legte ihn behutsam auf einen Stuhl und stellte ihre Noten auf.

Mrs. Chrestle hatte sich auf einen Sessel dicht neben der Portiere gesetzt, ihr Gesicht wurde durch einen breiten Schrank beschattet, sodass Violet ihre Züge nicht genau erkennen konnte. Doch sie bemerkte, dass Mrs. Chrestle sie unablässig betrachtete.

Sie rückte sich den gepolsterten Hocker zurecht, setzte sich und sah in ihre Noten. Sie hatte Mozart gewählt, eine kleine Sonate, die Mrs. Chrestles Gemüt vermutlich nicht allzu sehr aufwühlen würde. Sachte begann sie zu spielen, spürte dem kräftigen Klang des großen Instruments nach, richtete ihren Anschlag darauf ein und versank nach und nach in der Musik.

Sie war nicht ganz mit sich zufrieden, als sie das Stück beendete, denn es hatte die Leichtigkeit gefehlt, die sich sonst in dieser Komposition einstellte. Unsicher blickte sie zu Mrs. Chrestle hinüber und entdeckte, dass sie mit zurückgelehntem Kopf und halbgeschlossenen Augen gelauscht hatte.

„Spielen Sie bitte weiter", sagte sie leise. „Hören Sie nicht auf."

Ihre Stimme klang, als käme sie aus weiter Ferne und Violet wurde es wieder unbehaglich zumute. War Mrs. Chrestle in eine ihrer melancholischen Stimmungen versunken?

Sie wählte ein weiteres Stück aus und begann zu spielen, doch dieses Mal war es ihr nahezu unmöglich, sich auf die Musik einzulassen. Das Licht war schwächer geworden und das Zimmer erschien Violet jetzt so dämmrig, dass sie kaum die Noten erkennen konnte und auswendig spielen musste. Leise bewegten sich die Vorhänge und auch der Brokatstoff der Portiere zitterte, ohne dass man hätte erkennen können, woher der Luftzug stammte. Eine seltsame, unwirkliche Atmosphäre breitete sich über den Raum aus, schien von Mrs. Chrestle vollkommen Besitz ergriffen zu haben, und Violet spürte, dass auch sie dieser Stimmung zu erliegen drohte. Während sie spielte, hatte sie plötzlich das erschreckende Gefühl, wie eine Fremde neben dem Flügel zu stehen und auf die junge Frau zu starren, die dort über die Tastatur gebeugt saß. Es war eine zarte Schönheit mit dunklem Haar, die sich völlig ihrer Musik hingab und während ihres Spiels mit verzücktem Ausdruck in die Ferne sah.

„Clarissa ist ein so sanftes Mädchen", hörte sie Mrs. Chrestles leise Stimme. „Sie hat immer getan, was man von ihr verlangte. Sie ist rein wie ein Engel."

Sie spricht von Clarissa, als würde sie noch leben, dachte Violet erschrocken. Plötzlich verspürte sie wieder jene unbestimmte Angst, die sie während der Nacht verfolgt hatte. Irgendetwas Bedrohliches schwebte in diesem Raum, ein Lufthauch, der nicht fühlbar war, aber den toten Gegenständen Leben verlieh, eine unsichtbare Energie, die lautlos die Vorhänge bewegte, das Licht verdunkelte. Ihre Finger wurden feucht, der Schweiß perlte auf ihrer Stirn. Mit Mühe brachte sie die Sonate zu Ende, hielt den Schlussakkord eine kleine Weile und zuckte heftig zusammen, als jemand in die Hände klatschte.

Mrs. Chrestle saß aufrecht in ihrem Sessel und spendete ihr Applaus. Ihr Gesichtsausdruck war jetzt wieder der einer Lady, die eine junge Künstlerin mit wohlwollendem Lächeln belohnt.

„Es war wunderbar, Miss Burke. Würden Sie morgen wieder zu mir kommen? Mein Mann wird das Finanzielle natürlich mit Ihnen regeln."

Die Angst war verschwunden. Violet wischte sich mit der Hand über die feuchte Stirn, steckte eine vorwitzige Haarlocke hinters Ohr und begriff nicht mehr, was gerade eben mit ihr los gewesen war.

„Morgen? Ich will sehen, ob ich es einrichten kann, Mrs. Chrestle. Ich komme sehr gern."

Sie war sehr nachdenklich auf dem Rückweg, denn anstatt der Lösung des Rätsels näherzukommen, hatten sich weitere, verwirrende Dinge vor ihr aufgetan. Sie sah Clarissa ähnlich – hatte Marlow sie deshalb engagiert? Aber wozu? Weshalb benahm er sich ihr gegenüber so abweisend und verführte sie gleichzeitig? Wollte er sich an ihr, Violet, für das rächen, was Clarissa ihm angetan hatte? Aber so etwas war doch verrückt.

Wie hatte sie sich nur in diesen Mann verlieben können?

Während sie eilig durch die Straßen lief, um noch vor Marlow in der Warwick Street zu sein, grübelte sie über Clarissa nach. Auch hier passte nichts zusammen. Eine junge Frau, die sich ihrem Ehemann verweigerte, die sich einen Liebhaber nahm und das Mädchen mit Ohrfeigen bedachte. Aber sie war gleichzeitig von Schwermut befallen, zog sich tagelang zurück und beendete ihr Leben durch eigene Hand. Und dann das Bild, das Mrs. Chrestle von ihrer

Tochter gegeben hatte: das sanfte, verträumte Mädchen, das voller Hingabe Klavier spielte und rein, wie ein Engel war.

Nun ja – es war nichts Ungewöhnliches, dass eine Mutter ihr totes Kind in einer Art Verklärung sah. Maggy wiederum war wütend auf Clarissa – auch ihr konnte man nicht alles so einfach glauben. Aber selbst wenn man Maggys Geschwätz nicht ganz so ernst nahm: Ein Engel war Clarissa sicher nicht gewesen.

Sie war schon längst an Green Park vorbei und bog in eine Seitenstraße ein, um rasch zur Regent Street zu gelangen, als sie hörte, dass jemand ihren Namen rief.

„Miss Burke! Was für eine Freude, Sie zu treffen!"

Ein junger Gentleman in Hut und dunklem Gehrock überquerte im Eilschritt die Straße und lief auf sie zu. Gleich darauf erkannte sie den hübschen, dunkellockigen Mr. Jameson, Grace' bevorzugten Kunden. Violet zwang sich zu einem freundlichen Lächeln, denn die Begegnung war ihr eher unangenehm, zudem war sie in Eile und wollte nicht aufgehalten werden.

Er hatte rote Wangen von der kühlen Luft, was ihm zu dem dunklen Haar ganz hervorragend stand, und seine braunen Augen leuchteten in aufrichtiger Wiedersehensfreude – Grace hatte gute Gründe, gerade diesen jungen Herrn ganz besonders in ihr Herz geschlossen zu haben.

„Ich habe Ihr Klavierspiel schmerzlich vermisst", sagte er und schien unschlüssig, ob er es wagen durfte, ihre Hand zu ergreifen. „Es ist fast so, als fehle die gute Seele in Grace' Haus."

„Zuviel der Ehre, Mr. Jameson", meinte sie amüsiert. „Ich spiele wirklich nur mittelmäßig, und Grace wird ihr Haus gewiss auch ohne mich mit einer angenehmen Atmosphäre ausstatten."

Doch er schüttelte traurig den Kopf und nahm sich jetzt doch die Freiheit, ihre Hand zu fassen.

„Oh nein, Miss Burke", seufzte er. „Ich bedaure jetzt unendlich, so selten im Salon gewesen zu sein. Ich hörte Ihr Spiel immer nur durch die Wände hindurch, und wenn wir uns begegneten, dann war es im Flur, wo man so wenig Gelegenheit zu einem Gespräch hatte."

Violet fiel dazu wenig ein, sie hatte Jameson zwar recht sympathisch gefunden, jedoch niemals den Wunsch nach einer längeren Unterhaltung mit ihm verspürt.

„Nun ja, es hat sich leider nicht ergeben", meinte sie unsicher. „Manchmal will es das Schicksal eben anders, als man es gerne hätte."

Sie konnte ihm ansehen, dass er mit sich kämpfte, um seine Schüchternheit zu überwinden, dann fasste er sich doch ein Herz.

„Ich möchte keinesfalls aufdringlich erscheinen, Miss Burke", stammelte er. „Bitte verstehen Sie meinen Vorschlag also nicht falsch. Aber ich besitze zwei Billetts für ein Klavierkonzert, das nächste Woche in Covent Garden gespielt wird. Wenn Sie sich entschließen könnten, mich dorthin zu begleiten, wäre ich der glücklichste Mensch der Welt."

Das Angebot war verlockend, denn Marlow hatte ihr zwar ein Abendkleid anfertigen lassen, bisher jedoch noch keine Miene gemacht, sie zu einem Opernabend oder einem Konzert auszuführen. Dennoch war es wohl kaum sehr klug, diesen gut gemeinten Vorschlag anzunehmen.

Jameson akzeptierte ihre Absage mit der Miene eines Mannes, der kaum Anderes hatte erwarten können.

„Ich hoffe sehr, dass wir uns bald wieder einmal begegnen werden, Miss Burke. Ja, ich bin sogar fest davon überzeugt, denn ein Gefühl sagt mir, dass wir uns wiedersehen."

„Das wäre gewiss nett", gab sie höflich zurück.

Er verbeugte sich leicht, lupfte den Hut, wobei seine Lockenpracht im Wind flatterte und entfernte sich mit raschen, weit ausholenden Schritten.

Violett hätte ihren Weg jetzt gern im Laufschritt fortgesetzt, doch das schickte sich keineswegs für eine junge Dame und hätte Aufsehen erregt. Also bemühte sie sich, so schnell wie möglich voranzukommen, ohne dabei überhastet oder gar abgehetzt zu wirken. Kurz bevor sie die Regent Street erreichte wäre sie fast von einem Hansom gestreift worden, der auf ziemlich rücksichtslose Weise dicht an ihr vorüberfuhr. Als sie erschrocken den Kopf hob, erblickte sie Marlows Gesicht hinter dem Glas des Kutschenfensters. Er starrte sie verblüfft an und öffnete den Mund, um ihr etwas zuzurufen, doch der Hansom rasselte vorüber, ohne dass sie auch nur ein einziges Wort verstanden hätte.

O Gott, das auch noch. Sie hatte gehofft, vor ihm zu Hause zu sein und das Personal zu bitten, ihren angeblichen Arztbesuch vor Marlow nicht zu erwähnen. Jetzt würde er Fragen stellen und sie konnte ihm unmöglich sagen, dass sie seine Schwiegereltern besucht hatte, um mehr über Clarissa zu erfahren. Also würde sie die Lügengeschichte vom Arztbesuch erzählen müssen und sich darauf gefasst machen, dass er sie nach Einzelheiten ausfragte.

Die Sorge erwies sich als überflüssig. Gleich als sie ins Haus trat verkündete ihr Maggy mit beklommener Miene, dass Mr. Marlow sie im Wohnzimmer erwarte.

„Ich fürchte, er ist ziemlich wütend, Miss Burke. Als er vorhin nach Hause kam, hat er seinen Mantel auf den Boden geworfen. Seinen Hut konnte ich gerade noch auffangen, aber die Handschuhe sind in der Hanfpalme gelandet."

„Es ist gut Maggy."

Sie stieg die Treppe hinauf und blieb einen kleinen Augenblick lang vor der Wohnzimmertür stehen, denn ihr Herz schlug wild. Dann holte sie tief Luft und klopfte an.

„Kommen Sie herein, Miss Burke und machen Sie die Tür hinter sich zu!"

Es klang Unheil verkündend. Meine Güte – weshalb regte er sich eigentlich so auf? Dachte er, sie sei seine Gefangene?

„Sie wollten mich sprechen, Mr. Marlow?"

Er hatte am Fenster gestanden und auf die Straße hinausgesehen. Bei ihrem Eintreten wandte er sich blitzschnell um und sie sah erschrocken, wie der Zorn seine Wangenmuskeln zucken ließ.

„Sie haben also beschlossen, eigene Wege zu gehen", zischte er sie an. „Erzählen Sie mir nicht die Geschichte von dem dringenden Arztbesuch – ich bin nicht so einfältig wie Maggy. Wo waren Sie?"

Sie war ratlos, denn sie wusste recht gut, dass sie eine schlechte Lügnerin war. Dennoch verletzte sie der herrische Ton, in dem er von ihr Rechenschaft forderte. Der andere Marlow, der Mann, in den sie sich verliebt hatte, war meilenweit entfernt von diesem wütenden Tyrannen, der hier vor ihr stand.

„Ich habe einen Besuch gemacht", sagte sie, um Gelassenheit bemüht.

Die Antwort war Wasser auf seine Mühlen und steigerte seinen Zorn, soweit dies überhaupt noch möglich war.

„Einen Besuch gemacht", herrschte er sie an. „Alte Bekanntschaften aufgefrischt, nicht wahr? Mr. Jameson, der kleine Adonis mit den dunklen Locken und dem treuen Hundeblick in den verträumten, braunen Augen. Sie sehen, ich bin gut informiert!"

Die falschen Verdächtigungen taten ihr unglaublich weh. Mehr als das: Sie zeigten ihr deutlich, was er in Wahrheit immer noch von ihr dachte. Wenn sie jemals Hoffnungen gehegt hatte, er könne sie lieben – jetzt waren sie endgültig zerstört.

„Sie irren sich, Mr. Marlow", gab sie mit kühler Miene zurück, während in ihrem Inneren die Verzweiflung tobte. „Ich war unterwegs, weil ich für meine Zukunft sorgen muss."

Sie zog die zusammengerollten Noten unter ihrer Jacke hervor und warf sie auf den Schreibtisch.

„Da!", sagte sie. „Ich habe Klavier vorgespielt, weil jemand mir eine Stelle angeboten hat."

Er sah verblüfft auf die Noten, dann begann er laut zu lachen. Es klang herzlos und boshaft in ihren Ohren, weshalb sie die mühsam bewahrte Fassung endgültig verlor. Zornig packte sie ihre Noten und warf sie ihm ins Gesicht.

„Was gibt es da zu lachen?", fuhr sie ihn an. „Sie haben mir gestern Abend gekündigt. Also bin ich gezwungen, mich nach einer passenden Arbeit umzusehen."

Er fing die Blätter auf, betrachtete sie kurz und warf sie auf den Tisch zurück.

„Und Sie haben mir gestern Abend noch versichert, dass Sie bleiben wollen!"

„Ich habe es mir anders überlegt."

„Sehr gut!", rief er laut und sah sie mit wildem Blick an. „Dann werden sie sich wohl auch noch an meine Bedingungen erinnern. Sie werden London sofort verlassen."

„Ich denke nicht daran", fauchte sie. „Ich werde noch genau fünfundzwanzig Tage hier in Ihrem Haus meine Arbeit tun. Und dann gehe ich, wohin es mir gefällt."

Zu ihrer Überraschung beruhigte er sich jetzt. Er ließ sie stehen und ging ein paar Schritte durch den Raum, sah noch einmal nachdenklich zu ihr hin und ließ sich dann auf dem Sessel vor dem Kamin nieder.

„Einverstanden", knurrte er und legte die Füße auf die Kante des Stuhles, der gegenüber seinem Sessel stand. „Aber während dieser fünfundzwanzig Tage werden Sie Ihre Arbeit tun, so wie wir es vertraglich festgelegt haben."

Sie war erstaunt über seinen abrupten Stimmungsumschwung. Wieso war er plötzlich mit ihren Bedingungen einverstanden? Nun ja – er sparte damit eine Menge Geld.

„Selbstverständlich."

Er musterte sie mit schmalen Augen und sah dann rasch wieder zur Seite.

„Wo haben sie vorgespielt?", wollte er wissen.

„Tut mir leid, das ist meine Privatangelegenheit, Mr. Marlow."

Er schnaubte ärgerlich, musste es jedoch akzeptieren.

„Ich wünsche, dass Sie mich in Zukunft über Ihre Alleingänge vorher informieren", forderte er. „Haben sie weitere Termine?"

Sie zögerte. Würde er vielleicht gar auf die Idee kommen, ihr zu folgen? Unsinn – weshalb sollte er das tun?

„Morgen Vormittag. Es wird etwa zwei Stunden in Anspruch nehmen."

Er antwortete nichts, verzog aber das Gesicht zu einem ironischen Grinsen, dass sie wütend machte. Wenn er jetzt dachte, was sie vermutete, dann war er nichts als ein widerlicher, verdorbener Mensch.

„Kann ich jetzt gehen?"

Er sah sie nicht an, sondern starrte nur düster vor sich hin.

„Gern. Wir werden heute Abend gegen sieben Uhr abfahren – die Schneiderin hat einen Mantel und ein Paar Schuhe gebracht. Ich erwarte, dass Sie pünktlich in der Halle sind, denn ich habe vor, mit Ihnen die Oper zu besuchen."

Ein Opernbesuch! Widersinnigerweise meldete sich plötzlich das Gewissen.

„Es tut mir leid, dass Sie so viele Ausgaben hatten", sagte sie leise, während sie schon die Tür aufzog.

„Unnötig", blaffte er zurück. „Da Sie die Sachen nicht haben wollen, wird sich eine andere finden."

Violet schloss die Tür härter als es nötig gewesen wäre und lief dann so eilig die Treppe hinauf, dass sie Maggy, die mit einem Tablett unterwegs war, fast umriss.

Marlow verließ kurz darauf das Haus, ohne das von Mrs. Waterbrook sorgsam zubereitete Dinner auch nur angerührt haben. Violet saß einsam im Speisezimmer, stocherte ungewöhnlich lustlos in dem leckeren Ragout herum und aß so wenig davon, dass Maggy in der Küche mit besorgter Miene verkündete, die arme Miss Burke sei gewiss ernsthaft krank und bei ihrer Tante habe es damals auch so angefangen. Worauf Mrs. Waterbrook ihr kurz und bündig befahl, ihren Mund zu halten und kein Unglück herauf zu beschwören. Die Köchin war ausgesprochen schlecht auf das Mädchen zu sprechen, denn während des Vormittags waren weder Charles noch Maggy zu finden gewesen, so sehr Mrs. Waterbrook auch nach ihnen gesucht und gerufen hatte.

Das Wetter hatte umgeschlagen. Ein diffuses, bräunliches Licht lag über der Stadt und ließ Straßen und Bauten trostlos erscheinen. Auch die Menschen, die am Haus vorübergingen und bereits die Schirme aufgespannt hatten, kamen Violet bedrückt vor, selbst die Pferde vor den Kutschen ließen die Köpfe hängen und schienen von Traurigkeit erfüllt.

Seufzend wandte sich Violet vom Fenster ab und stellte fest, dass es Zeit war, sich für die Oper anzukleiden. Sie hatte sich so darauf gefreut, das wundervolle, dunkelrote Kleid tragen zu dürfen – jetzt war es ihr gleich. Sie würde es sowieso niemals besitzen, sollte Marlow es doch einer anderen schenken, sie brauchte es nicht. Warum hatte sie sich etwas vorgemacht? Er hielt sie für eine Prostituierte, niemals konnte es Liebe oder auch nur Zuneigung zwischen ihnen geben. Er verachtete sie - so einfach war das.

Maggy hatte Violet auf der Treppe abgepasst, als sie hinauf in ihr Zimmer gehen wollte. Ihr Gesicht war gerötet, und in ihren Augen war ein sehnsüchtiges Glänzen.

„Darf ich Ihnen helfen, Miss Burke?"

Violet musste trotz ihres Kummers schmunzeln.

„Du möchtest gern das schöne Abendkleid sehen, ja?"

Maggy nickte mehrmals.

„Ich habe Ihnen die feine Wäsche in Ihr Zimmer getragen, Miss Burke. Ihre eigenen Sachen sind gerade alle in der Waschküche. Und dann hat Mr. Marlow noch ein Kästchen für Sie zurechtgelegt."

„Was für ein Kästchen?"

Maggy zog einen schmales, dunkles Etui unter ihrer Schürze hervor.

„Ich hab mal reingesehen", flüsterte sie wichtigtuerisch. „Es ist ein Anhänger mit einem roten Stein. Oh, Miss Burke. Er wird wundervoll zu dem Kleid aussehen. Sie dürfen heute auf keinen Fall krank werden."

Violet verbarg ihren Ärger – schließlich konnte Maggy nichts für die Bosheiten ihres Brotherrn.

„Gehen wir hinauf."

Es war nicht zu ändern – sie würde einige Stücke dieser Wäsche tragen müssen. Zumal das Kleid sehr schmal geschnitten war und ihre eigene Korsage sich nicht eng genug schnüren ließ. Maggy machte sich mit Eifer an die Arbeit, wählte die Wäsche aus und schnürte Violet mit großem Geschick. Als sie ihr die Röcke und das Oberteil des Kleides anzog, geriet sie fast aus dem Häuschen vor Begeisterung über den feinen, glänzenden Stoff, die reich verarbeiteten Spitzen, die elegante Raffung des Überrockes und vor allem über die zierlichen Abendschuhe, die die Schneiderin heute extra zu diesem Anlass noch besorgt hatte.

„Sie sind wunderschön in diesem Kleid, Miss Burke", sagte sie andächtig, während sie Violet das Haar aufsteckte. „Viel schöner als …"

Sie schwieg erschrocken und hielt sich die Hand vor den Mund, aber Violet hatte sehr gut verstanden, was sie sagen wollte. Natürlich hatte Maggy früher Clarissa bedient und ihr beim Ankleiden geholfen. Daher auch ihre erstaunlichen Fertigkeiten, die man dem sonst so ungeschickten Ding gar nicht zugetraut hätte.

„Nein Maggy", sagte Violet energisch, als das Mädchen das schmale Etui öffnen wollte. „Ich werde diesen Schmuck auf keinen Fall tragen. Du kannst dieses Etui gleich wieder hinunter in Mr. Marlows Bibliothek bringen."

In Maggys Gesicht zeichnete sich unverhohlene Enttäuschung ab.

„Aber sehen Sie sich den Schmuck doch wenigstens einmal an, Miss Burke. Er wird wundervoll zu diesem Kleid aussehen, weil er genau die Farbe des Stoffes hat."

„Das ist mir völlig egal. Leg das Kästchen weg, ich will es nicht sehen."

Doch Maggy hatte das Etui bereits geöffnet und den Anhänger herausgenommen. Sie zog das goldene Kettchen zwischen den Händen straff, dass Violet den großen, dunkelrot leuchtenden Stein deutlich sehen konnte.

„Er sieht aus, wie ein großer, roter Tropfen, nicht wahr?", schwärmte sie. „Und das ist echtes Gold drum herum. Auch die Kette ist ganz sicher aus Gold. Mrs. Clarissa hat den Schmuck mit in die Ehe gebracht, das ist ein richtig kostbares Stück."

Es war ohne Zweifel der gleiche Schmuck, den Clarissa auf dem Foto getragen hatte. Der dunkelrote Rubin war mit einer schmalen Goldfassung umgeben, in die ein zartes, fortlaufendes Pflanzenornament eingearbeitet war. An der Spitze des Tropfens umschlangen sich die Pflanzenstränge und bildeten eine Öse, durch die die Kette gezogen war.

Violet betrachtete den Schmuck mit zusammengekniffenen Augen und voller Widerwillen.

„Leg es endlich wieder in den Kasten zurück, Maggy", befahl sie. „Ich finde es ziemlich geschmacklos von Mr. Marlow, mir einen Schmuck zu geben, der seiner verstorbenen Frau gehört hat."

„Aber Mr. Marlow wird gewiss ärgerlich werden, wenn Sie den Anhänger nicht tragen", jammerte Maggy.

„Das ist mir völlig gleichgültig!"

„Aber schauen Sie doch nur, wie fein diese kleinen Blättchen und Zweiglein gemacht sind. Man könnte meinen, es seien Buchstaben, die sich da ineinander verwickeln."

„Meinetwegen Buchstaben", seufzte Violet und nahm Maggy den Schmuck aus der Hand, um ihn endgültig wieder in die Schachtel zu legen. Dann jedoch stutzte sie.

„Das könnten tatsächlich Buchstaben sein", meinte sie nachdenklich und betrachtete das Schmuckstück nun aufmerksamer. „Ja – das ist ein „u" und das könnte ein –t- sein. Warte mal …"

Maggy strahlte, da sich die Hausdame nun endlich besonnen hatte und angestrengt auf das schöne Schmuckstück starrte.

„Kriegen Sie was raus, Miss Burke? Bestimmt ist es ein Familienstück und jemand hat eine Liebesbotschaft hineinschreiben lassen."

Violet hatte Schwierigkeiten, die winzig kleinen Buchstaben zusammenzu-fügen. Zuerst schien ihr alles keinen Sinn zu ergeben, denn solche Worte gab es gar nicht. Dann erst begriff sie, dass der Text nicht in Englisch geschrieben war.

„N'oublie ... jamais ... que... tu ...m'appartiens."

Maggy zog die Nase kraus und schnaubte.

„Was soll das sein?"

Violets Kenntnisse im Französischen waren nicht sehr groß. Sie hatte ein wenig in der Schule gelernt, und ihr Vater hatte sie zurate gezogen, wenn er französischen Wein bestellte.

„Es heißt so etwas wie: Vergiss niemals, dass du ..., dass du ... Es hat etwas mit besitzen zu tun ... Dass du mir gehörst. Ja, das könnte es sein. Da oben auf der Öse ist noch ein Buchstabe. Ein kleines „J". Vielleicht ist das derjenige, der den Satz eingravieren ließ."

„Vergiss niemals, dass du mir gehörst", wiederholte Maggy versonnen. „Wie romantisch! Sicher hat es irgendeiner ihrer Vorfahren seiner Geliebten ge-schenkt."

„Möglich", meinte Violet und legte den Anhänger mit spitzen Fingern zurück ins Etui. „Und jetzt gib mir die Handschuhe und leg mir den Mantel um – es ist gleich sieben Uhr."

Marlow hatte für die Fahrt zum Covent Garden Theater eine Mietdroschke bestellt. Es war ein geschlossener Wagen, der von einem hübschen, braunen Pferdchen gezogen wurde und sich geschickt durch den abendlichen Verkehr hindurchschlängelte. Es regnete inzwischen heftig, die Tropfen rannen an den Scheiben der Kutsche hinunter und Violet dachte mitleidig an den Kutscher, der Wind und Regen ausgesetzt war.

Sie sprachen kein Wort während der Fahrt, jeder blickte auf seiner Seite aus dem Kutschenfenster, obgleich der herabrinnende Regen und der sich an den Scheiben niederschlagende Atemdunst die Sicht nach draußen fast unmöglich machten. Man sah nur die verschwommenen Lichter der Schaufenster und den gelblichen Schein der Straßenlaternen, dazu hin und wieder die Umrisse einer vorüberziehenden Kutsche oder einen vermummten Passanten, der wegen des Regenwetters eilig, mit gesenktem Kopf vorüberlief.

Violet fühlte sich tief unglücklich. Er saß dicht neben ihr, berührte mit seinem Knie ihre Röcke, sie konnte seinen Duft atmen, der ihr plötzlich so ungeheuer vertraut war. Alles in ihr strebte zu ihm hin, sie hätte ihn so gern am Arm ge-fasst, sich an ihn geschmiegt, hätte unendlich viel dafür gegeben, seinen dunklen Blick noch einmal zu spüren. Und zu sehen, wie er lächelte.

Doch er saß in steifer Haltung auf dem Sitz, hatte den Zylinderhut tief in die Stirn geschoben, und sie konnte nicht viel mehr von seinem Gesicht erkennen als die scharfe geschnittene Nase und die kantige Kinnpartie. Scheinbar hatte er wenig Lust, die üblichen Verhaltensmaßregeln anzukündigen – vielleicht, weil er glaubte, sie habe ihre Rolle inzwischen gelernt.

Es dauerte eine kleine Weile, bis die Kutsche vor einem der Eingänge des Theaters vorfahren konnte, denn sie mussten warten, bis die Ladies und Gentlemen, die vor ihnen angekommen waren, aus ihren Wagen gestiegen waren. Als der Kutscher endlich den Schlag öffnete, drehte Marlow kurz den Kopf zu ihr herum und zog die Augenbrauen in die Höhe - die stumme Geste bedeutete nichts weiter als: Das Spiel beginnt.

Wie üblich verwandelte er sich auf der Stelle in den freundlich-besorgten Onkel, hielt ihre Hand, während sie aus der Kutsche stieg, spannte einen Schirm auf, um sie auf dem kurzen Weg bis zu dem hohen Säulenvorbau des Theaters vor dem Regen zu schützen.

Violet war überwältigt von der verschwenderischen Pracht, mit dem das Theater ausgestattet war. Unzählige Gaskandelaber und Wandlüster erzeugten eine geradezu unglaubliche Helligkeit, ließen den Goldstuck und die Seidentapeten im Foyer glänzen und setzten die Abendroben der Damen ins rechte Licht. Die Kleider erschienen ihr wie eine große Sinfonie aus bunten Farben, gerafften Spitzen, eng geschnürten Taillen und glitzernden Besätzen. Dazwischen flanierten Herren in eleganten, dunklen Anzügen mit blütenweißen Westen, die scheinbar nur anwesend waren, um die Abendtoiletten ihrer Damen vorzuführen, denn sie selbst machten sich zwischen all den aufwendigen, farbenfrohen Kleidern eher schlicht aus.

Marlow hatte rasch einige seiner Bekannten ausgemacht und die übliche Zeremonie des Begrüßens und Vorstellens begann. Zu ihrer eigenen Überraschung gelang es Violet sehr schnell, ihre Befangenheit abzuschütteln und sich auf ihre Aufgabe zu konzentrieren. Sie erinnerte sich mühelos an diejenigen von Marlows Bekannten, denen sie schon einmal vorgestellt worden war, knüpfte an Gespräche an, fragte nach dem Befinden des Bruders, der Tochter, der Tante und erntete entzückte Blicke.

„Was für ein bezauberndes Mädchen. Wir geben im Dezember einen Ball, lieber Nicholas. Sie dürfen ihn auf keinen Fall verpassen. Und bitte bringen Sie Violet mit."

„Sehr gern. Natürlich nur, wenn sie zu dieser Zeit noch in London ist."

„Aber Sie werden doch nicht abreisen wollen, Miss Violet. Gerade jetzt, wo die Ballsaison beginnt."

„Oh, ich füge mich da ganz den Wünschen meiner Eltern."

„Nun – dann bin ich sicher, dass Sie bleiben werden. Die jungen Herren, die unsere Bälle besuchen, sind alle aus den besten Familien. Die jungen Damen übrigens auch, lieber Nicholas."

Marlow verabschiedete sich mit galantem Lächeln von der redseligen Lady und entfernte sich mit Violet, um ihr, wie er ankündigte, einige Besonderheiten im Foyer zu zeigen. Langsam führte er sie an den Stucksäulen entlang, die im oberen Bereich mit zierlichen Pflanzenornamenten geschmückt waren.

„Hören Sie auf, Unsinn zu schwatzen", zischte er sie an, während er nach außen hin eine liebenswerte Miene zur Schau trug.

„Was war jetzt wieder falsch?“

„Sind Sie wahnsinnig, von ihren Eltern zu sprechen? Demnächst wird man mich fragen, wie sie heißen, wo sie leben und ob ich sie nicht zu mir einladen möchte.“

„Dann lassen Sie sich etwas einfallen“, gab sie boshaft zurück und schenkte ihm zugleich ein strahlendes Lächeln.

„Ich warne Sie, Miss Burke. Wenn Sie glauben, die Lage ausnutzen zu können, um sich an mir …“

Er konnte den Satz nicht zu Ende sprechen, denn in diesem Augenblick strebte ein kleiner, wohlbeleibter Gentleman auf sie zu, dessen rosig leuchtende Glatze von einer weißen Haarsträhne überzogen war.

„Miss Burke! Welch eine Freude“, rief Mr. Milverton und ergriff Violets Hand, um einen galanten Kuss auf den weißen Spitzenhandschuh zu hauchen. „Ich habe bereits mehrere Billetts an Sie versendet, ohne eine Antwort zu erhalten. Kommen Sie, lieber Nicholas – ich habe für den Abend eine Loge gemietet, lauter gute Freunde und Bekannte. Machen Sie uns die Freude!“

Marlow fiel einen Augenblick aus seiner Rolle und zog unwillig die Augenbrauen in die Höhe. Doch er fing sich rasch wieder, setzte ein Lächeln auf und erklärte mit großem Bedauern, dass er selbst ebenfalls Plätze im ersten Rang bestellt habe.

„Das können Sie mir nicht antun, lieber Freund“, beharrte Milverton. „Seien Sie mein Gast und gönnen Sie mir das Vergnügen, den Abend an der Seite dieser zauberhaften, jungen Lady verbringen zu dürfen.“

Marlow fügte sich, trat höflich zurück, als Milverton Violet den Arm bot und sie die Treppe hinauf zu den Logen führte. Als sich die Samtportieren vor ihr öffneten, erblickte Violet zum ersten Mal den weiten Zuschauerraum des Theaters, der von unzähligen Gaslampen hell beleuchtet wurde. Er erschien ihr ungeheuer prächtig und der Anblick der drei geschwungenen, übereinander gelagerten Galerien machte sie fast schwindelig. Mehr aber noch erregten sie der riesige, einstweilen noch geschlossene Bühnenvorhang und die Schwärze des Orchestergrabens, aus dem ein Gewirr von Tönen aufstieg, als summe dort unten ein Schwarm Hornissen.

In der Loge befanden sich mehrere Stuhlreihen, auf denen bereits verschiedene Damen und Herren Platz genommen hatten. Wieder begann die lästige Zeremonie des Vorstellens und belanglosen Plauderns, und Violet entging nicht, dass die Blicke der Ladies sich intensiv auf Marlow richteten. Sie spürte einen Stich im Herzen und kam sich zugleich unendlich dumm und albern vor. Warum sollten die Damen sich nicht für ihn interessieren? Schließlich war er ein wohlhabender Witwer und konnte, wenn er wollte, sehr charmant sein. Eines Tages würde er vielleicht tatsächlich eine dieser hübschen, wohlgeborenen Ladies zu seiner Frau machen.

Einstweilen versprühte jedoch Mr. Milverton seinen Charme. Er nötigte Violet, den Platz neben ihm in der ersten Reihe einzunehmen, schickte einen

Bediensteten, um Champagner zu besorgen und begann, ihr den Inhalt der Oper zu erklären, die sie in wenigen Minuten auf der Bühne sehen würden. Violet hörte aufmerksam zu, denn die Geschichte ging ihr nahe. Erst als die Lichter langsam verloschen und erwartungsvolle Stille im Zuschauerraum eintrat, bemerkte sie, dass Marlow rechts neben ihr Platz genommen hatte.

„La Traviata heißt: ‚Die Verirrte'", murmelte er ihr boshaft ins Ohr. „Es wird ihnen gefallen, Miss Burke."

Violet war in einer anderen Welt, kaum dass der erste Ton erklungen war. Sie hatte einmal einen Notenband ausgeliehen, in dem sich Arien von Verdi, für Klavier gesetzt, befanden, und diese Sachen hatten ihr recht gut gefallen. Doch all diese hübschen Melodien waren nur ein schwacher Abglanz dessen gewesen, was jetzt aus dem Orchestergraben mit unglaublicher Klangfülle zu ihr hinauf drang. Er musste ein Magier sein, dieser Komponist, ein Zauberer, der Menschen lachen und weinen lassen konnte, ganz wie es ihm beliebte.

Sie versank in der Musik, verfolgte das Geschehen auf der Bühne mit großen Augen und bemerkte nicht im Entferntesten, dass der eifrige Milverton ihr ein Glas Champagner auf die Balustrade gestellt hatte, das Marlow jedoch rasch zu sich sich zog.

Die Pausen verbrachte man in der Loge, wo Milverton großzügig Getränke nebst einem kleinen Imbiss servieren ließ und sich ausgiebig um Violet kümmerte.

„Wir hatten heute früh ein ganz passables Wetterchen, liebe Miss Violet. Ich denke, wir sollten unseren Ausflug recht bald unternehmen, damit wir die letzten Herbstsonnenstrahlen nutzen können. Wie sehen Sie das, lieber Nicholas?"

„Ich bin der Meinung, wir sollten diesen Ausflug auf das Frühjahr verschieben. Das junge Grün wird ein weitaus hübscherer Anblick sein, als die kahlen Bäume, die sich momentan dem Auge bieten."

„Was ist Ihre Meinung, Miss Violet? Sollte man nicht das Eisen schmieden, solange es heiß ist?"

Die Glocke enthob Violet der schwierigen Antwort, und während sie sich wieder auf ihren Platz setzte, spürte sie, dass Marlow sie mit zornigen Augen ansah. Doch er schwieg und Violet lauschte atemlos der Musik, die sie alles Andere vergessen ließ. Die schwirrenden Klänge ließen Sehnsucht in ihr aufsteigen, erzählten von tiefer, ehrlicher Liebe und harschem Verzicht, verbanden glühende Leidenschaften mit dem unausweichlich nahenden Tod. Sie merkte nicht einmal, dass ihr Tränen über die Wangen rannen, während sie wie gebannt auf die Bühne sah, doch plötzlich spürte sie eine warme Hand, die sich auf die ihre legte und sie für einen Augenblick festhielt. Sie erschrak zutiefst, saß mit hämmerndem Herzen wie versteinert, dann wandte sie langsam den Kopf zur Seite. Marlow hatte sein Glas erhoben und trank scheinbar in aller Ruhe seinen Champagner aus.

„Wenn Sie weiter so heulen, haben Sie nachher rote Augen, Miss Burke", murmelte er unfreundlich. „Nehmen Sie sich zusammen."

Er verdarb ihr damit den Rest der wundervollen Oper. Nach dem nicht enden wollenden Applaus, den zahlreichen Vorhängen und den blasierten Kommentaren der Ladies und Gentlemen, die mit ihnen in der Loge gesessen hatten, lud Mr. Milverton die ganze Gesellschaft in sein Stadthaus ein, um den Abend dort in angenehmer Gesellschaft zu beenden.

„Leider müssen wir uns verabschieden", sagte Marlow im Tonfall echten Bedauerns. „Meine Nichte ist es nicht gewohnt, so lange aufzubleiben, und ich habe versprechen müssen, die Abende nicht über Gebühr auszudehnen."

„Aber wer wird denn so streng sein!", regte sich Mr. Milverton auf. „Einmal kann man doch eine Ausnahme machen."

„Nun – meine Nichte hat in dieser Woche viel Aufregendes und Neues in London erfahren, und ich möchte nicht, dass sie am Ende noch krank wird. Schließlich trage ich die Verantwortung für ihr Wohlergehen."

Marlows Tonfall war jetzt sehr entschieden, sodass der schwer enttäuschte Milverton nichts mehr zu entgegnen wagte.

„Aber unseren kleinen Ausflug aufs Land, den werden Sie doch genehmigen. Was meinen Sie, Miss Violet. Am kommenden Sonntag?"

„Am Sonntag?"

Violet sah Marlow fragend an, doch der zeigte nur ein unverbindliches Lächeln.

„Warum nicht?", meinte sie zögernd. „Wenn Onkel Nicholas nichts dagegen hat ..."

„Also abgemacht", rief Milverton begeistert und küsste ihr die Hand. „Ich komme gegen zehn Uhr, um Sie abzuholen. Und falls Nicholas etwas Anderes vorhaben sollte, dann kann er seine Nichte ganz unbesorgt meinem väterlichen Schutz anvertrauen."

Marlow sorgte dafür, dass ihnen unverzüglich ihre Mäntel gebracht wurden, und schob Violet durch die Eingangshalle des Theaters, wo sich die Opernbesucher drängten und auf eine Kutsche warteten.

„Bleiben Sie hier stehen und rühren Sie sich nicht vom Fleck!", befahl er und verschwand, um einen Hansom zu besorgen. Die Halle war zugig, da die breiten Türflügel offen standen, an den Eingängen war der Fußboden vom Regen feucht und wirkte schmutzig. Violet begann zu frösteln. Die Hochstimmung, die sie anfangs beim Anblick der kostbaren Räume und schönen Abendroben empfunden hatte, war plötzlich dahin. Die Menschen, die sich an ihr vorüber schoben, sahen blass und erschöpft aus, die Frisuren der Ladies schienen gelitten zu haben und die Mantelstoffe rochen nach Nässe und Mottenkugeln.

„Miss Burke! Welch angenehme Überraschung!"

Sie schrak zusammen, denn die Stimme war ihr wohlbekannt. Vor ihr stand, wie aus dem Boden herausgewachsen, Mr. Spyker, lächelte von einem Ohr bis zum anderen, und sein Mantel strömte einen ekelerregenden Kampfergeruch aus.

„Guten Abend", stammelte sie. „Ich hoffe, es geht Ihnen gut, Mr. Spyker."

„Nur halb so gut, wie es Ihnen ganz offensichtlich geht, junge Lady. Fast hätte ich Sie in diesem Aufzug nicht erkannt. Da sind Sie ja die Treppe ganz ordentlich hinaufgefallen."

Violet trat einen Schritt zurück, denn er näherte sich ihr so unbefangen, als wolle er sie beschnüffeln.

„Ich weiß nicht, was Sie meinen, Mr. Spyker", sagte sie ärgerlich. „Wenn Sie mich jetzt bitte entschuldigen wollen, ich warte auf einen Bekannten."

„Schau an", sagte Spyker und grinste zweideutig. „Dachte ich doch, dass es darauf hinausgeht. Da wünsche ich viel Glück, Miss Burke. Und falls die Dinge einmal nicht mehr so gut laufen und Sie einen guten Freund brauchen sollten – ich bin immer für Sie da."

„Vielen Dank!", gab sie kurz angebunden zurück und wandte Spyker den Rücken zu.

In diesem Moment kam Marlow direkt auf sie zugelaufen, sein Zylinder und seine Schultern glänzten vor Nässe, seine zusammengekniffenen Augen und der schmal verzogene Mund bedeuteten nichts Gutes.

Natürlich hatte er Spyker gesehen. Er sah meistens das, was er nicht sehen sollte.

Marlow beherrschte seinen Zorn solange, bis der Kutscher den Schlag hinter ihnen geschlossen hatte und das Gefährt sich in Bewegung setzte. Dann packte er wütend Violets Arme und zog ihren Körper dicht zu sich heran.

„Jetzt ist Schluss mit Ihren Capricen, Lady", zischte er ihr ins Gesicht. „Wenn Sie glauben, mich zum Narren machen zu können, dann haben Sie sich getäuscht."

„Lassen Sie mich los, Sie tun mir weh!"

Sie versuchte, sich aus seinem Griff herauszuwinden, doch er hielt sie mit harten Fäusten so fest, dass sie am liebsten vor Schmerz geschrien hätte.

„Das hätten Sie sich überlegen können, bevor Sie darangingen, mich lächerlich zu machen."

Sie gab den Widerstand auf, hing heftig atmend in seinen Armen, doch er dachte auch jetzt noch nicht daran, seinen Griff zu lockern.

„Ich verstehe nicht, was Sie meinen", sagte sie unglücklich.

Seine dunklen, eng zusammengezogenen Augen blitzten gefährlich dicht vor ihrem Gesicht.

„Sie verstehen mich sehr gut, Miss Burke. Ich habe es satt, mir von einer Nutte, die sich nicht von alten Gewohnheiten trennen kann, auf der Nase herumtanzen zu lassen!"

Damit stieß er sie von sich, dass sie gegen das Kutschenfenster geschleudert wurde, riss den Schlag auf und beugte sich nach draußen.

„Cullum Street!", brüllte er dem Kutscher zu.

Violet war mit dem Kopf gegen das Fenster geschlagen und fühlte sich einen Moment lang wie betäubt. Sie spürte, dass etwas Feuchtes, Warmes ihre Schläfe hinabrann, doch sie achtete nicht darauf. Das Entsetzen über die ungeheure, infame Beleidigung war so groß, dass sie nichts als dumpfe, hilflose Verzweiflung empfand.

„Es ist aus, meine Schöne", sagte er ohne sie anzusehen. „Ich bringe sie jetzt zu Ihrer Freundin zurück und morgen sorge ich dafür, dass Sie die Stadt verlassen. Und falls Sie das nicht tun, werde ich Sie in das nächstbeste Gefängnis einweisen lassen. Es macht mir keine Mühe, Miss Burke. Es gehört zu meinem Beruf."

Die Kutsche wendete und nahm dann rasche Fahrt in östliche Richtung auf. Violet saß zusammengekauert am Fenster und presste sich gegen die Seitenpolster, sie verspürte seine Drohungen wie eine Serie von Schlägen, die auf sie herabprasselten. Es war müßig, sich dagegen zu verteidigen – was immer sie auch gesagt hätte, er hätte ihr nicht geglaubt.

Er schwieg jetzt dumpf vor sich hin. Seine Hände waren fahrig, als er den Hut zurechtrückte, der ihm bei dem raschen Hinauslehnen fast abhandengekommen wäre.

„Hören Sie auf zu heulen", knurrte er. „Das ändert nichts mehr."

Sie hatte nur leise geschluchzt. Fast unhörbar, denn das Rattern der Kutschenräder war jetzt lauter geworden, da man sich dem Osten der Stadt näherte, wo die Straßen etliche Schlaglöcher und Unebenheiten aufwiesen. Seine harten Worte trugen nicht dazu bei, dass sie sich besser fühlte oder auch nur ihre Tränen unter Kontrolle bekam. Diese flossen weiter in Strömen über ihre Wangen und ihr Körper bebte nun unter der Bemühung, dabei keinen Laut zu verursachen.

„Hören Sie auf damit, habe ich gesagt!"

Sie nahm die Hände vom Gesicht und suchte in ihrem Beutel nach einem Taschentuch. Im Licht der seitlichen Kutschenlaterne war ihr verweintes Gesicht zu sehen, das aufgelöste Haar, das an ihren Wangen klebte. Sie schämte sich dafür, versuchte wenigstens, die Tränen mit dem Taschentuch zu beseitigen, und erschrak, als sie das Blut auf dem weißen Stoff bemerkte. Marlow hob schon wieder zu einer weiteren Schimpftirade an, als auch sein Blick auf das rot gefärbte Tuch fiel.

„Verdammt – warum haben Sie nichts gesagt?", entfuhr es ihm sichtlich erschrocken. „Das ... das habe ich nicht gewollt. Zeigen Sie mal her!"

Er rutschte zu ihr hinüber und wollte ihr das Tuch aus der Hand nehmen. Doch in diesem Moment fuhr sie herum wie eine aufgescheuchte Wildkatze und keifte ihn an.

„Fassen Sie mich nicht an. Sie widerlicher, lasterhafter Mensch!"

Er hielt mit verblüfftem Gesichtsausdruck in der Bewegung inne, und als er bemerkte, was sie vorhatte, war es schon zu spät.

Sie hatte den Kutschenschlag aufgerissen und war hinausgesprungen.

„Violet! Mach keinen Unsinn! Violet!"

Sie stürzte, raffte sich jedoch gleich wieder auf, während Marlow seinerseits aus dem Gefährt sprang und den Kutscher anbrüllte, ob er mit Blindheit geschlagen sei oder endlich anhalten wolle. Marlow riss eine der Laternen von der Kutsche und lief damit in die dunklen Straßen hinaus.

Doch es war nahezu unmöglich, in der nebeligen Finsternis etwas zu erkennen. Nach einer Weile kehrte er zur Kutsche zurück, gab dem jammernden Kutscher die Laterne in die Hand. Violets Mantel war auf dem Sitz geblieben.

Sie war nur einige Schritte gelaufen und hatte sich dann in einen Hauseingang geflüchtet. Ihre Schläfen pochten, das Herz hämmerte, doch sie stand unbeweglich in der Dunkelheit, während dicht vor ihr die Kutsche hielt und sie Marlows laute Flüche vernahm. Zitternd schmiegte sie sich an die kalte, feuchte Wand, spürte den üblen Geruch nach Moder und Urin und schloss die Augen, als der Laternenschein dicht an ihr vorüberstrich.

„Violet! Nun komm schon. Violet!"

Das Licht glitt vorbei, er hatte sie nicht gesehen. Aufatmend lehnte sie den Kopf zurück und öffnete die Augen. Es war finster um sie, und sie merkte plötzlich, dass sie erbärmlich fror, denn sie trug nur das weit dekolletierte Abendkleid und die zierlichen Schuhe aus weichem Leder. Sie hörte das Rasseln der Kutsche, die sich wieder in Bewegung setzte, und war einen Augenblick lang versucht, ihr nachzulaufen. Doch sie unterließ es. Nichts in der Welt würde sie dazu bringen, Marlow als Bittstellerin vor die Augen zu treten.

Als sie den Gestank im Hauseingang nicht mehr aushielt, trat sie vorsichtig auf die dunkle Straße hinaus. Der Regen hatte aufgehört, doch es war kalt und die feuchte, nebelige Nachtluft setzte sich wie ein eisiger Hauch auf ihre bloße Haut. Sie hatte keine Ahnung, wo sie sich befand, aber dem schlechten Straßenpflaster und dem Gestank nach zu urteilen, war sie keinesfalls mehr in der City. Vermutlich hatte die Kutsche bereits die ersten Gassen von Whitechapel erreicht.

Ihr Herz krampfte sich zusammen. Wie hatte sie nur jemals Sympathie für diesen Menschen empfinden können? Er war kalt wie Eis und strotzte vor Eitelkeit und Selbstsucht. Wie sehr er sie gedemütigt und verletzt hatte! Sie wollte ihn niemals in ihrem Leben wiedersehen.

Sie tastete sich an den Häusern entlang, ständig in der Angst, im Finstern auf einen vor der Tür schlafenden Bettler oder einen Hund zu stoßen, und erblickte endlich in einiger Entfernung den gelblichen Schein einer Straßenlaterne. Erleichtert löste sie sich von der Hauswand und ging darauf zu.

Nebelfrauen tanzten im Laternenschein einen geisterhaften Schleiertanz, eine Katze huschte wie ein grauer Schatten über die Straße und tauchte wieder in die Dunkelheit ein, aus der sie gekommen war. Violet hatte die Arme über der Brust gekreuzt, sie fror erbärmlich, ihre Füße waren nass, denn die Schuhe hatten sich in den tiefen Regenpfützen voll Wasser gesaugt. Dazu stolperte sie ständig über allerlei Unrat, der auf der Straße herumlag und bald vernahm sie auch ein Huschen und Fiepen, das sie vor Abscheu erstarren ließ. Hier hausten Ratten, die sich in der Nacht auf die Jagd nach allerlei Fressbarem machten.

Ganz sicher war sie bereits in Whitechapel, vielleicht auch etwas südlicher in der Nähe des Flusses – oh Gott, wenn sie nur genauer wüsste, wo sie sich befand. Es konnte nicht mehr allzu weit sein, bis zu Grace' Haus, wo sie wenigstens etwas Wärme und ein Nachtlager erhoffen konnte. Ob Grace bereit war, sie nach allem, was gewesen war, wieder bei sich aufzunehmen, das stand dahin.

Sie lief dicht an den Häusern entlang und versuchte, im Schein der Laterne etwas wie ein Straßenschild zu entdecken. Doch umsonst. Die Gebäude waren aus Backstein und ziemlich heruntergekommen, hier anzuklopfen und nach dem Weg zu fragen war lebensgefährlich. Es war mitten in der Nacht und sie trug ein weit ausgeschnittenes, teures Kleid – es gab Gerüchte von jungen Mädchen, die man im Eastend entführt und später nie mehr wieder gesehen hatte.

Sie kämpfte sich einige Straßen weiter, wäre fast über eine alte Holzkiste gefallen, die am Bordstein vor sich hin moderte, da erblickte sie ein schwaches Licht, das aus einem der Häuser zu dringen schien. Vorsichtig ging sie darauf zu, ihre Füße waren jetzt so kalt, dass sie sie kaum noch spürte und der Saum des Kleides zog schwer herab, denn er hatte sich voll Wasser gesogen. Stimmen drangen zu ihr hinüber, zuerst leise, als sie weiter voranschritt erkannte sie grölende Männerstimmen, die für kurze Zeit den Versuch machten, ein Seemannslied zu singen, das jedoch in Geschrei endete. Deutlich war das schrille Lachen einer Frau herauszuhören. Eine Kneipe. Sie hatte sich also nicht getäuscht – sie war in der Nähe des Flusses, wo sich die Docks befanden und die Matrosen ihre Heuer für billigen Branntwein und Prostituierte ausgaben.

Sie wünschte sich einen Mantel oder wenigstens einen Umhang herbei – wenn sie in diesem Kleid in der Kneipe auftauchte, um sich nach dem Weg zu erkundigen, würde sie vermutlich ein ziemliches Aufsehen erregen. Gar nicht zu reden von den Männern, die sie für eine Prostituierte halten und sie belästigen würden. Es würde unangenehm und peinlich sein – aber nicht gefährlich, denn sie wusste aus Erfahrung, dass diese Seebären nur selten einer Frau Gewalt antaten.

Entschlossen steuerte sie auf die Kneipe zu, sah bereits das kupferne Schild über dem Hauseingang baumeln, da hörte sie das Klappern von Pferdehufen auf der holprigen Straße. Ein Hansom näherte sich der Kneipe, hielt dicht davor an und drei Frauen stiegen aus. Im Schein der Kutschenlaternen konnte Violet deutlich die hochgetürmten Haare und auffallenden Hüte erkennen, sie trugen kurze Umhänge in grellen Farben und hoben ihre Röcke bis über die Knie empor, als sie laut schwatzend über die Pfützen zur Kneipe hinüber liefen.

„He du da!", rief eine grelle Stimme in Violets Richtung. „Verpiss dich, das ist unser Revier!"

„Was ist das denn für eine?"

„Nie gesehen. Drückt sich in den Ecken rum und lauert auf Freier."

„Pass auf, dass der Mörder dich nicht holt. Er steht auf solche wie dich."

Violet beobachtete, wie die Kneipentür aufschwang und das Licht für einen Moment über die Straße fiel, wo der Kutscher seinen Hansom gerade wendete. In der Kneipe nahm jetzt der Lärm zu, denn die drei Frauen wurden mit wohlwollenden Rufen begrüßt und an die Tische eingeladen, um den fröhlich lallenden Zechern Gesellschaft zu leisten.

Violet begann zu laufen, wäre in einem Haufen Unrat fast ausgeglitten doch sie erreichte den Hansom gerade noch in dem Moment, als der Kutscher das Pferd antrieb, um davon zu rasseln.

„Zur Cullum Street!", rief sie dem Kutscher zu und riss den Kutschenschlag auf.

Grace würde ihr schon das Geld leihen. Sie musste doch einsehen, dass Violet in einem tief ausgeschnittenen Abendkleid und halb erfroren nicht stundenlang durch die dunklen Straßen laufen konnte. Von anderen Gefahren einmal ganz abgesehen.

Der Hansom startete nicht sofort, was Violet ein wenig wunderte und sie überlegte schon, ob der Kutscher ihre Anweisung auch richtig verstanden hatte. Doch bevor sie sich entschließen konnte, das Fenster zu öffnen, um nachzufragen, hörte sie, wie er kräftig schnalzte, um das Pferd zum Laufen zu bringen. Erleichtert ließ sie sich in die Polster fallen, zog die Füße hoch und entledigte sich der patschnassen Schuhe. Was für ein Jammer um die hübschen Abendpantöffelchen – sie waren durch das schmutzige Wasser restlos verdorben.

Die Kutsche bewegte sich in raschem Tempo voran und sie wurde heftig durchgeschüttelt, denn der Kutscher schien wenig Rücksicht auf umherliegende Steine oder Schlaglöcher zu nehmen. Es war ihr recht so – je eher sie in der Cullum Street war, desto schneller kam sie ins Warme. Wie würde Grace sie wohl empfangen? Ganz sicher war sie wütend, weil sie ohne Abschied verschwunden war – ja, sie hatte Grace nicht einmal von Marlows Angebot erzählt.

Ganz sicher war das ein Fehler gewesen. Grace war zwar keineswegs uneigennützig und hatte ihre eigenen Pläne mit ihr, Violet, verfolgt. Aber sie kannte sich mit Männern aus und hätte sie vermutlich gleich zu Anfang vor Marlow gewarnt. Dieser Mensch hatte die düstere Faszination einer großen Raubkatze. Er konnte kalt und unnahbar sein, dann wieder verführte er sein Opfer mit den erregendsten Zärtlichkeiten, um es schließlich, wenn er des Spiels überdrüssig war, mit Krallen und Zähnen zu zerreißen. Er war einer jener Männer, vor denen eine Frau sich hüten musste.

Der Hansom nahm die Kurven so hart, dass Violet in den Polstern hin und her geworfen wurde, einmal streifte das Gefährt eine Mülltonne, die scheppernd umfiel, eine Gruppe betrunkener Nachtschwärmer konnte sich gerade noch in einen Hauseingang retten, sonst wären sie unter die Hufe des Pferdes geraten. Violet wischte mit der Hand über das beschlagene Fensterglas um hinauszusehen, doch sie konnte außer vorüberjagenden düsteren Fassaden und einigen verwischten Lichtern wenig erkennen.

Bei diesem Tempo hätte sie doch längst in der Cullum Street sein müssen. Es wurde ihr unbehaglich – hatte der Kutscher ihr Fahrziel vielleicht falsch verstanden? Hatte er deshalb eine Weile gezögert, bis er die Pferde antrieb? Aber wieso hatte er dann nicht nachgefragt?

Sie öffnete den Kutschenschlag und wurde auf der Stelle von einem Schwall schmutzigen Wassers durchnässt, denn die Kutsche preschte rücksichtslos durch alle Pfützen.

„He Kutscher!", rief sie laut, nach rückwärts gewendet. „Wo fahren Sie denn hin? Ich will in die Cullum Street und nicht ans andere Ende der Stadt."

Sie erhielt keine Antwort, außer dass der Kerl das Pferd noch heftiger antrieb und sie Mühe hatte, dass ihr der Kutschenschlag nicht aus der Hand gerissen wurde.

„Haben Sie nicht gehört?"

Die Kutsche nahm eine enge Kurve, zwei ihrer Räder gerieten auf den Bordstein und das Gefährt hing für einen Moment in der Schräglage. Violet klammerte sich an die Polster und wäre um ein Haar hinausgeschleudert worden. Erschrocken zog sie den Schlag wieder zu und versuchte, durch das winzige Rückfenster einen Blick auf den Kutscher zu werfen. Doch sie konnte nichts von ihm erkennen als seine schwarzen Hosenbeine.

Da stimmte etwas nicht. Dieser Mann war kein Kutscher, sonst hätte er hohe Stiefel getragen. Angst erfasste sie und sie versuchte verzweifelt durch das Fenster die Umgebung zu erkennen. Da waren keine Häuser mehr, auch keine Straße, der schwache, zitternde Lichtschein der Kutschenlaternen verlor sich in pechschwarzer Finsternis. Dann, in einer weiteren scharfen Biegung, verlosch die Laterne vollständig.

Sie musste aus dieser Teufelskutsche springen, ganz gleich, wo sie landete und ob sie sich dabei verletzte. Tausend erschreckende Bilder zogen durch ihr Hirn – Reisende, die man entführt und bestialisch ermordet hatte. Deren Leichen vom Fluss verschlungen und erst Tage später ans Ufer gespült worden waren. Junge Mädchen, die missbraucht und dann nackt und mit durchgeschnittenen Kehlen in einem dunklen Kellerloch gefunden wurden.

Und wenn es der Mörder von Whitechapel ist, schoss es ihr durch den Sinn. Ist die Kutsche deshalb nicht gleich losgefahren, weil dieses Monster den Kutscher vom Bock gestoßen und sich an seine Stelle gesetzt hat?

Die Panik war plötzlich so groß, dass sie es kaum zuwege brachte, den Griff des Kutschenschlags herabzudrücken. Verzweifelt riss sie an der Tür, die sich bei der unruhigen Fahrt offensichtlich verklemmt hatte – dann glaubte sie plötzlich draußen die glitzernden, kleinen Wellen des Flusses zu sehen. Oh Gott – er hatte sie zur Themse hinuntergefahren – sie war verloren.

Der Hansom machte einen harten Schwenk nach links, Violet klammerte sich an den Griff des Kutschenschlags, der sich ablöste und ihr in der Hand blieb.

Sie hörte, wie der geheimnisvolle Wagenlenker leise und beruhigend zischte und das Pferd zügelte. Die Kutsche hielt an, Violet rüttelte an der verklemmten Tür, begriff dann, dass sie zur anderen Seite aussteigen musste, und warf sich hinüber.

In diesem Augenblick sah sie ein Streichholz aufflackern, eine Kutschenlaterne flammte auf und die dunkle Silhouette des Mannes wuchs in ihrem Schein empor. Sie erstarrte.

„So kommst du mir nicht davon", sagte Marlow mit bedrohlicher Ruhe.

Sie war einer Ohnmacht gefährlich nahe und nahm nur undeutlich wahr, dass er zu ihr in den Wagen stieg und die Kutschentür hinter sich zuschlug.

„Was wollen Sie von mir?", stammelte sie. „Bringen Sie mich in die Cullum Street. Ich werde Sie niemals wieder behelligen."

„Einverstanden."

Er starrte sie mit dunklen, glitzernden Augen an, die an das kalte Wasser des Flusses erinnerten. Violet spürte, dass sie am ganzen Körper zitterte.

„Worauf warten Sie noch?"

Er setzte ein Knie auf das Sitzpolster neben ihr und verharrte in gebeugter Haltung, wie zum Sprung bereit.

„Nur noch keine Kleinigkeit, meine Hübsche", sagte er leise. „Ich habe es die ganze Zeit über vermeiden wollen, aber nachdem ich dich über eine Stunde in der stockdunklen Stadt suchen musste, denke ich, dass ich es mir verdient habe."

„Wovon sprechen Sie?", flüsterte sie mit ersterbender Stimme.

Es lag wenig Sinn in der Frage, denn sie ahnte sehr wohl, was er vorhatte. Sie hatte nicht die geringste Chance, ihm zu entkommen, war ihm hier in dem engen Raum vollkommen ausgeliefert, denn die rettende Tür neben ihr ließ sich nicht öffnen. Mit weit aufgerissenen Augen sah sie ihm entgegen, zuckte angstvoll zusammen, als sie seine Hände auf ihren Schultern spürte, und kauerte sich in den Sitz.

„Nur weiter so, kleine Hure", murmelte er und schob ihr das Kleid von den Schultern. „Du spielst diese Rolle so vorzüglich, dass du mich schon einmal fast überzeugt hättest."

Sie begriff nichts, spürte nur die Verachtung, die ihr aus diesen Worten entgegen schlug, und versuchte ihr Kleid festzuhalten.

„Du musst es nicht übertreiben", meinte er unzufrieden. „Es reicht ein wenig Widerstand, ein paar erschrockene Augenaufschläge und dann diese bezaubernde Stellung, wenn du ganz nackt bist und deine Hände zwischen die Schenkel klemmst."

Sie erglühte und die beschämende und zugleich erregende Erinnerung stieg in ihr auf. Nein – nie mehr – es war vorbei.

„Tun Sie mit mir, was Sie wollen", sagte sie und ließ ihr Kleid los. „Ich kann Sie nicht daran hindern. Aber tun Sie es rasch, damit ich es hinter mir habe."

„Oh nein", murmelte er amüsiert. „Ich bin keiner, der sich hetzen lässt. Ich werde mir alle Zeit der Welt nehmen. Und ich schwöre dir, dass du mich in wenigen Minuten sogar anflehen wirst, ja nicht aufzuhören."

„Glauben Sie, was Sie wollen!"

Er antwortete nichts und legte stattdessen seine Hand auf ihr tief entblößtes Dekolleté, fuhr langsam über den Ansatz ihrer Brüste. Dann riss er ihr das Oberteil des Kleides mit einem kurzen Ruck herunter. Sie machte eine erschreckte Bewegung und stieß einen leisen Schrei aus, legte die Hände über ihre Brust und krümmte sich zusammen.

Er kümmerte sich nicht darum, sondern umfasste ihre Taille, um an ihrem Rücken die Bänder der Röcke zu lösen. Ganz gegen ihren Vorsatz strampelte sie mit den Beinen, versuchte ihn sogar zu treten und wehrte sich gegen seine Hände, die einen Rock nach dem anderen herunterzogen.

„Wie ich sehe, hat die Lady sich doch entschließen können, fremder Leute Wäsche zu tragen", sagte er in hämischem Tonfall.

Er ließ ihr den letzten, fast durchsichtigen kurzen Unterrock. Darunter trug sie ein halblanges, spitzenbesetztes Höschen, das zwischen den Beinen, wie üblich, nicht zusammengenäht war.

Violet hatte die Augen geschlossen, um nicht sehen zu müssen, was er tat, doch als sie seine Hände mit weichem, anregendem Streicheln auf ihren Schenkeln spürte, wusste sie, dass ihr Widerstand nicht mehr lange währen konnte.

„Bitte nicht …", flehte sie.

„So ist es brav", flüsterte er zufrieden. „Ein klein wenig Widerstand ist schon angebracht. Du darfst mich noch einmal anflehen, meine kleine Unschuld."

Sie verstummte und zog stattdessen die Knie an, um sich gegen seine Liebkosungen zu wehren. Doch er umfasste blitzschnell ihren Po mit beiden Händen und begann die Rundungen ihrer Pobacken so eindringlich zu massieren, dass sie ihre Absicht, mit den Knien nach ihm zu stoßen, aufgeben musste und sich stattdessen zitternd seinen Liebkosungen ergab. Mit jeder seiner kreisenden Bewegungen schob er den Stoff des Höschens höher hinauf. Als sie die angezogenen Knie wieder sinken ließ, konnte man durch den zarten Unterrock ihr dunkles Schamhaar sehen.

Violet sah sich verloren, denn sie spürte längst, wie die tückischen, heißen Wellen der Leidenschaft über ihren Unterleib fluteten. Er hob ihr Becken weiter an, beugte sich herab, um durch den zarten Stoff hindurch ihren Schamhügel zu küssen, und sie zuckte zusammen, als seine heiße Zunge ihre Spalte teilte. Warme Feuchtigkeit sammelte sich zwischen ihren Beinen und sie fühlte, wie die kleine Perle, das empfindlichste Zentrum ihrer Lust, sich aufrichtete.

Marlow schob den Unterrock langsam mit der Hand hinauf und beugte den Kopf tief in ihren Schoß, nahm ein wenig der Schwellung ihres Schamhügels zwischen die Zähne und knabberte vorsichtig daran. Violet atmete aufgeregt, wimmerte leise, während Marlow seine zärtlichen Bisse fortsetzte. Sie hob ihr

Becken sehnsüchtig an, schob sich seinem Mund entgegen, doch er tat ihr nicht den Gefallen, die erregte Klitoris mit der Zunge zu berühren. Stattdessen zog er sich zurück, hob den Oberkörper an und betrachtete sie mit entzücktem Gesichtsausdruck.

Violet war im Sitz ein Stück vorgerutscht, ihr Kopf war nach hinten gebogen, das lange Haar hatte sich gelöst und hing ihr wirr über die Schultern, verdeckte auch einen Teil ihres Gesichts. Ihre Wangen brannten, die Lider waren halb gesenkt und ihr voller, weicher Mund wölbte sich Marlow entgegen. Die Korsage, die sie trug, war eng geschnürt und ließ ihre Brüste verlockend hervorquellen.

„Ich hätte mir gewünscht, dass du so neben mir im Theater gesessen hättest, meine süße, kleine Hure", flüsterte er und fuhr mit dem Finger am oberen Rand der Korsage entlang. „Und am aufregendsten wäre es gewesen, wenn du dort meinen Befehlen gehorcht hättest."

Sie schwieg, sah mit zitternden Lidern zu ihm empor und wusste nicht, was er mit diesen Worten meinte. Er lächelte und beugte sich über sie, um sie wieder zu küssen. Bedeckte ihr Kinn, ihre Wangen und ihre Kehle mit seinen Lippen und saugte an ihrer Halsgrube, folgten dem Rand ihrer Korsage, die ihm weitere Liebkosungen verwehrte. Seine Zunge glitt frech zwischen ihre Brüsten und sie schrie erschrocken auf.

„Zieh das Ding aus!", befahl er herrisch.

„Nein …", flehte sie. „Das … das kann ich nicht …"

Er zog sich wieder zurück, versengte sie fast mit der Glut seiner begehrlichen Augen und sie spürte, wie seine Hände sich zwischen ihre Beine schoben. Sie hatte nicht mehr die Kraft, sich seinem Drängen zu widersetzen, unerbittlich schob er ihre Schenkel auseinander und seine Finger strichen sacht über ihre feuchten Schamlippen. Wollüstige Ströme durchfuhren sie, als seine Finger immer tiefer zwischen die angeschwollenen Lippen drangen, ihre Innenseiten streichelten, sich wieder nach außen begaben, um sie zärtlich zu umkreisen.

„Du tust jetzt, was ich will", murmelte er.

Seine leise Stimme war heiser vor Erregung. Er zog ihre Schamlippen mit den Fingern weit auseinander, durchbohrte sie mit dem Blick aus seinen dunklen Augen. Wie eine heiße Berührung an jener Stelle, die das Zentrum ihrer Lüste war. Sehnsuchtsvoll stöhnte sie auf.

„Zieh es aus", befahl er unerbittlich. „Ich will dabei zusehen."

Seine Hände waren jetzt unbeweglich und sein Blick fordernd auf ihr Gesicht gerichtet. Die süße Lust in ihrem Unterleib brannte, sehnte sich nach weiteren Zärtlichkeiten. Doch er tat nichts. Er wartete.

Sie zitterte vor Lust, schob sich näher zu ihm hin, um seine Hände zu spüren – er zog sich zurück. Violet kam fast um vor Verlangen – er wartete.

Langsam löste sie ihre Hände, die sie in die Polster gekrallt hatte, und führte sie an ihre Korsage. Seine Augen glühten in der Dämmerung der Kutsche, und als sie mit unsicheren Bewegungen den ersten Haken öffnete, hörte sie sein tiefes, genussvolles Stöhnen.

Nach einigen Häkchen hielt sie inne und sah ihn flehend an. Sanft strich er mit den Fingern tief in ihre Spalte hinein, berührte dabei ihre pochende Perle, was sie lustvoll seufzen ließ. „Weiter!", befahl er.

Sie gehorchte, nestelte ungeschickt an den Haken herum und ihre Brüste zeigten sich immer offenherziger seinen Blicken. Er schob den Finger weiter in Violets feuchte Öffnung. Sie wand sich jetzt in ungezügelter Lust, riss an den Verschlüssen ihrer Korsage, bog den Oberkörper vor und präsentierte Marlow ihre rosigen Nippel. Als sein Finger den Rand ihrer Öffnung umkreiste, wimmerte sie voller Sehnsucht. Marlow riss die Knöpfe an seiner Hose auf, zog den Stoff auseinander und sein hartes Glied schnellte hervor.

Violet war wie im Rausch, gab sich vollkommen dieser schamlosen und doch so süßen Wollust hin, doch als sie seine dunkle, hart geschwollene Männlichkeit sah, erschrak sie zutiefst. Was würde er mit ihr tun?

Marlow zog sie kurzerhand auf seinen Schoß, spreizte ihre Beine und schlang einen Arm um ihre Taille, um sie nahe genug zu sich heranzuziehen. Sie versuchte, sich zu wehren, doch er fuhr zärtlich mit der Hand zwischen ihre Schamlippen und schob den Finger ein wenig in ihre weibliche Öffnung hinein. Es war ein erschreckendes und zugleich süßes Empfinden, weshalb sie den Oberkörper nach hinten bog und ihm ihre nackten Brüste bot. Er schnappte danach, fasste ihren rechten Brustnippel mit dem Mund und saugte daran, während sein Finger unablässig um ihre Spalte kreiste. Der Reiz war so heftig, dass sie zu keuchen begann, ihr Körper vollführte einen rauschhaften Liebestanz, sie wand sich hin und her auf seinem Schoß und streckte ihm ihren Busen entgegen.

Er musste seinen hoch aufragenden Penis ein wenig mit der Hand nach unten drücken, als er sein Glied zwischen ihre Beine schob. Was hatte er mit ihr vor? Konnte es möglich sein, dass er dieses gewaltige, harte Ding in sie hineinschieben wollte? Das war doch gar nicht möglich, es würde sie zerreißen, ihr schreckliche Schmerzen zufügen …

„Es ist Schluss mit den Spielchen", keuchte er. „Das Theater ist vorbei, Lady."

Er zog ihr grob die Hände fort, platzierte die Spitze seines Gliedes an ihrer Öffnung und drang dann mit einer heftigen, zornigen Bewegung tief in sie ein.

Sie schrie vor Entsetzen und Schmerz, warf sich auf ihn und grub die Finger in seine Schultern.

Marlow verharrte regungslos in ihr. Sein Atem ging keuchend, dann hörte sie ihn leise fluchen.

„Ich fasse es nicht! Ich bin … gottverdammter Idiot, der ich gewesen bin!"

„Violet", flüsterte er nach einer Weile und strich mit einer hilflosen Bewegung über ihren bloßen Rücken. „Violet – es tut mir leid. Ich … ich wollte dir nicht wehtun."

Es klang zärtlich, er flehte fast, und sie begriff kaum, was ihn plötzlich so verändert hatte. Jetzt, wo er sie ausfüllte, verspürte sie nur eine tiefe Zufriedenheit und der kurze Schmerz war bedeutungslos. Sie war ein wenig traurig, als er sich nun sanft aus ihr zurückzog.

„Es war wie im Traum so schön", flüsterte Violet leise. „Nur dann, als du ..."

„Ich weiß. Ich hätte behutsamer sein müssen. Vergib mir, Violet."

„Es war nicht schlimm. Ich bin nur erschrocken und ... ja, es hat etwas wehgetan."

„Es ist nicht immer so. Später wirst du es mögen, meine süße Violet."

„Später?", sagte sie und lächelte. Er presste sie an sich. „Komm", sagte er leise. „Wir ziehen dich wieder an."

Sie stieg von seinem Schoß und er half ihr, die Kleider wieder anzulegen. Zärtlich zupfte er ihr das verrutschte Höschen wieder in die rechte Position. Da er das Oberteil ihres Kleides zerrissen hatte, zog er Mantel und Jacke aus, um ihr sein eigenes Hemd zu geben.

Er hatte sich noch nie vor ihr ausgezogen. Für einen Moment betrachtete sie zärtlich seine Brust, staunte über die helle Haut unter der dunklen Behaarung, dann glitt ihr Blick über seine sehnigen Arme und blieb an seinem rechten Handgelenk hängen.

„Du hast eine Narbe", staunte sie. „Zwei Schnitte - wie von einem Messer."

Er zog rasch die Jacke über und wickelte Violet in seinen Mantel.

„Es war ein Spiegel", sagte er. „Ein zerbrochener Spiegel."

Draußen redete er sanft auf das Pferd ein, brachte das Geschirr wieder in Ordnung und lenkte die Kutsche auf den Weg zurück. Der Morgen dämmerte bereits und Violet konnte die Umgebung nun deutlicher erkennen. Sie befanden sich in einem Parkgelände in der Nähe des Towers, dichte Bodennebel verhüllten die Wege und ließen die kahlen Bäume wie dürre Gespenster aus dem Dunst auftauchen. Wenn man nach Osten sah, erschienen die Nebel über dem Fluss durchscheinend und nahmen im Morgenlicht die schmutzig gelbe Farbe des Wassers an.

Violet war fest eingeschlafen, als sie in der Warwick Street ankamen, sie wachte erst auf, als Marlow sie die Treppe zu ihrem Zimmer hinauf trug. Undeutlich nahm sie wahr, dass er sie auf ihr Bett legte und dann die Tür sorgfältig abschloss. Er entkleidete sich, legte sich neben sie, umschlang sie mit beiden Armen und sie spürte kitzelnd seine Brusthaare an ihrer Wange.

„Du bist nicht böse, dass ich eingeschlafen bin?", murmelte sie.

„Warum sollte ich deshalb böse sein?", fragte er zärtlich. „Du bist erschöpft und brauchst deinen Schlaf."

„Ich bin wach, Nicholas", versetzte sie lächelnd und schmiegte sich an ihn.

Langsam setzte er sich auf, erhob sich dann ganz und trat im Schein des flackernden Leuchters vor das Bett. Entzückt und zugleich verwirrt betrachtete sie seinen sehnigen Körper. Schamesröte stieg ihr in die Wangen, doch sie konnte den Blick nicht lösen. Seine Haut war hell, spannte sich über festen

Muskeln. Aus dem dunklen Nest zwischen seinen Beinen erhob sich der samtige Speer, der sie heute Nacht geteilt und zur Frau gemacht hatte. Seine Brust hob und senkte sich unter schweren Atemstößen und inzwischen wusste sie von sich selbst, dass dies ein weiteres Zeichen seiner Erregung war.

Violet erzitterte vor Scham und Lust zugleich, ihr Herz raste, ihre Lippen bebten, sie war davon überzeugt, eine verworfene Person zu sein, doch die Faszination seiner prallen Männlichkeit ließ sie in einen wollüstigen Rausch verfallen, aus dem sie nicht mehr entkommen konnte.

„Willst du mich ganz allein hier stehen lassen?", fragte er mit leisem Spott.

Sie kroch aus dem Bett und sank zu seinen Füßen nieder, kniete vor ihm und ihre Hände umfassten neugierig sein Glied. Schüchtern ließ sie die Finger durch sein Schamhaar gleiten, dann berührte sie zitternd die zarte Haut seiner Hoden. Die Muskeln von Marlows Oberschenkeln spannten sich, er schob ihr sein Becken entgegen und sie wusste, wie sehr ihre Berührungen ihn erregten. Zärtlich rieb sie seine pralle Männlichkeit, berührte sie die weiche Haut mit ihren Lippen, ließ ihre Zunge darüber gleiten, schmeckte das Salz in seinen Lusttropfen und sog ein Stückchen der weichen Haut in ihren Mund ein. Sie hörte, wie er keuchend vor Genuss die Luft ausstieß, fühlte seine Hände, die sich in ihr Haar wühlten. Er stöhnte auf, bäumte sich ihr entgegen und seine Schenkel zitterten, als sie immer wieder knabbernd und saugend über seine Haut leckte.

Sie zog ihn zu sich herab, spürte, wie sein erregtes Glied über ihr Gesicht streifte, zart ihre Wange berührte, ihren Mund liebkoste und dann tiefer glitt, bis es zwischen ihren Brüsten ruhte. Sanft presste Nicholas die beiden Kugeln zusammen, bewegte sich langsam und genüsslich dazwischen und löste damit auch in ihr einen Aufruhr aus, der sie in Entzücken versetzte. Sie erbebte bei jeder dieser Berührungen, ihre Scham brannte vor Verlangen, ihre Nippel waren hart wie zwei kleine, rosige Perlen.

Plötzlich riss er sich aus der süßen Umklammerung, warf den Kopf zurück und sie sah, wie sein Brustkorb sich heftig hob und senkte. Seine dunklen Augen waren weit geöffnet, glommen in der Dämmerung wie die Augen einer großen Raubkatze und gleich einer solchen warf er sich über sie und zwang sie mit dem Gewicht seines Körpers rücklings zu Boden. Aufschreiend ergab sie sich seinen wilden Liebkosungen, spürte ihre Brüste unter seinen gierigen Händen vibrieren, fühlte, wie seine Zähne sanft in ihre Nippel bissen, wie seine Zunge zwischen ihren Brüsten hinableckte und sich in ihren Nabel bohrte. Er saugte kurz daran, fasste derweil mit beiden Händen ihre Oberschenkel, zog sie weit auseinander und hielt sie fest.

Wie ein hungriger Wolf fiel er über ihre Scham her, bedeckte ihren Hügel mit Küssen, leckte sich in ihren Spalt hinein und umkreiste ihre Klitoris. Wimmernd vor Lust wand sie sich unter dem zärtlichen Streicheln seiner Zunge, bäumte sich auf, wenn er ihre Lustperle verwöhnte, stöhnte vor Wonne, wenn er daran saugte.

Schließlich kniete er sich vor sie und zog sie mit gespreizten Beinen auf seinen Schoß, sie drängte ihm ihre Brüste entgegen, berührte ihn mit den harten Nippeln und wimmerte leise vor Verlangen, weil er ihren sehnsüchtigen Schoß warten ließ. Als sie versuchte, sein Glied zu fassen, um es in ihre Vagina zu lenken, bog er ihr die Hände auf den Rücken, drängte sie fest an sich und stieß dabei hart in sie hinein. Wild ergab sie sich dem berauschenden Rhythmus seiner Leidenschaft, bewegte ihre Hüften seinen Stößen entgegen und erschauerte, wenn ihre Nippel dabei gegen seine nackte Brust stießen. Ihr ganzes Sein konzentrierte sich auf das Zentrum zwischen ihren Schenkeln, wo das Pochen immer mehr anschwoll, bis es in einem gewaltigen Orgasmus mündete, der sie mit sich fortriss. Von weit weg hörte sie Nicholas' dunkles Stöhnen und fühlte, wie sein Liebessaft in sie strömte.

Keuchend hielt er sie gegen seinen Körper gepresst, löste endlich den Griff, mit dem er ihre Hände immer noch auf ihrem Rücken hielt. Ihre Arme umschlangen seinen Nacken und ihr Kopf sank erschöpft auf seine Schulter.

„Schlaf jetzt,", murmelte er. „Du hast dir die Ruhe redlich verdient, meine süße Geliebte."

Sanft glitt er aus ihr heraus und trug sie zu ihrem Bett hinüber, wo sie augenblicklich ins Land der Träume entschwand.

Als Maggy an die Tür klopfte und den Morgentee ankündigte, hatte Violet Schwierigkeiten, aus dem Tiefschlaf zu finden. Sie blinzelte und schloss gleich wieder die Augen. Das Tageslicht drang ungehindert durch das Fenster ins Zimmer, denn niemand hatte daran gedacht, die Vorhänge zu schließen.

Marlow war verschwunden, sie war allein.

„Die Tür ist offen, Maggy."

„Ich weiß", gab Maggy ungeniert zurück. „Aber ich wollte doch lieber fragen, Miss Burke."

Das Mädchen hatte ein verschmitztes Lächeln in ihrem runden Gesicht, und Violet begriff, dass dem Personal keineswegs verborgen geblieben war, wo Marlow in dieser Nacht geschlafen hatte.

„Der Tee wird Ihnen gut tun", sagte Maggy mit Überzeugung, stellte das Tablett auf der Kommode ab und machte sich daran, das kräftige Gebräu einzugießen. Sie tat dieses Mal extra viel Zucker in die Tasse – vermutlich glaubte sie, dass Miss Burke eine Stärkung nötig hatte.

„Danke Maggy", murmelte Violet und zog die Bettdecke hoch.

Maggy brachte ihr die Tasse ans Bett, setzte sie vorsichtig auf dem Nachtschränkchen ab und blieb dann vor Violet stehen. Das Mädchen strahlte über das ganze Gesicht.

„Es ist ganz wundervoll, Miss Burke. Ich freue mich so für Sie. Sie beide werden ganz sicher sehr glücklich werden."

Violet hielt sich die Bettdecke vor und griff mit der anderen Hand nach der Teetasse.

„Wovon redest du eigentlich, Maggy?"

„Na, von Ihnen und Mr. Marlow", platzte Maggy los. „Ich habe gewusst, dass es so kommen würde, Miss Burke. Was sich neckt, das liebt sich. Oh, Sie müssen ein gutes Wort für mich einlegen, Miss Burke. Es geht doch nicht an, dass Sie ohne eine Bedienung reisen. Sie müssen mich mitnehmen."

Violet schlürfte ihren Tee und sah Maggy verwirrt an.

„Reisen? Wieso reisen?"

„Hat er Ihnen denn noch nichts davon gesagt?", staunte Maggy. „Wir haben die Order, Ihre und Mr. Marlows Sachen einzupacken. Überseekoffer hat er gesagt. Oh, Miss Burke. Ich war noch nie auf dem Kontinent."

„Was redest du da eigentlich, Mädchen?"

Der Tee schwappte auf die Untertasse und Violet setzte sich im Bett auf. Was hatte er da für verrückte Dinge vor?

„Meine Güte, Miss Burke", regte sich Maggy auf. „Mr. Marlow hat uns ganz früh aus den Betten geholt und gesagt, Sie beide würden heute Nachmittag abreisen. Zuerst auf sein Landgut Crofton Hall. Und dann nach Dover und auf den Kontinent."

Violet starrte Maggy verständnislos an. Nach Dover. Auf den Kontinent. Sie und Marlow gemeinsam auf Reisen?

Maggy war immer noch voller Glückseligkeit und sie konnte nicht aufhören, zu plaudern.

„Ich habe es gleich gewusst, Miss Burke. Gleich, als Sie ins Haus kamen, habe ich es mir gedacht. Mrs. Waterbrook hat Sie zuerst nicht leiden können, weil Sie ... nun ja, weil sie Mrs. Clarissa so ähnlich sehen. Aber ich habe sofort gewusst, dass Sie eine ganz andere sind."

Trotz der unglaublichen Neuigkeiten begann Violets Kopf wieder zu arbeiten. Warum wollte Marlow so plötzlich verreisen? Da fiel ihr das Gespräch zwischen Marlow und Jeremy Forch wieder ein, das sie unabsichtlich mitgehört hatte. Jemand verdächtigte Marlow, der Mörder von Whitechapel zu sein.

„Es ist gut Maggy. Du kannst jetzt gehen."

Maggy bewegte sich zur Tür und lächelte dabei hoffnungsvoll.

„Nicht wahr, Miss Burke? Sie nehmen mich auf den Kontinent mit. Mr. Marlow wird ganz sicher auf Sie hören."

„Wir werden sehen, Maggy."

Als sie aus dem Zimmer gegangen war, kauerte sich Violet zusammen und zog das Hemd, das sie trug, fest um ihren Körper. Sein Geruch war noch deutlich im Kragen zu spüren, sie atmete ihn tief ein und begann zu zittern. Was für ein unglücklicher Zufall, dass Marlow diese Narbe hatte. Genau an der Stelle, an der der Mörder von Whitechapel seine Opfer kennzeichnete. Hatte Jeremy Forch ihm deshalb vorgeschlagen, England zu verlassen, bis man den Mörder gefasst hatte? Was für ein lächerlicher Grund, einen unschuldigen Menschen des Mordes zu verdächtigen. Zwei Schnitte am Handgelenk – da gab es gewiss viele Männer in London, die solch eine Narbe vorweisen konnten.

Er will mich mitnehmen, weil er mich liebt, dachte sie zärtlich und ein warmes Glücksgefühl durchströmte sie. Er liebte sie und wollte mit ihr gemeinsam auf den Kontinent reisen.

Eine halbe Stunde später saß sie einsam im Speisezimmer, stocherte in ihrem Frühstück herum und fröstelte, obgleich Maggy den Kamin geheizt hatte. Neben ihrem Teller hatte eine kurze Nachricht von Marlow gelegen, die ihr Herz beim ersten Durchlesen heftig zum Schlagen brachte.

Meine süße Violet. Lass uns die Vergangenheit vergessen und einen neuen Anfang miteinander wagen. Wenn du nach allem was geschehen ist, noch bereit bist, bei mir zu bleiben, bin ich glücklicher, als ich es verdient habe.

Wir werden uns ganz neu begegnen, offen und ehrlich und ohne Vorurteile. Nicht hier, in dem düsteren, kalten London, sondern im Süden, in Florenz, in Neapel – wo immer du möchtest.

Ich habe noch einige Vorbereitungen zu treffen, die Kanzlei schließen, Rechnungen begleichen, die Überfahrt auf den Kontinent buchen.

Geh bitte nicht aus, solange ich fort bin. Erwarte mich gegen Mittag.

Nicholas

Was für eine rührende Liebeserklärung! Er würde „glücklicher sein, als er es verdient hatte" wenn sie bei ihm bliebe. Da war er, jener andere Nicholas Marlow, um den sie so lange gekämpft hatte. Er hatte heute Nacht neben ihr geschlafen, sie umschlungen gehalten. Er hatte dieses Liebesbekenntnis verfasst. Er wollte mit ihr in den Süden reisen und einen neuen Anfang wagen.

Erst nach einer weiteren Tasse Tee, gab sie den Zweifeln Raum, die sich längst in ihr gemeldet hatten. Von Heirat war nicht die Rede – natürlich nicht, darauf durfte sie nicht hoffen. Sie taugte nicht zu einer Ehefrau, denn sie empfand tiefste Lust, wenn sie mit ihm allein war. Sie würde also als seine Geliebte mit ihm reisen. Grace hatte nur zu recht gehabt.

Aber da war noch etwas, das ihr nicht behagte. Er wollte „die Vergangenheit vergessen" und „einen neuen Anfang wagen". Das las sich auf den ersten Blick sehr schön – aber konnte ein Mensch überhaupt neu anfangen, wenn die Vergangenheit noch auf ihm lastete? Würde er sie, Violet, wirklich lieben können, wenn Clarissas Schatten noch auf ihm lag? Weshalb bat er sie, zum Beispiel, das Haus nicht zu verlassen? Aus Eifersucht natürlich. Diese sinnlose, unbegründete Eifersucht rührte aus seiner Vergangenheit her, und sie würde sie ihm erst ausreden können, wenn sie mit ihm endlich über Clarissa gesprochen hatte.

Niemand kam in den Speiseraum, um das Geschirr abzuräumen, denn das Personal war eifrig damit beschäftigt, das Reisegepäck zu richten. Als Violet durch die Halle ging, lief Charles mit einem Korb voller Schuhe und Stiefel an ihr vorüber, die er vor der Reise auf Hochglanz putzen wollte. Mrs. Waterbrook und Maggy waren oben beschäftigt, Kleider und Hüte zu verpacken, man hörte das aufgeregte Schwatzen des Mädchens und Mrs. Waterbrooks mürrische Antworten.

Violet überlegte sich, dass sie den Vormittag dazu nutzen würde, um Mrs. Chrestle noch einmal vorzuspielen und sich dann von ihr zu verabschieden. Der Entschluss fiel ihr nicht leicht, denn sie hatte sich im Haus der Chrestles mehr als unbehaglich gefühlt. Aber immerhin war Mrs. Chrestle sehr freundlich zu ihr gewesen und es war ihr, Violet, gelungen, die arme Lady, die ihre beiden, geliebten Kinder so früh verloren hatte, für kurze Zeit aufzuheitern. Außerdem konnte es ja sein, dass Mrs. Chrestle noch einmal von Clarissa sprechen würde.

Sie fand ihren Mantel an der Garderobe, setzte einen Hut auf und trat vor die Haustür. Das Wetter war trüb, Nieselregen hing in der Luft und auf den Straßen standen noch die Pfützen vom Vortag. Ein alter Mann kehrte den nassen, dampfenden Pferdemist zusammen, Wagen mit Fässern und Kisten rollten gemächlich vorüber, die Fuhrleute hatten die Mützen tief in die Gesichter gezogen und die Krägen ihrer Jacken hochgestellt. Zwei kleine Zeitungsjungen standen in der Regent Street vor einem Spielwarenladen und brüllten den Vorübergehenden die Schlagzeile der „Times" zu.

„Mörder von Whitechapel immer noch nicht gefasst. Londoner Polizeichef muss sich im Oberhaus verantworten."

Auf halbem Weg fiel ihr ein, dass sie ihre Noten vergessen hatte, und sie ärgerte sich über ihre Gedankenlosigkeit. Es war zu spät, noch einmal in die Warwick Street zurückzulaufen, denn sie wollte nicht zu lange fortbleiben. Mrs. Chrestle würde sicher nichts dagegen haben, dass sie einige leichtere Stücke auswendig spielte.

Das Haus der Chrestles wirkte im Nieselregen noch abweisender als bei Sonnenschein. Hoch und unnahbar ragte es in den grauen Himmel, der Rauch, der aus den Schornsteinen stieg, lag wie eine schmutzige, dunkle Wolke auf dem Dachstuhl. Auch heute waren die Vorhänge zugezogen, weshalb ein Fremder den Eindruck erhalten konnte, die Bewohner seien krank oder verreist.

Violet war nur noch wenige Schritte vom Hauseingang entfernt, als sie neben sich eine laute, wohlbekannte Stimme hörte.

„Violet! Endlich! Meine Güte, ich suche schon den halben Vormittag nach dir."

Überrascht wandte sie sich um. Neben ihr hatte ein Hansom gehalten, der Kutschenschlag war geöffnet und die auffällig gekleidete Insassin war eben im Begriff auszusteigen.

„Grace!"

„Mich hast du wohl nicht erwartet, wie?", gab Grace spitz zurück und lief auf sie zu. „Undankbare Person, du. Abgehauen bist du – ohne Abschied. Wenn ich nicht so an dir hängen würde, Mädel, ich wäre nicht durch die halbe Stadt gefahren, um dich zu finden."

Violets Antwort wurde von Grace' impulsiver Umarmung erstickt. Sie drückte die Freundin so heftig an sich, dass die Passanten sich kopfschüttelnd nach den beiden Frauen umsahen. Zumal Grace' grellbunte Aufmachung deutliche Rückschlüsse auf ihren Beruf zuließ.

„Ich muss mit dir sprechen, Violet. Steig ein."

„Aber Grace – ich bin eben im Begriff, einen Besuch zu machen und habe gar keine Zeit. Können wir nicht später …"

„Oh nein. Es geht um Leben und Tod."

Grace war keine von der Sorte, die sich abweisen ließ, und Violet entschied sich schließlich schweren Herzens, ihren Besuch bei den Chrestles aufzugeben. Schließlich hatte sie Grace einiges abzubitten.

„Ich folge dir schon, seitdem du die Warwick Street verlassen hast", beschwerte sich Grace seufzend und beugte sich vor, um dem Kutscher eine Anweisung zu geben. „Ein paar Mal habe ich aus der Kutsche heraus nach dir gerufen – aber du warst so in Gedanken versunken, dass du gar nichts gehört hast."

Der Hansom setzte sich in Bewegung, und Violet warf noch einen kurzen Blick zurück auf das Haus der Chrestles. Einer der Vorhänge im ersten Stock bewegte sich – stand dort am Ende Mrs. Chrestle und sah auf die Straße hinunter? Doch das Gesicht, das sich für einen kurzen Moment zwischen den Vorhängen zeigte, war das eines Mannes. Es war nicht Mr. Chrestle, und doch hatte Violet das Gefühl, diesen Menschen von irgendwo her zu kennen. Was natürlich nur eine Verwechslung sein konnte, denn sie kannte niemanden, der mit den Chrestles verkehrte.

„Also hör zu, meine Kleine", schwatzte Grace dicht neben ihr. „Wir werden jetzt eine kleine Stadtrundfahrt machen, denn ich habe dir einiges mitzuteilen. Danach kannst du dich entscheiden, ob du wirklich bei diesem Menschen bleiben willst, oder ob du wieder zu mir zurückkehren möchtest. Du weißt, dass ich nicht nachtragend bin, Violet. Du kannst bei mir einziehen, wann immer du willst und ich werde jederzeit deine Freundin sein."

Violet seufzte und rutschte auf ihrem Sitz herum, während die Kutsche in Richtung Hyde Park fuhr.

„Es tut mir alles sehr Leid, Grace. Ich wünschte, er hätte mir die Zeit gegeben, mich von dir zu verabschieden …"

„Geschenkt, Mädel", wehrte Grace ab. „Er wird dir vermutlich eine Menge Versprechungen gemacht haben, er hat viel Geld, ein Haus, Angestellte, du hast neue Kleider von ihm bekommen … Nun ja, da wäre so manche von uns schwach geworden."

„Nein, es war unverzeihlich", meinte Violet zerknirscht. „Ich hätte dir wenigstens hin und wieder eine Botschaft schreiben müssen. Auch wenn Mr. Marlow …"

„Er hat dafür gesorgt, dass du jeden Kontakt zu mir abbrichst, nicht wahr? Dazu hatte er guten Grund."

„Nun ja … er ist eifersüchtig und bildete sich ständig ein, dass ich Umgang mit deinen Kunden haben könnte."

Grace stieß ein kurzes verächtliches Lachen aus. Dann fasste sie Violet am Arm und ihre Miene war ungewohnt ernst.

„Hör zu, Violet: Du musst Marlow auf der Stelle verlassen."

„Aber Grace! Weshalb sollte ich das tun?"

„Weil du dich in Lebensgefahr befindest. Nicholas Marlow ist der Mörder von Whitechapel."

Violet sah sie entsetzt an, konnte aber nicht sofort antworten, da ein Wagen voller Bierfässer mit lautem Gerumpel an ihnen vorbeizuckelte. O Gott, dachte sie. Ist es schon so weit, dass man Marlow öffentlich beschuldigt? Würde man vielleicht sogar versuchen, ihre Abreise zu verhindern?

„Du bist verrückt, Grace", sagte sie energisch.

„Ich bin verrückt?", rief Grace aufgeregt. „Du, meine Liebe, bist diejenige, die sich unbedacht und leichtsinnig einem Unbekannten anvertraut hat. Weißt du, dass alle Frauen, die ermordet wurden, mit Marlow bekannt waren?"

„Nein, das wusste ich nicht", gab Violet unsicher zurück.

„Aber dass er das Zeichen des Mörders am eigenen Körper trägt, wirst du ja wohl inzwischen bemerkt haben. Oder etwa nicht?"

„Du meinst ... die Narbe an seinem Handgelenk? Aber Grace, das war ein Unglücksfall. Ein Spiegel ist herabgefallen."

Grace verzog den Mund zu einem überlegenen Lächeln.

„Er hat dich also belogen, das habe ich mir gedacht. Marlow bekam diese Wunde von seiner Frau verpasst. In einem Streit hat sie ihn mit einer Scherbe verletzt. Möglich, dass es ein Spiegel gewesen ist. Sie muss eine ganze besondere Nummer gewesen sein, diese Clarissa."

„Sie ist tot, Grace. Die Ärmste hat sich selbst das Leben genommen."

„Das hat er dir also immerhin erzählt", fuhr Grace unbeeindruckt fort. „Hat er auch davon berichtet, dass Clarissa ihn betrogen hat?"

Violet stöhnte. Sie wäre gern aus der Kutsche gestiegen und davongelaufen, denn Grace' Eröffnungen taten ihr weh. Sie wollte nichts Böses über Nicholas hören, sie liebte ihn und sie wusste, dass er sie liebte.

„Er hat es dir verschwiegen. Weißt du nicht, dass es Gerüchte gab, Clarissa sei gar nicht durch eigene Hand gestorben, sondern Marlow habe seine Frau erstochen? Aus Hass und Eifersucht."

„Hör sofort mit diesen infamen Verleumdungen auf, Grace", rief Violet und fasste den Griff des Kutschenschlags. „Wenn du mir nichts Anderes zu sagen hast, dann steige ich auf der Stelle aus!"

„Himmel!", regte sich Grace auf. „Wo hast du eigentlich deinen Verstand? Es liegt doch auf der Hand: Marlow wurde von seiner Frau betrogen und sogar in die Hand geschnitten. Es ist doch ganz logisch, dass er einen Hass auf Frauen mit sich herumschleppt. Auf Frauen, die zierlich und dunkelhaarig sind wie Clarissa. Und dieser ominöse Mörder tötet genau diese Sorte Frauen. Hast du schon mal in den Spiegel gesehen, Violet Burke?"

Violet starrte ihre Freundin an. Es war purer Unsinn, was Grace da redete. Nicholas war unschuldig, dessen war sie sich ganz sicher. Es waren nichts als unglückliche Zufälle.

„Wie viele Beweise willst du denn noch?", fuhr Grace aufgebracht fort. „Du sitzt in der Höhle des Löwen und er sperrt schon das Maul auf, um dich zu fressen. Also nimm die Beine in die Hand. Am Besten, du kommst gleich mit mir in die Cullum Street."

„Woher weißt du das alles, Grace? Hat Nicholas dir etwa von seiner Frau erzählt?"

Grace rückte ihren hohen Hut zurecht, der bei einer Straßenunebenheit an die Decke der Kutsche gestoßen war.

„Natürlich nicht, Schäfchen. Wir hatten anderes zu tun in dem halben Stündchen, das er damals bei mir war. Ein kleines Vöglein hat mir etwas zugezwitschert."

„Was für ein Vöglein? Einer deiner Kunden etwa?"

„Das möchte ich dir nicht unbedingt auf die Nase binden, meine Liebe. Auf jeden Fall sind wir alle sehr besorgt um dich. Es wird oft nach dir gefragt, gerade gestern hat sich der schüchterne Mr. Jameson eingehend nach dir erkundigt."

„Wer auch immer", fiel Violet ihr aufgeregt ins Wort. „Diese Leute sollten sich schämen, solch böswillige Verleumdungen zu verbreiten. Nicholas Marlow ist kein Mörder. Dafür lege ich meine Hand ins Feuer."

Grace verdrehte die Augen zur Kutschendecke und stöhnte leise auf.

„Großer Gott – wie kann eine erwachsene Frau nur so dämlich sein. Mach dich davon, bevor es zu spät ist, oder du liegst eines schönen Tages irgendwo in einem dunklen Hauseingang mit einer hübschen Verzierung am Handgelenk und einem Messer im Rücken."

„Das werde ich ganz gewiss nicht!"

„Das haben die anderen auch gesagt, Violet."

Violet hatte jetzt genug, sie riss das Kutschenfenster auf und befahl dem Kutscher, anzuhalten.

„Wenn du es genau wissen willst", sagte sie wütend zu Grace. „Nicholas und ich reisen noch heute Nachmittag ab. Zuerst auf sein Gut Crofton Hall und danach weiter auf den Kontinent."

„Was?!"

Doch Violet hörte Grace' Aufschrei nicht mehr, denn sie war bereits leichtfüßig aus dem Wagen gehüpft und in der Menschenmenge untergetaucht.

Violet war eine Weile ziellos durch die Straßen gelaufen, aufgewühlt von dem, was Grace ihr so freimütig erzählt hatte.

Ich hätte gar nicht hinhören sollen, dachte sie schließlich zornig. Es ist doch völlig klar, dass sie Nicholas nur angeschwärzt hat, um mich in die Cullum Street zurückzuholen. Aber sie wird ihr Etablissement ohne meine Mithilfe führen müssen – ich will niemals wieder etwas mit Grace Dolloby zu tun haben!

Es war zu spät, um noch zu den Chrestles zu gehen und die Unruhe in ihr war zu groß. Auch wenn Grace ihre eigenen Ziele verfolgt hatte – es war immerhin möglich, dass diese scheußlichen Gerüchte inzwischen weitere Kreise gezogen hatten. Sie hatte plötzlich Angst um Nicholas. Forch hatte recht: Allein der Verdacht – auch wenn er unbegründet war – reichte in diesen aufgeregten Zeiten, um einen Menschen zu ruinieren. Sie mussten so rasch wie möglich abreisen und darauf hoffen, dass dieses Monster während ihrer Abwesenheit endlich gefasst wurde.

Vor dem Haus in der Warwick Street wartete bereits Marlows Wagen, hoch bepackt mit Koffern und Schachteln, und Charles war eben dabei, das Gepäck mit einem festen Seil zu sichern.

„Miss Burke!", rief er ihr zu. „Gehen Sie nur rasch hinein – Mr. Marlow wartet auf Sie."

Violet nickte ihm zu und trat mit klopfendem Herzen ins Haus. Dieses Mal würde sie sich nicht von ihm abkanzeln lassen, sie würde ihm frei und ehrlich sagen, was sie von seiner ständigen, unbegründeten Eifersucht hielt. Wenn er sie wirklich liebte – und das hatte sein Schreiben bewiesen – dann musste er lernen, ihr zu vertrauen.

Maggy lief ihr entgegen, in Tränen aufgelöst.

„Stellen Sie sich vor, Miss Burke", jammerte sie. „Mr. Marlow will mich auf keinen Fall mitnehmen. Ich soll mich um Mrs. Waterbrook kümmern, hat er gesagt."

„Ist sie etwa krank?", fragte Violet erschrocken.

„Ach was", murrte Maggy und schob die Unterlippe vor. „Sie ist schlecht gelaunt, das ist alles."

Marlow erwartete sie im Wohnzimmer, wo er noch einige Dinge aus seinem Schreibtisch räumte, um sie mitzunehmen. Er musste sie schon vom Fenster aus gesehen haben, denn er wandte bei ihrem Eintreten nur kurz den Kopf.

„Ich hatte dich gebeten, das Haus nicht zu verlassen, Violet!"

Es klang vorwurfsvoll, jedoch nicht unfreundlich, vielmehr schwang Erleichterung in seiner Stimme mit. Als Violet jetzt näher trat, zog er sie an sich und seine Umarmung war so fest, dass sie fast fürchtete, ersticken zu müssen.

„Glaubst du wirklich, ich hätte heute früh irgendwelche „alten Freunde" getroffen?", fragte sie leise.

Er suchte ihre Lippen und küsste sie. Seine Zunge liebkoste kitzelnd ihre Oberlippe, schob sich dann in ihren Mund und glitt an ihrem Gaumen entlang. Violet spürte, dass sie gleich den Verstand verlieren würde, zumal der Mittelfinger seiner rechten Hand langsam an ihrer Wirbelsäule entlangfuhr und die zarte Berührung an dieser empfindlichen Stelle sie erschauern ließ.

„Nein", sagte er, seinen Mund von ihr lösend. „Das glaube ich nicht, Violet."

Wenn er ihr vertraute, dann würde auch sie ehrlich sein. „Ich will dir sagen, wo ich war, Nicholas."

Doch er schüttelte den Kopf, küsste sie noch einmal zart auf die Stirn und schob sie dann beiseite, um die letzten Schriftstücke in seine Mappe zu stecken. „Ich will es nicht wissen, Violet. Lass uns jetzt fahren, Charles hat schon angespannt."

In der Halle warteten Maggy und Mrs. Waterbrook, um ihnen Lebewohl zu sagen und Violet war einen Moment ehrlich erschrocken, als sie die dunklen Augenringe der Köchin sah.

„Ich habe schlecht geschlafen", erklärte Mrs. Waterbrook auf Violets mitleidige Frage. „Ein paar Tage Ruhe werden mir gut tun."

„Sie sollten einen Arzt aufsuchen", meinte Violet kopfschüttelnd.

„Das finde ich auch", sagte Marlow ernst. „Im Übrigen sollten Sie sich keine Sorgen machen, Mrs. Waterbrook. Es wird alles gut werden."

Er hielt die Hand der Köchin einen Moment lang fest und sah ihr in die Augen. Sie lächelte schwach.

„Ich wünsche es Ihnen, Mr. Marlow. Ich wünsche es von ganzem Herzen."

Maggy brachte kein vernünftiges Wort heraus, denn sie schluchzte unentwegt. Auch Violets Versicherung, ihr zu schreiben und Ansichtskarten zu schicken, konnte sie nicht trösten. Im Gegenteil, die Erwähnung der schönen Postkarten ließ ihre Tränen nur noch heftiger fließen. Schließlich nahm sie die weiße Schürze vors Gesicht und lief davon.

Marlow sah sich nach beiden Seiten um, bevor er das Haus verließ, und hatte es eilig, Violet in die Kutsche zu helfen. Drinnen zog er hastig die Vorhänge zu und forderte Charles auf, nicht herumzutrödeln. Man wolle noch vor dem Abend in Crofton Hall sein.

Violet ließ ihn gewähren, auch sie war froh, das graue, feuchte London zu verlassen, diese riesenhafte Ansammlung von Menschen und Häusern, über die sich jetzt wieder die faulig riechenden Flussnebel legten.

„Wir werden von Dover aus zunächst nach Frankreich reisen", sagte Marlow, der vornüber gebeugt im Sitz saß und keineswegs entspannt wirkte. „Du wirst Paris sehen und die Schlösser an der Loire. Später fahren wir nach Genf, dort wirst du Berge erleben, so groß und gewaltig, wie du sie dir nicht einmal erträumen kannst. Und danach werde ich dir Italien zeigen. Florenz, Rom, Neapel … Vielleicht werden wir dort unten eine Weile bleiben, ein Haus mieten und das süße Leben genießen."

Er hob den Kopf und lächelte sie an. Doch sie spürte, dass er keineswegs so frohgemut in die Zukunft sah, wie er es vorgab. Er war sehr blass und seine Augen waren von einem bleiernen Grau.

„Ich war gestern bei den Chrestles", gestand sie unvermittelt. „Es war ein Zufall. Mrs. Chrestle hat mich im Green Palace gehört und bat mich, ihr Klavier vorzuspielen."

Er starrte sie verblüfft an, dann runzelte er die Stirn.

„Sie hat dir vermutlich allerlei Unsinn über mich erzählt, oder?"

„Wir haben nicht von dir gesprochen, Nicholas."

Er sah sie ungläubig an, schwieg aber.

„Wir haben von Clarissa gesprochen. Mrs. Chrestle hat mir ihr Foto gezeigt."

Er sog tief die Luft ein und lehnte sich zurück, wobei er den Arm um Violet legte.

„Und?", fragte er beklommen.

„Sie sah mir sehr ähnlich."

Er schwieg. Nach einer Weile begann er, ihren bloßen Nacken zärtlich mit zwei Fingern zu streicheln und Violet spürte, wie ein erregender Schauer über ihren Rücken zog und die kleinen Härchen in ihrem Genick sich aufrichteten. Es fiel ihr schwer, sich ihm zu entziehen und seinen enttäuschten Blick zu ertragen.

„Erzähl mir von Clarissa", bat sie.

Sichtlich nervös beugte er sich vor, um den Vorhang zur Seite zu schieben und hinauszusehen, dann wanderten seine Hände über ihre Schultern, spielten mit den Häkchen ihres Kleides, sein Blick wurde dunkel und begehrlich.

„Nicht jetzt, Violet!", flüsterte er zärtlich. „Lass uns beide glücklich sein."

„Bitte!"

Er gab seine Verführungsversuche seufzend auf. „Es stimmt, dass sie dir ähnlich sah", gestand er und warf einen raschen, besorgten Blick auf ihr Gesicht. „Aber ich versichere dir, dass ich keine zweite Clarissa gesucht habe."

„Du hast sie geliebt?"

„Ich habe sie im Haus ihrer Eltern kennengelernt, als ich von den Chrestles mit der Regelung einer Erbschaftsangelegenheit betraut wurde. Clarissa war ein stilles und sehr zurückhaltendes Mädchen – ja, ich habe mich sofort in sie verliebt."

„Du hast um sie angehalten?"

Er lachte grimmig auf und zog sie an sich.„Das hätte ich nie gewagt – die Chrestles gehören einer Gesellschaftsschicht an, in die ich nur hin und wieder durch meine berufliche Tätigkeit Zugang fand. Aber erstaunlicherweise wurde ich mehr oder weniger zu einem Antrag ermutigt. Und schließlich habe ich Clarissa gefragt, ob sie sich vorstellen könnte, meine Frau zu werden."

„Und sie sagte ja?"

„Sie war einverstanden und ich schwebte im siebten Himmel vor Glück. Es ging alles ungeheuer rasch – das hätte mich gleich bedenklich machen müssen. Verlobung – Hochzeit – ein eigenes Haus – die Unterstützung der Schwiegereltern, die mir zahlungskräftige Klienten zuschoben. Und der Neid der Kollegen, denen ein solches Glück nicht zuteilgeworden war."

„War es das Glück?"

„Nein", sagte er kurz angebunden. „Clarissa erwiderte meine Gefühle nicht. Später erst fand ich heraus, weshalb. Sie liebte einen anderen."

Ihr Arm schob sich um seinen Nacken und für einen Augenblick nahm er die tröstende Berührung hin.

„Es war eine ganz einfache Geschichte, wie sie zu Tausenden vorkommen", sagte er dann aber mit harter Stimme und entzog sich ihr wieder. „Die hübsche, kleine Clarissa hat sich irgendwann mit einem Kerl eingelassen, der für ihre Eltern vollkommen inakzeptabel war. Vielleicht war es ein Diener, ein Pferdeknecht, ein Schauspieler – ich habe es nie herausgefunden. Nun – die Sache muss in höheren Kreisen ruchbar geworden sein, sodass man das Töchterlein dort nicht mehr an den Mann bringen konnte. Also sah man sich nach einem aufstrebenden Dummkopf um, einem jungen Mann mit Zukunft, aber ohne Vermögen, der die adelige Lady heimführen würde."

Er sprach in einem bitteren, sarkastischen Tonfall, der Violet wehtat. Sie bereute, ihn so bedrängt zu haben und wollte ihm schon erklären, genug gehört zu haben. Doch er redete unaufgefordert weiter. „Die feine Lady hat sich in der Hochzeitsnacht sehr geziert und ich Idiot habe es für mädchenhafte Scham gehalten. Wochenlang habe ich versucht, sie nach allen Regeln der Kunst zu verführen – aber sie blieb standhaft."

Er blickte mit schiefem Lächeln zu Violet hinüber, deren Wangen jetzt brannten. Sie kannte seine Verführungskünste nur zu gut und war keineswegs standhaft geblieben.

„Erst nach einem Monat kam ich ans Ziel und begriff, was für ein Dummkopf ich gewesen war. Meine bezaubernde, wohlerzogene Frau hatte ihre Hochzeitsnacht längst hinter sich. Allerdings nicht mit mir. Da war ein anderer gewesen, der ihre Sinne erregt hatte, und mir wurde bald klar, dass er es noch immer tat. Sie träumte von ihm, sie sehnte sich nach ihm und sie traf sich mit ihm."

„Bist du sicher, dass sie das tat?"

„Ganz sicher", nickte er düster. „Sie fuhr in der Stadt herum, während ich in meiner Kanzlei arbeitete, sie erhielt Geschenke und sie gebärdete sich so hysterisch, dass sie schon zu schreien anfing, wenn ich nur ihr Zimmer betrat."

„Sie hat Gegenstände nach dir geworfen. Hat sie dich verletzt?"

Er kniff die Augen zusammen. „Wir hatten einige sehr heftige Auseinandersetzungen", gestand er vorsichtig.

Violet begriff, dass er ihr nichts von der Narbe an seiner Hand erzählen wollte. Fürchtete er, sie könne ihn verdächtigen? Es verletzte sie.

„Bist du nie auf die Idee gekommen, dass sie vielleicht krank war? Dass sie Hilfe brauchte?"

Er lachte bitter.

„Ich habe versucht, mit ihr zu sprechen – sie ging nicht darauf ein. Ich habe einen Arzt geholt – den hat sie nicht an sich herangelassen. Ich habe mit ihren Eltern geredet – ohne Ergebnis. Schließlich habe ich die Scheidung vorgeschlagen – aber meine hochgeborenen Schwiegereltern drohten, mich in diesem Fall beruflich zu ruinieren. Während der letzten Wochen lebten wir völlig voneinander getrennt – sie im zweiten Stock und ich im ersten. Ich suchte Ablenkung, war jeden Abend unterwegs, im Klub, im Theater und auch ..."

„Ich weiß", sagte sie rasch. Er hatte aus Enttäuschung und Zorn seine Abende mit Prostituierten verbracht. „Es war nicht deine Schuld, Nicholas. Was geschehen ist, war ein Verhängnis."

„Ihr Tod hat mich tief erschüttert", gestand er. „Ich habe mir Vorwürfe gemacht, und doch wusste ich nicht, wie ich ihr hätte helfen können. Dazu kam, dass ihre Eltern mir die Schuld gaben und völlig absurde Gerüchte über mich in die Welt setzten. Wäre mein Freund Jeremy Forch nicht gewesen – man hätte mir noch einen Mordprozess an den Hals gehängt."

„Das haben die Chrestles behauptet?", rief Violet erschrocken. „Wie ist das nur möglich. Sie erschienen mir beide so freundlich."

„Freundlichkeit ist etwas, das man in diesen Kreisen anerzogen bekommt, Violet. Es hat nichts mit den wahren Gefühlen zu tun", sagte er zornig. „Ihre gesellschaftliche Stellung war ihnen heilig, nur keinen Skandal, kein Fleckchen auf die Familienehre, mit Geld lässt sich ja alles regeln. Aber sie haben nicht mit der Sturheit ihrer Tochter gerechnet, die beharrlich an ihrem Liebhaber hing."

„Hast du jemals herausbekommen, wer es war?"

Er schüttelte den Kopf und hob wieder den Vorhang, denn der Wagen hatte angehalten und von draußen drangen wütende Stimmen herein. Sie befanden sich direkt vor Westminster Bridge in einem Verkehrsstau und Charles hatte heftig damit zu tun, die Pferde ruhig zu halten.

„Nein", sagte Marlow düster. „Manchmal glaubte ich fast, es mit einem Phantom zu tun zu haben."

Die Kutsche ruckelte und setzte sich langsam wieder in Bewegung. Dicht neben ihnen rumpelte ein schwer beladener Karren vorüber und sie hörten den Kutscher lauthals fluchen, da sich ein leichteres Fahrzeug vor ihn gesetzt hatte.

„Genug davon", sagte Marlow entschieden. „Erzähl mir von dir, Violet."

„Von mir?", meinte sie lächelnd. „Oh, da ist nicht allzu viel zu berichten."

Er lachte und schlang den Arm um ihre Taille, um sie auf seinen Schoß zu ziehen.

„Ich will es trotzdem wissen", beharrte er.

Trotz ihres Sträubens hielt er sie fest, entfernte sogar ihren Hut und löste mit wenigen Griffen ihr langes, lockiges Haar, damit es ihr über die Schultern fiel. Schließlich gab sie den Widerstand auf, schmiegte sich an ihn und begann zu erzählen. Aufmerksam hörte er zu, wie sie von ihren Eltern berichtete, von dem verwilderten Garten, in dem sie als Kind mit ihrem grauen Kater gespielt hatte, von den kleinen Geheimnissen, die sie mit ihrer Freundin Grace geteilt hatte und auch von ihrer ersten, großen Liebe, Mr. Jones, ihrem Klavierlehrer.

„Muss ich eifersüchtig sein", meinte er schmunzelnd.

„Kaum. Damals war ich neun Jahre alt. Mr. Jones ist inzwischen glücklich verheiratet und hat vier sehr musikalische Töchter."

Er grinste und spielte zärtlich mit ihrem Haar, während sie weiterberichtete. Der plötzliche Unfalltod ihrer Eltern, ihre verzweifelten Versuche, ihren Lebensunterhalt als Klavierlehrerin zu verdienen, Grace' unerwartetes Wiederauftauchen und ihr Hilfsangebot. Er schüttelte immer wieder den Kopf.

Sie erreichten das Landhaus erst spät am Abend. Violet hatte sich auf dem Sitz zusammengerollt, ihren Kopf auf Marlows Schoß gebettet und war eingeschlafen. Erst als er ihr über das Haar strich und sie dann ein wenig am Ohr zog, erwachte sie und richtete sich verschlafen auf.

„Wir sind da, Mylady", meinte er heiter. „Nur noch ein paar Schritte trennen uns von dem warmen Kaminfeuer und einem schmackhaften, wenn auch ländlichen Abendessen."

Violet blinzelte in das Licht der Laternen, die am Eingang des Hauses angebracht waren. Es war nicht allzu viel von dem Gebäude zu erkennen, sie bemerkte nur, dass es aus rötlichem Backstein errichtet und von Efeu ziemlich überwuchert war. Vor dem Eingang befand sich ein kleiner Vorbau, der von zwei hölzernen Pfeilern getragen wurde und eine dreieckige Dachhaube trug.

Fröstelnd stieg sie aus der Kutsche und lächelte, als er sorgsam den Arm um ihre Schultern legte, um sie zum Haus zu führen. Ein junger, blonder Bursche half Charles, die Pferde auszuspannen, während ein älterer Angestellter mit struppigem Haar und Bart sich daran machte, das Gepäck abzuladen.

Im Eingang stand eine hochgewachsene, dunkelhaarige Frau, die einen Kerzenleuchter hielt. Sie war in Schwarz gekleidet und musterte Violet mit zusammengezogenen Augenbrauen, wie einen fremden, ungebetenen Eindringling.

„Das ist Mrs. Fox, die Wirtschafterin", flüsterte er Violet zu. „Sie gibt sich gern streng und unnahbar, ist aber eine sehr verlässliche Person."

Violet strich sich rasch über das offene Haar, das ihr wirr über die Schultern hing. O weh – so verwildert würde sie sicher nicht den besten Eindruck auf Mrs. Fox machen.

„Willkommen auf Crofton Hall", sagte Mrs. Fox ohne sich um ein Lächeln zu bemühen. Ihre großen, dunklen Augen waren dabei nur auf Marlow gerichtet, an Violet sah sie vorbei.

„Sie waren lange nicht mehr hier, Mister Marlow."

„Richtig", gab er freundlich zurück. „Es muss über ein Jahr her sein."

Er betrat die Halle mit energischem Schritt und zog Violet mit sich. Es war kaum etwas von der Einrichtung zu sehen, da der Leuchter in Mrs. Fox' Hand nur einen begrenzten Lichtschein warf. Violet erkannte die Konturen einiger altmodischer Möbel, dann fuhr sie erschrocken zusammen, denn von der Wand starrten sie die gelben, gläsernen Augen eines ausgestopften Wolfskopfes an.

„Keine Sorge", meinte Marlow lächelnd. „Der arme Kerl hat sein Leben schon vor etlichen Jahren ausgehaucht."

„Sie wünschen ein Abendessen?", fragte die Haushälterin.

„Wir sind den halben Tag unterwegs gewesen und haben nicht angehalten. Etwas Kräftiges wäre recht, dazu heißen Tee und einen warmen Kamin."

„Sehr wohl, Mr. Marlow."

Violet hatte nicht den Eindruck, dass Mrs. Fox über die Ankunft ihres Herrn besonders erfreut war, es schien ihr eher, dass sie Marlow nicht sonderlich schätzte. Die Wirtschafterin bequemte sich jetzt, einige Lampen anzuzünden, ging voraus in das Wohnzimmer und machte sich am kalten Kamin zu schaffen.

„Überlassen Sie mir das", meinte Marlow ungeduldig, denn er spürte, dass Violet fröstelte.

„Wie sie wünschen, Mr. Marlow."

Mrs. Fox richtete sich wieder auf und verließ den Raum. Sie hielt sich sehr gerade und ihr Gang war so leise, dass man hätte glauben können, sie schwebe über den Teppich.

Violet half Nicholas, die Holzscheite aufzuschichten und zu entzünden. Als das Feuer endlich brannte, rückte er zwei Stühle zum Kamin und sie setzten sich, um die Wärme zu genießen.

„Ist es ein großer Besitz?", wollte sie neugierig wissen.

„Klein ist er nicht. Es gehören Wiesen und Waldstücke dazu, früher gab es Landwirtschaft und Schafzucht. Aber die Chrestles haben das Gut nur zur Jagdsaison besucht und sich ansonsten wenig darum gekümmert."

„Dann hat Clarissa das Gut in die Ehe gebracht."

„So ist es", meinte er und streckte die Füße zum Kamin hin aus. „Ich hänge nicht besonders daran und werde es vermutlich verkaufen."

Sie schwieg und starrte in die Kaminflammen, die zwar munter flackerten, den Raum jedoch nur wenig erwärmten. Die Chrestles hatten ihre Tochter gut ausgestattet in die Ehe gegeben – ob sie Nicholas deshalb des Mordes beschuldigt hatten? Wollten sie ihn an den Galgen bringen, um sich ihren Besitz wieder zu verschaffen? Aber nein, was für ein verrückter Gedanke! Mrs. Chrestle war zu solchen Machenschaften gewiss nicht fähig und auch Mr. Chrestle war dies nicht zuzutrauen.

Immerhin musste ihre üble Beschuldigung weite Kreise gezogen haben, denn sogar Grace hatte davon gewusst.

„Du bist so nachdenklich?", forschte er.

„Ich bin nur müde. Hoffentlich bringt sie das Essen bald, sonst schlafe ich vorher ein", gab sie lächelnd zurück.

Er lachte und berührte ihren Rock mit seinem Fuß.

„Das Schlafzimmer ist gleich nebenan, es ist zwar nicht besonders komfortabel, aber für eine Nacht wird es ausreichen. Es ist unsere letzte Nacht in England, Violet. Morgen Abend werden wir schon auf dem Schiff sein."

Ihr Herz klopfte unruhig und sie hoffte inständig, dieser Abend und diese Nacht auf Crofton Hall möchten so rasch wie möglich vorübergehen. Ihr gefiel dieses Gut nicht, es war düster und verwahrlost und die Wirtschafterin schien sich für die unumschränkte Hausherrin zu halten.

Das Essen, das Mrs. Fox persönlich servierte, war reichlich, jedoch mit wenig Liebe zubereitet und Violet vermisste Mrs. Waterbrook, die mit so viel Eifer darauf bedacht war, die Vorlieben und Wünsche ihrer Herrschaft zu erraten. Nur der Wein, den Marlow selbst aus dem Keller geholt hatte, war hervorragend.

„Hör zu, Violet", sagte er, nachdem sie eine Weile schweigsam gegessen hatten. „Wir werden uns auf dem Kontinent als Mr. und Mrs. Marlow ausgeben. Es ist einfacher und erspart uns Probleme."

„Natürlich."

Was konnte sie Anderes erwarten? Sie liebte ihn, hatte sich ihm hingegeben – es war niemals von Ehe die Rede gewesen und sie konnte auch nicht darauf hoffen.

„Lass uns zu Bett gehen", schlug er vor. „Morgen haben wir eine weite Reise vor uns."

Das Schlafzimmer war mit unförmigen, altertümlichen Möbeln vollgestellt und schien monatelang nicht mehr gelüftet worden zu sein. Die Wand gegenüber der Tür wurde von einem breiten Himmelbett mit dunkelblauen Vorhängen eingenommen, das vermutlich noch aus dem vergangenen Jahrhundert stammte, denn es wirkte ungemein wuchtig und einschüchternd. Das einzig Angenehme in diesem Raum war der hübsche, braune Kamin, in dem die Wirtschafterin freundlicherweise ein Feuer entzündet hatte.

„Es gefällt dir nicht besonders, oder?", meinte Nicholas grinsend. „Mir auch nicht. Aber wir werden es uns schon gemütlich machen."

Er riss die Bettdecke herunter und breitete sie vor dem Kamin auf dem Boden aus, dazu warf er die Kissen und einige Wolldecken, die man ihnen wegen der kühlen Jahreszeit zurechtgelegt hatte.

„Darf ich bitten, Mrs. Marlow?", sagte er dann mit einladender Geste und wies auf das improvisierte Lager.

Violet verbarg ihr Unbehagen – es gefiel ihr nicht, Mrs. Marlow genannt zu werden, denn es erinnerte sie an Clarissa.

„Was soll das sein", meinte sie lächelnd und schüttelte den Kopf über das Chaos, das er am Fußboden angerichtet hatte.

„Unser Nest für diese Nacht, meine süße Violet"

Er fasste sie am Arm und zog sie auf die Decke, kniete vor ihr nieder und hob ihren Rock an. Ganz sacht spürte sie seine Hände an ihren Fesseln, er streichelte sie behutsam, ließ die Finger über ihre Knöchel spielen, glitt hinauf zu ihren Waden, dass sie zu zittern begann.

Er umfasste ihren schmalen Knöchel und zog ihr mit einer langsamen Bewegung den Schuh vom Fuß, warf ihn beiseite und machte sich daran, auch den anderen Fuß zu entblößen. Sie hatte hübsche Füße mit regelmäßigen Zehen und rosigen Nägeln, und als er mit dem Zeigefinger über ihren Rist strich, erregte es sie so sehr, dass sie die Zehen zusammenzog.

Während er sich jetzt langsam aufrichtete, glitten seine Hände an ihrem Körper entlang, er fühlte ihre weich geschwungenen Hüften unter dem Rock, die schmale Taille, die Form ihrer Brüste die von ihrer Korsage nach oben gepresst wurden.

„Du wirst heute etwas lernen, das du wissen solltest", murmelte er. „Aber dazu muss ich ein wenig mehr von dir sehen."

Violet spürte längst, wie alles um sie herum versank und jede seiner Berührungen eine Welle heißen Verlangens in ihr auslöste. Wie war es möglich, dass er sie so beherrschte? Dass dieser glühende Strom von ihren Füßen bis hinauf zwischen ihre Beine schoss, wenn er nur leise ihre Fesseln streichelte?

Dass sie vor Sehnsucht erzitterte, wenn sein Finger sacht über ihren nackten Fuß glitt?

Als er aufgerichtet vor ihr stand, griff er mit einer Hand in ihr dichtes Haar, bog ihren Kopf zurück und suchte mit heißen Lippen ihren Mund. Spielerisch tupfte er Küsse über ihre Wangen, ihre Stirn, folgte mit der Zunge der gebogenen Linie ihrer Augenbrauen, fasste ihre Wimpern mit den Lippen, um daran zu zupfen. Dann, plötzlich und unerwartet, umfasste er ihren Körper mit den Armen, riss sie fest an sich, und seine Zunge drang so leidenschaftlich in ihren Mund hinein, dass ihr fast der Atem stillstand.

Während er sie küsste, war seine rechte Hand unablässig damit beschäftigt, ihre Kleidung aufzuhaken, sie spürte, wie die Rockbänder um ihre Taille sich lockerten und der Stoff ihrer Korsage nachgab. Als er die Lippen von ihr löste, musste sie nach Luft ringen, dann erst bemerkte sie, dass ihre Röcke hinabrutschen wollten, und griff rasch an ihre Hüfte, um den Stoff festzuhalten.

Er trat einige Schritte zurück und betrachtete sie mit dunklen, begierigen Augen. Seine Hände waren geschickt und hatten ganze Arbeit geleistet. Das Oberteil ihres Kleides war geöffnet, auch die Korsage klaffte weit auseinander, die rechte Brust war völlig entblößt, in ihrer Mitte stand verlockend die harte, rosige Spitze, die linke Brust wurde von einer ihrer dichten Haarsträhnen teilweise verborgen. Er hatte auch das Band ihres Höschens gelöst, Röcke und Höschen waren ein Stück herabgeglitten und sie hatte die Bekleidung gerade noch mit den Händen fassen können, bevor sie über die Hüften rutschte und zu Boden glitt. Man sah ihren mädchenhaft flachen Bauch, die dunkle Vertiefung des Nabels und den Ansatz des Schamhaares, das den Weg zu ihrem noch verhüllten Hügel wies. Violet zitterte.

„Frierst du?", fragte er lächelnd.

„Ich ... ich weiß nicht ..."

Sie machte eine ungeschickte Bewegung und der Stoff glitt ihr aus der Hand – für einen Moment war ihre Scham entblößt, dann zog sie die Röcke hastig wieder davor.

„Es ist warm, meine süße Geliebte. Spürst du nicht die Hitze der Flammen im Kamin?"

Er begann, sich vor ihr zu entkleiden. Zog die Jacke aus, streifte sich das Hemd vom Körper und warf es achtlos zur Seite. Violet starrte fasziniert auf seine Brust, wo unter der leichten Behaarung die beiden dunklen Brustwarzen wie verlockende Beeren durchschimmerten. Sein Körper war schlank und sehnig, zu den Hüften hin schmal, doch die Muskelpartien um seine Schultern waren kräftig entwickelt, und wenn er sich bewegte, traten die schwellenden Stränge unter seiner hellen Haut deutlich hervor. Sie spürte ein heißes Prickeln, das über ihren Bauch lief und sich zwischen den Beinen fortsetzte. Nie hatte sie geahnt, dass ein männlicher Körper eine solche Anziehung auf sie ausüben könnte. Sie spürte ein unbändiges Verlangen, sich ihm zu nähern, über die zarte, helle Haut an seiner Brust zu streichen und die beiden dunklen Brustwarzen zu berühren.

Langsam öffnete er seinen Gürtel. Violets Augen flackerten und ihre Wangen brannten vor Hitze. Er hatte sichtlich Mühe, die Hose hinunterzuschieben, denn sein Glied war bereits hart und hoch aufgerichtet. Er ließ das Kleidungsstück hinabgleiten, stieg heraus und schleuderte es mit dem Fuß in eine Zimmerecke. Breitbeinig stand er vor ihr, bot ihr den Anblick seiner erigierten Männlichkeit.

„Komm zu mir", lockte er sie.

Immer noch löste der Anblick seines nackten Körpers ein süßes Erschrecken bei ihr aus, doch nun war es auch Faszination, die in ihr eine freudige Erwartung weckte. Wie von einer geheimnisvollen Kraft angezogen näherte sie sich ihm, hob sehnsüchtig eine Hand und berührte zögernd seine Brust. Seine Haut war glatt und weich, sie fuhr zärtlich mit den Fingern durch das Brusthaar und umkreiste die kleine, dunkelviolette Warze. Als sie mutig mit dem Zeigefinger darüber fuhr, zog sie sich zusammen und sie spürte, wie sein Atem sich beschleunigte.

„Ich gehörte dir", sagte er leise mit weicher, tiefer Stimme. „Ganz und gar – nimm mich in Besitz, Violet."

Zitternd vor Erregung begann sie das gleiche Spiel von Neuem, ließ auch die andere Brustwarze hart werden, strich kitzelnd mit dem Finger darüber. Sie wurde mutiger, ließ die Hand aufwärts gleiten, berührte sacht die Ausbuchtung an seinem Kehlkopf, glitt über die Muskelstränge seiner Schulter, folgte den Schwellungen und Tälern und staunte über ihre Festigkeit. Sie war so nah an ihn herangetreten, dass sie den Geruch seiner bloßen Haut atmen konnte. Violet spürte, wie ihr Verlangen nach ihm so stark wurde, dass ihre Knie weich wurden.

„War das schon alles?", fragte er ungeduldig, als ihre Hand zögernd über seinen Arm glitt. „Mehr willst du nicht von mir haben?"

Sie erschauerte und richtete ihren Blick auf seinen Penis, Umfasste ihn behutsam mit ihrer Hand und erfühlte die zarte, glatte Rundung seiner Eichel an ihrer Innenfläche. Sein sehnsüchtiges Zusammenzucken wurde noch unterstrichen von einem zischenden Laut, mit dem er die Luft ausstieß. Das gab ihr Mut, weiterzumachen. Sie gab sich seinen Wünschen hin und war davon fasziniert. Das, was er mit ihr getan hatte, dieser ungeheuer süße und heftige Aufruhr in ihrem ganzen Körper – sie konnte es ebenso mit ihm tun, sie konnte seinen Körper beherrschen wie ein wunderbares, köstliches Musikinstrument.

Ihr Finger strich mit einer schmeichelnden Bewegung über seine angeschwollene Eichel. Die Haut an seinem Glied war unendlich zart und warm, sie ließ ihre Finger an seinem Penis hinabgleiten, spürte den kleinen Wölbungen und Strängen nach und strich dann wieder aufwärts bis zu seiner Spitze. Er stöhnte wohlig und bog ihr seinen Unterkörper entgegen, um ihre Liebkosungen zu empfangen.

Sie hatte längst beide Hände zu Hilfe genommen und nicht bemerkt, dass ihre Röcke dabei heruntergerutscht waren. Sie umschloss sein hartes Glied mit beiden Händen, dass nur noch die Spitze herausschaute, und als sie ihre Hände langsam auf und ab bewegte, sah sie, dass aus einer kleinen Öffnung in seiner Eichel weißliche Tröpfchen sickerten.

Zärtlich verteilte sie die Feuchtigkeit mit dem Zeigefinger auf seiner glänzenden Penisspitze.

Als sein Glied leicht zu zucken begann, empfand sie solche süße Lust, dass sie kaum noch wusste, was sie tat. Sie beugte sich herab, fasste ihre rechte, harte Brustspitze und rieb sie zart gegen seinen glatten Schaft. Die Berührung war so lustvoll, dass ein heißer Strom durch ihren Leib fuhr, der ihre Scham zum Pochen brachte, weshalb sie die Schenkel zusammenkniff, um die berauschende Empfindung zu steigern.

Nicholas schob, ohne dass sie es wahrnahm, Jacke und Korsage von ihren Schultern, wobei ihr Höschen längst hinabgeglitten war und nur noch an den schmalen Bändern hing, die um ihre Knie gebunden waren. Sie war nackt, nur ihr langes, offenes Haar bedeckte hin und wieder eine ihrer Brüste, um sie gleich wieder bei der nächsten Bewegung seinen gierigen Augen zu enthüllen.

Sie hatte jetzt jede Angst verloren und gab sich dem Rausch ihrer Leidenschaftlichkeit hin. Ihre Finger kneteten sein Glied bis zur Peniswurzel, tasteten durch sein Schamhaar, zupften daran. Sie zog mit dem Fingernagel einen Halbkreis um den Ansatz seines Gliedes und beugte sich dann vor, um mit ihrer Zunge über die Eichel zu streichen.

Marlow stöhnte heiser fasste ihre Schultern und zog sie fest an sich.,,Genug, Violet. Weißt du, dass du mich fast umbringst vor Lust?"

Sie wusste es, ließ auch jetzt sein Glied nicht aus ihren Fingern. Erst als sie seine Hände spürte, die langsam streichelnd ihren Rücken abwärts wanderten, löste sie sich von seinem Penis und umschlang seine Mitte.

„Du bist begabt, meine unartige Geliebte", raunte er ihr ins Ohr. „Du hast dir das Anrecht auf eine zweite Lektion verdient."

Erst seine Hände auf ihrem Po machten ihr bewusst, dass sie nackt war. Er streichelte die weichen Rundungen, glitt mit seiner Hand zwischen ihre Schenkel und fand ihre Weiblichkeit, die längst feucht war und sich ihm willig öffnete.

„Dreh dich um, meine Süße", murmelte er und fasste ihre Hüften. „Ich will alle deine Reize genießen, während du vor Wollust vergehst."

Sie gehorchte, lehnte sich mit dem Rücken an seinen nackten Körper und stieß einen hellen, sehnsüchtigen Laut aus, als seine Hände jetzt ihre Brüste umfassten. Violet verging förmlich vor Lust, bewegte ihren Körper im Rhythmus seiner Hände und schob ihre Hüften lockend hin und her. Sein Glied rieb sich an ihrem Rücken und langsam glitt seine Hand über ihren bloßen Bauch, kroch bis zum Ansatz des Schamhaares und schob sich dann in ihren Spalt hinein. Wimmernd vor Begierde spreizte sie die Beine und bewegte sich mit kleinen Stößen seiner kosenden Hand entgegen.

„Willst du mich?", fragte er keuchend. „Sag es. Ich will es hören!"

Sie stöhnte hell auf und rieb ihre Scham wollüstig gegen seine Hand. Es pochte heiß zwischen ihren Schenkeln und die beginnende Ekstase zog sie unwiderstehlich mit sich fort.

„Ja", flüsterte sie. „Ich will dich, Nicholas. Dich, immer nur dich und niemals einen anderen."

Er drückte ihre Schultern nach vorn, zwang ihre Schenkel weit auseinander. Ihre Öffnung bot sich ihm dar und sein Speer glitt tastend näher, schob sich wollüstig zwischen ihre Schamlippen und zog sich dann wieder zurück. Er legte eine Hand auf ihren Schamhügel und suchte mit dem Finger ihre Lustperle, die sich ihm sehnsüchtig entgegenreckte. Er spielte zart mit ihrer Klitoris, wobei ein krampfartiges Zittern durch Violets Körper fuhr, ein Vorbote ihres Höhepunktes.

Er glitt langsam in sie hinein, ohne das Spiel seiner Hand an ihrer empfindlichsten Stelle zu unterbrechen und Violet kam ihm mit einer leichten, unwillkürlichen Bewegung entgegen. Nicholas nahm die andere Hand zu Hilfe, umfasste ihre Schenkel und zog ihren Po dicht zu sich heran. Hart stieß er seinen Unterleib vor und drang tief in sie ein. Violet schrie lustvoll auf, dann fühlte sie, wie es in ihr zu vibrieren begann und ihr Körper sich in wilder Ekstase verkrampfte.

In diesem Moment entlud sich auch Nicholas' Orgasmus wie eine tosende Flut, spülte sie beide mit sich fort.

Es dauerte lange, bis ihre Erregung sich legte. Er hielt sie umschlungen und seine Hände strichen zärtlich und beruhigend über ihren Körper, liebkosten ihre Hüften, ihren Bauch, ihre Brüste.

„War es schlimm?", fragte er besorgt, während er sie vorsichtig freigab.

Sie wandte sich zu ihm um, strich sich das wirre Haar aus dem Gesicht und lächelte schwach, als sei sie noch im Traum. Als sie seinen Blick auf ihrem bloßen Körper spürte, legte sie instinktiv ihre Arme über den Busen und die Geste war so verführerisch, dass sein Vorsatz, sie für heute in Ruhe zu lassen, ins Wanken geriet.

„Es war ... verrückt", gestand sie und ihre Wangen glühten. „Aber es war zugleich unbeschreiblich schön, Nicholas."

Er lachte, bückte sich nach ihrem Höschen, das zwischen die Kissen gerutscht war, und kniete nieder, um ihre Füße durch die spitzenbesetzten, halblangen Hosenbeine zu führen. Während er das Kleidungsstück langsam an ihr hinaufzog, strichen seine Fingernägel an der Innenseite ihrer Beine entlang. Violet erbebte unter seiner Berührung wieder leise. Er zog ihr Becken dicht an seinen Mund und küsste ihren Nabel, leckte einen Kreis um die kleine Vertiefung, umschloss sie mit den Lippen und saugte sich daran fest. Violets Finger gruben sich in sein Haar und zogen daran. „Nicholas, was tust du da?", kicherte sie.

Er wollte eben mit harmloser Miene die Bänder verknoten, da erhob sich draußen auf dem Hof plötzlich Lärm.

Pferde wieherten, ein Hund kläffte, jemand schlug polternd gegen die Haustür. Marlow fuhr hoch und schlang impulsiv die Arme um Violets bloßen Körper, wie um sie zu schützen.

„Zu Hilfe! Mr. Marlow! Es ist ein Unglück geschehen!"

Es war Charles, dessen Stimme vor Entsetzen überschnappte. Erschrocken ließ Marlow von Violet ab, fuhr sich durch das wirre Haar und griff nach seiner Kleidung.

„Zieh dich rasch an", rief er ihr zu, während er selbst hastig Hemd und Hose überstreifte. „Und bleib hier im Zimmer! Hast du mich verstanden? Geh auf keinen Fall hinaus."

„Aber ... was kann da geschehen sein?", stammelte sie angstvoll.

Er war schon an der Tür.

„Keine Ahnung. Aber ich werde es gleich wissen."

Er zog die Tür sorgfältig hinter sich zu und Violet hörte seine raschen Schritte in der Halle.

„Danny? Wie ist das passiert?"

„Ich habe geschlafen, Mr. Marlow. Da hat plötzlich der Wallach in der Box Terror gemacht und dann habe ich Danny auf dem Stallboden gefunden."

Die Haustür wurde aufgerissen und die beiden Männer liefen über den Hof, wo irgendwo im Dunklen die Stallungen sein mussten. Man hörte die Pferde wiehern, Hufe donnerten gegen die Boxenwände, die Tiere mussten außer Rand und Band geraten sein.

„Hat der Wallach ihn mit den Hufen erwischt?", hörte sie Marlow fragen.

„Ausgeschlossen", sagte Charles. „Er liegt vor der Box im Gang. Und um ihn herum ist lauter Blut. Ich habe gedacht, ich muss ..."

Mehr hörte sie nicht, denn das Hundegebell übertönte die Stimmen. Der Hund kläffte so wahnsinnig, dass Violet sich am liebsten die Ohren zugehalten hätte. Doch sie unterließ es, um nur so rasch wie möglich in ihre Kleider zu kommen.

Weshalb legte er solch großen Wert darauf, dass sie hier in diesem engen Zimmer blieb? Glaubte er, sie würde den Anblick eines Verwundeten nicht ertragen? Was für ein Unsinn. Sie würde vielleicht helfen können, seine Wunden zu reinigen und ihn zu verbinden.

Dennoch zögerte sie, Nicholas' Anordnung zuwiderzuhandeln. Fröstelnd legte sie sich eine Decke um und zog den Fenstervorhang zurück, um nach draußen zu sehen. Lichter bewegten sich auf dem dunklen Hof, man hatte Laternen herbeigeholt und sie erkannte den älteren Mann, der das Gepäck abgeladen hatte. Er war nur mit Hemd und Hose bekleidet und das struppige, graue Haar stand nach allen Seiten von seinem Kopf ab, während er mit einer Laterne in der Hand hin und herlief. Nun sah sie auch den Hund, ein schlanker, brauner Retriever, der immer noch kläffend über den Hof tobte und an dem grauhaarigen Mann emporsprang.

Was, in aller Welt, war geschehen? Wenn das Pferd den armen jungen Burschen nicht verletzt hatte, wie war es dann passiert? Hatte ihn etwa jemand überfallen?

Sie hörte Nicholas laut und ausgiebig fluchen und nach Charles brüllen. Die Männer riefen dem Hund Befehle zu, versuchten, ihn auf eine Spur zu bringen, doch das dumme Tier rannte nur im Kreis umher und hörte nicht auf zu kläffen. Schließlich tauchte Mrs. Fox auf, sie war vollkommen angezogen und hatte ein Tuch umgelegt. Der Hund lief auf sie zu und setzte sich gehorsam vor ihr auf den Boden.

Ihre Zimmertür wurde aufgerissen und Nicholas erschien, bleich wie ein Geist, das Gesicht wutverzerrt.

„Ich reite ins nächste Dorf, um einen Arzt aufzutreiben. Rühr dich nicht aus diesem Zimmer und schließe die Tür ab!"

„Aber was ist denn nur geschehen?"

„Tu, was ich sage!"

Er verschwand, ohne Antwort zu geben und sie begriff erschrocken, dass dies ein völlig anderer Mann war, als jener, der sie noch vor wenigen Minuten zärtlich in den Armen gehalten hatte. Was hatte ihn verwandelt?

Sie spähte wieder durchs Fenster. Charles war bemüht, eines der Pferde auf den Hof zu führen, doch das Tier war schrecklich aufgeregt, es scheute und versuchte zu steigen, als er ihm den Sattel auflegen wollte. Nicholas brauchte eine Weile, um das verängstigte Tier zur Ruhe zu bringen, damit man es satteln konnte, dann stieg er auf, nahm eine der Laternen zur Hand und ritt davon.

Violet sah dem schwankenden Licht nach, bis es verschwunden war, und hatte plötzlich das beängstigende Gefühl, ohne Nicholas in ihrer Nähe allein und schutzlos zu sein. Sie wäre gern hinausgelaufen, um ein paar Worte mit Charles zu reden, denn er war ihr vertrauter als die übrigen Angestellten. Doch er war in den Pferdestall zurückgekehrt und sie hätte den Hof überqueren müssen, um zu ihm zu gelangen. Nun, da Nicholas fortgeritten war, schien sich alles wieder beruhigt zu haben, die Lichter waren verschwunden und der Hof lag in Finsternis. Nicholas' Anweisung fiel ihr wieder ein und sie ging zur Tür, um sich einzuschließen. Doch weder innen noch außen steckte ein Schlüssel in der Tür und so gab sie ihr Vorhaben auf.

Nach all diesem Aufruhr war es jetzt beängstigend still. Nur hin und wieder drangen leise Stimmen und das Schnauben der Pferde über den Hof – Charles und der grauhaarige Mann waren vermutlich beschäftigt, die verängstigten Tiere zu beruhigen. Von Mrs. Fox war nichts zu sehen. Ob sie sich um den Verletzten kümmerte?

Es war beklemmend, in diesem engen, stickigen Raum zu sitzen und zur Untätigkeit verdammt zu sein. Sie hockte sich auf einen der Stühle, lauschte auf den Hof hinaus, doch es war nichts weiter zu hören, als ein leises Knistern, das irgendwoher aus dem Zimmer kommen musste und das vermutlich von ein paar nachtaktiven Mäusen herrührte. Sie dachte an Nicholas, der jetzt durch die

Dunkelheit ritt, und sie sorgte sich um ihn. Wenn ihm nur nichts zustieß auf diesem nervösen Tier, das man nur mit Mühe hatte beruhigen können. Wie lange er wohl ausbleiben würde? Über eine Stunde sicher.

Ein dumpfer Schlag im Kamin ließ sie zusammenzucken. Die aufgestellten, dicken Holzscheite waren niedergebrannt und in sich zusammengestürzt, kleine Fünkchen flogen umher und verglühten auf dem Fußboden. Sie erhob sich, um einige Scheite nachzulegen, doch sie war kaum einen Schritt gegangen, als sich dicht neben ihr ein schwerer Gegenstand von der Wand löste und mit lautem Krachen zu Boden stürzte. Glas splitterte, ein hölzerner Rahmen zersprang. Dann rieselte nur noch etwas Putz von der Wand und es war wieder still.

Violet war vor Schreck fast das Herz stehen geblieben. Wie erstarrt stand sie, den Fuß noch angehoben und wagte nicht, sich umzuwenden.

Ein Bild ist von der Wand gefallen, dachte sie. So etwas passiert in alten Häusern. Vermutlich ist der Putz morsch und der Nagel hat nachgegeben.

Doch es gelang ihr nicht, die aufsteigende Angst wegzuschieben. Sie erinnerte sich an ihre Mutter, die an böse Vorzeichen glaubte, Künder nahenden Unheils. Ein Gegenstand, der ohne Grund umfiel, war nichts Anderes als eine Warnung vor einer drohenden Gefahr.

Vorsichtig wandte sie sich zur Seite, um den herabgestürzten Gegenstand zu besehen. Er war hinter einen Sessel gefallen und sie musste das schwere Ungetüm zuerst zur Seite schieben. Glasscherben kamen zutage, ein breiter, vergoldeter Holzrahmen, der völlig verzogen und an einer Stelle auseinandergebrochen war. Darin befand sich eine Fotografie, die sie im schwachen Licht des Kaminfeuers nicht genau erkennen konnte.

Mit einem kräftigen Ruck wurde hinter ihr die Tür geöffnet und sie wandte sich erschrocken um. Im Türrahmen stand die Wirtschafterin, einen flackernden Leuchter in der Hand, ihre hoch aufgerichtete, schlanke Gestalt wirkte seltsam bedrohlich.

„Was haben Sie getan?", rief sie aufgeregt. „Das Bild! Wer hat Ihnen erlaubt, dieses Bild anzufassen."

Bevor Violet etwas antworten konnte, war Mrs. Fox durch den Raum geeilt und schob sie rüde beiseite.

„Sie boshafte Person! Sie haben es zerschlagen!"

Sie kniete sich auf den Boden und hob den zerstörten Rahmen auf, befreite ihn sorgfältig von den anhaftenden Glasscherben und versuchte dann, ihn wieder zurecht zu schieben.

„Es tut mir sehr Leid um das Bild", sagte Violet verwirrt. „Aber es ist nicht meine Schuld. Es fiel von selbst von der Wand."

„Bilder fallen nicht von selbst herunter!"

„Das habe ich bisher auch geglaubt. Ich bin ziemlich erschrocken, als es plötzlich zu Boden polterte."

Mrs. Fox erhob sich schweigend und der bohrende Blick, mit dem sie Violet bedachte, zeugte davon, dass sie ihrer Versicherung keinen Glauben schenkte.

Violet wurde ärgerlich. Diese unverschämte Person schien zu glauben, dass sie, Violet, vorsätzlich das Mobiliar zerstörte. Dabei hätte Mrs. Fox lieber dafür sorgen sollen, dass diese muffigen Räume besser gepflegt und gelüftet wurden.

„Sehen Sie dort an die Wand", beharrte sie. „Der Nagel ist mitsamt dem Putz herausgebrochen."

Während Mrs. Fox ihre Augen über die Tapete wandern ließ, hatte Violet Gelegenheit, das Foto zu betrachten. Es zeigte zwei junge Menschen, einen Mann und eine Frau.

„Das ist Mrs. Clarissa Marlow, nicht wahr?"

Mrs. Fox hatte inzwischen das Loch im Putz erblickt und eingesehen, dass die junge Person, die Mr. Marlow mitgebracht hatte, offensichtlich doch die Wahrheit sagte. Jetzt sah sie Violet misstrauisch an und richtete die Augen dann wieder auf das Bild, das sie immer noch in ihren Händen hielt.

„Das ist Miss Chrestle", sagte sie mit Nachdruck.

Violets Eindruck war richtig gewesen, die Wirtschafterin konnte Nicholas nicht leiden. Vermutlich trauerte sie ihrer hochadeligen Herrschaft nach und betrachtete Marlow als einen Eindringling.

„Und der junge Mann neben ihr?"

„Ihr Bruder John."

Violet besah neugierig das Foto. John Chrestle war ein hübscher, junger Mensch mit dichtem, lockigem Haar und einem kecken, kleinen Schnurrbart. Er sah seiner Schwester sehr ähnlich.

„Es ist ein sehr schönes Foto", meinte Violet versöhnlich. „Wie gut, dass nur der Rahmen zerbrochen ist. Sicher kann man ihn ersetzen."

Mrs. Fox schwieg und versuchte, die zerbrochenen Hölzer wieder zusammen zu schieben, was jedoch nicht gelingen wollte.

„Miss Chrestle war eine wirkliche Lady", sagte sie betont und sah Violet verächtlich an. „Sie und ihr Bruder waren oft hier. Sie haben Freunde eingeladen und sind auf die Jagd geritten. Es war ein ganz anderes Leben hier, als die beiden noch herkamen. Miss Chrestle war eine großartige Reiterin."

Violet spürte deutlich, dass Mrs. Fox sie keinesfalls für eine Lady wie Clarissa hielt, doch sie schluckte ihren Ärger herunter. Sie würde morgen abreisen und diese Frau vermutlich niemals wieder sehen – wozu sollte sie sich jetzt aufregen?

„Sie trägt einen sehr hübschen Schmuck", bemerkte sie.

Mrs. Fox wischte mit der Hand über das Foto und berührte dabei den tropfenförmigen Schatten, der sich auf Clarissas hellem Kleid abzeichnete. Ein kurzes Lächeln glitt über ihr strenges Gesicht, sie schien gern über ihre ehemalige Herrschaft zu sprechen.

„Ein Rubin, wie ein Tropfen geschliffen und in Gold gefasst. Ja, den liebte sie sehr und trug ihn fast immer. Es war ein Geschenk ihres Bruders zu ihrem siebzehnten Geburtstag."

„Ihres ... Bruders?"

„Oh ja. Es war ein sehr glücklicher Tag damals vor vier Jahren. Die jungen Leute haben hier auf dem Gut eine kleine Feier veranstaltet und Master John überraschte seine Schwester mit diesem Anhänger. Er hat ihn extra für sie anfertigen lassen."

Violet lief es eiskalt über den Rücken.

„Ihr Bruder hat diesen Anhänger anfertigen lassen? Für seine Schwester Clarissa?", stammelte sie.

„Natürlich. Die beiden liebten sich sehr und tauschten häufig Geschenke aus."

Das Lächeln auf dem Gesicht der Wirtschafterin schwand und ihre Züge versteinerten. Violet begriff, dass sie tief um ihre junge Herrschaft trauerte, die auf so unglückselige Weise ums Leben kommen war, denn dieser Umstand hatte auch ihr eigenes Leben verändert. Niemand kümmerte sich seitdem um dieses Gut, es gab keine Jagdgesellschaften, keine Feste, niemanden, der ihre Talente als Wirtschafterin zu schätzen wusste.

Mrs. Fox war nun davon überzeugt, schon viel zu viel geredet zu haben, denn sie schritt mit dem Bild unterm Arm zur Tür.

„Ich gehe wieder hinüber in den Stall", erklärte sie kurz angebunden. „Jemand hat den armen Danny überfallen und mit einem Messer verletzt. Vermutlich einer der Burschen aus dem Dorf – es gibt ständig irgendwelche Streitereien."

Violet nickte der Haushälterin nur zerstreut zu.

„Danke Mrs. Fox. Lassen Sie die Scherben nur bis morgen liegen, wir werden vorsichtig sein. Gute Nacht."

„Gute Nacht!"

In Violets Kopf kreisten die verrücktesten und widersprüchlichsten Vermutungen und sie hatte bald das Gefühl, in diesem engen, vollgestopften Zimmer ersticken zu müssen. Als sie Charles mit einer Laterne über den Hof zum Hauseingang gehen sah, lief sie in den Flur, um einige Worte mit ihm zu reden.

Er wirkte sehr blass und schien ebenfalls froh zu sein, sie zu sehen.

„Miss Burke! Hoffentlich haben Sie sich nicht allzu sehr erschreckt. Es muss ein verdammter Mistkerl hier sein Unwesen treiben."

„Kommen Sie ins Wohnzimmer und wärmen Sie sich auf, Charles. Sie meinen sicher diesen Burschen, der den armen Danny verletzt hat."

Charles folgte ihr ins Wohnzimmer und legte einige Scheite in das ausgehende Kaminfeuer. Dann rieb er sich die kalten Finger und hielt sie in die Wärme, die daraus aufstieg.

„Ja, Miss Burke. Er muss ihn von hinten überfallen haben, denn der Junge lag bäuchlings auf dem Boden mit einer Stichwunde im Rücken. Wir haben ihn vorsichtshalber so liegen gelassen und nur die Blutung gestillt und eine warme Decke über ihn gelegt, bis der Arzt kommt."

„Was für ein feiger, hinterhältiger Angriff", sagte Violet empört. „Mrs. Fox meinte, es könnten Burschen aus den Dörfern gewesen sein."

„Wer auch immer", knurrte Charles mit grimmiger Stimme und rieb energisch seine Hände. „Er muss ein ganz besonderer Sadist sein. Er hat sich an unsere Pferde herangemacht und eines davon mit einem Messer verletzt. Scheint so, als habe er ihm eine Sehne am Vorderlauf durchschneiden wollen."

„Das ist ja vollkommen verrückt! Weshalb tut ein Mensch so etwas Grausames?"

„Es gibt jede Menge Irrer auf der Welt, Miss Burke. Ehrlich gesagt: Mir gefällt es auf diesem Gut nicht, der Boden ist mir zu heiß. Ich bin froh, wenn wir morgen früh unseres Weges fahren."

„Ich auch, Charles", gestand Violet. „Ich wünschte, Mr. Marlow wäre schon wieder hier."

Charles Ärger flackerte erneut auf.

„Dieses hochnäsige Pack!", schimpfte er. „Natürlich ist sich Mrs. Fox zu fein, um mitten in der Nacht ins Dorf zu reiten. Und dieser sture Alte hat behauptet, wegen seines Rheumas auf keinen Gaul mehr steigen zu können. Also musste Mr. Marlow diesen Job machen, denn ich selbst tauge als Reiter gar nichts und wäre mit dem aufgeregten Tier nicht fertig geworden."

„Das wäre mir gewiss ebenso ergangen", meinte Violet lächelnd. „Wir können nur hoffen, dass ..."

In diesem Augenblick wurde das Klappern von Pferdehufen hörbar und beide sprangen auf, um den Vorhang beiseitezuschieben und hinauszusehen. Es waren zwei Reiter, einer davon Nicholas, der andere ein wohlbeleibter Mensch in Reitstiefeln und Knickerbocker, der eine Tasche quer vor sich auf dem Sattel hielt.

„Gott sei Dank – das muss der Doktor sein!"

Charles eilte hinaus, um die Pferde zu halten, und Violet beobachtete, wie der Arzt ihm die Tasche reichte, bevor er selbst ein wenig steifbeinig vom Pferd stieg. Er war schon ein älterer Herr und wäre vermutlich lieber mit der Kutsche gefahren, doch wie sie Nicholas kannte, hatte er ihm nicht die Zeit gelassen, die Pferde anzuspannen.

Nicholas ging nicht mit hinüber in den Stall, er begab sich sofort ins Haus.

„Warum bist du nicht drüben im Schlafzimmer?", fuhr er Violet an, kaum dass er zur Tür herein war.

Erst als er ihre betroffene Miene bemerkte, beruhigte er sich und nahm sie in die Arme. Violet schmiegte sich erleichtert an ihn und spürte, dass sein Körper von dem raschen Ritt durch die eisige Nacht völlig ausgekühlt war.

„Du bist warm wie ein Öfchen", murmelte er und küsste sie zärtlich auf den Mund.

„Und du bist kalt bis an die Nasenspitze", gab sie lachend zurück. „Halt mich fest, ich wärme dich."

Er tat es, doch sie spürte seine Unruhe an den hastigen Bewegungen, mit denen er ihren Rücken streichelte.

„Es wäre wirklich besser, wenn du meine Wünsche berücksichtigen würdest", sagte er in eindringlichem Ton. „Wenigstens solange wir noch in England sind."

Sie begriff nicht, was diese Dinge miteinander zu tun hatten.

„Es ist stickig im Schlafzimmer", verteidigte sie sich. „Und mir war unheimlich dort. Stell dir vor, es ist plötzlich ein Bild von der Wand gefallen, ich habe mich ziemlich erschrocken."

Er reagierte heftig auf diese Nachricht.

„Ein Bild? Einfach so? War es ein großes Bild? Hast du dich verletzt?"

Er schob sie von sich weg, um sie genauer betrachten zu können und sie musste über seinen besorgten Blick lächeln.

„Aber nein. Es war eine gerahmte Fotografie. Leider sind Glas und Rahmen bei dem Absturz zerbrochen. Aber dennoch war es ein sehr aufschlussreiches Foto, Nicholas."

Er seufzte, halb erleichtert, halb resigniert und zog sie auf das Sofa. Man würde sich in dieser Nacht sicher nicht mehr zu Bett legen, dazu waren die Umstände zu unsicher. In wenigen Stunden würde man aufbrechen, um England endlich hinter sich zu lassen.

„Ein Foto von Clarissa, was?", riet er. „Es hängen einige davon hier herum, und Mrs. Fox hegt und pflegt sie, als sei es ihre eigene Familie."

„Ein Foto von Clarissa und ihrem Bruder John. Kanntest du ihn?"

„Nein. Er ging nach Indien, bevor ich Clarissa kennenlernte. Kurz nach unserer Hochzeit kam die Nachricht, dass er mit seiner Truppe nach Ägypten kommandiert worden war, um dort gegen den Aufstand unter Pascha Urabi zu kämpfen. Dort ist er als Held gefallen – zumindest wurde es so in den Zeitungen vermeldet."

„War Clarissa sehr bestürzt über seinen Tod?"

Er stieß tief die Luft aus und nahm eine Wolldecke vom Boden auf, um sie beide damit zuzudecken. „Natürlich war sie sehr verzweifelt, als die Nachricht eintraf. Aber sie hat mit mir niemals über ihren Kummer sprechen wollen. Wenn sie um ihren Bruder getrauert hat, dann hat sie es still für sich getan."

Violet schwieg eine Weile und versuchte sich vorzustellen, was damals in Clarissa vorgegangen sein musste. Ihr Herz krampfte sich vor Mitleid zusammen.

„Diesen Anhänger, den du Maggy gegeben hast", begann sie vorsichtig. „Hast du ihn dir jemals genau angesehen?"

Er verzog das Gesicht und begriff nichts.

„Was für einen Anhänger hätte ich Maggy gegeben?"

Wollte er es nicht mehr wahrhaben, dass er von ihr verlangt hatte, Clarissas Schmuck zu tragen?

„Bevor wir in die Oper fuhren, hat Maggy mir einen Anhänger gebracht, den du ihr angeblich zurechtgelegt hättest. Ein tropfenförmig geschliffener Rubin in Gold gefasst. Ehrlich gesagt, ich war ziemlich empört darüber und hätte diesen Schmuck um nichts in der Welt angelegt."

Er starrte sie mit verblüfftem Gesichtsausdruck an, dann schüttelte er den Kopf.

„Ich schwöre dir, Violet, ich habe nichts damit zu tun. Was für eine absurde Idee! Es muss Maggy gewesen sein, die darauf kam. Sie liebte diesen Schmuck, wahrscheinlich hat sie ihn heimlich aus meinem Schreibtisch genommen, um ihn dir zu geben."

Das war seltsam genug. Leider würde nun keine Zeit mehr sein, Maggy zur Rede zu stellen.

„Wie auch immer", meinte Violet. „Es geht um die Ornamente auf der Gold-fassung des Rubins. Wusstest du, dass es zierlich miteinander verschränkte Buchstaben sind, die einen Satz bilden?"

Er stutzte und sein Gesicht nahm einen völlig anderen Ausdruck an. „Nein, das wusste ich nicht. Ich weiß nur, dass Clarissa sehr an diesem Schmuck hing und ihn tagein tagaus um den Hals trug. Ich hatte insgeheim schon vermutet, dass er ein Geschenk ihres ..."

„Es war ihr Bruder, der ihr diesen Anhänger geschenkt hat, Nicholas. Mrs. Fox hat es mir erzählt."

„Ach so", sagte er und der gespannte Ausdruck in seinen Zügen verging. „Nun, sie hat es mir niemals gesagt."

„Sie hat dir auch andere Dinge niemals erzählt, Nicholas. Weil sie zu schlimm waren, als dass man sie hätte eingestehen können."

Er blickte sie missmutig an. „Dass sie einen Liebhaber hatte – stimmt. Das hat sie mir bis zuletzt nicht eingestehen wollen", knurrte er. „Hör bitte endlich auf, von Clarissa zu sprechen, Violet. Es quält mich und wir sollten uns nicht mit den Gespenstern der Vergangenheit belasten."

„Ganz im Gegenteil", erklärte Violet mit Entschlossenheit. „Wir müssen diese Gespenster ans Licht zerren, denn nur so können wir sie bannen."

„Nein!", wehrte er sich zornig. „Ich möchte nicht, dass du in diesen Dingen herumwühlst, Violet. Hast du gehört? Ich will es nicht! Und ich erwarte von dir, dass du dich diesem Wunsch fügst!"

Sie schwieg einen Moment, denn sein harter Ton hatte sie verletzt. Auch er sagte nichts und starrte zur Seite.

„N'oublie jamais, que tu m'appartiens."

Sie hatte leise gesprochen. Er wandte den Kopf und sah sie verwirrt an.

„Weißt du, was das auf Englisch heißt?", fragte sie.

„Ich glaube so etwas wie: Vergiss nie, dass du mir gehörst. War das ein Liebes-bekenntnis?"

„Allerdings, Nicholas. Das ist der Spruch, den Clarissas Bruder auf seinem Ge-schenk eingravieren ließ. Verborgen zwischen Pflanzenornamenten und in einer fremden Sprache hat er ihr dieses Bekenntnis zukommen lassen. Und zugleich seine Warnung. Vergiss niemals ..."

Nicholas ließ sie los und rutschte auf dem Sofa ein Stück von ihr ab um sie mit weit aufgerissenen Augen anzustarren.

„Du glaubst doch nicht etwa ...", flüsterte er.

„Es ist ein absurder Gedanke, Nicholas. Aber solche Dinge kommen vor. Dieser Satz ist keine freundliche Widmung, und auch keine Versicherung brüderlicher Zuneigung. Dieser Satz bedeutet, dass er Besitzansprüche auf Clarissa erhebt."

Marlow schüttelte energisch den Kopf.

„Das kann nicht sein, Violet."

„Hör mir zu", sagte sie zärtlich und ergriff seine Hand. „Wenn es so war, wie ich vermute, dann hat John Chrestle seine jüngere Schwester verführt, als sie siebzehn war. Als die Eltern dieses inzestuöse Verhältnis entdeckten, haben sie John nach Indien geschickt und dafür gesorgt, dass Clarissa so rasch wie möglich verheiratet wurde."

Seine Blicke wanderten ruhelos im Raum umher.

„Aber die arme Clarissa konnte sich von dieser Liebe nicht lösen. Erst recht nicht, als ihr Bruder so tragisch ums Leben kam. Ich bin vollkommen sicher, dass sie niemals während ihrer Ehe einen Liebhaber hatte, Nicholas. Sie liebte ein Phantom: ihren toten Bruder. Und daran – so tragisch es ist – ging sie auch zugrunde."

Marlow hockte nur noch auf der Kante des Sofas, sein Atem ging rasch und stoßweise, seine Augen waren immer noch weit aufgerissen.

„Ich sage dir all diese Dinge nur deshalb, weil ich dich von diesem Gespenst befreien will, Nicholas", fuhr Violet fort. „Verstehst du nun, weshalb es ihr ganz und gar unmöglich war, sich dir anzuvertrauen? Sie hat dich niemals betrogen, Nicholas. Sie war eine Unglückliche. Ich denke, die Verantwortung für alles trifft allein ihren Bruder John. Aber auch der hat seine Schuld mit dem Tod gebüßt."

Während Violet auf ihn einredete, hatte sich Marlow langsam erhoben. Mit einer heftigen Bewegung warf er die Decke zur Seite und stürzte zur Tür.

„Pack alles zusammen, Violet. Wir brechen sofort auf!", rief er ihr zu.

Dann riss er die Tür auf und brüllte in den Flur hinein.

„Charles! Charles – verdammt noch mal. Spann die Pferde an – egal welche. Hauptsache, sie sind noch gesund. Wir fahren zurück nach London!"

Charles war eben gemeinsam mit dem Doktor und dem grauhaarigen Angestellten beschäftigt, den Verletzten vorsichtig ins Haus zu tragen – der überraschende Befehl zum Aufbruch verblüffte nicht nur ihn.

„Zurück nach London? Aber ich dachte ..."

Doch zuerst galt es, den jungen Danny zu versorgen. Der Stich war glimpflich abgelaufen, zwar hatte der Bursche viel Blut verloren, doch waren keine lebenswichtigen Organe geschädigt. Die Wunde würde heilen, nur der Schrecken des überraschenden Überfalls würde noch lange nachwirken. Immer noch überliefen den jungen Mann Anfälle von nervösem Schüttelfrost und er murmelte etwas von einem schwarzen Schatten, der unhörbar von rückwärts auf ihn zugeschlichen sei.

Violet packte gehorsam die Taschen, ohne Nicholas' Entschluss begreifen zu können. Weshalb wollte er jetzt mitten in der Nacht zurück nach London? Es hatte ganz ohne Zweifel etwas mit dem zu tun, was sie ihm berichtet hatte. Großer Gott – wollte er etwa die Chrestles zur Rede stellen? Ihnen Vorwürfe machen, dass sie ihm Clarissas Verhältnis zu ihrem Bruder verschwiegen hatten? Aber wem konnte das jetzt noch nützen? John und Clarissa waren tot.

Die Angestellten waren wenig begeistert, das schwere Gepäck nun wieder aufladen zu müssen. Es war weit nach Mitternacht und alle waren vollkommen übermüdet. Dessen ungeachtet drängte Marlow energisch zum Aufbruch, legte selbst mit Hand an und beorderte Violet in den Hof, kaum dass sie die Reisetasche gepackt hatte. Fröstelnd stand sie neben Mrs. Fox im Hauseingang, sah kopfschüttelnd zu, wie die Männer sich mühten die unwilligen Pferde einzuspannen und sorgte sich um Nicholas.

„Du weißt, dass es gefährlich für dich sein kann, zurück nach London zu reisen", sagte sie zu ihm, als sie beide in der Kutsche saßen.

Er schien ihr nicht zuzuhören. Aufmerksam blickte er durch das winzige Rückfenster der Kutsche und setzte sich erst wieder im Sitz zurecht, als die beiden Laternen am Eingang des Gutshauses so weit entfernt waren, dass ihr Licht zu einem einzigen, hellen Pünktchen verschmolz.

Erst jetzt schien er ihre Frage wahrgenommen zu haben und sah sie forschend an.

„Wie kommst du darauf, dass mir in London Gefahr drohen könnte?"

Sie musste nun Farbe bekennen – es war gut so. Sie hätten längst darüber sprechen müssen – wenn sie nur die Zeit dazu gehabt hätten.

„Ich habe zufällig einige Sätze gehört, die du mit Jeremy Forch gewechselt hast. Und ich weiß es auch von Grace. Irgendwelche verrückten Menschen halten dich für den Mörder von Whitechapel."

Er presste die Lippen zusammen.

„Von Grace? Wann hast du mit ihr gesprochen?"

„Ich traf sie heute früh, als ich zu den Chrestles ging. Sie hat mir allerlei Unsinn über dich erzählt, den ich nicht wiederholen möchte. Aber mir ist klar geworden, dass es eine gute Entscheidung war, London für eine Weile zu verlassen."

„Grace hat dir erzählt, sie halte mich für den Mörder von Whitechapel? Wie kommt sie darauf?"

Sie blickte in sein blasses, angespanntes Gesicht und wurde nun tatsächlich sehr besorgt. Seine Augen glänzten fiebrig – spielten ihm vielleicht gar seine Nerven einen Streich?

„Ich glaube, sie hört solche Gerüchte von ihren Kunden. Es wird viel dummes Zeug in ihrem Salon geredet. Aber auch wenn es nur üble Nachrede ist – wir sollten auf keinen Fall nach London zurückkehren. Lass uns umdrehen und nach Dover reisen, wie du es geplant hast."

Er hörte ihr gar nicht zu, sondern stierte vor sich hin. Violet beobachtete voller Sorge seine starren Züge und wollte schon weitersprechen, als er plötzlich den Kopf hob und sie fest bei den Schultern fasste.

„Hör zu, Violet", sagte er. „Ich habe wochenlang mit einem Phantom gekämpft. Jetzt hat es ein Gesicht und einen Namen und ich werde nicht davonlaufen, sondern John Chrestle zur Strecke bringen."

Sie zitterte vor Entsetzen. Er war völlig durcheinander. Es war ihre Schuld, diese schreckliche Geschichte hatte ihm den Verstand geraubt.

„John Chrestle ist tot, Nicholas", sagte sie langsam und eindringlich, als rede sie mit einem Kind. „Er starb vor fast zwei Jahren in Ägypten."

Er lachte auf und sie erschrak, denn es klang grell und irrsinnig.

„John Chrestle lebt, darauf schwöre ich jeden Eid. Er ist nach London zurückgekehrt und versucht seit drei Monaten, mich als Mörder von Whitechapel an den Galgen zu bringen."

Sie starrte ihn an und brachte kein Wort heraus. Entweder war Nicholas vollkommen verrückt geworden, oder ... Aber das konnte doch gar nicht sein.

„Ich bin ganz sicher, Violet. Es gibt jemanden, der sich beständig bemüht, mich bei der Polizei in Mordverdacht zu bringen. Und ich bin fest davon überzeugt, dass dieser Mensch selbst der Mörder ist."

„Aber ... weshalb hast du deinen Verdacht nicht der Polizei mitgeteilt?"

Er lachte bitter auf.

„Wer hätte mir das geglaubt? Ich habe nur eine Vermutung, aber keinen einzigen Beweis. Keinen Namen, kein Gesicht – mir war nur klar, dass es Clarissas geheimnisvoller Liebhaber sein musste. Kein anderer Mensch auf der Welt hätte einen solch abgrundtiefen Hass gegen mich haben können."

„Und was willst du jetzt tun?"

Er zog sie dicht zu sich heran und sie spürte, dass er vor Aufregung zitterte.

„Es sind die Taten eines Wahnsinnigen, Violet", sagte er leise. „Dieser Mensch tötet, weil er mich vernichten will. Aber in seinem Wahnsinn ist er unfassbar schlau und von einer teuflischen Beharrlichkeit. Es war kein Zufall, dass jemand in dieser Nacht versucht hat, unsere Pferde zu verletzen. Er wollte unsere Abreise nach Dover verhindern. Und ich bin fest davon überzeugt, dass er auch jetzt hinter uns ist."

Unwillkürlich wandte sie den Kopf, um aus dem kleinen Rückfenster zu sehen. Doch dort spiegelte nur der Widerschein der Kutschenlaternen.

„Du meinst, John Chrestle – falls er tatsächlich noch leben sollte – folgt uns, um uns zu überfallen?"

„Oh nein – dazu ist er viel zu feige. Er wird uns nach London folgen und dort sein teuflisches Spiel wieder aufnehmen. Versuche jetzt ein wenig zu schlafen, Violet. Ich werde Charles auf dem Kutschbock ablösen."

„Aber wenn das alles stimmt, wäre es doch Irrsinn, nach London zurückzukehren. Er wird dich in eine Falle locken."

„Oh nein. Dieses Mal bin ich ihm einen Schritt voraus."

Er küsste sie voller Zärtlichkeit auf den Mund und hüllte sie dann sorgfältig in die Kutschendecke ein. Gleich darauf befahl er Charles, die Pferde zu zügeln und nahm seinen Platz ein. Charles kroch zu Violet in die Kutsche, lehnte sich in die Ecke und begann auf der Stelle laut und intensiv zu schnarchen. Auch Violet wurde von einer bleiernen Müdigkeit erfasst, und sie fiel in einen leichten, unruhigen Schlummer, der immer wieder von unheimlichen Angstträumen unterbrochen wurde.

Sie war verzweifelt und wusste sich keinen Rat, denn es schien momentan so gut wie unmöglich, Nicholas von seinem Vorhaben abzubringen. Sie nahm sich vor, es gleich nach ihrer Ankunft in London noch einmal zu versuchen. Er würde dann todmüde sein, denn er hatte die Nacht über kein Auge zugetan. Wenn er geschlafen hatte, würde er sich vielleicht besinnen und vernünftigen Gründen zugänglich werden.

Der Vorsatz beruhigte sie. Trotz Charles' Schnarchen und dem Geratter und Gerüttel der Kutsche schlief sie fest ein und erwachte erst, als die Kutsche anhielt. Helles Morgenlicht fiel durch die Fenster in das Innere des Wagens, aus der Ferne waren die wohlbekannten, tiefen Schläge von Big Ben zu hören, die verkündeten, dass es acht Uhr früh war. Charles streckte sich, gähnte ausgiebig und grinste sie dann fröhlich an.

„Ich hätte mir nicht träumen lassen, Miss Burke, dass ich mal mit Ihnen in einer Kutsche schlafen würde."

„Ungewöhnliche Zeiten erfordern ungewöhnliche Maßnahmen", gab sie mit schwachem Lächeln zurück und rieb sich den Schlaf aus den Augen.

Dann erst bemerkte sie, dass sie keineswegs in der Warwick Street waren. Erstaunt blickte sie sich um – die Gegend kam ihr bekannt vor und doch hätte sie nicht sagen können, woher.

Marlow war vom Bock gestiegen und öffnete jetzt den Kutschenschlag für sie. Er sah bleich und übernächtigt aus, dennoch waren seine Bewegungen sicher und seine Stimme fest.

„Steig aus, Violet. Du wirst bis morgen hier bleiben – bitte frage mich nicht weshalb. Ich werde es dir später erklären."

Sie war vollkommen überrumpelt. Hier? Wo war sie überhaupt?

„Aber ..."

„Nun komm schon. Bitte!"

Er zog sie aus der Kutsche, fasste ihren Arm und führte sie hinüber zum Haus. Plötzlich erkannte sie die dreistufige Eingangstreppe wieder, das schmiedeeiserne Geländer, das Messingschild unter der Glocke. Wenige Minuten später empfing sie Jeremy Forch in Pantoffeln und Morgenmantel, das Haar noch zerwühlt, denn er hatte sich soeben erst aus dem Bett erhoben.

„Nicholas! Ich dachte, du wärest ..."

„Kümmere dich bitte um sie, Jeremy", unterbrach ihn Marlow hastig und schob Violet über die Schwelle. „Lass sie nicht aus den Augen. Ich bin in wenigen Stunden zurück."

Damit war er ohne Abschiedsgruß davon.

Violet stand hilflos im Raum und sah zu, wie Jeremy Forch die Vorhänge bei-
seiteschob, um das Tageslicht in sein Wohnzimmer einzulassen. Draußen auf
der Straße sah man Marlows beladene Kutsche stehen, sie war mit Schlamm und
Straßendreck bespritzt, Wagen und Pferden waren die Strapazen der nächtlichen
Fahrt deutlich anzusehen. Charles war ausgestiegen und kletterte soeben auf den
Kutschbock.

„Es ist mir sehr unangenehm, Mr. Forch", stotterte Violet. „Ich schwöre
Ihnen, dass ich keine Ahnung hatte, dass Nicholas mich hier absetzen wollte.
Ich verstehe auch den Grund nicht. Das Beste wird sein, wenn ich gleich mit
Charles in die Warwick Street fahre."

Der alte Herr läutete in aller Ruhe nach dem Hausmädchen und bestellte
zweimal Frühstück. Dann erst fuhr er sich mit der Hand durch das verwühlte
Haar, zog den Bindegürtel seines braun gemusterten Morgenmantels fest und
lächelte Violet an.

„Machen Sie sich keine Gedanken, Miss Violet. Ich habe zwar auch keine
Ahnung, was Nicholas im Sinn hat, aber ich denke, dass wir beide es bei einem
kräftigen Frühstück gemeinsam herausfinden werden. Bitte nehmen Sie Platz."

Sein Lächeln war warm und seine Einladung so herzlich, dass Violet kaum
widerstehen konnte. Sie brauchte so dringend einen Menschen, dem sie all diese
schrecklichen Dinge anvertrauen konnte. Und wer war dazu besser geeignet als
dieser freundliche alte Herr, Nicholas' bester und verlässlichster Freund?

„Ich möchte Ihnen keine Umstände machen", sagte sie zögerlich. „Zumal ich
zu solch früher Stunde bei Ihnen eingebrochen bin."

Sie setzte sich trotzdem, was Forch mit zufriedener Miene zur Kenntnis nahm,
und während das Mädchen hantierte, um den Kamin anzufeuern, spürte Violet
die klugen, forschenden Augen des ehemaligen Polizisten auf sich gerichtet.

„Ich bin ein Langschläfer, seit ich außer Dienst bin", meinte er schmunzelnd,
ohne sie dabei aus dem Blick zu lassen. „Sie müssen entschuldigen, dass ich
noch im Morgenmantel vor Ihnen sitze, auch kommt mein Verstand erst in die
Gänge, wenn ich meinen Tee getrunken habe. Gestern Abend noch sagte man
mir, dass Nicholas sich mit Ihnen auf eine Auslandsreise begeben habe."

„Das hatten wir auch vor, Mr. Forch."

Sie begann zu berichten, zuerst stockend, hatte immer das Gefühl, am falschen
Ende anzufangen, sich zu verwirren und Wichtiges mit Unwichtigem zu ver-
wechseln. Doch es war, als hätten sich die Schleusen geöffnet und alles, was sie
so lange mit sich herumgetragen hatte, brach nun aus ihr heraus.

Forch ließ sie reden, unterbrach nur selten für eine kurze Rückfrage, nickte
immer wieder, als habe er verstanden, und ermunterte sie, weiterzuberichten.
Als das Frühstück serviert wurde, war Violet noch lange nicht fertig. Forch
lauschte ihr geduldig, während er den Tee einschenkte und die Teller füllte.

„Essen Sie jetzt erst einmal", meinte er nach einer Weile. „Wir können im Augenblick wenig für unseren Freund tun. Das Ganze scheint mir eine ziemlich verworrene Angelegenheit."

„Er jagt einem Phantom nach, Mr. Forch."

„Ich fürchte eher, dass es sich umgekehrt verhält."

Forch spießte eine Portion Rührei auf seine Gabel und kaute gedankenvoll, während Violet jetzt vor Angst keinen Bissen herunterbekam.

„Wie können Sie so ruhig sitzen und essen", stöhnte sie. „Er ist in Gefahr! Ich hatte ihn so gebeten, nicht nach London zurückzukehren."

„Wir können nichts tun, Miss Burke."

„Aber was wird er jetzt unternehmen?"

Forch brach sich ein Stück gerösteten Toast ab und wischte damit die Reste des Rühreis von seinem Teller. Dann nahm er einen Schluck Tee.

„Er wird nach John Chrestle suchen, nehme ich an. Vermutlich wird er bei seinen Schwiegereltern vorstellig werden. Möglicherweise auch bei ihrer Freundin. Wie hieß sie doch? Grace?"

„Das ist doch alles sinnlos. John Chrestle ist tot. Es muss ein anderer sein, der Nicholas in Verdacht bringen will."

Forch stellte die Tasse zurück auf die Untertasse und machte eine einladende Geste in Violets Richtung, sich endlich dem Frühstück zuzuwenden. Zerstreut trank sie etwas Tee und sah ihn dann hilflos an.

Forch räusperte sich, er war jetzt hellwach und schien abzuwägen, was er sagen würde.

„Anonyme Beschuldigungen gehen häufig bei der Polizei ein, Miss Violet. Meist sind sie völlig aus der Luft gegriffen und dienen nur dazu, einen unbequemen Zeitgenossen in Bedrängnis zu bringen. In Nicholas Fall waren die Anschuldigungen jedoch verflucht konkret, deshalb fragte ich ihn mehrfach, ob er einen Feind habe. Aber Nicholas hat sich mir leider niemals anvertraut."

„Ich glaube, er fürchtete, man würde ihm diese Geschichte nicht glauben und er würde sich nur selbst in Verdacht bringen."

„Ganz unrecht hatte er da nicht", sagte Forch und erhob sich, um in seinem Schreibtisch herumzuwühlen. „Sogar die Polizei braucht einige Fantasie, um sich jemanden vorzustellen, der sieben unschuldige Frauen ermordet, nur um einen anderen als Mörder an den Galgen zu bringen. So etwas tut doch nur ein Wahnsinniger."

„Niemand tut so etwas", rief Violet verzweifelt. „Am Allerwenigsten John Chrestle, denn er ist längst tot."

Forch hatte jetzt einen schmalen Ordner hervorgezogen und setzte die Brille auf, bevor er darin herumblätterte.

„Ich habe die Zeitungsberichte über die Kriegsereignisse in Ägypten vor zwei Jahren gesammelt, weil auch zwei meiner Neffen mit dabei waren. Zum Glück sind beide heil und gesund wiedergekommen. Warten Sie … Hier ist die Meldung, sie stammt vom 30. Oktober 1882."

Er hielt ein aus der Zeitung ausgeschnittenes Papier in der Hand und drehte sich damit zum Fenster, damit das Licht darauf fiel.

„Leutnant John Chrestle starb als Held für Königin Victoria und das Empire am 28. August 1882 in der Schlacht bei Mahsama."

„Das war während des Urabi-Aufstandes in Ägypten", sagte Violet und versuchte sich zu erinnern. Damals war ihr Leben noch glücklich und heiter verlaufen, sie hatte mit den Eltern am Abend zusammengesessen und ihr Vater hatte aus der Zeitung vorgelesen. Der Aufstand hatte nur ein paar Monate gedauert und wurde schließlich Mitte September von den Briten niedergeschlagen.

„Bei Mahsama standen damals 2000 britische Soldaten unter General Graham gegen eine Übermacht von 10 000 Ägyptern", sagte Forch und setzte seine Brille ab. „Einer meiner Neffen hat mir berichtet, dass die Aufständischen in diesem Kampf auch Gefangene machten. Man hat die armen Kerle gefoltert und schließlich hingerichtet. Die Leichen wurden irgendwo verscharrt, die Ägypter haben sie nicht herausgegeben."

Er legte den Zeitungsausschnitt sorgfältig wieder in den Ordner zurück und sah Violet nachdenklich an. „Was wollen Sie damit sagen?"

„Ganz einfach. Wäre Leutnant Chrestle tatsächlich am 28. August gefallen, so wäre diese Meldung wenige Tage später in der Zeitung gewesen. Sie erscheint jedoch erst nach zwei Monaten. Das bedeutet, dass sein Schicksal zunächst ungeklärt war – vermutlich geriet er in Gefangenschaft."

„Aber wie haben seine Eltern dann von seinem Tod erfahren?"

„Soweit mir erzählt wurde, haben die besiegten Ägypter später die persönlichen Andenken der Toten herausgeben müssen, die sie ihnen geraubt hatten. Eheringe, Medaillons, silberne Tabakdosen und dergleichen mehr. Vermutlich haben die Chrestles irgendetwas in dieser Richtung erhalten. Damit war der Tod ihres Sohnes so gut wie sicher."

„Es ist hin und wieder vorgekommen, dass Gefangenen die Flucht gelang", sagte Forch. „Es gab auch Fälle, in denen ein Gefolterter für tot gehalten und irgendwo in der Wüste liegen gelassen wurde. Mit viel Glück und der Hilfe einiger mitleidiger Beduinen hätte er überleben können. Solche Ereignisse sind extrem selten und ein Mensch, dem so etwas widerfährt, wird für den Rest seines Lebens davon gezeichnet sein."

„Er könnte wahnsinnig werden?"

„Was auch immer", sagte Forch und legte die Akte wieder in den Schreibtisch zurück. „Das alles ist nur eine These. Um Genaueres zu erfahren, müsste man die Chrestles befragen."

Violet war so aufgeregt, dass sie zitterte. Es war also doch möglich, dass John Chrestle noch lebte. Ihr Besuch bei Mrs. Chrestle fiel ihr wieder ein. Die seltsam unheimliche Stimmung in jenem Raum, in dem sie Klavier gespielt hatte. Die

Bewegungen der Vorhänge. Das Gesicht, das sie gestern früh am Fenster des Hauses gesehen hatte.

Forch hatte sich wieder auf seinen Sessel gesetzt und hörte ihr ruhig zu, doch seine klaren, kühlen Augen glitzerten.

„Das scheint mir alles etwas fantastisch, liebe Violet", meinte er lächelnd. „Vorhänge bewegen sich nun mal, wenn irgendwo ein Fenster offen steht. Und das Gesicht zwischen den Gardinen – nun, es könnte einer der Angestellten gewesen sein."

„Wahrscheinlich", seufzte sie. „Ja, sicher spielt mir meine Fantasie einen Streich. Wenn John Chrestle tatsächlich bei seinen Eltern wäre, dann würden sie das doch nicht geheim halten, oder?"

„Es sei denn, er hätte sie darum gebeten", murmelte Forch. „Wenn John bei seinen Eltern versteckt wäre – wir hätten nicht die mindeste Chance an ihn heranzukommen. Die Chrestles gehören zu einer gesellschaftlichen Schicht, auf die die Polizei keinen Zugriff hat."

„Und Nicholas?", fragte Violet besorgt. „Er ist immerhin ihr Schwiegersohn – sie werden ihn nicht abweisen können. Was wird geschehen, wenn er sie nach John fragt? Oder wohlmöglich sogar im Haus nach ihm sucht?"

Das Schmunzeln im Gesicht ihres Gesprächspartners machte ihr deutlich, dass er ihre Sorgen für reichlich naiv hielt.

„Gar nichts wird geschehen. Die Chrestles werden ihn ganz sicher nicht in ihr Haus lassen. Zum einen sind sie mit ihm seit Clarissas Tod verfeindet, und zum anderen ist es viel zu früh am Morgen. Und selbst wenn sie sich herabließen, mit ihm zu sprechen, dann würde er nichts von ihnen erfahren. Ich bin sicher, dass er spätestens in einer Stunde unverrichteter Dinge hier wieder auftauchen wird. Dann – verflucht noch einmal – wird Zeit für ein ehrliches Gespräch sein."

„Ganz sicher nicht", meinte Violet lächelnd. „Er wird zum Umfallen müde sein, denn er hat die ganze Nacht über nicht geschlafen."

„Ausgezeichnet – mein Bett ist frei", knurrte Forch und lud sich eine zweite Portion auf. „Soll der Hitzkopf sich erstmal ausschlafen. Und Sie, Violet, essen jetzt gefälligst Ihren Teller leer, sonst kann ich sehr energisch werden!"

„Sie werden ihm helfen?", fragte sie hoffnungsvoll.

„Mit allem, was in meiner Macht steht, Violet", gab er lächelnd zurück. „Schon … um Ihretwillen."

Sie wurde rot und nahm es als eines seiner gutmütig-heiteren Komplimente, die sie ja schon zur Genüge kannte. Doch sein Lächeln verging schnell, und während er jetzt heftig auf seinem Teller herumstocherte, schien es ihr fast, als sei er zornig.

Die Zeit verging unendlich langsam. Nach dem Frühstück versorgte Forch sie mit einigen Zeitschriften und ließ sie dann allein, um sich anzukleiden. Violet blätterte zerstreut in den Zeitungen herum, las diese oder jene Meldung und lauschte dabei nervös auf das Ticken der kleinen Standuhr auf dem Kaminsims.

Als sie mit hellen, durchdringenden Schlägen neun Uhr verkündete, sprang Violet auf, um aus dem Fenster zu sehen.

„Nur Geduld, Miss Violet", sagte Forch, der hinter ihr ins Zimmer getreten war. „Er wird frühestens in einer Stunde hier sein."

Er setzte sich auf einen Sessel und zog sein Zigarrenetui hervor, um sich ein wenig Tabakdunst zu gönnen. Er wurde jedoch durch die Türglocke unterbrochen und steckte die Zigarre mit resignierter Miene zurück in den Behälter.

„Gott sei Dank", flüsterte Violet erleichtert.

Doch ihre Hoffnungen wurden enttäuscht. Statt Nicholas erschien das Mädchen im Wohnzimmer und überbrachte Forch ein Schreiben, das soeben für ihn abgegeben worden war. Violet hielt es für unhöflich, Forch beim Lesen zuzusehen und wandte sich wieder dem Fenster zu. Sie hörte, wie er den Umschlag ungeduldig aufriss, dann war es einen Augenblick still.

„Verdammt", hörte sie ihn flüstern.

Sie fuhr herum. Forch hielt das Schreiben noch in der Hand und warf die Brille, die er zum Lesen aufgesetzt hatte, zornig auf den Schreibtisch.

„Was ist?"

„Setzen Sie sich hin!"

„Weshalb?", fragte sie, am ganzen Korper vor Angst zitternd.

„Jetzt setzen Sie sich endlich!"

„Ich neige nicht zu Ohnmachten, Mr. Forch", gab sie zurück, setzte sich aber doch gehorsam auf den Sessel.

„Heute früh wurde eine gewisse Grace Dolloby überfallen und erstochen."

„Grace!", schrie Violet auf. „Gütiger Gott – meine Freundin Grace! Das ist nicht wahr! Das kann gar nicht die Wahrheit sein."

„Ruhig!", unterbrach er sie. „Das ist noch nicht alles."

Mit weit aufgerissenen Augen sah sie ihn an.

„Was noch?", flüsterte sie.

„Man hat Nicholas verhaftet. Er steht im dringenden Verdacht, sie getötet zu haben."

Ihre Finger krampften sich um die Armlehnen des Sessels, doch sie war nicht fähig, auch nur einen einzigen Laut über ihre Lippen zu bringen. Kälte kroch an ihr hoch, lähmte ihre Glieder, füllte sie ganz und gar aus. Das alles musste ein böser Traum sein, sie würde gewiss gleich daraus erwachen, sie brauchte nur die Augen zu schließen.

„Schön trinken!", sagte jemand zu ihr. „Ganz langsam. Nicht verschlucken."

Sie spürte den kühlen Rand eines Glases an ihren Lippen, schluckte die scharfe Flüssigkeit, die ihr in den Mund lief, und musste husten.

„Hab ich's nicht gesagt? Na kommen Sie schon. Noch einen Schluck, dann geht es Ihnen besser."

Jeremy Forch saß auf der Armlehne ihres Stuhles, hatte einen Arm um ihre Schultern gelegt und bemühte sich, ihr etwas aus einem halbgefüllten Glas einzuflößen. Sie nahm brav einen großen Schluck Whisky und hatte gleich darauf das Gefühl, als habe jemand ein Feuerchen in ihrem Magen entzündet.

„Es tut mir leid, Miss Violet. Ich hätte Ihnen das alles sehr viel sanfter beibringen sollen – aber wir haben wenig Zeit."

„Es ist schon in Ordnung", murmelte sie benommen.

„Wir werden jetzt gemeinsam zu Scotland Yard fahren", erklärte er und nahm selbst einen Schluck aus dem Glas, bevor er es abstellte. „Ich würde Sie eigentlich lieber hier lassen, aber wie ich Sie kenne, hätten Sie vermutlich doch keine Ruhe. Außerdem habe ich Nicholas versprochen, auf Sie aufzupassen."

Violet nickte und versuchte, den Schwindel loszuwerden, der immer noch in ihrem Kopf herumwühlte.

„Es kann sich doch nur um einen schrecklichen Irrtum handeln, Mr. Forch. Wir werden ihnen erklären …"

„Sie werden gar nichts erklären, Miss Violet", sagte er mit Nachdruck. „Haben Sie das verstanden? Jedes unbedachte Wort kann verhängnisvoll für Nicholas sein. Überlassen Sie das Reden mir. Oh verflucht – wir haben diesen Teufel gründlich unterschätzt."

„Glauben Sie … er steckt dahinter?"

„Es wäre ein unglaublicher Zufall, wenn es nicht so wäre. Sind Sie jetzt soweit? Können wir aufbrechen?"

„Mir geht es gut."

Es war gelogen, denn sie fühlte sich grauenhaft. Aber die Hoffnung, dass Forch etwas für Nicholas tun könne, gab ihr Kraft, die Mattigkeit zu überwinden. Sie erhob sich und ging langsam in den Flur, wo Forch ihr den Mantel umlegte und sie dann am Arm fasste.

„Sie sind eine tapfere, kleine Person, Miss Burke", murmelte er, während er sie behutsam die Eingangsstufen hinunterführte. „Ich weiß gar nicht, ob Nicholas solch ein Mädchen verdient hat."

„Wie können Sie so etwas sagen?"

Er winkte einen Hansom herbei und sprach während der Fahrt kein einziges Wort mit ihr. Schweigend starrte er aus dem Fenster, zuckte nur hin und wieder mit einem Augenlid und schien Violet neben sich völlig vergessen zu haben. Es war ihr recht, denn sie hätte keinen vernünftigen Satz von sich geben können – das Entsetzen über Grace' Schicksal und die Angst um Nicholas wühlten so heftig in ihr, dass sie sich wie gelähmt fühlte. Nur eine Tatsache trat klar und deutlich in ihr Bewusstsein: Man würde nun alle Verdachtsmomente gegen Nicholas zusammenfügen und die Chancen, seine Unschuld zu beweisen, waren winzig klein.

Scotland Yard erschien ihr wie ein verwirrendes Labyrinth von düsteren, verwinkelten Fluren, in denen Männer in kurzen Jacken und Ärmelschonern umherliefen, Stapel mit Akten vor sich hertrugen und hinter grauen Türen wieder verschwanden. Wäre Forch nicht an ihrer Seite gewesen – sie hätte sich rettungslos in diesem Wirrwarr verlaufen.

Er führte sie in ein karg möbliertes Vorzimmer, wies ihr einen Stuhl an und beorderte sie, zu warten und sich ja nicht aus dem Raum zu bewegen.

„Ich möchte mit Nicholas sprechen", bat sie.

„Später vielleicht", sagte er kurz angebunden. „Momentan wird er sicher verhört und das kann sich noch eine Weile hinziehen. Ich hole Sie ab, wenn ich soweit bin."

Damit verschwand er und ließ sie allein zurück. Beklommen ließ sie sich auf dem einfachen Holzstuhl nieder und ihr Herz krampfte sich vor Kummer zusammen. Sie verhörten ihn, versuchten, ihn mit Drohungen und Beschuldigungen in die Enge zu treiben, quälten ihn stundenlang mit immer den gleichen Fragen. Wie lange würde er das aushalten? Er musste vollkommen erschöpft sein nach der schlaflosen Nacht.

Sie sah sich im Raum um. Es gab einen abgenutzten Aktenschrank, in dem einige Bücher und verschiedene seltsame Andenken aufgereiht waren. Daneben befand sich ein niedriger Holztisch, der mit braunen Teeflecken übersät war, auch standen zwei benutzte Becher und ein nicht geleerter Aschenbecher darauf. Über der Eingangstür hatte man einen Kunstdruck aufgehängt, der das Porträt der Königin zeigte. Die Herrin des Empire blickte mit ernstem Ausdruck zum gegenüberliegenden Fenster hinaus.

Violet dachte an Grace und wieder wollte sie der Kummer überwältigen. Ihre Freundin Grace, die sich so rührend um sie gekümmert hatte, als ihre Eltern starben. Ach, Grace hatte so viele gute Seiten gehabt, und sie, Violet, hatte ihre Freundin so schmählich verlassen. Sie waren gestern im Streit auseinandergegangen – nun würde es niemals wieder die Möglichkeit geben, Grace zu sagen, wie leid ihr alles tat.

Wieso hat er Grace getötet, fiel ihr plötzlich ein. Sie passt überhaupt nicht in das Schema des Mörders. Sie ist weder klein, noch zierlich, noch dunkelhaarig.

Die Tür wurde geöffnet und eine junge Angestellte betrat den Raum. Sie trug eine weiße Bluse und dazu einen dunklen Rock, das straff nach hinten gezogene Haar gab ihrem jugendlichen Gesicht einen Ausdruck kühler Strenge.

„Möchten Sie Tee, Miss Burke?"

Das Angebot klang weder freundlich noch einladend, eher wie eine Umfrage, die zu absolvieren war.

„Das wäre sehr liebenswürdig von Ihnen", sagte Violet. „Können sie mir sagen, ob Mr. Marlow noch verhört wird?"

Die Angestellte musterte sie abschätzend.

„Sie meinen den Kerl, der die Prostituierte heute früh überfallen hat? Ja, der ist wohl noch in der Mache. Sind sie etwa eine Bekannte von dem?"

„Ja, das bin ich. Wie lange wird man ihn noch verhören?"

Die junge Frau zuckte die Schultern, auf ihrem Gesicht stand ein schwacher Anflug von Mitleid. Vermutlich dachte sie, dass Violet eines dieser armen Dinger war, die von solch einem Kerl ausgenutzt wurden und trotzdem mit verzweifelter Liebe an dem Gauner hingen.

„Das kann noch den ganzen Tag dauern, Miss. Vielleicht auch noch die Nacht – je nachdem. Er hat das Mädchen fast umgebracht, der Kerl."

Violet fuhr auf.

„Sie ist nicht tot? Grace lebt?"

„Wussten Sie das nicht? Sie liegt in einer Klinik – aber gut schaut es nicht aus mit ihr. Verhören kann man sie jedenfalls nicht, weil sie das Bewusstsein verloren hat."

Bebend vor Erleichterung sank Violet wieder auf ihren Stuhl zurück. Grace war noch am Leben. Wenn sie wieder zu sich kam, würde sie ganz sicher sagen, wer sie wirklich überfallen hatte.

„Möchten Sie Milch oder Zucker?"

„Beides, wenn möglich."

Die Tür klappte hinter der Angestellten zu und Violet blieb mit wild klopfendem Herzen zurück. Es gab noch Hoffnung – großer Gott. Grace durfte nicht sterben.

Wenige Minuten später erschien Jeremy Forch im Zimmer, seine Bewegungen waren angespannt, er wirkte wie ein Jagdterrier, den man auf ein Wild angesetzt hatte.

„Gute Nachrichten", sagte er. „Grace Dolloby lebt. Der Aussage des Gerichtsmediziners nach wurde sie heute früh zwischen sieben und acht in ihrem eigenen Bett überfallen und verletzt. Um acht war Nicholas aber noch in meinem Haus, darauf können wir beide jeden Eid schwören. Und bis in die Cullum Street hat er auf jeden Fall noch gut zwanzig Minuten Weg gehabt."

Die Rechnung schien knapp, dennoch atmete Violet auf. Es schien tatsächlich noch nicht alles verloren.

„Wieso wird er überhaupt beschuldigt?"

Forch schnaubte ärgerlich durch die Nase.

„Er ist heute früh trotz des Widerstandes des Hausmädchens in Grace Dollobys Schlafzimmer eingedrungen und hat sie gefunden. Vermutlich hat er ihr damit sogar das Leben gerettet, sonst wäre sie verblutet. Aber der Dummkopf nahm das Messer in die Hand, das neben ihr lag, und in diesem Moment kam das Mädchen ins Zimmer. Sie hat die halbe Nachbarschaft zusammengeschrien und im Nu war die Polizei da."

„Warum hat er das nur getan?", seufzte Violet.

„Weil er ein Idiot ist", grollte Forch. „Sie können ihn jetzt übrigens auf ein paar Worte sprechen. Die Verhöre wurden unterbrochen – mein Eingreifen hat die Herrschaften verunsichert und man hat sich zur Beratung zurückgezogen."

Er führte sie durch den Flur und stieg mit ihr eine Treppe hinauf. Sie spürte, wie es ihr kalt über den Rücken lief; ihre Schritte hallten laut auf dem Steinboden, die Stäbe und Schnörkel des schmiedeeisernen Geländers schienen bewegliche Schatten, die an ihr vorüberflogen. Oben war es unruhig, in den Fluren wartete eine Anzahl jüngerer Männer in engen Hosen und bunten Westen, die wie Presseleute aussahen. Hier und da drang eine raue Männerstimme aus einem der Zimmer, es klang unfreundlich, doch die Herren von der Presse ließen sich nicht abweisen.

„Hier entlang", sagte Forch und nahm sie sanft am Arm. „Und nicht erschrecken – er ist in Haft, und Sie werden nur durch ein Gitter mit ihm sprechen können."

Er brachte sie in einen Vorraum, wo ein Beamter an einem Tischlein saß und ein Sandwich mit Braten verzehrte. Als sie eintraten, legte er seine Mahlzeit rasch zur Seite, stand auf und wischte sich den Bratensaft aus dem Schnauzbart.

„Guten Morgen, Sir!"

„Morgen, Bradstone. Essen Sie nur weiter, ich selbst begleite Miss Burke."

„In Ordnung, Sir."

Erleichtert hockte sich der Beamte wieder auf seinen Stuhl und langte nach dem Sandwich. Forch war zwar außer Dienst, aber immer noch eine unbedingte Respektsperson in Scotland Yard.

Die Zelle für Untersuchungsgefangene befand sich im Nebenraum, eine grau angestrichene Stahltür, in der sich in Augenhöhe ein kleiner, viereckiger Einsatz befand. Forch löste die Verriegelung und klappte den Einsatz nach unten, dahinter befand sich ein Gitter aus schmalen Stahlbändern, das nur wenig Einblick in die dämmrige Zelle bot. Violet musste sich auf die Zehenspitzen stellen, um hineinsehen zu können.

„Nicholas!"

Er war ruhelos in dem winzigen Raum auf und abgegangen, jetzt wandte er sich zur Tür um, und sie sah Erschrecken in seinen blassen Zügen, als er sie erkannte. Langsam, als müsse er sich überwinden, trat er auf sie zu, näherte sein Gesicht dem Gitter.

„Violet!"

Seine Stimme klang ungewöhnlich schwach und sehr tief, doch er war ihr jetzt so nahe, dass sie seinen Atem spüren konnte.

„Nicholas, ich bin so froh, dich zu sehen", sagte sie, während ihr die Tränen in die Augen traten. „Du darfst den Mut nicht verlieren, wir werden alles Erdenkliche unternehmen, um deine Unschuld zu beweisen."

Die Gitter verdeckten einen Teil seines Gesichts, doch sie sah seine Augen, die dunkel waren und zu glühen schienen.

„Es ist zu Ende, Violet", sagte er leise. „Ich habe mich wie ein Idiot in die Falle locken lassen. Ich habe es verdient, am Galgen zu hängen."

„Nein", rief sie erschrocken. „Du darfst dich nicht aufgeben. Ich will, dass du lebst, Nicholas. Ich liebe dich."

Sie presste ihr Gesicht an das Gitter und spürte ein kleines Stück seines warmen Mundes auf ihren Lippen, dazwischen war das kalte Gitter, das ihnen den Kuss verwehrte.

„Du hast keinen Grund, mich zu lieben, Violet", sagte er. „Du wirst deines Lebens erst wieder sicher sein, wenn ich als Mörder verurteilt und hingerichtet bin."

„Was redest du da, Nicholas? Ich will nicht leben ohne dich."

Er stemmte sich mit beiden Händen von der Tür ab und schien ungeheure Kräfte dazu zu benötigen, denn er atmete schwer und rasch.

„Hör mir zu, Violet", sagte er dumpf. „Der Mann, den du zu lieben glaubst, ist ein kalter, menschenverachtender Egoist, der vorsätzlich mit deinem Leben gespielt hat."

„Ich weiß nicht, weshalb du solche Dinge sagst, aber ich werde sie niemals glauben."

Seine Züge erstarrten jetzt und seine Augen nahmen eine graue Farbe an. Es war, als zöge er eine Maske vor sein Gesicht.

„Dann benutze deinen Verstand, Violet Burke", sagte er mit harter Stimme. „Weshalb, glaubst du, habe ich dich als Hausdame in die Warwick Street engagiert? Warum habe ich dich überall herumgezeigt? Dich in der Nacht durch die Straßen geschickt, um dich heimlich im Nebel zu verfolgen? Hast du dich nie gefragt, wieso ich solch verrückte Dinge mit dir getan habe?"

Sie schwieg. Natürlich hatte sie sich das gefragt. Aber sie hatte die Fragen fortgeschoben, weil sie sich in ihn verliebt hatte.

„Ich habe dich als Lockvogel engagiert, Violet. Ich habe mir eingebildet, diesen geheimnisvollen Mann, der mich zum Mörder stempeln wollte, mit deiner Hilfe anlocken und zur Strecke bringen zu können. Ich habe vorsätzlich mit deinem Leben gespielt und erst viel zu spät gemerkt, dass mein Plan nicht die mindeste Chance hatte. Hätte er dich tatsächlich überfallen – ich bin sicher, dass ich dich nicht einmal hätte schützen können."

Sie war vollkommen niedergeschmettert. Ja, es hatte doch auf der Hand gelegen. Sie hätte es längst erkennen müssen. Aber sie hatte es nicht wahrhaben wollen.

„Aber … du hast doch gesagt, dass du mich liebst", stammelte sie. „Du hast versucht, mich zu schützen. Du wolltest sogar mit mir ins Ausland fliehen."

„Dummheiten", sagte er mit kühlem Spott. „Gehen Sie jetzt, Miss Burke! Sie haben keinen Grund, um mich zu trauern."

Damit drehte er ihr den Rücken zu und ging die wenigen Schritte bis zur gegenüberliegenden Wand. Dort blieb er unbeweglich stehen.

Forch schob mit einer zornigen Bewegung die Klappe vor das Gitter und das harte, metallische Geräusch ging ihr durch Mark und Bein.

„Glauben Sie ihm nicht", sagte er.

Dann erst bemerkte er, dass sie schluchzte, und nahm sie tröstend in seine Arme.

Sie hätte nicht sagen können, wie sie wieder ins Erdgeschoss gelangten, denn ihre Augen waren vom Weinen verquollen. Sicher war nur, dass sie nicht die Treppe benutzten, die sie hinaufgestiegen waren.

„Verfluchte Pressegeier", schimpfte Forch. „Ich hätte die Kerle rausgeworfen, aber mein Nachfolger ist leider viel zu geduldig mit diesem Pack. Besser wir laufen ihnen nicht in die Arme, sonst haben wir sie im Nu am Hals."

Violet blieb entsetzt stehen und ließ das Taschentuch, das Forch ihr geliehen hatte, sinken.

„Sie werden doch nicht über Nicholas schreiben?"

„Ich fürchte, sie werden schon in der Cullum Street ausgiebig herumgefragt haben. Das Hausmädchen wird gewiss geplaudert haben, wenn nicht freiwillig, dann für ein gutes Trinkgeld."

„Aber das bedeutet das Ende seiner beruflichen Laufbahn!"

Forch fasste sie am Arm und zog sie in das kleine Vorzimmer hinein, in dem sie auch vorhin schon eine Weile gewartet hatte.

„Nicholas' berufliche Laufbahn ist momentan das geringste Problem, Miss Violet", meinte er mit einem Anflug von Heiterkeit. „Wenn ich ihn aus dieser Geschichte herausgeboxt habe, wird er London sowieso für eine Weile verlassen müssen."

Sie setzte sich und fand ihre Teetasse auf dem kleinen Tischlein vor, der Tee war zwar kalt, aber sie trank dennoch ein wenig davon. Er war sehr süß, die junge Angestellte hatte es gut mit ihr gemeint.

„Glauben Sie, dass es Ihnen gelingen wird, seine Unschuld zu beweisen?", fragte sie hoffnungsvoll.

Er zog sich einen Stuhl herbei und setzte sich ihr gegenüber. Seine klugen, blauen Augen musterten sie eindringlich und ihr wurde plötzlich klar, dass er in seinem jahrzehntelangem Dienst bei Scotland Yard gelernt hatte, Menschen sehr genau einzuschätzen.

„Sie machen sich immer noch Sorgen um Nicholas?", fragte er und zog die buschigen Augenbrauen in die Höhe. „Auch jetzt noch, nachdem Sie wissen, was er mit Ihnen vorhatte?"

Sie senkte den Blick auf das zerknüllte Taschentuch in ihren Händen.

„Sie wussten es, nicht wahr?"

„Ich habe es erst bei unserem Gespräch heute früh begriffen", gestand er. „Es war ein Schock – ich habe nicht geglaubt, dass Nicholas zu so etwas fähig ist. Wenn Sie meine Tochter wären, Miss Burke – ich würde Ihnen raten, ihre Beziehung zu Nicholas zu überdenken."

„Ich liebe ihn", sagte sie leise. „Und ich weiß, dass er es schwer bereut."

Er nickte und fuhr sich mit der Hand über seinen Schnauzbart, um seine Rührung zu verbergen.

„Es ist doch eine verteufelte Sache mit manchen Frauen", scherzte er. „Wenn sie lieben, dann hängen Sie an diesem Kerl, auch wenn er einen kapitalen Bock schießt. Dann ist es also aus mit meiner Hoffnung, Sie eines Tages an Nicholas' statt zum Traualtar zu führen?"

Sie wurde rot und musste bei seiner verschmitzten Miene trotz aller Sorgen lächeln.

„Wie können Sie jetzt von solchen Dingen sprechen, Mr. Forch", wehrte sie verlegen ab. „Wir haben jetzt ganz andere Sorgen."

„Nun", meinte er und seine Miene wurde wieder ernst. „Ich denke, man wird Nicholas diesen Mord nur schwer anhängen können. Dafür wird meine Aussage sorgen. Und eine Verbindung zu den anderen Morden wird es nicht geben. Grace Dolloby passte nicht in das Schema des Mörders von Whitechapel. Trotzdem werde ich meinen ganzen Einfluss aufbieten müssen, um Nicholas freizubekommen. Wenn nötig werde ich sogar für ihn bürgen und …"

Er wurde unterbrochen, denn die junge Angestellte kehrte zurück, um ihm mitzuteilen, dass man Mr. Forch zu sprechen wünsche. Forch erhob sich rasch, nickte Violet flüchtig zu und verschwand.

„Ich bringe Ihnen einen heißen Tee und ein Sandwich", sagte die junge Angestellte zu Violet. „Sie werden's brauchen, Miss Burke."

„Danke, aber im Moment …"

„Doch doch. Sie werden gleich verhört werden und das kann dauern. Glauben Sie mir, ich habe da so meine Erfahrungen. Wäre nicht gut, wenn Sie mittendrin umkippen."

„Man wird mich verhören? Ja natürlich, ich stehe gern zur Verfügung."

Die junge Angestellte sah sie mit einer Mischung aus Verachtung und Mitleid an.

„Denken Sie ja nicht daran, diesen Kerl auch noch zu schützen, Miss. Er ist es nicht wert."

„Ich glaube nicht, dass Sie sich in diesem Punkt ein Urteil erlauben können, Miss", gab Violet ärgerlich zurück.

Die Frau zuckte die Schultern und wollte hinausgehen, an der Tür wäre sie jedoch fast mit Forch zusammengestoßen, der mit hastigen Schritten in den Raum preschte. Sein Gesicht war rot vor Aufregung.

„Miss Burke ist im Augenblick nicht vernehmungsfähig", sagte er laut zu der Angestellten. „Ich werde sie jetzt zu einem Arzt begleiten. Sie wird morgen früh zur Verfügung stehen."

„Aber Mr. Winderson wollte, dass Miss Burke …"

„Haben Sie gehört, was ich gesagt habe?"

„Ja Sir."

Er legte Violet fürsorglich den Arm um die Schultern und führte sie aus dem Raum, als sei sie eine Schwerkranke. Violet begriff zwar nicht, was er damit bezweckte, denn sie fühlte sich keineswegs so schwach, dass sie einen Arzt benötigt hätte. Doch seine energische Art und seine Hast machten ihr verständlich, dass er eine Absicht verfolgte und so ließ sie sich ohne Widerspruch von ihm durch die Flure bis zum Ausgang des Gebäudes geleiten.

Als sie in einem Hansom saßen, der sich gemächlich durch den Londoner Mittagsverkehr bewegte, lehnte er sich erschöpft zurück und atmete tief ein und aus.

„Wir müssen die Karten neu mischen, Miss Violet", sagte er. „Sie haben eine Hausdurchsuchung in der Warwick Street gemacht und dabei etwas gefunden, das all meine Pläne durchkreuzt."

„Was haben sie gefunden?"

Er blickte zu ihr hinüber und sie konnte sehen, dass das Weiße in seinen Augen von roten Äderchen durchzogen war.

„Messer. Drei Stück in einem Kasten, in dem ursprünglich zwölf Messer gelegen haben. Das Zeug stammt aus Spanien und war eine geschlossene Sammlung, alle vom gleichen Handwerker hergestellt. Es soll früher über dem Kamin gehangen haben, behauptete der Hausdiener. Nicholas habe ihm aber schon bei seinem Einzug den Auftrag gegeben, die Messer zu verpacken und in die Kammer zu stellen, weil er sie nicht mochte."

Violets Herz hämmerte. Ein Unheil zog herauf, sie spürte es so deutlich, dass sich die feinen Härchen in ihrem Nacken aufrichteten.

„Es gab einen Einbruch vor einigen Tagen, und ich sah, wie Nicholas in der Kammer hockte und diese Messer voller Entsetzen anstarrte."

Forch stieß einen halblauten Fluch aus.

„Diese Messer sind die Tatwaffen. Der Mörder hat nach jedem Überfall eines davon bei seinem Opfer zurückgelassen. Jetzt begreife ich auch, weshalb Nicholas das Messer, mit dem Grace niedergestochen wurde, in die Hand nahm. Er muss es wieder erkannt haben."

„Das ist der letzte und eindeutige Beweis dafür, dass John Chrestle am Leben ist", flüsterte Violet. „Er hat früher in der Warwick Street gewohnt, er kannte diese Messersammlung. Vielleicht hat er sie sogar selbst gekauft und über dem Kamin aufgehängt."

Forchs Züge wurden jetzt wieder lebendig, er beugte sich vor und rieb sich den Schnauzbart.

„Aber wie hat Chrestle sich die Messer beschafft? Ein Einbruch, sagen Sie?"

„Es ist kein Problem, in dieses Haus einzubrechen, Mr. Forch", gab Violet mit leichtem Schaudern zurück. „Die Fenster sind alle schadhaft und schließen schlecht. Zudem hat die Köchin die dumme Angewohnheit, über Nacht das Küchenfenster angelehnt zu lassen."

„Dann war es leicht für ihn, denn er kennt sich bestens in diesem Haus aus", knurrte Forch. „Hören Sie zu, Miss Violet. Wir müssen beweisen, dass diese Messer gestohlen wurden. Und dazu brauche ich Ihre Aussage. Und die der Hausangestellten. Verdammt, weshalb hat Nicholas den Einbruch nicht gemeldet?"

„Er hatte es vor, Mr. Forch", sagte sie gequält. „Aber ich bin nicht sicher, ob er es wirklich getan hat."

„Sie verhören ihn jetzt wieder", murmelte Forch und fuhr sich mit der Hand über das Gesicht. „Ich kann nur hoffen, dass er sich nicht um Kopf und Kragen redet. Im Moment kann ich ihm nicht helfen, deshalb habe ich Sie mitgenommen, bevor Sie unbedachtes Zeug von sich geben. Wir werden jetzt in die

Warwick Street fahren und gemeinsam mit dem Hauspersonal unsere Strategie entwickeln. Ich denke, dass sowohl Maggy als auch die Waterbrooks Nicholas treu ergeben sind."

Violet hatte den Kopf gegen die Seitenpolster gelehnt, ein dumpfer Schmerz pochte in ihren Schläfen und Forchs aufgeregte Reden vermischten sich immer mehr mit dem Straßenlärm und dem Rasseln und Knarren der Kutsche. Bald vernahm sie nur noch eine unruhige, auf- und abschwellende Melodie, ohne die einzelnen Geräusche voneinander unterscheiden zu können. Stattdessen spukten seltsame, bunte Zahlenfiguren in ihrem Kopf, die das Pochen in den Schläfen unerträglich machten. Eine große, blaue Fünf schwankte wie ein Spielzeugkegel hin und her, sie hatte ein boshaft grinsendes Gesicht und streckte ihr die Zunge heraus. Dann kroch eine fette, rote Raupe auf die grinsende Fünf zu, richtete sich auf und wurde zu einer Drei. Die Drei riss ihr breites, rotes Maul auf und biss ein Stück von der Fünf ab, verzehrte es und man sah, wie sich ihr leerer Bauch mit dem Blau der Fünf anfüllte. Die arme Fünf versuchte verzweifelt, dem gierigen Maul der Drei zu entgegen, doch immer wenn sie in ihre Richtung schwankte, biss das gefräßige Zahlenwesen ein weiteres Stück von ihrem blauen Körper ab um es sich schmatzend einzuverleiben.

Fünf – Drei – Fünf – Drei …

Als Marlow die Messer in der Kammer fand, waren es fünf gewesen. Jetzt hatte man nur noch drei gefunden. John Chrestle hatte irgendwann zwei weitere Messer aus der Kiste genommen. Eines davon hatte Grace um ein Haar den Tod gebracht. Das andere Messer hatte der Mörder noch in seinem Besitz. Für wen war es bestimmt?

In Marlows Haus in der Warwick Street fanden sie ein vollkommenes Chaos vor. Die Polizei hatte alle Zimmer gründlich durchwühlt, den Inhalt der Schränke und Schubladen auf den Boden geleert, den verschlossenen Schreibtisch aufgebrochen, sogar die Küche und die Wirtschaftsräume waren nicht verschont worden. Maggy lief mit verheulten Augen herum, Charles war totenblass, denn seine Frau lag seit gestern Mittag krank in ihrem Zimmer. Man hatte den Arzt geholt, der hatte ihr Tropfen gegeben, die das Herz stärken sollten und absolute Ruhe verordnet.

„Miss Burke! Wir sind ja so froh, dass Sie wieder da sind!"

Violet war gerührt von Maggys glückseligem Lächeln, das Mädchen wäre ihr am liebsten um den Hals gefallen. Auch Charles wirkte erleichtert, doch die Sorge um seine Frau war ihm deutlich anzusehen. Er war niemals ein treuer Ehemann gewesen und doch hing er mit großer Zärtlichkeit an seiner Frau, die in ihrer schroffen Art seinem Leben Halt und Sicherheit gab.

Violet lief die Treppen hinauf und sah nach der Kranken. Mrs. Waterbrooks Gesicht wirkte erschreckend durchsichtig gegen die weißen Spitzen der gestärkten Nachthaube.

„Mr. Marlow ist unschuldig, Miss Burke", sagte Mrs. Waterbrook flehentlich und hielt Violets Arm fest. „Ich weiß es ganz gewiss. Sie werden ihn doch nicht verurteilen?"

„Beruhigen Sie sich, Mrs. Waterbrook. Mr. Forch wird ihm helfen. Bald ist er wieder daheim."

„Wenn es nur so wäre."

Unten im Wohnzimmer unterzog Forch Maggy und Charles einer genauen Befragung. Ja, es hatte immer wieder Geräusche in den Fluren gegeben. Auch in der Nacht. Ja, die Fenster hätten längst gerichtet werden müssen. Charles selbst hatte die Schachtel mit den Messern damals in die Kammer getragen. Das war kurz bevor Mr. Marlow und seine junge Frau ins Haus einzogen. Ja, der Kasten hatte die ganze Zeit in der Kammer gestanden, niemand wäre auf die Idee gekommen, ihn zu öffnen.

Violet sah zu, wie Forch sich abmühte, um Beweise für die Einbrüche zu finden, hörte ihn fluchen, weil Maggy unaufhörlich schwatzte und Charles behauptete, sich nicht genau erinnern zu können. Schließlich nahm sie Forch beiseite und bat ihn, ein paar Worte unter vier Augen mit ihm sprechen zu dürfen.

„Ich denke, Mr. Forch, wir kommen so nicht weiter", sagte sie. „Ich sehe nur noch eine einzige Möglichkeit, Nicholas zu retten."

Er war abgekämpft und missgelaunt und sah sie unfreundlich an. Violet wirkte trotz aller Strapazen jetzt ruhig und entschlossen. Sie lächelte sogar.

„Ich weiß, dass John Chrestle noch ein weiteres Messer aus der Sammlung besitzt, und ich werde ihn herausfordern, es gegen mich zu zücken."

Seine Augen schienen aus den Höhlen zu quellen.

„Schlagen Sie sich diesen Unsinn aus dem Kopf, junge Lady!"

„Oh nein, Mr. Forch. Ich bin fest dazu entschlossen. Aber ich brauche Ihre Hilfe. Sie werden die Presse ein wenig hereinlegen müssen, denn in den Abendzeitungen muss geschrieben stehen, dass man Nicholas freigelassen hat."

„Völlig unmöglich!"

„Außerdem brauche ich einige erfahrene Polizisten, die sich unauffällig an meine Fersen heften, um Chrestle im rechten Moment zu verhaften."

„Ausgeschlossen!"

Sie trat dicht an ihn heran und ihre dunklen Augen blitzten.

„Wo ist Ihr Mut, Mr. Forch?", fragte sie herausfordernd. „Dieser Mensch narrt die ganze Londoner Polizei und bringt einen Unschuldigen an den Galgen. Es ist Zeit, die Jagd auf ihn zu eröffnen. Ich werde der Lockvogel sein und Sie sind die Jäger. Der Mörder von Whitechapel ist eine Beute, die jeden Einsatz wert ist."

Er wollte widersprechen, doch die Kampfbereitschaft, die sie ausstrahlte, sprang auf ihn über. Es war Zeit, alles auf eine Karte zu setzen.

„Das ist ein Wahnsinnsunternehmen", murmelte er.

„Die einzige Möglichkeit, einen Wahnsinnigen zur Strecke zu bringen, Mr. Forch."

Während Forchs Abwesenheit blieb Violet in der Warwick Street. Gemeinsam mit Charles und Maggy versuchte sie, das Durcheinander, das die Hausdurchsuchung hinterlassen hatte, wieder einigermaßen zu beseitigen. Gegen Abend zog Nebel auf, feiner Nieselregen netzte die Fensterscheiben und der Junge, der mit einem Arm voller Zeitungen durch die Straße lief, versuchte die Blätter mit seiner Jacke vor der Nässe zu schützen.

„Prostituierte in der Cullumstreet niedergestochen. Verdächtiger wieder auf freiem Fuß."

Forch kehrte erst nach Einbruch der Dunkelheit zurück, sein Mantel war feucht, Regentröpfchen hingen in seinem Backenbart. Seine Augen glänzten im Jagdfieber.

„Diese Pressegeier haben den Köder geschluckt, als sei es eine gebratene Taube. Passt doch hervorragend zu ihrem Lieblingsthema: Scotland Yard ist eine Ansammlung von unfähigen Trotteln. Ich bin froh, dass ich keine Zeit haben werde, das Geschreibsel von heute Abend zu lesen."

„Wann werden wir die Aktion starten?"

Er sah sie voller Bewunderung an. Dieses Mädchen würde heute Nacht ihr Leben riskieren, doch anstatt nervös oder ängstlich zu sein, stand sie seelenruhig im Wohnzimmer und räumte Bücher in die Schränke.

„Die Zeitungen werden seit einer halben Stunde in der ganzen Stadt verkauft. Ich denke, er wird eines der Blätter erwerben, um die näheren Umstände zu erfahren. Dann wird er wütend sein und überlegen, was zu tun wäre. Es kann sein, dass er ziellos durch die Stadt irrt."

„Es kann aber auch sein, dass er sich in sein Versteck zurückzieht", sagte Violet. „Er hat noch ein einziges Messer, eine einzige Chance, Nicholas einen weiteren Mord anzuhängen. Diese Tat muss er sorgfältig planen, denn Nicholas darf kein Alibi für die Tatzeit haben."

Forch nickte und schwieg über das, was beide jetzt dachten. Es war sehr wahrscheinlich, dass John Chrestle dieses Messer für Violet aufbewahrte.

„Er ist kaltblütig genug, seine Chance abzuwarten, Miss Violet."

„Er ist kaltblütig und zugleich wahnsinnig, Mr. Forch."

Sie ließen eine gute Stunde verstreichen, dann zog sie den Mantel über und setzte einen Hut auf, während Forch verstohlen zwischen den Ritzen des Vorhangs auf die Straße spähte. Er hatte einige Überzeugungskraft aufwenden müssen, um seinen Nachfolger, Mr. Winderson, zu dieser Aktion zu überreden, doch er hatte schließlich erreicht, dass einige der besten Leute ihm für diesen Abend zugeteilt worden waren. Er kannte sie alle noch aus seiner aktiven Zeit, man konnte sich auf sie verlassen. Zwei würden Violet in einem Hansom folgen, die übrigen waren in der Gegend von Eaton Place stationiert. Auch er selbst würde einige Minuten nach Violets Abfahrt eine Kutsche nehmen, um sich an Ort und Stelle zu begeben.

„Verfluchter Nebel", murmelte er und wandte sich vom Fenster ab. „Kommt immer, wenn man ihn nicht brauchen kann."

Das unangenehme Wetter bewirkte, dass sich die Straßen an diesem Abend zeitig leerten. Violet schritt an den beiden Männern vorüber, die sich neben einem Hauseingang in der Warwick Street postiert hatten und ein leises, belangloses Gespräch miteinander führten, als seien sie alte Bekannte, die sich per Zufall wieder getroffen hätten. Kein Blick, keine Bewegung ließ erahnen, dass sie die junge Frau fest im Auge hatten.

In der Beak Street winkte Violet einen Hansom herbei, nannte ihr Fahrziel und stieg ein. Durch das Rückfenster konnte sie erkennen, dass auch die beiden Polizisten ein Fahrzeug bestiegen hatten und ihr folgten, doch einige Straßen weiter wurde der Verkehr dichter und es war ihr nicht mehr möglich, die Kutsche ihrer Beschützer von anderen Wagen zu unterscheiden. Die Straßen der City waren von vielfarbigen Nebeln erfüllt, Schaufenster, Gaslampen und die Laternen der Kutschen verzerrten sich zu weiten, dunstigen Flächen, die ineinander liefen. Schemenhaft tauchten die dunklen Massen der Kutschen und Pferde neben ihr auf und bewegten sich wieder fort, auch der Straßenlärm schien gedämpft, als breite der Nebel einen weichen Teppich über das Pflaster, um die Geräusche der Stadt zu verschlucken.

Sie war angespannt, ihr Herz schlug rasch, dennoch verspürte sie keine Angst. Es war gut, zu handeln, anstatt sich hilflos den Ereignissen ausgeliefert zu sehen. Was auch immer dieser nächtliche Einsatz bewirken würde – sie musste es versuchen.

Die Kutsche hielt in der Nähe des Eaton Place, sie kletterte aus dem Wagen und bezahlte den Kutscher. Als der Hansom sich langsam entfernte, blieb sie einsam im nächtlichen Dunst zurück. Die Straße war menschenleer, nur schemenhaft erkannte man die Konturen der hohen Häuser und die gelblichen Lichtflecken der erleuchteten Fenster. Niemand hatte Vergnügen daran, bei diesem Wetter einen Nachtspaziergang zu unternehmen. Als eine Kutsche an ihr vorbeirasselte, glaubte sie schon, es seien ihre Beschützer, dann bemerkte sie, dass das Gefährt vor einem der breiten Eingänge hielt, und der Kutscher vom Bock sprang, um der Lady im Inneren seines Wagens, den Schlag zu öffnen. Vermutlich kehrte die Lady von einem Besuch oder aus der Oper zurück.

Sie stand einige Minuten im Nieselregen, überlegte, ob sie auf die Kutsche mit ihren Beschützern warten sollte, doch dann wurde ihr klar, dass die Polizisten vermutlich in einer Seitenstraße ausgestiegen waren. Irgendwo in der Nähe mussten sich einige von Forchs Leuten verborgen haben, sie konnte nur hoffen, dass die Männer auf ihrem Posten waren.

Langsam ging sie an den Zäunen entlang, die die Vorgärten der Häuser abgrenzten. Die meisten waren aus schwarzem Schmiedeeisen gefertigt und erschienen ihr wie nebeneinander aufgereihte Lanzen, die mit den Spitzen nach oben zeigten. Wenn der Nebeldunst sich für kurze Zeit hob, waren die schönen

Fassaden im Schein der Gaslaternen sichtbar und sie konnte die schmalen Rechtecke der Fenster erkennen.

Fast wäre sie am Haus der Chrestles vorübergelaufen, denn in seiner hohen Fassade war nicht ein einziger Lichtschein zu erkennen. Doch sie erinnerte sich an die niedrige Mauer, die den Vorgarten anstatt eines Gitters umgab, und blieb stehen. Ihr Puls raste. Der Eingang des Gebäudes war unbeleuchtet, doch als jetzt ein leichter Wind den Nebel verwehte, erschienen die beiden Säulen, die das Dach des Vorbaus trugen, wie zwei düstere, steinerne Wächter.

Sie wusste, dass sie von ihren Helfern beobachtet wurde, doch es wäre ihr wesentlich lieber gewesen, wenn sie eine Ahnung davon gehabt hätte, wo sie sich verborgen hielten. Ein leichtes Rascheln hinter der Mauer ließ sie zusammenzucken – bewegte sich dort ein kleines Tier, ein Marder oder eine Katze? Oder lag dort jemand auf der Lauer? Sie atmete tief durch, spürte, wie die feuchte Nebelluft ihre Lungen füllte, und ging mutig auf den Eingang zu.

Das Geräusch der Glocke erschien ihr unsagbar schrill und laut in der nächtlichen Stille. Sie spürte, wie ihr Herz hämmerte und ihre Hand zuckte bereits, um ein zweites Mal an dem Griff zu ziehen, da hörte sie Schritte hinter der Tür.

Gedämpfter Lichtschein fiel durch die halb geöffnete Pforte, im Türspalt erblickte sie die schmale Gestalt des Hausmädchens.

„Miss Burke!", sagte sie und ihr Blick glitt über Violet, als müsse sie sich vergewissern, dass sie keine Erscheinung war. „Was ist geschehen? Die Herrschaften empfangen niemanden zu dieser späten Stunde."

Violet trat einige Schritte näher, doch das Mädchen wich nicht von der Stelle und versperrte ihr den Weg in die Halle.

„Ich habe nur eine Nachricht", sagte sie laut.

„Eine Nachricht? Für wen?"

„Eine Nachricht, die Mr. John Chrestle betrifft!"

Das Mädchen erbleichte und ihr grämliches Gesicht erstarrte zu einer Maske.

„Wenn das ein Scherz sein soll, Miss Burke", sagte sie mit gedämpfter Stimme, „dann ist er reichlich pietätlos. Gehen Sie! Verschwinden Sie auf der Stelle oder ich rufe die Polizei!"

Violet bewegte sich um keinen Zentimeter. Sie zog einen Umschlag aus der Tasche und reichte ihn dem Mädchen. Die schreckte davor zurück, als habe Violet ihr eine giftige Schlange vorgehalten.

„Geben Sie diesen Umschlag Mr. John Chrestle", sagte Violet langsam und eindringlich. „Es ist etwas darin, was ihm einst gehört hat."

Das Mädchen machte keine Miene, den Umschlag anzunehmen, doch Violet fasste ihren Arm und legte ihr das Papier in die Hand. Dann lief sie die Treppenstufen hinunter und blieb schwer atmend auf der Straße vor dem Haus stehen.

Das Mädchen stand unschlüssig, reckte den Hals, um die nächtliche Besucherin im Nebeldunst zu erkennen, dann zog sie die Tür zu und Violet hörte, wie sie den Riegel vorschob.

Der Köder war gelegt. Was würde John Chrestle tun, wenn er Clarissas Anhänger in diesem Umschlag fand. Würde er immer noch einen kühlen Kopf bewahren?

Ein schwacher, kaum wahrnehmbarer Lichtfleck erschien für einen Moment irgendwo in der Fassade des Gebäudes. Hatte jemand den Vorhang beiseitegeschoben, um nach draußen zu sehen? Langsam ging sie einige Schritte, bewegte sich auf eine der Gaslaternen zu, die in regelmäßigen Abständen vor den Häusern aufgestellt waren und dunstige, gelbe Lichtkegel in die Dunkelheit zeichneten.

Sie war der Lockvogel, er sollte sie sehen. Wie lange würde er benötigen, um die Treppen hinunterzulaufen? Das Messer aus seinem Versteck zu nehmen? Sich durch eine Hintertür aus dem Haus zu schleichen und in der Hofeinfahrt zu erscheinen? Eng an die Mauer gepresst würde er stehen, ihre Silhouette am Rande des gelben Lichtkegels anstarren, das Messer in der Hand.

„Komm!", flüsterte sie beschwörend. „Komm heraus, ich warte auf dich."

Er würde sie nicht hier im Licht der Gaslaterne angreifen. Er würde sie in den Hofeingang locken, wo er sie im Dunkeln töten konnte.

Sie hörte ein Rascheln, jemand sprang über die niedrige Gartenmauer, Schritte jagten auf sie zu. Eine dunkle Gestalt erschien im Nebel, Mantelschöße wehten, das Licht der Gastlaterne fiel auf ein blasses, verzerrtes Gesicht.

„Her zu mir!", rief eine heisere Stimme, die in ihren Ohren nichts Menschliches mehr hatte.

Sie schrie auf, als er sie am Arm fasste und mit sich fortreißen wollte, sein keuchender Atem berührte ihren Hals, seine Finger umschlossen mit eiserner Kraft ihr Handgelenk.

„Hilfe!", schrie sie so laut sie konnte.

Es klang jämmerlich, denn ihre Stimme überschlug sich vor Panik. O Gott – weshalb hörte sie denn niemand? Wo war Forch? Wo waren seine Leute?

„Still!", herrschte er sie an. „Kein Wort, sonst kostet es dein Leben!"

Sie krümmte sich zusammen und rang verzweifelt mit ihm, jeden Augenblick gegenwärtig, dass er ihr das Messer in den Rücken rammte. Doch er tat es nicht, er wollte sie fortschleppen, um sie irgendwo in der Dunkelheit zu Tode zu quälen, so wie er es mit seinen übrigen Opfern gemacht hatte.

„Zu Hilfe!", keuchte sie und spürte, wie ihre Beine unter ihr wegsacken wollten. Der Angreifer schleifte sie über das Straßenpflaster, wollte sie aus dem Schein der Lampe in die Dunkelheit der Vorgärten zerren – dann plötzlich war der Nebel mit Menschen gefüllt. Schwarze Gestalten drangen aus allen Richtungen auf sie ein, Hände, Gesichter, Fäuste ragten aus dem Nebel. Männer keuchten und fluchten, ein lauter, verzweifelter Schrei überlagerte alle anderen Geräusche.

Dann stand Jeremy Forch vor ihr und sie fühlte, wie seine Arme sich um sie schlossen und er sie zu sich emporhob.

„Es ist vorbei", sagte er und presste sie an sich. „Er hat das Messer bei sich – wir haben ihn."

Plötzlich war eine Kutsche da und sie sah, dass mehrere Männer einen Gefangenen in den Wagen drängten. Der Mann schien wie gelähmt und leistete keine Gegenwehr. Als er in der Kutsche saß, fiel der Lichtschein für einen Moment mit voller Stärke auf sein Profil und sie erkannte ihn.

Es war der hübsche, schüchterne Mr. Jameson. Grace' bevorzugter Kunde.

Jeremy Forch begleitete Violet zurück in die Warwick Street, danach wollte er sofort zu Scotland Yard um Nicholas Freilassung zu bewirken.

„Daher hatte Grace ihr Wissen über die Chrestles", sagte er aufgeregt, während die Kutsche sie durch die Straßen trug. „Er war unter der Maske des schüchternen Biedermannes Kunde bei Grace und hat fleißig Gerüchte über Nicholas ausgestreut. Ein Doppelleben, wie es im Buche steht. Die meisten kaltblütigen Mörder verbergen sich als harmlose, unbescholtene Zeitgenossen mitten unter uns. Nun – jetzt werden die Chrestles vermutlich all ihren Einfluss aufbringen, um ihrem Sohn den Hals zu retten. Aber es wird ihm nichts nutzen – wir haben ihn auf frischer Tat ertappt."

Violet war erschöpft in die Polster gesunken und hatte die Augen geschlossen. Eine unsagbare Erleichterung und zugleich das Gefühl des Triumphes erfüllten sie. Sie hatte den Mörder herausgefordert und zur Strecke gebracht. Nicholas würde nicht verurteilt werden – sie würden sich sogar bald, sehr bald wiedersehen.

„Wird er noch diese Nacht freigelassen werden?", wollte sie wissen, als sie in der Warwick Street anhielten und Forch ihr aus der Kutsche half.

„Sie können es wohl gar nicht erwarten, wie?", schmunzelte er. „Nun, ich will sehen, was ich tun kann. Aber erhoffen Sie sich nicht zu viel von Scotland Yard – es wird ein wenig dauern, bis man sich auf die neue Lage eingestellt hat. Und so mancher denkt vielleicht: Besser zwei Mörder in Haft, als gar keiner."

Er lachte gut gelaunt, fasste Violet unters Kinn und versprach ihr, sein Bestes zu tun. Dann begleitete er sie zur Haustür, wo Maggy sie bereits mit aufgeregter Miene erwartete, bestieg wieder den Hansom und sie hörte, seine laute, fröhliche Stimme:

„Zu Scotland Yard! Wenn Sie's in zwanzig Minuten schaffen, zahle ich einen Souvereign."

Die Angestellten hatten keinen rechten Schlaf finden können. Charles und Maggy hatten versucht, ihre Aufregung vor Mrs Waterbrook zu verbergen, doch sie ließ sich nicht täuschen. Man musste ihr mehrfach ihre Tropfen verabreichen, bis sie endlich einschlief und danach saßen Charles und Maggy noch eine Weile beieinander, um die unsichere Lage zu bereden.

„Es ist alles gut, Maggy", sagte Violet, als sie in die Halle trat. „Mr. Marlow wird morgen früh wieder zu Hause sein!"

„Oh, Miss Burke!", schluchzte das Mädchen glückselig und fiel Violet impulsiv um den Hals. „Wir hatten ja solche Angst! Weil wir doch Mr. Forch heute Mittag nicht die richtigen Antworten geben konnten und er sehr unzufrieden mit uns war."

„Das ist jetzt nicht mehr wichtig, denn der Mörder ist gefasst!"

Maggy lief davon, um Charles die frohe Botschaft zu verkünden, dann überlegte man, ob es klug wäre, Mrs. Waterbrook zu dieser späten Stunde noch zu wecken, um auch ihr die glückliche Neuigkeit zu überbringen. Doch Violet war der Meinung, dass man sie besser schlafen lassen sollte – Charles würde ihr die Nachricht gleich morgen früh, wenn sie aufwachte, erzählen.

Eine Weile saß man noch im Wohnzimmer zusammen und Violet, die jetzt nicht mehr erschöpft, sondern vollkommen aufgedreht war, berichtete, was in der Nacht geschehen war. Sie vermied es, die genauen Zusammenhänge zu erklären, doch ihr Bericht reichte aus, um Charles und Maggy vor Bewunderung erstarren zu lassen. Maggy erklärte, so etwas niemals im Leben tun zu können, allein der Gedanke daran ließe ihr eine Gänsehaut über den Rücken laufen.

„Wir sollten jetzt endlich zu Bett gehen", entschied Maggy. „Es ist schon weit nach Mitternacht und wir werden morgen das Haus noch ein wenig in Ordnung bringen, damit Mr. Marlow die Unordnung, die die Polizisten angerichtet haben, nicht zu sehen bekommt."

Charles und Maggy erhoben sich und wünschten Violet eine gute Nacht. Sie hörte, wie die beiden die Treppe hinaufstiegen und dabei leise miteinander redeten, es klang fröhlich und erleichtert. Dann klappten oben im dritten Stock die Türen zu und Violet atmete auf.

Zu ihrer Überraschung war sie immer noch nicht müde. Wieder und wieder zogen die Ereignisse des Abends an ihr vorüber, sie sah die bunten Nebel in der City, die dunklen Umrisse der Häuser am Eaton Place, sie hörte die heisere Stimme des Hausmädchens und dachte darüber nach, dass sie ganz sicher gewusst hatte, dass sich John Chrestle im Haus befand. Am häufigsten jedoch stieg der Augenblick in ihr auf, in dem der Mörder sie angesprungen hatte und von Forchs Männer schließlich in wildem Handgemenge überwältigt worden war.

Nein, es war kein Wunder, nach all diesen Schrecknissen keinen Schlaf finden zu können. Sie erhob sich und zündete den Kamin an, dann spähte sie zwischen den Vorhängen hindurch auf die dunkle Straße und musste über ihre eigene Ungeduld lächeln. Es war kaum anzunehmen, dass man Nicholas noch in dieser Nacht aus dem Gefängnis lassen würde – vermutlich kam er morgen im Laufe des Tages nach Hause. Sie seufzte und hielt die kalten Hände über das aufflackernde Kaminfeuer – schließlich wendete sie sich seinem Schreibtisch zu, um die Papiere zu ordnen, die Maggy vom Fußboden aufgelesen und in einem dicken Stapel auf die Schreibplatte gelegt hatte.

Sie begann, die verschiedenen Dokumente zu sortieren und wieder in die Pappordner hinein zu legen, als sie ein leises Knacken vernahm, das vermutlich von der Treppe kam. Besorgt sah sie auf – war Charles wieder hinunter-gekommen, weil es seiner Frau schlechter ging? Würde man einen Arzt holen müssen? Als jedoch kein weiterer Laut zu hören war, wandte sie sich wieder ihrer Arbeit zu.

Der Türknauf wurde langsam und sehr leise umgedreht, doch Violet vernahm das Geräusch und starrte überrascht zur Tür hinüber. Eine unerklärliche Angst befiel sie. Es gab niemanden unter den Hausbewohnern, der eine Tür auf solche Art öffnete.

„Maggy? Charles?"

Die Tür wurde langsam aufgezogen – auf der Schwelle stand ein Mann. Violet schrie leise auf vor Entsetzen, der Ordner, den sie in den Händen hielt, fiel zu Boden, die Papiere verstreuten sich auf dem Teppich.

„Verzeihen Sie, dass ich nicht anklopfte, Miss Burke", sagte Mr. Barney und lächelte sie an. „Ich wollte Sie nicht erschrecken."

Ihr Kopf war leer und dumpf. Sie regte kein Glied während Barney in den Raum trat und die Tür hinter sich ins Schloss zog. Erst als er nur noch wenige Schritte von ihr entfernt war, begann ihr Kopf wieder zu arbeiten.

„Wie kommen Sie hier herein?"

Er blieb stehen. Das Licht der Gaslampe über dem Kamin beschien sein schmales, narbiges Gesicht und die dunklen Augen hinter den Brillengläsern hatten immer noch jenen weltfernen, kindlichen Ausdruck, den sie so rührend gefunden hatte.

„Es ist nicht schwer", sagte er sanft und sah sie an. „Ich komme und gehe, wann immer es mir gefällt."

War er durchs Fenster eingestiegen? War Barney etwa jener geheimnisvolle Einbrecher? Aber dann wäre er ja gleichzeitig …

„Was wollen Sie hier?", stammelte sie und wich vor ihm zurück, bis sie mit dem Rücken gegen einen Bücherschrank stieß.

Er fuhr mit einer Hand in die Tasche seiner Jacke und zog etwas heraus, das im Licht der Lampe hell glitzerte.

„Du hast mir deinen Anhänger gebracht, Violet", sagte er leise und hielt das Schmuckstück so, dass sie es sehen konnte. „Aber er ist ein Geschenk. Er ge-hört dir. Warum willst du ihn nicht tragen?"

Sie starrte ihn an. Konnte dieser skurrile, von Narben entstellte Mensch einst der blühende junge Mann gewesen sein, den sie auf dem Foto neben Clarissa gesehen hatte?

„Der Anhänger gehört mir nicht", stieß sie hervor. „Verschwinden Sie jetzt. Ich bin nicht Clarissa. Gehen Sie, oder ich schreie um Hilfe."

„Es wäre nicht sehr klug. Selbst wenn Nicholas Marlow im Haus wäre - bevor er herbeikäme, hätte ich dich getötet. Es ist nur ein Küchenmesser, Violet. Das andere, das schöne, was für dich bestimmt war, hat man mir fortgenommen."

Violet schwieg entsetzt. Er hatte ihre List von Anfang an durchschaut. Was mochte er in Ägypten erlitten haben, dass er so entstellt und kaum ein Schatten seiner selbst zurückgekehrt war? Was auch immer es war, es hatte seinen Geist verwirrt und seine Seele zerstört. Nur sein Verstand war glasklar und bestechend scharf.

„Komm zu mir, Violet", flüsterte er. „Komm her zu mir, damit ich dir den Schmuck umlegen kann. Es ist das Versprechen einer ewigen, reinen Liebe und es gehört dir."

„Nein!"

„Tu es, Violet!", flüsterte er kaum hörbar.

„Nie im Leben!"

Er sprang so unerwartet auf sie zu, dass sie keine Chance mehr hatte, sich in Sicherheit zu bringen. Brutal fasste er ihren Arm, riss sie herum, sodass sie ihm den Rücken zukehren musste, und gleich darauf spürte sie die Spitze eines Messers, die durch den Stoff ihrer Kleidung in ihre Haut drang. Es war, als schiebe sich eine eisige Nadel ein kleines Stück in ihren Rücken hinein und sie war in diesem Augenblick fest davon überzeugt, dass es das Ende war.

Doch er hielt inne und sie vernahm entsetzt, dass er leise kicherte. „Ich habe diesen Roman unzählige Male angefangen und weißt du, was ich inzwischen erkannt habe? Nur der Tod ist einer großen Liebe würdig, er adelt sie und verleiht ihr Ewigkeit. Leg jetzt den Anhänger um den Hals, Violet!"

Er löste den Arm um ihre Taille und hielt ihr den Schmuck hin. Zugleich spürte sie, wie das Messer in ihrem Rücken zitterte und Panik erfasste sie. Sie wollte nicht sterben. Irrwitzigerweise dachte sie verzweifelt an Nicholas, den sie vor ihrem Tod noch einmal sehen wollte, und wusste doch zugleich, dass auch er verloren war.

Langsam fasste sie die unglückselige Kette, suchte den Verschluss und öffnete ihn. Ihre Hände zitterten so, als sie sich den Anhänger umhängte, dass sie mehrfach damit scheiterte, die kleine Öse wieder zu schließen.

„Erinnerst du dich", hörte sie ihn hinter ihrem Rücken flüstern. „Ich stand schon einmal so hinter dir und du spürtest mein Messer. Aber ich habe dir nichts getan, Violet, ich habe dich beschützt und für dich gesorgt. Ich habe dich in den Green Palace vermittelt, wo meine Eltern dich sahen. Oh, warum bist du nicht auf meinen Vorschlag eingegangen, dir ein kleines Zimmer zu besorgen? Wir wären sehr glücklich dort gewesen ..."

Sie atmete heftig und spürte, dass das Messer bei jedem Atemholen in sie eindrang. Es waren nur winzige Bewegungen, noch war die Wunde nicht tief. Doch es bedurfte nur eines kurzen Stoßes seiner linken Hand, um ihrem Leben ein Ende zu bereiten.

„Du zitterst ja, Violet", murmelte er. „Warum hast du Angst vor mir? Ich habe entzückt deiner Musik gelauscht im Haus meiner Eltern. Ich saß direkt neben meiner Mutter hinter der Portiere verborgen und ich weiß, dass du es gespürt hast. Ich war auch hier immer in deiner Nähe. Du hast dein Zimmer abgeschlossen, das war hässlich von dir, denn ich wollte in der Nacht zu dir gehen, um deinen Schlaf zu bewachen. So wie ich es damals immer getan habe."

Violet wagte nicht zu antworten. Was meinte er mit diesem Satz? Sprach er von ihr oder von Clarissa? Hatte er sie damals in diesem Zimmer nachts aufgesucht?

„Ich war auch auf dem Landgut bei dir", fuhr er leise fort. „Ich habe kein Auge von euch gewendet. Du hast mir sehr wehgetan."

Sie spürte, wie seine Finger ihr Kleid aufhakten und sie machte vor Entsetzen eine unwillkürliche Bewegung nach rückwärts. Ein heftiger Schmerz ließ sie leise aufschreien – das Messer hatte sich tiefer in ihren Rücken gebohrt.

„Du sollst diesen Schmuck auf deiner bloßen Haut tragen", raunte er. „Bis zum letzten Atemzug wirst du ihn tragen, denn es ist dein Richtspruch. Vergiss niemals, dass du mir gehörst."

Er riss an ihrer Korsage und sie spürte, wie der kalte, rote Rubin zwischen ihre Brüste sank. Seine Hand strich über ihr Dekolleté, glitt zu dem Rubin und sein Finger folgte den Ornamenten auf der goldenen Fassung, als wollte er den Spruch mit der Fingerkuppe ertasten.

„Du hast dein Versprechen gebrochen", zischte er, während seine Hand ihre Brüste befühlte. „Du bist eine Hure. Du hast dich an einen anderen verheiraten lassen, während ich in Indien gekämpft habe. Ich habe immer nur an dich gedacht, Clarissa. Ich war dir treu, so wie wir es uns gelobt hatten, als wir voneinander scheiden mussten. Weißt du noch, dass ich dir diese hübschen Statuen geschickt habe? Sie waren mein Hochzeitsgeschenk an dich, das passende Geschenk für eine Verräterin. Er hat dich berührt, er hat mit deinem schönen, unschuldigen Leib gespielt und sich an dem ergötzt, was du nur mir vorbehalten wolltest."

Violet rührte sich nicht. Es war jetzt vollkommen klar, dass er sie in seinem Irrsinn für Clarissa hielt, und eine grausige Ahnung sagte ihr, dass er Schlimmeres vorhatte, als sie nur mit dem Messer zu bedrohen.

„Ich bin durch die Hölle gegangen, aber der Gedanke, dass ich dich wiedersehen musste, hat mich am Leben erhalten. Ich kam wieder nach London, ein Schatten meiner selbst, nicht einmal unsere Eltern haben mich wieder erkannt. Ich war jeden Tag und jede Nacht in deiner Nähe, Clarissa. Ich habe dich angefleht, mit mir zu fliehen, wieder die meine zu werden. Alles hätte ich dir vergeben, wenn du mir gehorcht hättest. Aber du hast mich nicht hören wollen, hast dich sogar in deinem Zimmer eingeschlossen. Du wolltest deinem Ehemann treu bleiben – welcher Hohn. Diesem Menschen, den du nicht einmal geliebt hast, wolltest du die Treue bewahren, während du mich, deinen wahren, einzigen Geliebten, verraten hast! Es blieb mir nur eine einzige Möglichkeit, um unsere reine Liebe vor dem Schmutz zu retten."

In diesem Augenblick schoss ihr blitzartig die entsetzliche Erkenntnis durch den Kopf.

„Sie haben Clarissa getötet", flüsterte sie. „Es war kein Selbstmord – sie haben sie erstochen."

Sie spürte, wie er zusammenzuckte, und glaubte zuerst, er sei erschrocken, weil sie ihn durchschaut hatte. Doch gleich darauf vernahm auch sie die Geräusche unten in der Halle.

Jemand hatte die Haustür aufgeschlossen, der Dielenboden der Halle knarrte unter eiligen Schritten.

„Nicholas!", schrie sie wild auf und krümmte sich zusammen.

Für einen Augenblick gelang es ihr, dem Griff des Mörders zu entgleiten, doch noch an der Wohnzimmertür hatte er sie wieder gefasst. Sie schrie und wand sich unter seinem Griff, da hatte er bereits die Tür aufgerissen und stieß sie die Treppe hinauf.

„Violet!", hörte sie Nicholas Stimme. „Violet, wo bist du?"

Sie wollte antworten, doch in gleichen Moment verspürte sie einen heftigen Schlag gegen den Kopf und die Sinne schwanden ihr. Undeutlich nahm sie wahr, dass jemand sie die Treppe hinaufschleppte, ein lautes Brummen in ihrem Schädel mischte sich mit aufgeregten Rufen und keuchenden Atemstößen, dann erblickte sie herumirrende Lichter und glaubte, für einen Augenblick die Gestalt von Charles zu sehen, mit einem langen Nachthemd bekleidet.

„Im Flur!", brüllte jemand.

„In der Kammer!"

Jemand stieß sie brutal in die Dunkelheit hinein, eine Tür klappte zu, dann das kreischende Geräusch eines Riegels. Dumpfe Schläge gegen eine hölzerne Tür. Jemand lachte leise und hämisch dicht neben ihr.

„Sie kommen zu spät", kicherte John Chrestle. „Komm her zu mir, dass ich den Blutstropfen fühle. Darunter ist dein Herz, Clarissa. Dein falsches, verräterisches Herz."

Sie spürte, wie er in der dunklen Kammer herumtastete, und kauerte sich am Boden zusammen. Von außen dröhnten harte Schläge gegen die Kammertür, sie zitterte in ihren Angeln, doch sie hielt.

Sein Fuß stieß gegen ihr Knie und er begriff, dass sie am Boden hockte. Verzweifelt griff sie um sich, spürte einen schweren, hölzernen Gegenstand und verkroch sich dahinter. Das Messer sauste dicht an ihr vorbei und bohrte sich tief in das Holz. Sie hörte ihn keuchen, er riss an dem Messer, das im Holz feststeckte, der massige Gegenstand geriet ins Schwanken und stürzte polternd um.

In diesem Moment splitterte neben ihr die Tür unter den wuchtigen Schlägen einer Axt, Licht drang in die Kammer, jemand zwängte sich durch den Spalt. Sie erblickte Nicholas' verzerrtes Gesicht, sein wildes Haar, die weit aufgerissenen Augen. Er warf sich über den Mann, der kriechend versuchte, in den Hintergrund der Kammer zu gelangen.

Der Kampf war kurz und rasch entschieden. John Chrestle war von der umstürzenden Statue am Kopf getroffen worden, er hatte den geheimen Gang hinter dem Schrank nicht mehr erreichen können.

Nicholas schlief den folgenden Tag wie ein Toter und erwachte erst spät am Abend, als Jeremy Forch im Haus erschien, um Bericht zu erstatten. Er fand seinen Freund im Wohnzimmer in Pyjama und Morgenmantel auf einem Sessel, Violet saß auf der Lehne und aus ihren geröteten Wangen und ihrer glücklichen Miene schloss der erfahrene Polizist, dass die beiden sich gerade aus einer innigen Umarmung gelöst hatten.

„Keine Sorge", meinte Forch schmunzelnd. „Ich werde nicht lange bleiben."

John Chrestle zeigte sich geständig. Mehr noch, er brannte sogar darauf, den Beamten von Scotland Yard seine Taten in allen Einzelheiten zu schildern. Es schien ihm große Befriedigung zu verschaffen, alle Tricks und Schlichen aufzudecken, mit denen er die Polizei wochenlang genarrt hatte. Jameson war inzwischen wieder auf freien Fuß gesetzt worden. Der Unglücksrabe hatte Verdacht gegen den vermeintlichen Mr. Barney gefasst und war ihm in jener Nacht bis zum Haus der Chrestles gefolgt. Dort hatte John Chrestle den Verfolger bemerkt, und da er fürchten musste, dass Jameson hinter sein Geheimnis gekommen war, fiel er in der Dunkelheit über ihn her. Doch Jameson war kräftig und durchtrainiert, es gelang ihm, den Angriff abzuwehren, wobei er Chrestle das Messer entwand. Chrestle rettete sich durch einen Hintereingang ins Haus seiner Eltern und Jameson lauerte geduldig in der Hofeinfahrt, in der Hoffnung, der Entschwundene würde wieder auftauchen. Dann erschien Violet vor dem Haus der Chrestles und Jameson hatte nichts Anderes vor, als sie vor dem Mörder zu warnen, als er auf sie zusprang.

In den folgenden Tagen rissen die Berichte über den Mörder von Whitechapel nicht ab. Grace hatte sich soweit erholt, dass sie das Krankenhaus verlassen konnte und man verhörte sie in ihrem Schlafzimmer. Auch sie hatte nach einigem Nachdenken Verdacht gegen Barney gefasst, doch der Angriff am Morgen kam so überraschend, dass sie nicht einmal mehr hatte schreien können.

John Chrestle wurde zum Tod durch den Strang verurteilt, dem Antrag des Verteidigers, ihn als geisteskrank in eine Irrenanstalt zu überstellen, wurde nicht stattgegeben. Die Verurteilung wurde in der Londoner Bevölkerung mit großem Jubel aufgenommen, und John Chrestle avancierte zum Liebling aller Journalisten, denn er gab bereitwilligst ein Interview nach dem anderen. Noch am Morgen vor seiner Hinrichtung hatte er ein langes Gespräch mit einem Reporter der „Times", der für diese Chance ein sattes Schmiergeld an die Gefängnisleitung bezahlt hatte.

Die Chrestles hatten die Aussage zu diesem Fall verweigert. Ihr Sohn sei in Ägypten als Held für das Empire gefallen.

Auch Marlows Name wurde in den Zeitungsberichten häufig erwähnt, er war der Held, der den Mörder überführt und gefangen hatte. Infolgedessen wurde seine Kanzlei von Klienten vollkommen überrannt, sodass er schließlich ein

Schild aufhängen ließ: „Vom heutigen Datum an bleibt die Kanzlei Nicholas Marlow für fünf Monate wegen Hochzeitsfeierlichkeiten geschlossen."

Die Reaktionen darauf waren vielfältig und verwirrend.

„Wen heiratet er denn nur?"

„Ob du es glaubst oder nicht: eine völlig unbekannte, kleine Klavierlehrerin. Vor ein paar Wochen hat sie noch im Green Palace gespielt und man hat sie sogar hinausgeworfen."

„Unsinn – Marlow heiratet seine Nichte Violet. Ein ganz bezauberndes Mädchen, wir haben sie selbst kennengelernt."

„Aber nein, Sir. Sie irren sich. Nicholas Marlow heiratet seine Hausdame, das weiß ich von meiner Nachbarin, deren Schwiegermutter ebenfalls in der Warwick Street wohnt."

„Seine Hausdame? Großer Gott – der Mann hätte eine Lady aus erster Familie ergattern können."

„Ach was reden Sie denn da für Zeug! Er heiratete weder eine Hausdame noch eine Klavierlehrerin. Er heiratet eine ..."

„Nein!"

„Aber natürlich. Ich weiß es aus erster Quelle. Mein Schwager hat nämlich einen Arbeitskollegen, der ist Polizist und hat hin und wieder – rein beruflich natürlich – mit dieser Grace Dolloby zu tun. Sie wissen doch, die Prostituierte, die im Bett abgestochen wurde. Und bei ihr hat Marlows Braut wochenlang gewohnt!"

„Gute Güte. Manchen Leuten ist ja wohl nichts heilig!"

Nicholas hatte Violet auf Knien Abbitte geleistet und sie hatte ihm verziehen.

„Du warst im rechten Augenblick zur Stelle und hast mir das Leben gerettet, Nicholas."

Es war Jeremy Forch zu verdanken, der noch in der Nacht erreichte, dass Nicholas aus dem Gefängnis entlassen wurde. Die Hochzeit wurde nicht in London, sondern in einer kleinen Dorfkirche nahe Crofton Hall gefeiert, wo niemand an der Tatsache Anstoß nahm, dass neben Jeremy Forch auch Grace als Trauzeugin fungierte. Mrs. Fox blühte bei der Organisation der Feier zu neuer Form auf und fügte sich widerspruchslos der Herrschaft, die Mrs. Waterbrook in der Küche beanspruchte. Es würde neues Leben auf dem Gut einkehren, denn Nicholas hatte versprochen, gleich nach seiner Rückkehr von der Hochzeitsreise die Renovierungsarbeiten in Angriff zu nehmen.

Den Abend vor ihrer Abreise verbrachte das Paar in London in der Warwick Street. Wieder waren die Überseekoffer gepackt worden, das Gepäck stand bereits in der Halle und das Personal hatte sich nach einem anstrengenden Tag zum Schlafen zurückgezogen.

„Spiel mir vor", bat Nicholas und zog Violet, die gerade die Treppe hinaufgehen wollte, zum Klavier.

Lächelnd ließ sie es sich gefallen, schob den Schemel zurecht und stellte einen weiteren Stuhl daneben.

„Dieses Mal werden wir vierhändig spielen", meinte sie. „Ich weiß aus sicherer Quelle, dass du ein recht passabler Pianist bist."

„Wir werden ab jetzt immer vierhändig spielen, meine süße Frau", meinte er grinsend. „Fang du an, ich beginne meinen Part, wenn es so weit ist."

Sie blickte ein wenig erstaunt zu ihm hinüber, denn ihr schien, dass in seinen Augen ein seltsames Funkeln war, doch sie setzte sich gehorsam hin und begann eine Sonate, die sie auswendig kannte.

Er hörte einen Augenblick lang versonnen zu und betrachtete ihren Körper, der sich im Takt der Musik hin und her wiegte. Langsam trat er näher, blieb dicht hinter ihr stehen und beugte sich zu ihr hinab. Seine linke Hand legte sich auf ihren bloßen Nacken während die rechte an ihr vorbei in die Tasten griff, um den Melodien einige passende Töne oder Akkorde beizufügen. Sie lachte, wenn seine musikalischen Erfindungen gar zu frech wurden, dann jedoch gruben sich seine Finger in ihr aufgestecktes Haar und massierten zart ihren Hinterkopf. Sie bog sich ein wenig nach rückwärts, um seiner Hand entgegen zu kommen und spielte mit geschlossenen Augen.

„Ich habe lange darauf gewartet, dich auf diese Weise verführen zu dürfen", murmelte er und begann, ihre Kleidung zu lösen.

„Nicholas", flehte sie und unterbrach erschrocken ihr Spiel. „Doch nicht hier mitten in der Halle. Wenn die Angestellten ..."

Er zog ihr ungerührt das Oberteil des Kleides herunter und nestelte an den Bändern ihrer Röcke.

„Es ist niemand da, mein Schatz."

„Die Vorhänge sind nicht geschlossen."

„Hier in meinem Haus tue ich, wozu ich Lust habe", sagte er energisch und öffnete ihre Korsage. „Spiel weiter!"

Sie hatte Mühe, einige wenige Akkorde zu finden, denn seine Hände waren unermüdlich damit beschäftigt, ihre Kleider abzustreifen. Erst als sie völlig nackt vor ihm saß, war er zufrieden, trat zurück und ging langsam einen Halbkreis um sie, während sie mit zitternden Fingern weiterspielte.

„Du bist nicht bei der Sache, Violet", tadelte er sie. „Ich habe Mozarts C-Dur Sonate in ganz anderer Erinnerung."

Sie spürte seine begierigen Augen, die auf ihrer bloßen Haut brannten und die Spitzen ihrer Brüste fest werden ließen und die Tasten rutschten unter ihren Fingern weg.

Er trat zu ihr und kniete neben ihr nieder. Langsam fuhr sein Finger über ihre Stirn, zog ihr Profil nach, überquerte zärtlich ihre Lippen, das Kinn, folgte der Linie ihres Halses bis zum Ansatz ihrer Brüste. Kitzelnd fuhr sein Finger über ihre rechte Brust rutschte tiefer zu ihrem Bauch, dicht an ihrer Scham entlang und folgte dann ihrem Oberschenkel. Er streichelte über ihr Knie bis zu ihrem nackten Fuß, wo er ihre Zehen liebkoste.

„Hör nicht auf zu spielen", befahl er leise.

Sie bemühte sich, trotz ihrer Erregung, einige Tasten anzuschlagen, brachte eine kleine Melodie mit der rechten Hand zustande, dann versagten ihr die Finger. Nicholas koste sanft die Innenseite ihrer Schenkel, ließ seine Hände dicht vor ihrer Scham ruhen. Sie seufzte leise vor Sehnsucht, schob sich auf dem Hocker ein wenig nach vorn und öffnete die Schenkel, doch er ließ sie warten und steigerte ihre Ungeduld, bis er beide Daumen zwischen ihre Schamlippen schob. Sie zuckte zusammen, als er ihre Klitoris fand und sie zart mit den Fingern umspielte.

„O Nicholas", stöhnte sie leise. „Ich werde dir niemals eine gute Ehefrau sein können, denn ich komme um vor Verlangen, wenn du solche Dinge mit mir tust."

Er lachte auf und drehte den Klavierstuhl so, dass sie ihm zugewendet saß. Mit beiden Händen schob er ihre Schenkel weit auseinander, um ihre offene Möse ganz und gar vor Augen zu haben. Erschrocken legte sie die Hände zwischen ihre Schenkel, um sich vor seinem Blick zu verbergen.

„Du bist genau so, wie ich es brauche", murmelte er und zog langsam ihre Hände fort, um den Kopf zwischen ihre gespreizten Beine zu schieben. Violet zitterte vor Lust, als er über ihren Hügel leckte, mit der Zunge Kreise darüber zog und sich endlich in ihre offene Spalte hineinschlängelte, um dort ihre empfindlichste Stelle mit kleinen Zungenstößen zu verwöhnen.

Ihr Leib zuckte schon im süßen Krampf der Leidenschaft, doch er ließ rasch von ihr ab und zog sie vom Klavierhocker herunter. Aber als sie sich vor ihm auf den Boden knien wollte, ließ er es nicht zu.

„Leg dich bäuchlings über den Hocker", befahl er. „Nun tu schon, was ich dir sage. Schließlich bin ich dein Ehemann, dem du zu gehorchen hast, meine Süße."

Ihr Atem flog, denn sie war so erregt, dass sie nichts anderes wollte, als sich seinen Liebkosungen zu ergeben. Dennoch zögerte sie, denn was er von ihr verlangte, erschien ihr unglaublich schamlos. Hier in der Halle, nur durch die Grünpflanzen vor neugierigen Blicken geschützt sollte sie ...

„Worauf wartest du noch? Ich bin begierig, deinen süßen Po zu sehen, meine kleine Frau."

Sein wollüstiger Blick, als sie sich devot in die gewünschte Position begab, weckten außerordentlich schamlose Gedanken in ihr. Die Erwartung, was er wohl mit ihr anzustellen gedachte, riefen ein Pochen zwischen ihren Schenkeln hervor und brachten ihre Säfte zum Fließen. Nicholas beugte sich über sie und umfasste ihre herabhängenden Brüste. Violet konnte ein Stöhnen nicht unterdrücken, biss sich dann verschämt auf die Lippen, aber er lachte nur leise. Für einen kleinen Moment ließ er von ihr ab und sie hörte, wie er seinen Gürtel löste und die Kleider abstreifte. Gleich darauf spürte sie seine lüsternen Hände auf ihrem nackten Po, den sie ihm entgegenreckte. Er massierte ihre Rundungen, drang in ihre Pospalte ein und zog sie so weit auseinander, dass ihr

Anus offen vor ihm lag. Sie stieß einen leisen Schrei aus, als sie spürte, wie sein Finger ein Stückchen in sie eindrang und spielerisch in der Rosette kreiste. Als nächstes klatschte seine flache Hand auf ihre rosigen Wölbungen, bescherte ihr eine Mischung aus süßem Schmerz und dem Begehren nach mehr. Es brannte auf der Haut und sie erglühte in Wollust. Sehnsüchtig schob sie sich ein wenig nach hinten und öffnete die Schenkel um ihn dort zu spüren, wo sie ihn zitternd vor Begierde erwartete.

Doch er ließ sich Zeit, brachte sie erst in die rechte Position, umfasste ihre Hüften und massierte sie mit kräftigen Bewegungen.

„Du bist bezaubernd in dieser Stellung", murmelte er. „Ich hätte Lust, dich den ganzen Abend über zu betrachten."

Ganz langsam glitten seine Finger jetzt über ihre Kehrseite, folgten kitzelnd ihrer Spalte und näherten sich ihrer weiblichen Öffnung. Sie stöhnte vor Verlangen und hob ihm ihren Po entgegen, suchte mit den Händen einen Halt, um sich abzustemmen und plötzlich erklang ein heller Ton im Diskant, denn sie hatte die Tasten berührt. Sie hörte ihn amüsiert auflachen und gleich darauf fühlte sie, wie seine Finger sacht die Öffnung ihrer Vagina umkreisten. Ihr Unterleib zuckte vor Hitze, heiße Ströme schienen sie zu durchfluten und zwischen ihren Beinen schäumende Wirbel zu verursachen.

„Nimm mich", keuchte sie. „Bitte nimm mich endlich – ich halte es nicht mehr aus."

„Nur wenn du mir dazu auf dem Klavier vorspielst, meine begehrliche Pianistin!"

Er drehte den Stuhl so, dass sie sich mit beiden Händen auf der Tastatur festhalten konnte, umfasste dann ihre Schenkel und zog sie ein wenig in die Höhe. Sie klammerte sich an den Tasten fest, erzeugte einige dissonante Klaster, die ihr wollüstiges Stöhnen jedoch kaum übertönen konnten. Gierig glitt sein harter Penis zwischen ihre Beine, suchte sich mit festen Stößen seinen Weg, berührte immer wieder ihre pralle Perle und ließ sie erglühen. Als die feste Penisspitze endlich ihre offene Möse fand, hörte sie ihn tief aufstöhnen, und gleich darauf füllte er sie aufs Köstlichste aus, nur um sich gleich wieder zurückzuziehen und aufs Neue einzudringen. Keuchend stieß er immer wieder zu, fuhr mit wilder, ungezügelter Gier in ihren Körper, der sie in nichts nachstand. Ihr Körper verkrampfte sich in süßer Lust, ihr lustvolles Wimmern vermischte sich mit seinem dunklen Stöhnen. Dann erfasste ein gewaltiges Vibrieren ihren ganzen Leib und die Wollust schuf eine Explosion grellbunter Farben vor ihren Augen.

„Du bist die perfekteste Ehefrau, die auf der ganzen Welt zu finden ist", murmelte er ihr ins Ohr, als sie beide langsam aus dem wilden Taumel ihrer Körper wieder auftauchten.

Noch halb betäubt glitten sie vom Klavierhocker herab, fanden sich auf dem weichen Teppich wieder und sie wandte sich ihm zu, um ihn mit den Armen zu umschlingen.

„Ich gebe mir große Mühe, dir zu gefallen", gab sie lächelnd zurück.

Er strich ihr zärtlich das wilde, lockige Haar aus der feuchten Stirn und küsste ihren Mund.

„Das stelle ich mit Vergnügen fest", sagte er grinsend. „Für das nächste Mal wünsche ich mir allerdings, dass du Beethoven spielst, während ich mich um dich bemühe, mein Schatz."

„O nein", wehrte sie ab. „Das nächste Mal wirst du mir etwas vorspielen, und ich werde zu deinen Füßen knien, um deinem Spiel zu lauschen."

Er zog zweifelnd die Augenbrauen hoch und entlockte ihr damit ein übermütiges Lachen. Sie drückte ihm einen Kuss auf die Nasenspitze, ehe sie sich wieder fest an seine Seite kuschelte. „„Ich glaube, dass ich dich liebe, Violet", sagte er leise und löste damit ein unsagbar warmes Gefühl in ihrem Herzen aus.

ENDE

PATRICIA AMBER ist das Pseudonym der Autorin Hilke Sellnick. Unter verschiedenen Pseudonymen veröffentlicht sie regelmäßig Romane, Heftromane und Drehbücher. Die geborene Niedersächsin stammt aus einer Schauspielerfamilie, die ihre Kreativität früh förderte. Seit etlichen Jahren lebt sie im hessischen Idstein, wo sie die Ideen für ihre Geschichten am besten in ihrem Lieblings-Café entwickeln kann.
WWW.HILKE-SELLNICK.DE

ഇരുന്ന

**Sabine Schönberger &
Astrid Martini
SCHWANENSEE
ISBN 9783938281543**

Schwanensee - das wohl berühmteste Ballett aller Zeiten erzählt die märchenhafte Liebesgeschichte der in einen Schwan verzauberten Prinzessin, die durch die Liebe eines Prinzen vom Bann eines bösen Zauberers erlöst wird. 1895 wurde das Ballett von P.I. Tschaikowski in der uns heute bekannten Form in St. Petersburg uraufgeführt, dem Ballett selbst liegt ein altes Märchen zugrunde. Gemeinsam mit der Bestsellerautorin Astrid Martini ("Zuckermond") hat die Fotografin Sabine Schönberger aus der Geschichte um bösen Zauber, falsches Spiel und erlösende Liebe ein ebenso romantisches wie erotisches Bilder- und Märchenbuch für Erwachsene gezaubert.
„Sinnliche Federspiele" - St. Pauli Das Kiez-Magazin

**Sarah Schwartz
BLUTSEELEN 01:
AMALIA
ISBN 9783938281642**

Als Amalia auf den verführerischen Aurelius trifft, ahnt sie, dass ihre Zusammenkunft mehr als ein Zufall ist. In erotischen Träumen hat sie Aurelius bereits gesehen und seine Gegenwart löst in ihr rätselhafte Erinnerungen aus. Amalia fühlt sich, als sei sie für Aurelius bestimmt, gibt sich ihm vertrauensvoll hin und lässt sich von ihm in die Tiefen ihrer Lust entführen. Doch was als aufregende Zeit mit einem geheimnisvollen Mann beginnt, verwandelt sich in einen Albtraum, als Amalia erkennen muss, dass Aurelius und seine Freunde Vampire sind, und sie selbst der Schlüssel zu einem düsteren Geheimnis ist, das vor Jahrtausenden im Nebel der Geschichte verloren ging ...
Teil 1 der Blutseelen-Trilogie.